2016

人民文学出版社

图书在版编目（CIP）数据

2016青春文学／人民文学出版社编辑部编选．—北京：人民文学出版社，2017

（岩层书系）

ISBN 978-7-02-012483-1

Ⅰ．①2… Ⅱ．①人… Ⅲ．①中篇小说—小说集—中国—当代 ②短篇小说—小说集—中国—当代 Ⅳ．① I247.7

中国版本图书馆CIP数据核字（2017）第040364号

责任编辑	付如初　刘　健
装帧设计	崔欣晔
责任校对	韩志慧
责任印制	王重艺

出版发行	人民文学出版社
社　　址	北京市朝内大街166号
邮政编码	100705
网　　址	http://www.rw-cn.com
印　　刷	三河市鑫金马印装有限公司
经　　销	全国新华书店等
字　　数	282千字
开　　本	710毫米×1000毫米　1/16
印　　张	22.5　插页4
印　　数	1—5000
版　　次	2017年6月北京第1版
印　　次	2017年6月第1次印刷
书　　号	978-7-02-012483-1
定　　价	39.00元

如有印装质量问题，请与本社图书销售中心调换。电话：010-65233595

出版说明

我社多年来坚持出版各类年度文学选本，在文学界和读者中具有广泛影响。这些选本，视线多集中于成年作家队伍，在青年作家、青春文学这一领域，一直较少涉及。新世纪以来，80、90后群体的创作渐成一股引人注目的潮流，从中发掘新人力作，为富有潜力和才华的作者搭建展示平台，成为我社亟待完成的工作重点。基于此，我社决定推出"岩层"年选，以便及时总结年度青年文学创作的成绩，向读者集中推荐优秀作品，也为新世纪的文学积累做出贡献。

"岩层"年选拟每年出版一本，以小说为主。所选为年度最具代表性的青年文学作品，力求反映该年度青年作家队伍最主要的创作流派、题材热点、艺术形式上的微妙变化。更多关注成名作者以外的新人，探索青年文学新现象、新发展、新风貌。坚持精品至上原则，不排斥网络等非专业机构作品。

"岩层"年选的编选工作得到许多著名文学评论家和编辑家的支持和帮助，他们应我社之邀，对当年的青年创作状况进行深入、广泛的研讨，提出许多极有价值的选目。我们在广泛阅读的基础上，充分参考专家们的意见，严格进行编选。在此，谨向诸位专家深表谢忱。

人民文学出版社编辑部

序

有生气　接地气
——《2016青春文学》

白　烨

人民文学出版社青年文学编辑室编选的这部《2016青春文学》，所选收的青年作家的一些作品，在刊物原发时都陆续拜读过。但结为集子后依次读来，仍有着不尽相同的新的感受。

这些年，以"80后""90后"为主体的青春文学作者，纷纷走向当下文学创作的前沿地带，人们经常能从《人民文学》《收获》《当代》《十月》这样的主流刊物上，见到他们的身影，看到他们的新作。《当代》杂志在2016年第6期编发了"青年作家专号"，不仅大部分作品是来自"80后"的文学新秀的小说新作，而且作品在各有千秋的故事里，以关注社会新的现实，贯注现实主义的精神，为文坛内外广泛关注。青年作家小说创作的这种蓬勃发展的势头，正为这种选优拔萃的作品年选，提供了十分可观的坚实基础。

因篇幅所限，这部年选所选收的16篇作品，不可能对2016年丰繁万象的青春文学的整体状况穷形尽相，但因编选上注意了

"80后""90后"的年代分布,作品选择上也兼顾了不同的写法与类型,可以说基本做到了以点带面地反映青春文学作家创作的崭新风貌。

就我的阅读感觉来看,我以为,在视角的丰富多彩与视点的有力下沉两个方面,这部选本选入的作品,较为充分地显现了新一代作家在作品意蕴上新的营构,在写作追求上新的努力。

比较而言,青年作家的文学写作,多由依托个人经历的纪实性写作开始,在看待生活和表达感受上,也往往具有一定的同质性。但在2016年,他们似乎从写什么开始,就注意由独到的选择来体现起点的差异,拉开彼此的距离。这样一些由切入生活就开始的个性追求,在这个选本里就表现得较为充分。

单从叙事角度看,青年作家们就在相似的题材中各有自己的不同视角,在相近的视角中又有各自的角度倾斜。沈诞琦的《音乐教育》,旧海棠的《天黑以后》,都属于青少年题材,但前者着重于表现一个学生的感受,后者侧重于传达一个孩童的感觉,由童稚少儿格外纯真的反光镜,折射出从家庭到学校的成人世界的复杂与缭乱;而同在写都市市民的日常生活,苏笑嫣的《假戏真做》,侧于描写都市青年男女若即若离的暧昧关系,夏周的《左手》则由一桩情变引发的仇怨揭悉爱恋与命运的密切勾连;

也都是在写老年人的晚景生活，徐衎的《心经》，以萃梅等人的片断回忆，主写风烛残年的王阿婆隐藏在晚年放纵行为背后的生活热望，而祁十木的《火坑》，则勾勒与一只老猫相依为命的哈老汉，因为一场突如其来的拆迁，使这一切化为乌有的悲哀。还有，透过蹊跷的故事写人之独特性情的于文舲《刀登》，祁又一《沉默的高手》，在重述古代历史故事中透视人性的隐秘的王邪的《聂小倩》，小昌的《万岁爷的一个下午》，等等。由此都可以看出，青年作家们几乎是从选材、叙事起始，就在找寻自己的立足点，营造各自的特异性，力求作品从一开始就具有一定的个人化色彩。

  我更为欣赏，也更为看重的，是那些出自青年作家之手的直面现实又锐意十足的作品。这些作品不仅在看取生活上视点有意下沉，而且在写法上也精雕细刻如抽丝剥茧，稳扎稳打若狮子搏兔，使得作品以浓厚的况味、浑朴的意味，令人读来五味杂陈，深长思之。在这一方面，宋小词的《直立行走》，堪为一篇代表性的作品。作品的显见层面，是留城工作的杨双福与本市青年周午马的不咸不淡的两性之恋；而内在的意蕴，是进城的乡下人与城里的底层人的借助爱恋的各有所图；而更深的层次，则是底层市民在种种压力的挤对下不堪重负的艰窘生态。因为一个户口可以在拆迁安置中享有30平米的住房面积，周家父母便要尚未做好结婚准备的周午马与杨双福尽快成婚；因为这 30 平米面积得来不易，病入膏肓的周父不想死去，尽量拖长生命的延续，而真的去世之后家里也不想示于世人，为此与拆迁办叫来的警察发生冲突，而尚未过门的杨双福因为扔秤砣砸伤了警察，不仅锒铛入狱，而且被周午马趁机抛弃。作品里最令人意外的一笔，是结尾部分写到蹲了一年牢狱又失去一切的杨双福找到周午马家里，想以复仇方式讨还公道，但当看到周午马与新妻子、新生儿一家其乐融融时，顿生善念，已从心里放弃了报复的念头。而这时，发现她的周午马以为她要图谋不轨，不由分说地用手里的钢棍把她打昏过去。这看起来像是一场误会的一记闷棍，无情地击碎了"善"，又无忌地彰显了"恶"，反倒更加意味深长，令人唏嘘不已。作品里，普通人家和底层市民的住处之逼仄，生活之困窘，心态之憋屈，都让人悲不自胜，忧心如醒。作者宋小词对底层市民生活的了解是深刻的，把握是到位的，而渗透其中的理解、怜惜与关爱，则更为难能可贵。因为这种深切关怀中溢渗着一种为蓬门荜户描形造影的平民美学与人文精神。

可以说，有生气，又接地气的《2016 青春文学》，明白无误地告诉人们，青年作家在人生与艺术的双向成长之中，是在不断攀登，奋力前行的。而其中的宋小词等人，可能已经跻身于当代小说创作的前锋作家之列。这一切，都让人感到无比欣慰，也让人对于他们充满新的期待。

是为序。

2017年3月29日晚于北京朝内

音乐教育 / 沈诞琦	003
直立行走 / 宋小词	023
天黑以后 / 旧海棠	077
聂小倩 / 王 邪	101
熊迹与莲花 / 王萌萌	117
心 经 / 徐 衎	137
火 坑 / 祁十木	165
刀 登 / 于文舲	183

目 录

沉默的高手 / 祁又一　197

假戏真做 / 苏笑嫣　217

左　手 / 夏　周　235

铸　鼎 / 林为攀　259

好好说话 / 赵剑云　275

穿过沙漏 / 文　西　299

万岁爷的一个下午 / 小　昌　317

驾　鹤 / 王　棘　333

沈诞琦

沈诞琦,上海人。毕业于哈佛大学肯尼迪学院国际发展专业。现居旧金山,为德勤旧金山办公室高级咨询师,主要服务客户为非营利组织、国际机构、政府部门、基金会。

十岁起开始在各类报纸杂志上发表作品。2010年起开始对非虚构类作品和中短篇小说产生严肃的兴趣。常年旅居海外,中文写作已经成为了和故乡联系的最主要纽带。2014年春出版了非虚构作品《自由的老虎》。2016年10月出版了中短篇小说集《中国特色的译文读者》。

音乐教育

1

莫里森先生搞不懂乐队里最拔尖的那个孩子贾斯汀·李到底怎么了。自从两个月前贾斯汀·李拿到南卡罗莱纳州高中生音乐大赛决赛资格,莫里森先生没少督促他练习。"每天至少两小时。"在楼道里看到贾斯汀,莫里森先生就这么远远地吆喝一声。"每天三小时练着呢,莫里森先生。"贾斯汀也远远地吆喝一句,边搂着凯蒂往前走。单簧管组决赛只有四个选手,只要贾斯汀不是最差,就能为斯帕坦堡高中赢得第一块州立音乐比赛奖牌,让莫里森先生成为建校以来功劳最高的音乐老师,多拿两千块年终奖。每天三小时,莫里森先生相信贾斯汀没有说谎,首先他脸皮薄,一说谎就会脸红;其次这几周来他的指法突飞猛进,显然下了苦功夫。可是莫里森先生弄不懂,为什么指法进步了,吐音技巧却不进则退。

两个月前贾斯汀还没有追到凯蒂,课间换教室只好用砖头厚的历史书挡住裤裆走路。这招男们都懂,看到贾斯汀这么挡着,就"哟,哟"地怪叫。这尴尬直到追到凯蒂才算解决,课间换教室,贾斯汀紧紧搂着凯蒂往前走,同学们艳羡这对金童玉女,只有凯蒂轻声抱怨贾斯汀又戳痛她了。

再过一个暑假贾斯汀就要升高三了,或者,按照美国的叫法,"十二年级"。莫里森先生希望贾斯汀申请朱莉娅音乐学院,这么高的演奏天分浪费了太可惜。凯蒂则希望他和自己一起申请一所文理学院,她是一个热情的诗人,也就是说,她刚开始写诗。主管大学申请的彼得斯太太认为贾斯汀可以试试申几所常春藤大学，毕竟他的成绩全年级第一。是的，这是一所中不溜儿的公立高中，虽然在斯帕坦堡市算是全市第一，可是和教育资源雄厚的加州或者麻省比起来，这样的师资和生源该算是个差学校了，每年学生里都得出几个黑帮、几个未婚先孕。然而彼得斯太太认为，即使在这样一所差学校里，也有些好苗子够得上全国最好的大学。

所有这些期盼，贾斯汀一律说，他也觉得这个主意挺好，然后冲那人一笑。

贾斯汀的父母对他的大学另有打算。李家安和李赵美芳夫妇希望李峰（他们从不叫他贾斯汀，虽然他的驾照上明明白白只写着 Justin Li）去南卡州立大学。他们并不知道贾斯汀的成绩有多好，是的，每年的成绩单都是 A，可是得 A 的一大串，张家的小妮年年得 A，最后不也只上了州立？况且他们觉得没必要上特别好的大学，反正贾斯汀迟早都得回来打理"中国之星"。李家安不能干一辈子，老子退休儿子就得接上。开餐馆没必要把文化学得特好，李家安只上完高中，李赵美芳高中才上一年就怀上贾斯汀退了学，这一对夫妻不是照样把餐馆开得红红火火？再然后他们真没钱供贾斯汀上私立大学，经年累月积下来的薄薄的存款，都用来给贾斯汀付私立小学的学费了。六年小学，每年八月，李家安拿着学费账单都冲贾斯汀大吼一句，"败家东西，你看看你浪费了多少钱，你看看。"并不是贾斯汀的错，他之前读一个公立幼儿园，差点被同学打死。越小的孩子，越是心狠手辣，一口一个 Chino Chino，抡起腿肚子踹贾斯汀。他是班上唯一的"中国佬"，剩下三十来号人，一半黑人，另一半拉丁裔，父母不是蹲监狱就是在戒毒所，个个都是霸王。送了几趟急诊室后，李家安只能下决心送他去上私立小学，不但是私立，还是教会学校，沉闷，最不容易出事的那种，一天一大半时间都用在读《圣经》唱圣歌上——虽然李家没有宗教信仰。李家是镇上唯一不信教的家庭。

不是贾斯汀的错。可是李家安觉得，既然他的父爱已经通过六年私立小学的学费表达过了，就不用通过私立初中、私立高中、私立大学再表达一次了。小学

沈诞琦 ｜ 音乐教育

六年的每个周日，贾斯汀的同学们上教堂，李家安送贾斯汀去周师傅家后院练功。那六年，贾斯汀不记得自己身上哪天是没乌青块的，为这事学校还专把李家安叫来过，以为他家暴。小学毕业，贾斯汀身子骨练结实了，能打，也挨得住打，李家安又把他送回了公立学校。李家安说，开餐馆就要那副混江湖的机灵劲儿，在公立学校混混，蛮好。

2

第一回去周师傅那里学功夫，贾斯汀七岁，是李家安亲自陪着的。李家安给周师傅送去一盒水果，又叫贾斯汀跪下来磕头。贾斯汀嫩声嫩气地叫"Master"。李家安就打他头："一句中国话都不说。"周师傅说："哎哟老板啊，怎么可以叫少东家向我下跪，担当不起的。"贾斯汀觉得滑稽，因为这周师傅不是别人，正是"中国之星"的主厨，而他住的这房子就是贾斯汀他们家一年前刚搬出来的居所。

两年前，李家安的父母在纽约经营了一辈子的中餐馆，因为一道拔丝山药，一把火烧光，保险公司分文不赔，说餐厅本身就有消防隐患。李家安把父母托给了亲戚，从曼哈顿一路开车往南，物色新店址。一部卡车，装着旧家具、几十箱锅碗瓢盆，挤着李赵美芳、贾斯汀、李家安那个单身的弟弟和那刚离婚的妹妹，还有就是老餐馆的俩厨子：大师傅姓周，小师傅姓孙。开到南卡罗莱纳的斯帕坦堡，整个镇子十条马路，转了一圈，没看到一家中餐馆，李家安说，"挺好"，就停了下来。之前他们几个没一个听说过斯帕坦堡这镇子，第二天去镇政府申请低保房，看政府的宣传册，才知道整个镇人口三万，在南卡罗莱纳州这种荒僻的地方也只能排上第十二大。孙师傅说："跟纽约没得比。"周师傅说："还没曼哈顿一条马路上人多。"李家安说："挺好，纽约中餐馆太多，竞争吃不消。"那时候李赵美芳还怀着孕，一个月后镇政府的低保房批下来，那孩子已经流掉了。李家安觉得没啥，第一那是个女孩儿，赔钱货，第二政府的低保房才三室一厅，他们夫妻加贾斯汀住一间，李家安弟弟妹妹住一间，两个厨子住第三间，着实紧巴巴。添个孩子，添乱。

　　那年申请完了临时的低保房，李家安忙活着新餐馆开张，李赵美芳忙活着盖新房子：她在斯帕坦堡一条最陡峭的马路的坡顶买了块便宜的空地皮，从纽约唐人街找来一个从吉林过来打黑工的施工队，噼里啪啦地就造了三层高、十个房间的大房子。油漆一干，他们一家搬进去没过一周，李赵美芳又流产了。按理说美国的油漆都质量很好，不会流产，所以李家安就威胁要告那个施工队，告他们偷渡。那包工头就骂回来，说李家安的老婆是习惯性流产，栽赃陷害遭报应。还指着贾斯汀骂："绝子绝孙！"又露着胳膊肘子给李家安看那一大膀子文身，"当心我带头大哥做了你小子！"李家安面不改色，慢悠悠对孙师傅说，叫周师傅来。周师傅来了，南卡夏季闷热，周师傅上身赤膊。一瞥到周师傅膀子上那图腾文身，包工头立时跪下："大师父受我一拜。"

　　所以，贾斯汀听厨房里叫"大师傅""大师傅"，以为说的是周师傅主厨的身份，其实呢，不是"大师傅"，是"大师父"，那是在说，老周十岁出头就混香港三合会，弟兄中间排位极高。

　　大师傅平素闷声不响，但见识多得很。有一年，一个摄制组来"中国之星"，说是跑遍全美的中餐馆要拍一部关于"左宗鸡"的纪录片。导演问李家安，"中国之星"的菜单——这些个湖南牛啊陈皮鸭啊左宗鸡啊——是怎么来的？李家安就说，美国的中餐馆，菜单不都是一色一样吗？导演又问他知道左宗鸡的渊源吗，李家安就说，想必是左宗棠喜欢的菜式。

　　大师傅在一旁悠悠地说："四九年，蒋老爷子逃到台湾，气不过，晚饭端上来，

沈诞琦 | 音乐教育

尝了几口，终于吐出一句话："湖南有两个宝，一个齐白石留在大陆，一个彭长贵来了台湾，我和共产党——算是平分秋色。彭长贵，就是蒋介石的厨子，湖南人。"

导演凝视一身油烟的大师傅，目光炯炯："师傅你认识彭长贵？"

"纽约几面之交，二十几年前的事情了。彭师傅还康健？还掌勺？"

"硬朗得很，天天去厨房，骂骂徒弟。"

大师傅转向李家安，徐徐说："五二年，国共对峙，形势紧张。美国的海军司令到台湾访问，被当作是救台湾一命的贵客，国民党连续三夜设宴款待，掌勺的就是彭长贵。前两夜清蒸、红烧，使尽了中国菜的看家本领。第三夜，上面传达指示，想要宴席上有点创新，中西合璧，也算是透着一种政治表态，表明台湾愿意配合美军的各项行动。接到这个任务，彭长贵灵机一动，把鸡切大块，放油里炸一下，这是美国人喜欢的做法，然后放点辣椒，淋上酱汁。美国海军司令吃得津津有味，叫来厨师，问他这道菜叫什么。临时编的菜，哪有什么名字，彭长贵就胡诌，'左宗棠鸡'。彭长贵没什么文化，就知道自己老家湖南有个左宗棠。"

"越是千钧一发，越是要用常胜不败的彩头。"四川导演叹道。

"又过了十年，为了儿女的教育，彭长贵移民到美国，历尽辛苦，终于在纽约开了自己的餐馆，叫彭园。当时的国务卿基辛格来吃饭，吃到左宗鸡赞不绝口。'基辛格喜欢的中国鸡'，被《纽约时报》这么一报道，一炮打响。没多久，尼克松访华，带动美国兴起了中餐热，几年中，中餐在美国从屈指可数到遍地开花，家家都做左宗鸡，菜谱却越传越变样，从鲜辣口变成了甜口，加花菜，加蘑菇，哪儿是原来的味道。"

李家安听得入神。

"家国春秋，都在这道菜。"

3

　　每天下午三点放学，贾斯汀开车载凯蒂去镇上的公共图书馆自习。这是凯蒂妈唯一允许的约会场所。在图书馆，凯蒂会拍一张课桌的照片发给她妈："妈，已经在图书馆自习，三小时后回家。"贾斯汀给李家安发短信："爸，已经在图书馆自习，三小时后去餐馆帮忙。"然后他们奋笔疾书，贾斯汀做数学作业，凯蒂写英文作文，写完之后换着抄，抄完也就过了一小时。他们站起来，开车回贾斯汀的家，在他卧室的床上过完接下来的两小时。那儿总是很安全，凯蒂妈以为她在图书馆，贾斯汀一家都在"中国之星"忙着晚饭开张，从不会有人在这个点回家。贾斯汀小心地把避孕套放进信封，第二天扔在学校垃圾桶里。

　　然后他起床穿衣，送凯蒂回家，再自己开车去餐馆，从后厨的储藏室里拿出那身不太干净的服务员套装换上，把菜单递到客人面前，听客人点菜："李鸿章杂碎，湖南牛，酸辣馄饨汤，两碗米饭。"他就记在纸上，"21、39、5、2R"，再把这单子送到后厨。如果客人不多，从客人下单到他必须去给客人端酸辣馄饨汤之间，有五分钟空闲。他站在餐厅前台，从抽屉里拿出自己的单簧管，掏出几张散页的谱子，手指按着单簧管指法，嘴里却不去吹。李家安路过，摇摇头。五分钟之后，后厨传来一声响铃，馄饨汤好了，贾斯汀放下单簧管，端菜。美式潮州菜，专为美国人的口味"改良"，快餐化流程，酱汁只有几种，都事先调好：甜酸酱、豆豉酱、甜橙酱、蚝油酱。每道菜制作都快，大火炒熟，中火收汁。等菜的边角料时间，贾斯汀手指按在单簧管上，脑子里默唱谱子。晚上六点半，电话会响，是镇上的警察局叫外卖，天天都是老花样："甜橙鸭、左宗鸡、捞面。"那之后陆续会有书店外卖，舞蹈学校外卖，酒吧外卖……送外卖是贾斯汀的活，

沈诞琦 | 音乐教育

因为他英文最好,人最小,能多拿点小费。他偷偷带着单簧管去开送外卖的旧尼桑,送完一单,把车开到小路上停下,单簧管吹上几声,再回餐馆。每天只有这几分钟,他能把单簧管吹出声音来。

晚上十点,"中国之星"打烊,父母和厨子们得在店里再收拾一会儿。贾斯汀先回家,不会直接睡觉,他拿着篮球去后院那个篮筐练投篮。他得当心别让球弹出后院的篱笆。因为他妈当年贪的小便宜,他家的地皮在上坡路的最顶峰,球一出院子就会一直往下滚,滚进一泊已经没有活水的大水潭。他就得走长长的下坡路,撩起裤腿去水潭里捡球,再走长长的上坡路回家。有时候他想,可以这样一直走下去。他躺在顶楼的小卧室,枕头上嗅到凯蒂残留下的香水味,睡不着,就开始想,总有一天需要做决定,在左宗鸡和单簧管之间做个决定。

然后他就又去上课,又溜出学校和凯蒂吃午饭,又碰到莫里森先生骂他怎么指法进步了而吐音却大退步,又载着凯蒂去图书馆装模作样地自习,又把凯蒂骗到床上,又在端菜和收拾的间隙无声地练习单簧管指法,又去警察局送外卖,又把车停在小路上,又打开车窗一条小缝隙,又把单簧管吹出声音来,才几分钟。他想他会成为指法一流、音色糟糕的单簧管手,大概能在州立决赛的时候得第三名,给莫里森先生带来一笔薄薄的年终奖金,但是考不上朱莉娅音乐学院。他想他大概也得让彼得斯太太失望,进不了哈佛耶鲁,因为他一直在餐馆里端盘子,没有时间搞大学申请准备考试。但是他感觉自己能去的学校至少比州立大学强,他大概能在埃默里大学或者杜克大学搞到一笔奖学金,不用李家安出钱上学。他不会去继承"中国之星",不管李家安怎么强硬,怎么打骂,这件事情他做不到。不过也许他得负责把餐馆卖掉,再或者是说服李家安让大师傅把餐馆盘下来。大师傅能保住工作,爸爸能拿到年金养老。这不够好,这一切的安排都不够好,所以贾斯汀经常对凯蒂说,他是个大混账。就像在上坡路的最高点打篮球一样,永远玩不尽兴，永远在战战兢兢地担心球跳出这一道矮篱笆。

并不是每一个夜晚都能这么练习投篮，如果店里忙不过来，他就得帮忙一起收拾。更大的麻烦是天气。南卡一年四季都是湿乎乎，夏天最难熬，热带气旋伴随着经月的雷暴，"中国之星"的店面每年夏天都会被风雨打损不少，贾斯汀就不得不跟着李家安一起车木头、上油漆、拧螺丝。夏天的大雨夜自然就不能打篮球了——不过，有时候，即使下雨也是会去打的，因为实在无事可做，凯蒂去了夏令营，其他孩子也都去了夏令营，只有李家人一夏天都守在斯帕坦堡。贾斯汀就在雨夜赤膊只穿条短裤打球，边淋雨边哭。人总要过下去。

4

和习惯多子多孙的美国南方人不同，贾斯汀没有弟弟妹妹。一种猜测是，他妈习惯性流产次数多了，压根怀不上了。另一种猜测是，他父母后来也懒得做爱了。第三种猜测是，贾斯汀越是长大，家里对他的失望就越多。

说失望并不准确。他乖、聪明、脾气好，比一般男孩子好带，父母没什么可抱怨的。不是失望，是隔、客气、生分。家里待他，不像待儿子，开心的时候也不搂着，生气的时候也下不了手去打。和他讲几句话，父母就脸红了，不好意思讲下去。贾斯汀讲一口纯正的美式英语，父母中英夹杂还打着手势。讲得深一点，父母用不了英文的难词，贾斯汀听不懂吃喝拉撒之外的中文。父母用中文对他讲，他句句英文回答。李家安真是奇了怪了，每个星期天都送去中文学校学半天语言，怎么没一点长进？大儿子况且这样，第二个岂非更加是美国人了，这么盘算了几年，终于李赵美芳也过了能生孩子的岁数。

总之，事实就是，虽然屋檐下有爸爸妈妈叔叔婶婶，但他们都早上五点起床

沈诞琦 | 音乐教育

去"中国之星",晚上十点才回家。贾斯汀一个人上学,一个人放学,一个人做作业,一个人玩游戏。

每个星期天下午,贾斯汀独自走去大师傅的家学中国功夫,而镇上的其他孩子都齐刷刷地在新开的跆拳道馆攀比腰带的颜色——在这个乡下地方,无论是珍珠奶茶还是埃塞俄比亚莱或是跆拳道馆,任何新来的东西都会引来"万人空巷"的追捧。大师傅说,跆拳道,中看不中用的。大师傅说,中国功夫,世界第一。

贾斯汀一个人长大。

学单簧管是贾斯汀八岁那年开始的。就连这个,李家安也并不乐意。李家安说,有这闲工夫学音乐,干吗不好好学学镬气,烧盘干炒牛河给我看看?贾斯汀喜欢厨房,不是"中国之星"的厨房,是电视上的那种,米其林三星,分子料理,真空低温烹调……把做菜变成科学试验,把摆盘变成行为艺术,不露一点油烟气。李家安说,大男人吹一长棍子像什么话,干脆去吹箫得了。李赵美芳听了脸红了,贾斯汀却听不出在骂什么。李家安说,学乐器就学钢琴啊,能弹成郎朗那样我倒也服了你。而贾斯汀喜欢的中国琴童却是火辣辣的王羽佳,纽约卡内基音乐厅,一身大红裙子,半个胸半条大腿露在外面,弹一首《拉赫玛尼诺夫第二钢琴协奏曲》。耶鲁大学的申请表格里有个问题:"最喜欢的音乐家是谁?"贾斯汀就填,Yuja Wang,管大学申请的彼得斯太太读到这里,就把他申请表上的选报专业从"生物"改成了"计算机"。彼得斯太太说:"听我的,读计算机,毕业之后去苹果、去谷歌,那些公司亚裔程序员多,个个都喜欢王羽佳,三天两头请她演出。"

幸好当时阴差阳错去上私立小学,音乐课强制孩子们挑一种乐器学,贾斯汀就这么一路学单簧管,家长再有想法也不能多干预。两个月前,贾斯汀回家告诉李家安自己进了南卡罗莱纳州高中音乐大赛决赛,莫里森先生吩咐每天单簧管要练满两小时。李家安说:"老师讲话就是天大?别听他瞎扯。"贾斯汀搬出十几条理由,都没说动他爸,最后不经意说,自己得了奖莫里森先生的年终奖会多发两千块,他爸居然两眼一亮:"那你还是练吧,断了人家一条财路也不好。"李家安又说,练归练,在餐馆里帮忙点菜端菜的活,一天都不能落下。

去店里端菜一天都不能落下,李家安对贾斯汀唯一的要求就是这个,别忘了店,店比天大。多亏了参加学校乐队,贾斯汀能一年一次和乐队出去巡演,到美国各地转转,去年甚至去了德国和奥地利表演,算是见了世面。除此之外,李家安很少允许他出远门。他们一家回过几次纽约,每次都是参加表亲堂亲的婚礼,贾斯汀没有去时代广场看地标,或去东村西村逛街,他被爸妈拖去皇后区的华人教堂参加结婚仪式(贾斯汀小一点的时候常常是傧相,现在这种角色已经留给了更年幼的表弟表妹),然后去法拉盛装修俗艳的中餐馆子吃酒席。李家安常常还得在喜宴的后厨帮忙,因为这样能省一笔本该送给新人的礼金。那种场合李家安会秀一点真厨艺,做几道正宗潮汕菜:鱼丸、冻肉、打冷。贾斯汀认为这些菜味道古怪,他吃惯了美国南方的炸鸡和BBQ排骨,也吃惯了"中国之星"每天剩下的左宗鸡和湖南牛。

"看看,李老二的儿子长那么大了。"喜宴上,一群穿着廉价礼服的中年男女一边拣着盆里的蒸鱼炒虾,一边指指点点贾斯汀。

"长远不见李老二,住纽约哪个区去了?"

"老早不住纽约了。"

"你家不住纽约了?"

于是贾斯汀就得解释,他生在纽约长岛,在很小的时候全家就搬到南卡去了。

在座的总有好几个连南卡在哪里都搞不清楚——除了法拉盛和皇后区,他们也很少出远门。于是就要从纽约讲起,讲到新泽西、马里兰、弗吉尼亚、北卡、南卡。

沈诞琦 | 音乐教育

众人点头,一两个伯伯抽着中国城的走私红双喜烟说:"离纽约真是远啊。"

然后他们会再问,在南卡的哪座城市。

他们会提起"夏洛特",贾斯汀只好说,"那是北卡的。"会提起"哥伦比亚",那是南卡首府,会提起"查尔斯顿",那是南卡第二大城市。没人听说过"斯帕坦堡"。贾斯汀只好说:"喏,走85号州际公路,会路过一只大桃子。"他的脸已经红了,他最烦这么跟外人解释自己的家。

"大桃子?"

"就是喏,高速公路边上有一个蓄水塔,建成一个大桃子模样。"

"哦!就是那里啊,斯帕坦堡就在那里啊!那是只桃子?我每次开车路过都想,好端端高速公路边上雕个屁股干吗?!"一场哄笑,他的脸更红了,回回都会有人提起那个地标像屁股。

"我想起来了!《纸牌屋》里的男主角,Frank Underwood,他不就是你们那里的人吗?"自从《纸牌屋》火起来之后,他们镇就等同于这个虚构人物了。

又有人说:"你们那儿产桃子?我还以为乔治亚才产桃子呢,他们不是号称 Peach State 吗?"是的,南卡的确是美国产桃量最高的州,比乔治亚高得多。贾斯汀这么回答。

"你们那儿桃子便宜吗?好吃吗?"

我对生水果过敏,从没尝过新鲜桃子。年纪小的时候,贾斯汀还会这么老老实实地告诉大人,引来更多叽叽喳喳的问题,"嘿,从没听说过,水果还会过敏!"现在他会说,是的,可好吃了,可便宜了。

"你们那边是不是还有个桃子节?"

是的,每年美国国庆日前后就是桃子节,可以参观农展会,看农机表演。大人们兴致盎然地听着,从福建乡下来到美国之后,他们好久没见过果园了。他们会说,哪年国庆一定去南卡参观下这个桃子节——自然是从来没有人真的会来。然后,总有一个阿姨或叔叔啥的,想起自己的亲戚正在搞一个罐头加工厂,一个蜜饯作坊,兴许可以从南卡进一些桃子。

他们总会说:"等下见到李老二问问他。"等到父亲油光满面地从后厨出来,大人们全然忘记了批发桃子这档事。

比纽约更远的远门呢,那就是隔好几年回趟中国。回回都打算好久,却回回走得很急,因为回回都是去参加葬礼。一年多前老家来信儿,"曾爷爷不行了。"李家人都高寿,老人个个都快百岁了再走。于是李家安就开始给贾斯汀办中国签证,李赵美芳就打开行李箱塞进给三姑六婆的西洋参和口红。李家安就查机票,念叨着曾爷爷千万别春节不行,那时候回国的机票最贵,千万别九月份不行,赶上留学生开学返校的日子,机票也难买。李家安盼着曾爷爷能在三四月份走,机票便宜,天气不冷不热不下雨,能回村里看看老宅见见老友,还能赶上清明扫扫祖宗的墓。李赵美芳就开始列清单,什么东西从国内买更便宜,什么东西美国买不到;又开始盘算,得给美国这边的阿姨婶婶带些什么。最可怜的是贾斯汀,回国的日子越近,他父母就越犯愁他的中文。"眼看要回国了,一句中文都不说。""在曾奶奶面前,怎么能做个哑巴,惹她生气。"李家安就边在后厨炒菜边急吼吼教他几句中文,或者一时兴起地查查他中文学校的课后作业,顺便骂骂老师的失责。他父母会规定他去看美国中文台播出的中国电视剧,翻来覆去就是《还珠格格》或者《神雕侠侣》,除了几句古怪的成语,他什么都没学会。

然后终于有一天,曾爷爷走了。不会是完美的三月四月,而是其他机票昂贵、天气糟糕的月份。李家安在店铺门口贴上一张"歇业一个月"的纸条,李赵美芳搬着六个箱子的行李,贾斯汀给学校递上一张请假条,全家急匆匆地飞回去奔丧——也就是说,在福建南部的小渔村里,李家安和李赵美芳忙着迎送客人,

沈诞琦 | 音乐教育

走动亲戚，贾斯汀躺在简陋的老房子里打三个星期的游戏，除非有李家安和李赵美芳给做翻译，他一步也不向门外迈，一句话都不和人说。他从美国带来了单簧管，两层楼房空空荡荡，游戏打累了就在阁楼里狠命吹一下午的单簧管。李家安听得心烦，就骂他："你不要命啦？"他就顶一句："莫里森先生叫我每天练三小时。"

李家安就叹气，就带贾斯汀去县城的网吧上网。李家安给大师傅发微信：店里一切都好？贾斯汀不用微信，Facebook 在中国又上不了，只好给凯蒂写邮件：中国真是无聊死了。

5

从福建回斯帕坦堡的飞机上，贾斯汀开着阅读灯，翻看托妮·莫里森的处女作《最蓝的眼睛》，讲一个黑人小女孩，梦想自己能有白人的蓝眼睛。学校每年春天都得按教育部的规定庆祝"黑人历史月"，今年的活动是让每个孩子给这本书写读后感。李家安说："怎么就不庆祝庆祝亚裔历史月？"贾斯汀想想，说，因为只有黑人做过奴隶，他们比较惨。李家安就冷笑一声："你以为加州的铁路是怎么建起来的？我们村子上面几辈，家家户户都有亲戚，莫名其妙被运到加州当苦力。奴隶能有多惨，奴隶都是明的，政府登记身份证。苦力呢，都是黑工，饿死病死，没人管。"贾斯汀就说："黑人奴隶多，更加制度化。华人苦力少，时间短。他们受的苦长，我们受的苦短。"李家安说："当时是人少，现在呢，现在美国华人多多了，照样忘本，照样被人欺负。"

贾斯汀就不响，继续看书，等李家安被飞机颠簸得睡着了，贾斯汀打开笔记本电脑写读后感：

在美国，少数族裔在日常生活中总会遭遇一些不公对待，因之对现状产生不满。我们的祖辈父辈常常把抱怨误当作一种解决途径，因为他们实在无法找到更有效的其他办法。抱怨常常是冲动的，情绪化的，混淆了个人偏好和制度上的根本不公。比如说，在我们学校，黑人同学占了60%，拉美裔占了10%，剩下的都是白人，只有两个亚裔：一个老挝裔女生，以及我这个华裔。入学的时候，我成绩比较好，选课都选快班，快班里几乎只有白人同学；老挝女生成绩一般，选课选普通班，普通班里只有黑人同学。诚然，白人同学更多选快班，黑人同学更多选普通班，这体现了一种阶级和经济差异，白人同学更富裕，家庭对教育投入更多，于是成绩普遍比黑人更好。然而我和老挝女生之间呢，我们没有阶级差异，我们的家庭收入差不多。天长日久，我的朋友都是白人，老挝女生的朋友都是黑人，她比我更了解少数族裔的遭遇，虽然这仅仅是因为我比她成绩更好一些，而她为人更谨慎，不愿上太难的课——我认为这些都是个人偏好上的差异。要说制度上真有什么不公，我认为只有一点，学校缺乏鼓励种族之间交流的课外活动：交响乐团是白人的活动，爵士乐团是黑人的活动，足球队是白人的活动，篮球队是黑人的活动……大家是被自己选的课和参加的课外活动而"种族隔离"的，对其他的族裔缺少了解和同情。

回斯帕坦堡没多久就是南卡罗莱纳州高中生音乐大赛决赛了。比赛在州里的历史名城查尔斯顿，本来贾斯汀准备自己开车去，临到比赛当天却是大师傅开车送他，因为大师傅正好顺路去查尔斯顿的机场赶飞往旧金山的飞机。那年春天，FBI以洗钱、贪污等名义逮捕了加州参议员余胤良，他可是加州历史上第一个华

沈诞琦 | 音乐教育

人参议员。这个案子带出了一大串旧金山的华人帮派，同案被捕的有洪门致公总堂的龙头老大周国祥，也就是大师傅小时候在香港一起混社会的开裆裤兄弟，绰号"虾仔"。FBI传唤大师傅做污点证人，许诺说，只要能够做证洪门的黑社会属性，就解决他的非法移民身份。

"洪门那能叫黑社会吗？"大师傅边开车边对贾斯汀发牢骚。贾斯汀手放在单簧管上，手指击着谱，似听非听。

"旧金山的洪门致公总堂，墙上裱着的是什么画？是孙中山发过来的一封封催款电报。没有洪门，就没有孙中山，没有民国政府。"

大师傅一路开，一路讲。几十年前，他在香港三合会里混得风生水起，组织器重，派他和"虾仔"周国祥去旧金山发展新人。几个月里没少打架，砸场子，收保护费，抢人家女朋友。警察不管，知道旧金山中国城有多乱，冷眼看中国人黑吃黑。结果终于有一次，他打架下手重了，等送到医院对方已经死了。人命案子不得不管，警察就把他抓起来，判了无期。他在监狱里蹲了三年，天天吃素念经，所有存款都给了死者的老婆。三年一过，他飞檐走壁越狱走了。他那身功夫，想走就走，却给自己定了三年的刑期，老老实实忏悔。他在旧金山偷了一点钱，搭长途车去纽约。纽约中国城，都知道他是什么来路，既没有人敢向警察举报他，也没人敢雇他，见到他就客客气气赔笑脸，给他点水果或者卖不掉的熟食，权当是打发乞丐。浑浑噩噩过了大半年，终于有一个中餐馆的老板，以精明著称的，说，愿意雇大师傅当厨子，吃住全包，但有一个附带条件，得娶老板的独生女儿，那是个三百多斤重的肥婆。那年他三十四岁，英气逼人，挺好看，从前在香港结过一次婚，长远没联系了，香港的儿子想来已经有十四五岁了哦。肥婆三十七岁，胖，还有点疯。大师傅听了就给这老板磕了个头：谢谢老板再世之恩！当场就答应下来了。老板看他好欺负，索性辞了另一个厨子，让他一个人干两个人的活，天天在厨房忙活十八个小时。回家（就在店面楼上），老婆犯花痴，每天都要男人。头三年生了三个孩子，生第四个的时候肥婆难产死了。

每年暑假，那三个孩子的外公把他们送来大师傅家里住上两三个星期，临走的时候，最大的那个会拿出一张支票，填好了数字的，要大师傅签名。他不声不响签完字，一年的积蓄也就没了，年年如此。三个孩子都挺健康，漂亮，瘦，长得像他，母亲的病他们都没有，就是和外公一样精明，对大师傅没一点敬重，把他当成个用人。

大师傅跟他们外公说，今年别来了，他要去旧金山做证。哪里是去做证，是省下今年的支票，拿去送给老兄弟"虾仔"。大师傅说，人呐，开心是一，剩下的九十九，都是在还债。

大师傅在贾斯汀比赛的音乐厅最后一排坐了两个小时，贾斯汀还没有出场，大师傅就不得不赶去机场了。临走前给贾斯汀发短信：I am leaving now. God luck, Justin. 大师傅没有智能手机，英文又差，简单的词都会拼错。贾斯汀将错就错，回复大师傅：God luck to you too. 祝你也有上帝的运气。

也许真的是大师傅给贾斯汀带来了上帝的运气，他居然拿下了单簧管组的第一名。比赛结束，贾斯汀不急着直接开车回家，打算在查尔斯顿找家餐馆好好吃顿晚饭。初夏的黄昏，植物疯长，衬托着查尔斯顿街头那些五颜六色的老建筑，美国南方最富有历史感的城市正处于一年中最优美的时刻。是的，这里是北美最早的黑奴交易市场，是南北战争的主战场，是《飘》里的故事发生的地方，这座城市的美是用黑奴的血与泪堆出来的。然而那个傍晚，贾斯汀慢悠悠地走在查尔斯顿的街道上，却忍不住吹起了口哨。今晚应该放松，庆祝，做自己喜欢的事情。他收到凯蒂发来的一条小视频，她眨着眼睛说：男朋友真牛逼。莫里森先生发了一条新Twitter还@了贾斯汀的账号：真为我的学生感到骄傲！路边的餐厅都那么诱人,手机上推荐一家店的 Shrimp and Grits,推荐了另一家的南方炸鸡,推荐了第三家的 Catfish Po'Boy,都是南方最流行的菜。贾斯汀不知怎么想的,多走了几步,拐进了一家广东人开的中餐馆,用李家安教的磕磕碰碰的粤语对老板说:"唔该一碗云吞捞面,冲壶铁观音嚟啦。"

(选自《人民文学》2016年第9期)

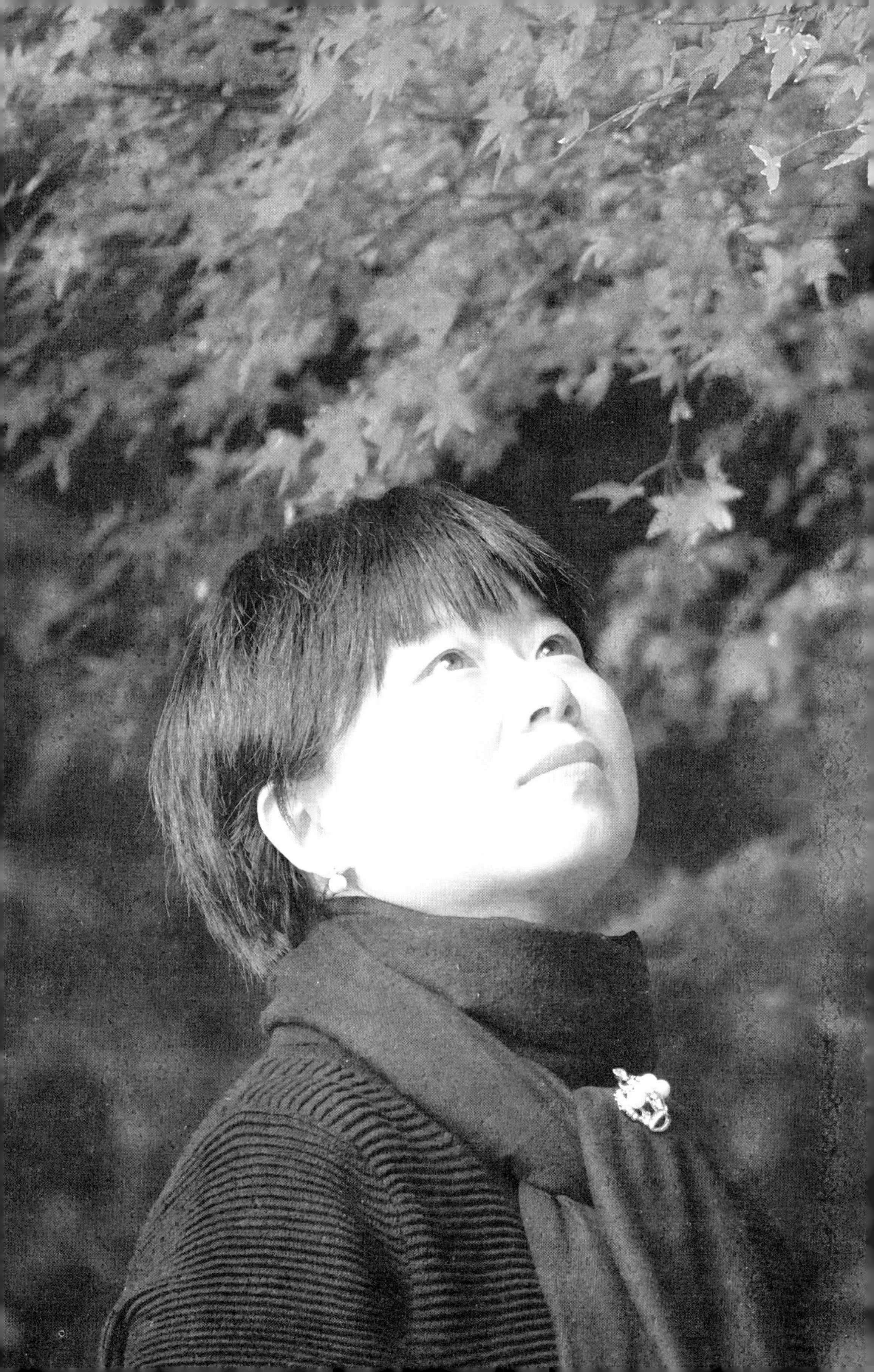

宋小词

宋小词，女，出生于80年代，中国作家协会会员，鲁迅文学院第20届高研班学员。著有长篇小说《声声慢》,中篇小说《血盆经》《开屏》《太阳照在镜子上》《呐喊的尘埃》《锅底沟流血事件》《直立行走》等,小说多次被《小说选刊》《小说月报》《中篇小说选刊》选载,获第六届湖北文学奖。现居武汉、南昌两地。

直立行走

完事后，周午马说，你去洗洗吧。杨双福便听话地从床上起来，踩着纸一样的拖鞋进了卫生间。水阀打开，冷雨像箭一样射下来，半天才有热水。雾气弥漫，蒸腾出某种龌龊。她取下角架上的洗浴液，挤出一大坨，狠狠地抹在脖颈上、双乳上、腋窝下、私处和双腿上，用力揉搓，打起满身泡沫，然后取下莲蓬头猛冲。下体有一股热液涌出，伴着一股浓郁的腥味儿，她忽然感到羞耻，觉得自己像周午马的一只夜壶。

冲洗了半小时，她围了条浴巾出来，周午马已经衣是衣衫是衫穿戴整齐地坐在沙发椅上拨弄手机。她哆嗦了一下，迅速知道这晚开的依然是钟点房。他的白衬衫一丝不苟地扎进黑色牛仔裤里，一条高仿的爱马仕皮带穿腰而过，"H"标志咧嘴大笑，酒足饭饱似的。她有些愤怒。下了床，他早早从兽变成了人，而她却还赤身裸体，像个畜生。她慌乱地穿起衣服，忽地有种被欺负的感觉。

看她穿得差不多了，他对她笑了笑。她也对他笑了笑。

他说，你先走吧，晚了就难坐车了。你住得远。

她没说话。拿起包就走了。

在电梯里，对着镜子，看着烧红的脸，她觉得自己丑极了。

电梯门开的时候，一股冷风迎面袭来，她打了一个冷战，将羽绒服的帽子戴在头上。下了雨，江汉路水淋淋的，四处游走的霓虹仿如肥皂水泼得满大街都是。到处都是人，每个男人的腋下都夹带着一个女人，高的矮的胖的瘦的香的臭的，蝗虫般黑压压地在街上打成了堆，每家的店铺和摊位都是人，几家餐馆前等着就餐的人排队都排出几道弯来了。步行街上三步一岗五步一哨全是兜售玫瑰花、巧克力和发光牛角箍的。

　　七点半，别人的情人节这会儿才刚刚开始，而她的情人节已经草草闭幕了。一对对情侣从她身边谈笑而过，她犹如受了内伤一般。

　　周午马约她三点来江汉路，她上午就从武昌赶过来了，怕堵车。她住在关山一个偏远的城中村。武汉这两年大兴土木，每天一万多个工地一齐开工，每条路如癌症晚期一般，一堵车就堵成一锅粥。每次他约她，都是在汉口。她对汉口的地形不怎么熟悉，每次约会，他说一个地点，定下一个时间，她都要提前很长一段时间用来寻找他说的那个地方。她从来没有迟到过。每次他满头大汗地赶来，看到她早早坐在店里了，他总是很惊喜地叹道，哇，你好贼，这个犄角旮旯我还担心你找不到呢。她笑笑。她不想让他看见她在大街上慌忙前行，两眼迷茫，抬头四顾，走三步就拉人问路的狼狈样子。

　　说到底，她还是怕他瞧不起她。其实她心里也知道，无论她怎么努力，他都是瞧不起她的。城里人总是瞧不起乡下人的。他们今天三点半就在江汉路的一家小餐馆吃了饭，宽阔的餐厅里就他们两个人入座，好在她中午只吃了一个面包，所以还能下得去筷子。三个菜，一道葱烧武昌鱼、一道香酥锅巴、一道广东菜心。中途他叫服务员给她加了一个木瓜炖雪蛤，半只转基因木瓜里盛了些白色的碎末，她舀了一勺，大部分是银耳。她看了看桌上的三脚架菜谱，不贵，二十八元，好歹是他的一个心意。她吃了，吃完了。

　　之后他们就去了附近的如家酒店。这是他约她的重点。她是清楚的，没必要去计较，很多事说穿了就没有味了。只是她以为今天会比以往多一些娱乐内容，她以为会在餐桌与上床之间增加个看电影或是打桌游的节目，再不济轧轧马路也行啊，这样安排会让她觉得更精神文明些。她有一些失落。

宋小词 | 直立行走

房间是早就开好了的,他拿房卡把门打开,她走了进去,她希望能在桌上或是床上看见一束玫瑰或是巧克力,这样多少会给她一些尊严和慰藉,可是什么也没有,只有一股常年不见阳光的霉味。他将她推倒在床上压在身下,双手在衣内一把抓住她的胸时,她的心"咚"的一声跌在了深洞里,五脏间一片黑暗。

杨双福在光谷鲁磨路一家私企里上班,老板是做商超培训的,号称全国都有业务,手下五六个业务员各自划有片区,她分管华北区。她从大学毕业就在这里混着。上班就是打电话,华北区商场超市的电话胡乱打一通,通常自报家门后,对方就不耐烦地挂了电话,有的还要把她妈操一下才肯挂电话。刚开始她气鼓鼓的,还掉泪。每次员工训话,他们老板总说,这年头能把别人口袋里的钱捞出来揣自己兜里才叫本事,一句操你妈怎样了,卵大个事也值得放在心里磨,你们的心眼也太便宜了。后来她也就皮糙肉厚了。她清楚付出就有回报、勤劳就能致富的美好时代已经一去不复返了。

茶水间里同事们都在谈论各自的情人节,嘻嘻哈哈的,晒着各自的礼物,脖子上的黄金项链、手上的戒指、肩上的包包、脚上的鞋子。她们探出头来问她,双福姐,姐夫给你买什么礼物了?她心里一苦,笑笑,说,老夫老妻了,哪里还有这些浪漫。

双福姐,这么好的男人,你要抓紧点,不要拖啦。

你看人家要模样有模样,要身材有身材,难得的是武汉本地人,配你那是,啊,不要不知足哦。

她跟她们笑笑,进去端着一杯奶茶又走了出来。她知道她跟周午马的差距,他配她那是占大便宜了。周午马武汉人,身高一米七五,眉眼有几分国民男神张国荣的样儿,这样的男人哪怕当众擤个鼻涕吐口绿痰都是帅的。自己呢,一个农村姑娘,身高不足一米六,相貌平平,因为久坐,腰腹上趴着一圈赘肉,又不懂穿衣打扮，她能跟周午马搅到一堆，是让许多女人恨得牙痒痒的。她们很想看看她的下场，什么下场呢，无非就是看周午马能不能娶她，她们大抵觉得男人许给女人婚姻比男人本身还要可靠，千好万好若不能结婚总是一场空。她又何尝不想结婚呢，可跟他相处了这么久，他从没有流露要她上门见他父母的意思，她都不知道他家住哪里。他跟她之间的关系靠吃饭和睡觉维系着。

她如身陷一场泥泞，拔不出来，只能一点一点地陷下去。

她给周午马发了条微信，问他在干什么，并附上一个笑脸。她怕那些字太冰冷，得有个笑脸的表情。她对他用尽心思。发出后很久都没有回音。这便无端搅乱了她的心境。她开始仔细回忆昨天的约会，是不是有什么地方做得不够好，令他厌弃了。有时候她自己都厌弃自己，作为一个女人她没钱没貌没出身，只有一对乳生得还算丰满，可这一对乳又能挽留他到何时呢。

整个下午她都怏怏的。她一直将手机摆在桌前，一有动静就划开看看，每次都是系统推送的广告信息。她的心光随着窗外的天光逐渐黯淡了下来。在下班前她的手机短促地响了两下，是微信，她的心一紧，打开一看，果然是周午马的，发来两个表情，一支玫瑰一个红唇。

这就够了，玫瑰与红唇都是爱情的意思。爱情是她的青山。只要青山在，就不怕没柴烧。她的心豁然开朗了，所有的光都来了，希望来了，甜蜜也来了。晚上同事们邀着去锅加锅吃香辣虾，她也赶着去凑了热闹。都是一群外来人，乡里的，小县城的，农二代工二代穷二代，两三杯啤酒下肚，就胡言乱语。

双福姐，一定要拿下姓周的，一定要在这里扎下根来。

双福姐，男人是很好弄的，一瓶红酒加一个裸体就搞定了。

双福姐，一定要豁出去，舍得一身剐，敢把皇帝拉下马，你找了个武汉本地的，不知道省了多少事，起码房子不用愁吧，这就比我们少奋斗二十年，二十年啊，

宋小词 | 直立行走

人生最值钱的二十年啊。

很快就有人纠正，说，三十年，三十年啊。知道武汉现在的房价吗，光谷都一万五一平米了。

这就是武汉人的荣耀，他们生下来不动弹也比我们快三十年。

来，为双福姐提前三十年进入中产阶层干杯！

哈哈。

呵呵。

他们像背负着血海深仇一样从乡野进入城市，每天如鸡一样，两只爪子得在地上刨出血来才有一爪食吃。

她颇有些惆怅，麻木地灌了自己许多酒，直喝得头脑发沉，同事看出了她的醉态，酒事匆忙结束。她知道自己的量，她并没有喝高，她只是装醉。她想体会被人搀扶的滋味，想感受人与人相偎着的暖意，在这个闪亮的城市里，她每天都戴着盔甲，全副武装地把自己弄得质地坚硬，只有她自己清楚，她是个弱者，敏感又极其容易受到伤害。

同事们架着她在商量对她的处理，对谁来护送她回家都很犹豫，大家都有各自的事情。在解释与推诿中，她知道自己成了包袱。她最终还是推开了同事们的手臂，她有一些苍凉。她不想给同事们添麻烦，自己不能给予别人什么，便也不能奢望能从别人那里得到什么。一辆空的士救星般从路边开来，她果断招手，迅捷地打开车门坐了上去，对司机说了地点，在同事们都还没有反应过来时她大笑着对同事们说了拜拜。

含着PM2.5的风吹着她的脸庞，看着光谷转盘中间的喷泉，她一时感伤，流下两串热泪。

日子像是被胶粘住了似的，时光缓慢滞重。已经三天了，周午马像是忘了她这个人，没有给她一条信息。他总是这样子，在饱餐了她之后总有一个礼拜左右的时间是想不起她的。她虽热盼他的消息，但她那点可怜的自尊一直克制着自己的殷勤。

周五的晚上，她拎着一碗麻辣烫上楼时，手机铃声在包里轰然大作。她的心一下腾起波浪，这是她专为他的来电设的《死了都要爱》，"死了都要爱，不哭到微笑不痛快，宇宙毁灭心还在，把每天当成是末日来相爱……"她慌慌地从包里掏手机，她怕接迟了，爱就走了。

喂。她轻轻地。

双福，明天是元宵节，你到我们家吃汤圆吧。

她的脖子顿时伸长两尺，她有些蒙，你刚说什么？

叫你明天到我们家过节。中午之前，我过来接你。

我，我。她有些慌乱，她似乎一直都暗暗地为此事准备着但又一直没有准备好，猛地这么一说，就把她抵到了悬崖上。她说，午马，能不能不到家去啊，我，我。

别不识抬举啊，是我爸妈的意思。

她怕他不耐烦，说，我没有别的意思，我只是，我只是害怕。

行了，我明天来接你。

谈恋爱，见父母总归是一件大事，这是他俩关系脱胎换骨的关键一步。失败了，便前功尽弃；成功了，他们将走进新时代。这机会，她必须得牢牢抓住。从前她一直隐隐担忧自己会在泥淖里沉沦下去，现在才发现周午马是靠谱的，是可以托付终身的。她的命真是太好了。武汉人，城里人都还是好的。

打开寝室门，啪地开灯，一阵窸窸窣窣的声音，几只蟑螂四处逃窜，桌上的、地上的、墙上的，一下就没影了。她对此已经习以为常。

这个城中村卵蛋似的被四周高楼夹击，像一颗发烂的心脏在黑暗中微弱地搏

宋小词 | 直立行走

动。小区路口的垃圾箱,棺材一样,常年臭气熏天,污水横流,这里地势又低,一遇到暴雨天,整个城中村一秒钟变大海,日照不充足,潮气久久不退,所以这里终年都散发着霉味和馊味。但这里也热闹,有许多小餐馆,烟熏火燎的,路面被地沟油盘出一层包浆,乌亮乌亮的。边上一条水果摊,烂苹果烂梨子都沤出了一股酒气。城中村的住户很杂,学生、贩子、民工,天南地北的人都有,是另一个江湖。杨双福住的这个楼大多是附近几所高校的学生,考研的、同居的、考编制的、啃老的都窝在这楼里,所以时不时还能听到读单词的声音,也能闻到精液满天飞的气味。她大学毕业就被学姐介绍租住在这里了,十五个平米,一个月七百块,她觉得还是贵了,但她知道在城区却是最便宜的租价了,搬到这里两年了就没挪窝,这里的老鼠蟑螂苍蝇蚊子她都认识了。

远处是挖掘机的作业声,很多次她都梦见那些挖掘机并排向这个城中村开来,它们把这里的房子、树木、泥土、老鼠和人都当成了垃圾撮进搅拌机里,含着血肉的泥浆从搅拌机里流了出来。她惊恐地呐喊着,挣扎着,想要逃,可是有股巨大的力量将她吸了进去,将她甩入齿轮里。她总是在大叫声中醒来,怔怔的,然后在心悸与不安中又沉沉睡去。

次日里她早早就起床去了超市,在卖酒和卖茶的专柜里盘旋了很久,一只手在这个上放一放,在那个上放一放,不知道选哪个好。武汉人讲面子,送廉价货是很得罪人的。最后她狠了狠心拿了两瓶贵州茅台,七百多块钱。又拿了一提"不是所有牛奶都叫特仑苏"的礼盒,这便拿得出手了。

回到住处烧水洗头洗澡。重头戏便是穿衣服了。她把柜子里的衣服都搬到了床上,她望着这堆衣服,像狗看着一只刺猬,无从下手。平常胡乱逮着哪件穿哪件,也能出门,可今天不比寻常,她想靠这些衣服来装扮出自己的分量、价值、脸面和教养来。紫色的棉衣显得老气,鹅黄的斗篷质地太差,蓝色的卫衣已经起毛了,穿上虽然还过得去，可心里总归是别扭，怕别人从这一细节中捕捉到她的寒酸，顿了顿又脱了。穿了脱，脱了穿，坏情绪弥漫开来，她快要晕厥了，镜子里的一张脸红得像烧煤的，越发的粗陋。她忽然讨厌起自己的生活，她仇恨贫穷和自己的出身，她痛恨起那些光鲜靓丽的、会穿衣打扮的女子，她们依靠着姣好的面容和身材俘获有钱男人过着有房有车的日子，然后她痛恨起这个不要脸的社会来，竟纵容这样的风气，竟允许这样的败坏，让她们年纪轻轻却能不劳而获，享受丰富而全面的物质生活，让她们这些勤劳诚实的女子汗水洒一地，却连一件像样的衣服也买不起。她感到些无助与灰心，跌坐在床上，眼泪不自觉地流了下来。

外面响起汽车的喇叭声，接着她的手机在桌上响了起来。是周午马来了。她赶紧抹泪。扒了条牛仔裤和黑色羽绒服匆匆照了照镜子，就拿了包和礼物出了门。

她看见了一辆掉了漆的白色富康。周午马在车里吸烟。太阳底下，喧闹声变得稀薄，她的脑袋嗡嗡作响。她想到了一年半前的那个傍晚。

前年的 11 月 11 日，她被学姐拉去参加她 QQ 群的一个单身汉聚会。那是她第一次去传说中的酒吧。逼仄的包厢，昏暗的灯光，十几位穿红着绿的男男女女挤着坐在一圈软沙发里。几十瓶朗姆酒和啤酒炸弹般堆在条桌上。"嘭嘭嘭"，座中一男子训练有素，一连开了十几瓶酒，然后给每个人面前放了一瓶。看见酒她惊慌地站起，连连摆手说，我不喝，我不会喝酒的。学姐在后面扯了她的衣服。接着她听到很多人的笑声。她知道她出了洋相，在这么一群光鲜入时的帅哥靓女堆里，她是如此的土鳖，她更加的拘谨与自卑了。

她长这么大还没见过这样的世面，她确实不会喝酒，这样的场合使她感到恐惧。她的衣着也明显跟这里不搭调。她为自己的圆脸、雀斑、杂乱的眉毛和光秃秃的手指感到难为情，一看就是从乡里出来还没有被城市格式化的姑娘，话里也

宋小词 | 直立行走

夹杂着浓重的方言。她不明白学姐为何要拉她来参加这样的聚会。学姐虽然跟她是一个地方的，可是学姐已经进化了，画着口红和指甲，脱去外套，里面的衣服也照样光彩照人，纤纤玉指弹着烟灰，一副江湖老辣的派头。而她呢，里面穿着一件黑毛衣，还是她母亲手织的那种，紧紧地箍在身上，赘肉如氽丸子般这里鼓出一团那里闪出一坨。在空调的烘烤下，热得额头冒汗，可是哪里敢脱去外套，一脱，她的穷酸与窘迫将一览无余。

她就那么枯坐着，看着那群狂犬般的光棍们。她看得最多的是对面那个穿红蓝格子衬衣的男子，小平头，长形脸，眉形好看，像两把剑，眼睛也亮，玻璃珠子似的，鼻子又高，喝了酒，嘴巴湿漉漉的还带着红润。这模样，用她们老家人的话说，生的也能吃。她知道他姓周，身边的人都叫他午马哥。她想他一定是午时出生的，午属马。男子要午不得午。命书上讲男子生在午时是顶好的。或许是马年生的，那么他就长她四岁。心里不觉对他多了些好感。

她看见周午马跟身边两个男的突然叽叽地发笑，还时不时拿眼瞟瞟她。这令她百般不自在，她两腿绷得紧紧的，尽量让自己坐得端正些。她感觉到那种笑有些浑浊、带着不怀好意的劲儿。他们一定是在取笑她的乡土气息，她的鞋子还是那种带襻的圆头皮鞋。她将脚朝沙发边收了收。她的脸红了起来。

促狭的空间里烟雾缭绕，她去了趟卫生间。出来时恰巧碰上周午马。他跟她打招呼，嗨，杨双福。并请她先用洗手池。她赶忙笑了笑。她没想到他还记得她的名字。更没想到他竟然主动向她要了手机号码。她没多想，心里雀跃着，大方地告诉了他，还掏出手机互相加了微信。

她跟在他后面走到座位处，引来一片目光，而且他居然还坐到了她的旁边，那片目光顿时探照灯一般聚拢到她的身上来，连学姐都瞪大眼睛，大抵都觉得她是闷骚型的。她承受不了这些眼光，便借故撤了。她回屋没多久，手机便"嘀嘀"

了两声，竟然是周午马的。他问她住哪？这令她有些慌乱并恼怒，他们才刚认识，不，他们还没有认识，他竟直白地打探她的巢穴，这有点无耻。杨双福在床上滚了几滚，心烦意乱，却按捺不住兴奋。她一屁股坐起来，把自己的安身之所告诉了他。周午马很快回复，晚上请你吃饭，希望赏光。她顿了顿，像是怕错过什么似的，回了一个"好"。

她的心莫名跳动起来。她恼恨自己的轻浮，怎么随随便便就答应了别人的晚餐呢，一点都不矜持，女孩子越是这个时候应该越是稳重，否则会让人轻看的。她后悔了。她捏着手机打算推掉，可是她又怕自己一装逼，对方就永远对她失去兴趣了。她26岁，大学毕业都三年了，她没有谈过恋爱。可是在大学里和公司里，她的有性经验的同学同事们讲荤段子都不避讳她，她们私下里讨论床技与口交，看她脸红齐脖子，都尊她为另类，讥讽她装纯洁。她又气愤又委屈。她倒是渴望交个男朋友，渴望有份浪漫掉馅饼似的砸她脑袋上。别人也跟她介绍过几个，但坐在那些男人面前，她不知道说什么，而对方也同样木讷。她对自己越发的不自信了。她搞不清楚这满世界的男人到底喜欢什么样的女人。她只觉得贞节、忠诚、本分、善良这样的传统美德似乎过时了。这个时代都要求女人学妖精，丰乳肥臀，伶牙俐齿，风流妩媚，自私自利，以美色去俘获男人的下半身，而不是以操守去打动男人的心灵。伟大的女人们倘若变质了，哪里还能找出优质的男人呢。

推脱的短信到底没有发送。她已经没有勇气说不了。她换了身衣服，洗了脸搽了香香，与时间一起坐在床上。

差不多五点钟的样子，他发微信说他到了。她出去，看到小区外停着一辆香槟金的小轿车。周午马戴着墨镜叼着一根烟靠在车门上，像极了港片里小马哥的派头。她从生锈的铁楼梯一步步下来，闻着各种被沤烂的气味，第一次有了一种在尘埃里绽放的神色。

宋小词 | 直立行走

  他们在光谷一家新开的小餐馆里吃了一个鱼火锅。他劝她喝了一瓶啤酒。吃完饭他对她说，我们不要那么早回去，你多陪陪我吧。她说好。出了门周午马就揪住了杨双福的手，杨双福假意抽了抽，便任由他牵着，后来他又扶住了她的肩，一只手吊在她的胸前，似有意又似无意地时不时就会触碰到她高耸的胸。她很讨厌这样，便把他的手拿下，但他又固执地搭了上来。终于周午马一把抱住了她，在光线幽暗又人头攒动的大街上，他的舌头强硬地撬开了她的嘴唇。羞愧、惊恐、骄傲、激荡、兴奋一齐滚进她的感觉里。她推他却死也推不开，求欢的力量如泰山压顶。

  几家连锁酒店都没房了。他们在寒风中寻找了好久才在一个犄角旮旯里找到一家旅店。地毯凹凸不平，他拖着她高一脚低一脚地走进一间霉迹斑斑的小房间里。关上门，都等不及插卡取电，就着窗户外城市的灯火，他便将她抱上了床，在她的扭捏与抵抗中脱去了她的衣服。她的乳房完全暴露了，她的内裤也被扯下，她赤条条地躺在白色的窄床上，巨大的羞耻和恐惧像浪一样涌向她，她感到窒息，也感到愤怒，但同时也感到新奇。一丝不挂的周午马俯下身来了。他把她的手引向他的性器，那是她第一次看见男人的那东西，像一根钢筋棒，灼热坚挺，蛮横霸道。

  她被他揉搓得汁液横流。她明白她守了二十五年的贞操就要完蛋了，到了这步田地她没有了任何退路，绝地里，她凭空生出一股勇气，她开始迎合他，用她的嘴唇、乳房和身体。

  在他提枪挺进的时候，疼痛令她如虾一般弓起腰身，她不停地喊轻点轻点。他在她上面直喘粗气，力道并没有减弱，相反火力更为猛烈。她感到下体一阵撕裂的剧痛，他对她没有怜惜，她的心里涌起一阵寒意。

  他把卡插上，灯跳了一下然后猛地亮了，床单上有血。杨双福有点难为情，她怕旅店责难，便在洗漱间取了水和肥皂，将其搓洗干净。她光着身子劳动，他便光着身子在旁边一直撩拨她。

这是他第二次开车来她的住处接她。一年半了,他们之间还在交往,他并没有甩了她,这便是她的体面了。好多人包括学姐都说周午马蹬你,分分钟。学姐还说,你跟他是不可能长久的。可是他跟她之间已经一年半了。他睡了她一次又一次,这里面不能说一丁点爱意都没有。

他看到她手里的东西,笑了笑,说,还买什么礼物啊?

她说,第一次登门,是礼数。

他把酒和牛奶扔在车后座上,让杨双福坐在了副驾驶上。武汉近来天气还不错,虽有雾霾,但阳光还能穿透,照在光秃秃的树木和泛黄的野草上面,也能显出某种生气。车里有暖气,杨双福伸展开手脚,隐隐有一种主人公的感觉来。一路上,他的电话没有消停过,短信、电话、微信、QQ隔几秒钟就"嘀嘀嘀",一直嘀到上一桥才清静些。这些声音像一根根刺捣进杨双福的心里,可是她不能表达些什么。能跟他相处这么久,她清楚这跟自己的忍耐与包容有巨大的关系。她年轻,脚尖眼尖,可是她必须得装聋作哑,装糊涂。有时候她是恨自己的,但人际关系学让她继续软弱下去。从小家里人就教她,忍得一时之气,免得百日之忧。人能百忍自无忧。她便在这种容忍之道的家教中长大。只是她不明白的是,忍了这么多,人生之忧好像并没有消除。

都是些垃圾信息,不是推销楼盘就是推销迷药,妈蛋。周午马从裤兜里掏出手机摔在车台上。

杨双福笑笑,说,别把手机摔坏了。

周午马说,心里烦。

她不知道他心里烦什么。她的心里也是一包糟,第一次登男朋友家的门,见未来公婆,见识大城市家庭,她很是紧张,她怕人家瞧不上她,城市家庭里地板

宋小词 | 直立行走

都闪着光,进门要换鞋,她为此特意穿了一双漂亮的袜子,还是有五个脚指头的时髦袜子。

车上了晴川桥,几天不见,汉江瘦成了一条裤腰带。一些船搁浅在两岸,像一堆废铜烂铁,兼着有霾笼罩着,江面模糊不清,死气沉沉。江岸这边的汉正街批发市场倒是车来车往,人声鼎沸,隔着车窗都能听见吆喝声和叫喊声,杂乱得像打仗一般,一些摊位、货车和打货的人群将这里挤得水泄不通,交通灯沦为摆设。车在晴川桥上一堵就能堵上个把小时。不耐烦的车喇叭声使这条路溃疡一般烂成一片。

杨双福一抬眼,从桥上突然看到汉江边好几栋房子白花花一片,定睛一看原来是攀扯的一条条白色横幅,横的竖的,从屋顶垂下来,像灵幡。上面用墨汁泼满了大字,"反对强拆,还我家园""无良开发商违规拆迁,黑心政府欺压无辜百姓""誓死捍卫家园""先还建,后拆迁,否则免谈"。原来是要拆迁。这种事如今见得也多了,以前强拆死几个人还算得上新闻,现在赔上几条人命也已不新鲜了。武汉因为一拆暴富的人多了,闹一闹也无非是为了多得点钱。拆迁户争是为他们的利益,犯不着拉着不相干的人去为他们长威风。杨双福撇了撇嘴。

道路松了点,车一溜烟就下了桥,拐了个弯,车便停了。周午马说,到了,得走一段。杨双福愣愣地下了车,从后面车座上拿起礼品。待周午马锁好车门后,就跟在他后面往前走。穿过一条做布匹生意的小街后就到了一座高楼前,楼房有些旧了,白瓷砖上的黄渍像尿垢。几个垃圾桶摆在楼前的花坛边,一些白的黄的塑料袋浑浊地露出来,散发一股沤烂的臭味,杨双福有些恶心。

楼盖得有些奇怪,一进去是一片空旷,像是一脚跌进洞里。两边是若干门面,大半是批发布匹的,兼有批发水钻、纽扣、流苏、徽标等小物件的,地上全是些烂布头,被鞋底踏过后,统一呈现泥色。这楼的三层全是门面店,人声嘈杂,比菜市场还乱。到了第四层才稍微清静些,可是楼道黑黢黢的,她咳嗽了两声企图咳出点光亮来。

周午马说,灯坏了。

好半天杨双福才适应这微弱的光线。扶手一股铁锈味儿。楼道外一阵噼噼啪啪的声音,像擂鼓。透过老式的水泥镂空窗花,她往外细细一看,原来是大风吹动布匹擂打墙面的声音,在桥上看到的白色横幅是悬挂在这栋楼上的。怪不得一进来就闻到一股拆迁的味儿。

楼梯被杂物占据了一小半,她两手提着东西行走有些不便。她忽然有些气愤,说,你就不能帮我提一下吗?周午马"哦"了一声,接过了她手上的东西。这是他们交往以来,她第一次这么不客气地使唤他。她从这栋黑咕隆咚的楼里敏感地嗅到了穷和困的气味。周午马跟她一样都是贫寒的出身。

一股浓浓的猪蹄炖藕裹着煤火和八角味儿扑面而来。

这是我妈炖的猪蹄。周午马说。

香。杨双福说。

气喘吁吁爬完最后一步楼梯,对面污迹斑斑的木门吱呀一声开了,走出一个穿深红色棉睡衣、腰系蓝围裙的精瘦妇女来,手里夹着双长长的竹筷子。一看见他们眉眼就弯了起来。周午马说,这是我妈。杨双福赶紧叫了声阿姨。

阿姨眉开眼笑,说,快让小杨进屋。上前一把拉住杨双福的手,说,哎呀,这手冷得像块冰。小午快把电暖炉打开,让小杨烤烤。

周午马把手里的东西放在桌上,然后把沙发边的电暖炉踩燃,红通通的火光照出一个橙红的扇面来。阿姨将杨双福按在这片扇面里。说,瞧你,还买什么东西,瞎花钱,以后不允许了。

杨双福说,应该的,应该的。

宋小词 | 直立行走

阿姨对一旁摁电视遥控的周午马说，小午，你好好陪小杨，我去买点蒸肉粉。

阿姨走了后，杨双福感到一些轻松。一旁的周午马并没有表现出许多的热情来，他的手臂枕着头，半身不遂似的卧在沙发上，盯着体育频道的滑雪比赛。在插绿箭口香糖广告的时候，周午马说，你自己随意啊。

杨双福便站起来，在不宽敞的屋子里走动，四下打量。屋子是一室一厅的格局，家具与陈设都很老旧，一套组合柜刷的是闪光漆，90年代流行过，不少地方漆掉了露出木胎，像得了牛皮癣。组合柜上面钉了两枚钢钉，一枚挂着一杆老式木秤，秤头的黑铁钩像只极大的问号，一枚挂着秤砣，那秤砣有鸭梨般大小，形状好似宝塔，上面斑斑点点，像是出了天花一样，粗粗的麻绳吊着，挂在墙上如一个惊叹号。这"问号"和"惊叹号"令杨双福觉得这面墙这房子都充满了哲思。对面是卧室，但卧室是关着的，从门里往外散着浓浓的药丸味儿。

靠大门的是厨房，逼仄如鸟窝。案板是水泥砌的，贴的白瓷砖，用的是坛子气，单炉打火灶上面一口黑铁锅，应该刚煮过东西，半锅水还冒着热气。边上有个推拉门隔断，杨双福推开看，是卫生间。卫生间小如雀卵，便池上积得陈年尿垢。她忽然起了一阵尿意，便合上了推拉门。脱了裤子刚蹲下，便听见墙那边传来咳嗽声，打机关枪似的。杨双福推断墙那边应是卧室，咳嗽的人可能是周午马的父亲。他父亲病了？房子不隔音，解手时只有提住一口气，不敢弄得咚咚响。她到底还是不敢放肆。

一泡尿的工夫，周午马已经在沙发上睡着了。杨双福便从墙上的衣帽钩上取了一件衣服盖在他身上，并把电暖炉换了个方向。周母推门进来，手里端着一只碗，满脸笑嘻嘻地说，小杨，别管他，来，尝尝我炖的猪蹄藕汤。杨双福双手接过，喝了一口，抿了一下，说，好喝。又说，真好喝。周母，你说好喝，那我就放心了。然后用脚踢了踢周午马，说，别装睡了，赶紧起来支桌子端菜。

阿姨，我来吧。

你别动。周母将她按在沙发上。

周午马嘴里嘀咕了声"烦人"但还是爬起来了，把靠电视机旁的一个铁架子拿到屋中间撑开，从组合柜后面滚出一个小圆桌面，搁在铁架上。杨双福人生地不熟帮不上忙，就睁着俩眼看他们母子俩忙活。周母麻利，不一会儿便从炉上的蒸锅里端出了五六盘菜，梅菜扣肉、粉蒸牛肉、红烧武昌鱼、蒸蒿蒿、炖蛋和一盘卤猪耳，一大钵猪蹄藕汤放中间，一瓶雪碧立在旁边，桌子一下子就热闹了。

从关着的卧室门里又泄露出了几声咳嗽声。她察觉周午马皱了一下眉头，周母的神色也黯淡下来。

是叔叔吗？杨双福问。

是。周母招呼杨双福坐下，说，肺癌，去年下半年就查出来了。给杨双福倒了饮料后，周母盛了一碗汤进了卧室，不一会儿就出来了。说，吃，吃吧。

但席间的气氛突然沉重起来，好像都不知道该说什么，屋子里一片压着心事的咀嚼声。阿姨的茶饭不错，梅菜扣肉好吃，杨双福的一碗饭眼见得快吃完了，但不知道该去哪儿添饭，便喝了一大口雪碧，草草结束中餐。

小杨，你们干脆结婚吧。

这话前不着村后不着店，杨双福一愣，一口冰凉的雪碧呛进了气管里，止不住地咳嗽起来。

你今天有些不清白吧，瞎说些什么撒。周午马很是气愤，斥责完母亲后，他狠狠瞪了杨双福一眼，一脸轻蔑厌恶的神情。

杨双福忍着喉咙的火辣，停止了咳嗽。虽然他家的条件没有她想象得那么好，但是周母的热情令她有种别样的安全感，在这个屋里她没感觉到城市的拘束，周父又病重，使得她对这个家充满了同情，况且，周午马的样貌没得挑。她竟发现自己是个好色的。她当然希望跟周午马结婚。这个念头从她第一次跟他做爱的时候就有，一直盘桓在心头。她本以为她跟他要走到一起，得横跨很多条鸿沟，征服许多个山头，没想到，才迈了一脚，就已登峰到顶，这太意外太意外了。

阿姨，午马他好像不大乐意。

别理他，还能翻天不成。吃家里喝家里几十年，养得人高马大的，臭屁不懂事，你不嫌弃他，那是他前世修来的。他跟我们说起你的时候不多，但我知道你是好人家的女儿，今天一见，果然不错。我们这样的家庭，没什么家底，也不想去攀个高枝，只想找个老实本分的姑娘进门来，踏踏实实过日子。

离了饭桌，周母把她请到了沙发上，自己也跟着坐到了她身边。周午马出去了，在门外走廊上抽烟。这楼矮，兜不住光，太阳一扫而过，屋子便暗了下来，也添了一些寒意。

周母拉起杨双福的手，说，我看今天你就别回去了，在这儿过夜，明儿，明儿一早你就去跟他到民政局领证。说着，周母的头扭向大门，嚷了起来，我看这狗日的敢说个不字。

周午马确实没有说"不"字，但他头也不回地走了。杨双福看了周母一眼，很是尴尬。周母拍了拍杨双福的手说，别理他，我的儿子我了解，虽然脾气大，但也算孝顺，父母的意思他不敢不听的。

卧房又传来剧烈的咳嗽声，像是要咳出血来的样子。周母扔下杨双福忧心忡忡进房里去了。杨双福跟在后面。

一张黑红色的木质双人床占去房间大半地儿，一只镶嵌穿衣镜的立柜蹲在角落里，两张条桌靠墙摆着，上面搁着棉被和一些衣服。顶上拉了根铁丝，挂着一些冬衣，为避免落灰，衣架上都挂上了报纸。铁丝另一边挂了一些腊肉腊鱼和香肠。床与条桌挤出一条盲肠般的过道，过道上放着小便壶，还放了一个装着炉灰的瓷盆，周父咳出的痰和血就裹在炉灰里。房间里各种味儿汹涌澎湃，让人的心情瞬间变得潮湿沉重。

周母轻拍着周父的后背。周父说，水。杨双福赶紧提过开水瓶，倒在搪瓷缸里。按照周母的指令，杨双福将床头柜上的药包递到周父的手里。

骷髅样的周父看了杨双福一眼，点了点头，连声说了一串好。

周母朝杨双福笑了笑。杨双福也只得笑了笑。

快到吃晚饭了周午马还没回来，给他发了几条信息也没动静。杨双福便觉得很没意思。城市亮起了灯火，天空一片黑暗。她很难在这冰冷的沙发上坐下去了，她打算告辞，但周母高低不让她走。她领她来到走廊的尽头，那里用砖砌了一个小屋子，跟她们老家搭在外面的茅房一样。她以为周母在里面养了狗或者猫，特地带她来看看解闷的。周母把门推开，将灯拉燃，她才顿然明白这不是茅房也不是狗窝，而是周午马的房。一张一米二的木床刚好与门框平齐，床头朝里，一张小小的四方凳充当床头柜。显然还是精心收拾过的，墙面整个新糊了白纸，凳子上铺了带流苏的韩式桌布，还放了一盆廉价的假花，床上的铺盖想必是洗干净晒过的，散发着阳光和洗衣粉的香味。

其实她从进屋就一直在想，周午马睡哪里。就一间卧室，也没独立的阳台，外面一条长长的走廊是楼上四家共用的。周母还留她过夜，是要将她糊在墙上吗？

猫腰从房间里出来，杨双福忽然感到鼻子里一阵辛辣，对周午马好心疼。她替周午马感到委屈。

晚饭时听到敲门声，杨双福顺手把门打开，走进来三个人，每人手里都提着东西。杨双福以为是周家的亲戚，热情地迎了进来，忙不迭地端茶倒水。这些"亲戚"对杨双福很是警惕。周母坐在饭桌边纹丝不动，说，小杨别管，来吃饭，菜都凉了。

来的人把东西都放在茶几上，不过是些汤圆酥糖港饼之类的便宜礼盒。打头的中年男人满脸堆笑，问，嫂子，这是您家请来照顾大哥的保姆？

莫瞎说，这是我的儿媳妇。

儿媳妇？从天上掉下来的儿媳妇？哈哈，嫂子您可真会开玩笑。

我跟你们开什么玩笑？一就是一，二就是二，儿媳妇就是儿媳妇。明天我们就把结婚证拿给你们看。

三个人很有板眼地交换了一下眼色。中年男子的脸上随即堆起笑来，说，周大哥一向可好？

还没等周母答话，卧房就传来了周父的声音，说，托肖主任的福，我一时半会还死不了。

大哥，您多保重身子，少操些心，会好起来的。我们这就走啦？

不送了，你们一路走好。周父在房里很大声地说。

肖主任们尴尬地笑了笑，便起身，朝周母点头的时候，又朝杨双福打量了几眼。杨双福也并不躲闪，一副女主人的样子。

为了应节气，周母收拾完碗筷又去把炉子捅开，要烧水给杨双福做米酒汤圆吃，硬是被杨双福拦下了。周母有些过意不去，便将电视摁开，把电暖器开到最强档，说，那你就烤火看电视吧。自己从组合柜里拿了一只纸箱子过来，从纸箱子里掏出一个塑料盒子放茶几上，又拿出一摞布来。周母说，我做做活儿陪陪你。

周母的活儿是贴水钻。塑料盒子里一格一格放着大小不一的水钻和胶条，胶条加热后，固定在布上，以模具压出各种花朵或动物的形状，水钻也铺在相同的模具里，待胶烫融到合适的状态下，然后将模具用力地按压上去，一个水钻猫或是水钻玫瑰就做好了。

做这个已经十多年了，从下岗后就开始做，这里拿货出货都方便，按件计算，一个月能赚个两千多块，买油买盐不愁了。周母一边做一边跟杨双福说话。

杨双福细细欣赏周母的手艺,周母说什么她就听什么,从周母的话里她知道老两口以前都是针织厂的工人,九八年夫妻双双下岗,周父便在汉正街做起了扁担工,周母在大街上摆缝纫机给人吊扁缝衣改衣,后来才做起贴水钻的活儿。

慢慢熬吧。周母从一堆水钻和布头中抬起头来,对杨双福说,一代总是强过一代的。等这个房子拆了,搬进了新房,日子就会变好的。

这里怎么个拆法?杨双福问。

先说是按面积补,这里房子的面积都不大,我们家总共也就三十来个平方,他们最多补六十个平方,还建在古田,你知道那个鬼地方,千好万好也不能跟汉正街比,我们当然不干。闹了几次,上面答应,特事特办,违反政策给我们按人头补面积,一个人头补三十平米,其实闹一闹,无非是想多得点利益,谁都知道胳膊是拧不过大腿的,政府要这块地,那是说要就要的,我们老百姓也只能见好就收。这楼里的住户其实都搬得差不多了,也就剩七八户了,底下的门面也是一天比一天少,按照规划,都是要搬去汉口北的,那里要打造第二个汉正街,都是穷折腾。

杨双福便知道,她一进这个家,就为这个家争取了三十平米,这个家就可得一百二十平米。一百二十平米,确实是大房子。这样的结局,是值得憧憬的。眼面前的这点艰难算什么。武汉人终归是武汉人,骆驼瘦死了也比马大。

卧室里不时传来咳嗽声。周母似乎已经习惯了,只有两次周父咳得喘不过气来时,周母才起身去看了看。她隐隐地替沉疴中的周父感到些人世的悲凉。她今天给周父拿药时瞥见床头柜有一瓶吗啡,那是止痛的,癌症病人开始服用吗啡,说明治疗已经穷途末路了。但周父不能死,活着就意味着三十平米。

近十点的时候,周午马才回来,一身酒气。没进屋,摇摇晃晃径直去了自己的"狗窝"。周母拍了拍杨双福的腿,说,快去睡觉,快去睡觉。

宋小词 | 直立行走

那天晚上她就这么睡在了周家，睡在了周午马的旁边。喝多了的周午马打嗝放屁流涎吐口水，要喝冷水又要喝热水，折腾了半个晚上。杨双福起来好几趟，后来索性穿好衣服坐在床头等他酒醒。磨着牙齿的周午马翻身起来冷不丁将指头伸进喉咙，"哇"一下吐了一地。杨双福捏着鼻子出去，在煤炉边夹了几个死煤球进来，踩碎在上面，又忍着臭气，将那堆污秽撮走，房间没窗户，只得开了门透气。

陡然睁开眼的周午马看见杨双福惊了一下，问，你怎么在这里？似乎想起了什么，然后一双手便在杨双福身上忙活起来。杨双福反复推开了几次，周午马也不罢休。他把自己的二弟亮给杨双福看，肿得像根棍子。杨双福欠着身子待要关门，周午马却一把扯下她的内裤从后面进入了。杨双福弓着身子手扶着门框，任周午马打夯似的在身体里撞击着。月亮升起来了，照出了他们的影子，她觉得她跟他就像两只狗。

次日里，周母早早就叫他们起床，给他们煮了汤圆当早饭。吃的时候就一直催促着他们去民政局领结婚证。周午马说，你烦不烦人，大清早的，像只乌鸦。

周母在扇煤炉，一把破蒲扇拍在周午马的背上，说，你给老子懂点事，白长苕大个，现在你老头躺下了，你也该为这个家挑挑担子了。

挑挑挑。周午马将半碗含着煤灰的汤圆往桌上一掷，在走廊上点了一支烟。周母从房里出来，将户口本递给他。又问杨双福，你的户口本？

杨双福说，哦，我的户口还在学校，到学校户籍处开个证明就行了。

哦，那你们身份证别忘记带了。

两人各自跟自己的单位请了半天假。在杨双福的印象中，周午马做销售，工作并不怎么稳定，一年换几个公司，没攒到几个钱，倒攒下一堆狐朋狗友，隔三岔五聚在一起喝大酒。从前没觉得有什么，但想到马上他要成为她的丈夫，是她过日子的合伙人，便开始为他的前途隐隐担忧，可又不知道该怎么说。

很顺利，不到两个小时，他们便从民政局领出了小红本。周午马说，你满意了？杨双福说，满意什么？你要实在不愿意结这个婚，也没人拿刀架你脖子上。

行了，再说这也没多大意思了。你上班去吧。

杨双福悻悻地走了。但好心情没有受到影响，她想跟家里打个电话，把这个消息告诉给爹妈，她爹妈早知道她在武汉谈了个男朋友，还看过周午马的相片，他们对周午马相当满意的。睡觉睡到半夜，她妈翻身坐起推醒女儿，叫她赶紧定下来。如果她告诉父母她已经跟他领证了，他们一定会乐掉大牙。但她还是决定不打电话，等他们搬进新房确定办酒的时候再告诉也不迟，省得现在告诉了，父母一时兴起要来见亲家，看见亲家这样的环境，自己父母不放心，婆家也没面子。她很在意婆家的体面，婆家的体面才是自己的体面。

路过糖果店，她称了两斤太妃糖。她想让同事们来分享她的喜悦，她的爱情总算是修成正果了。从某种意义上来说，她成功了。

从汉口这里去光谷上班交通不太方便，得走半个小时才能到地铁二号线的江汉路站。坐地铁上班每天的成本增加了两块钱，但转念一想，结婚了，房子就可以不租了，每个月可以省下七百的租房钱，早餐跟晚餐也可以省下来。杨双福在心里默默盘着账，对未来的日子有了些底气。

满面春风走进公司，给每人的桌上抓了一大把糖。同事们很快就围了上来。杨双福从包里拿出结婚证晃了晃，一把就被同事们夺了过去，集体"哇塞"一下，打开一看，又"哇塞"一下。一男同事说，哎哟妈，闪瞎我的眼睛了。

气氛一下热烈起来，同事们连声恭贺。都问姐夫家住武汉哪儿？杨双福说汉口汉正街那块，晴川桥一下去就是。

哎呀，那可是武汉的裤裆，要命的所在，寸土寸金啊。

汉江边，那块的房价两万一平米，杨姐你可大发了。

哪里哪里。杨双福眯着一双笑眼谦虚着。

请客请客。

改天吧，一定请。婆婆刚发了条短信，叫晚上一定回家吃。杨双福说着，还摇了摇手机。

哇。又是一阵尖叫，感叹她竟然遇上这么好的武汉婆婆。她一直温和地笑着，不想给人小人得意的嘴脸。但她从一些心高气傲的女同事脸上看出了一些别的东西，总的来说是妒忌。此刻她需要妒忌，这比恭喜更令她感到快意。

晚上回到周家，周母的饭菜已经摆上了桌。六菜一汤，有鱼有鸡，丰盛得很。周母说，快去把包放下，小午也快回来了，我们一家人好好吃顿饭。杨双福应了一声，到走廊尽头推开小房的门，电灯拉燃，心头顿时一暖，床上用品换成了大红色的四件套，被子中间窝着两只身体僵硬的鸳鸯。虽然棉质粗陋，却也难为了周母的一片心思。这个家穷一点算什么，杨双福觉得，只要人好心齐，便没有过不去的坎。她对这个家生出一种深厚的阶级感情。

出来时，刚好周午马也回来了，两人一齐进到客厅。赫然看见饭桌旁坐着骨瘦如柴的周父，他裹着一件泛黄的军大衣，戴着一顶灰色的线帽，眼窝深陷，颧骨高耸，坐在椅子上，摇摇欲坠。

周父朝他们抬了抬手，示意他们坐下。

周母给杨双福添了一碗饭，说，吃，饿了吧。

杨双福慌忙站起，说，阿姨，我自己来吧。

周母看着她，说，嗯？

杨双福顿时红了脸，笑了笑，响亮地叫了声妈。

哎。周母敞亮地答应。

杨双福又朝周父喊了声爸。

嗯，好，好，好。周父含着笑点了点头。

周母从衣兜里拿出一个红包递给杨双福。杨双福赶忙推脱。周母说，拿着，这是改口费，是老古礼。杨双福也知道这个礼，便收下了。

周父吃了两个鱼丸便开始咳嗽，咳得上气不接下气，胸脯剧烈地起伏，眼珠子也有点往上瞪。周母也慌了神，手忙脚乱地在柜子上找药。杨双福赶紧过去扶住周父，一只手轻抚他的后背。周午马忙着倒水。

有敲门声，但都没空去开门。门还是被推开了，昨天来过的肖主任一行又来了。进门瞧着周父这症候，他们顿时收起笑容，如受惊的土拨鼠一般你望望我我望望你。肖主任一副江湖老辣的做派，走到周父身边看了看，对后面一位穿红色羽绒服的男子说，快拨打120，周大哥这情况很危险。

周父喘气挣扎着，要命的咳嗽像是从脏腑里生了根，堵在了喉头，令他无法呼吸，鹭鸶般伸长着脖子，他还是腾出一只手对肖主任摇摆起来，张开的五个指头带着愤怒。周母从柜里找出一个氧气瓶，将氧气嘴对着周父的鼻孔，过了一会儿，周父才渐渐稳定下来，惨白的脸上稍稍有了些红色。

肖主任自己找了个塑料凳坐了下来，说，周哥，您这情况还是要上医院，不要舍不得花钱，这人可受大罪了。

周父说，你看看这个家，哪里是舍不得花钱，是根本没钱花。

周母说，去年住院的钱找厂里去报，报到现在，连个屁都没报出来。

周父说，莫跟他们扯远了，你们三番五次来这里，我也知道你们的意思，无非是想看我究竟还能活几天，你们就想着把我熬死，好少算房子面积，我告诉你，我就算油尽灯枯了，我也要跟你们耗。周父抬起头，瞪大着眼睛咬牙切齿看着对面的肖主任，说，你，你们，都是他妈的狗娘养的。

肖主任点头哈腰，赔着笑意，说，您说哪里话，您莫激动，莫激动，我们不是那个意思。

周父显然更激动了。他长长吸了口氧气，说，我不是个苕，老百姓不是苕。

当然不是了，您跟嫂子都精明着呢，哈哈。

周父没有理会肖主任的话，继续说着，我这辈子信奉个不争不斗不出头，以前在厂里，响应什么以厂为家，为集体效力，我们两口子忙得顾不上孩子，后来下岗，我们还是没说什么，国家困难嘛，如今几十年过去了，我也像是睡醒了，我的不争不斗让我的领导同事都得了好，唯一害苦了我的老婆儿子，这么个寒窑我们一住几十年，你们去看看外面走廊的红砖房，那是人住的房子吗，可我儿子从四岁就住在里面，一直住到二十六岁。现在我儿媳妇也要住在那里面。在你们眼里，我们平头百姓就是一条狗。

肖主任僵硬着脸继续向周父笑着，向屋里所有人笑着。

我这一生什么都不争，拼我最后一口气，就争这三十平米。周父用巴掌拍着桌子。

您莫误会，我们不是跟您耗时间，我们也一直在办理这个事情，您莫急，再等等，拆迁赔偿协议马上就下来了。您这一家三口。

是一家四口。周母冷冷地说。她朝杨双福努了努嘴，杨双福便出门到房里拿了结婚证。周母将证打开递给肖主任，说，是一家四口，总共是一百二十平米。

好好好，一家四口，一百二十平米。肖主任很客气地笑着。杨双福替他那腮帮子感到发酸。您家莫急，再给我们一点时间，我们尽快啊。

周父拿起桌上一只碗砸向门边，有气无力说了一句滚。众人一下愣住了。周父又说，滚！

肖主任一行训练有素，依然满脸笑容，起身告辞，还说改日再来看周大哥。

周父捂着胸口幽幽地说，你们这些杂种，好话说尽，坏事做绝。你们真正是婊子养的。

晚上躺在床上，杨双福久久不能安睡。又不好翻身，怕打扰了周午马，她只能干瞪着俩眼。这房间关了门熄了灯，便如矿洞一般黑。墙缝里传来周父的咳嗽声。她在想，周父还能撑多久？

周午马没有打鼾，这说明周午马并没有睡着。他跟她一样僵在被窝里。枕头下还压着结婚证，是光明正大的夫妻了，今夜正经的洞房，他们却尸体一样躺在床上，一动不动。

我妈给了你多少钱？终于周午马说话了。

两千。杨双福答。

就两千？不止吧。她没跟你谈谈条件？周午马问她。

谈什么条件？杨双福反问他。

没什么，睡吧。周午马翻过身去，说，明天把这床单被套换了，一股化纤味。

哦，好。杨双福嘴里应着，心里却在琢磨他刚说的条件。她有点云里雾里。半夜里掀被起床去解手，拉开灯，她发现自己的白秋衣上一块一块的红色，被套掉色。她没想到新婚的床品竟廉价到这个地步，又想起周午马刚才那番话，她有了些浅浅的不安。

虽然周母待她还是那么热情，见到她就笑意盈盈的，但从昨晚掉色的床品她内心知道周母从骨子里是轻视她的。她一定知道她免费甚至贴钱贴米被她儿子睡了一年半。她第一次来她家，她就安排她跟周午马睡一个屋。她要他们结婚，她十分配合地就跟他领了证。这个满脸堆笑的女人谙熟她的身体和心理。她没有费吹灰之力就搞定了她。她活该被瞧不起。但转念她又觉得周母不会是那样一个人，她家只有这样的环境和条件，很多事情她一定是心有余而力不足的。

宋小词 | 直立行走

在周家生活了大半个月，日子过得似乎还行，一日三餐，洗洗涮涮都是周母的事儿，她只需在一旁合把手。但很多时候，周母都会提点她，带着她领悟她的意图与心思，她清楚这是一种潜在的驯化，说好听点是磨合。她眼明心亮，很快学会了生煤炉、红烧肉菜和烫水钻。她在乡里都没学过生炉子，在城里学会了生煤炉，想想，她自己也觉得好笑。

大楼越来越冷清了，楼下开张的门面也多是三天打鱼两天晒网，许多店铺的卷闸门今天落下了，就任由铁锁生锈。地上的烂布头和纸碗也无人再收拾，这里一堆那里一堆，天气越来越热，苍蝇结成团伙，成天嗡嗡嗡，像个垃圾场。

以前周母拿货出货都在这栋楼里，现在不行了，得穿过几条街去汉正街东边的白马商城拿货。这一行都是做熟客生意的，找新活儿，价钱会比以前低很多，每次出货回来，周母的脸上都一股丧气。杨双福知道她又被宰了。周母的货拿得一次比一次多，像是在赌气，杨双福每次下班后都要陪着周母贴钻贴到深夜。杨双福可怜婆婆，两鬓斑白浑身精瘦的老人却要负担这么个破家。养出个儿子似乎也不怎么争气，成天见不着人。她不曾见他拿出钱来贴补家用，有次她提醒过他，却被他吼了一顿，他叫她少管他的闲事。她掐不住他，只是过意不去，自己拿了三百块钱交给周母，说是她跟周午马的伙食费，推脱了几次，周母收下了。

周母拿货出货一般都选在周日，这一天杨双福不用上班，一去一个多小时，有她在家，周母很放心。周母一走，家里就弥散出冷火黢烟的味儿。空荡荡的大楼，冷寂寂的屋子。特别是听到周父像是要咳死过去的咳嗽声时，她的心里就七上八下，头皮一阵阵发麻。她总觉得这屋里到处都躲着无常，到处都是牛头马面。

周父又在咳嗽，听这动静八成是咳出血来了，她的心里泛起阴影。太阳刚好躲进云层里，她感到周身一冷。周父还在咳，她有点进退两难，房里忽然传来碗盏被打碎的声音。杨双福只得进房去看看，一进去便闻到一股恶臭，屎尿盆翻了。

周父半卧在床上喘气，一脸的愧色，她瞥见他的裤子还没有提上去，有半截生疮的屁股露在外面，床沿上还糊了些黑色的大便。

她朝周父笑了笑，说，没事的爸，我收拾一下。

她忍着潮涌般的恶心将屎尿盆端进卫生间倒了，将地面拖了三四遍，洒了沐浴露又拖了两遍。屋子里腥臭味被掩盖了，然后将窗户推开透透气。

外面出太阳了吧？周父虚弱地问。

嗯，出了。杨双福回答。

我想晒晒太阳。周父瞥见杨双福为难的面色，又指了指条桌旁的一把轮椅，说，我坐轮椅，你推我出去就行。周父大口呼吸了两下，又说，不会有事的。

杨双福便从角落里把红蓝格子轮椅推到了床边。周父裹着棉被坐在上面，杨双福像推座山一样将周父推出来。下午两点，太阳正风骚，走廊里暖和得连空气都懒得流动了。沐浴在阳光中的周父像一支风干了的竹竿，面色如泥，双眼深陷，眉毛脱落，鼻孔显得格外大，双唇薄如刀锋，带铁青色，这种被病痛异化的面相让杨双福又害怕又心疼。她给他倒了一杯水。

周父随身还带了个小碟机，两个按键帽掉了，绑了坨红色塑料纸，碟机也便一副寒酸的样子。放的是样板戏，李铁梅正美滋滋地数她家的表叔。周父好像兴致不错，望着对面橙红色的晴川桥跟杨双福说起了他当年在汉正街做扁担的事情。那个时候他浑身都是劲，能吃能喝能睡，一餐一碟子油泼辣椒和一瓶二锅头，那日子真是顺意。他捡过一个温州老板的皮包，里面有十多万现金，他站在原地等失主到夜里九点多，总算把东西给了人家，人家拿出两万块钱来感谢他，他没要。杨双福问他后悔不。周父摆摆手说，不是自己的财，就不往自己怀里揣，揣了就会惹出祸来的。

周父语气虚弱，但是没有停止说话，他的精神头很好，与往日大不相同。他甚至还想喝点酒。杨双福说不可以。他笑了笑，说，我只是说说而已。他指着走廊尽头的红砖屋说，这还是我当年亲手砌的，小午当年睡这屋才这么大，现在比我还高半个头了。他比画着。他忽然说，小杨啊，爸爸对不起你们啊，没给你们创造好的环境。

杨双福说，您别这么说，只要人对，就是好环境。

周父说，不管怎么样，这一次我一定要争取这三十平米，爸爸是享受不到新房子了，但是爸爸希望你们能幸福。小午脾气不好，你要多担待些，爸爸知道你是个好孩子。

碟机里，李铁梅的唱段已经结束了，换成了杨春霞，她正高亢地唱着"工友和农友，一条革命路上走，不灭豺狼誓不休，不灭豺狼誓不休。"太阳有点偏西了，有寒意入侵。杨双福忽然意识到不对劲，周父太反常了。她以前听人说过，将死的人如果突然好转多是凶兆，乃回光返照。一只肥硕的老鼠从屋里窜了出来，沿着墙根一溜烟跑了。有风吹来，在煤炉边绕成一个旋涡。整个楼，整条街，整个汉口像是死了一样，悄无声息。

杨双福感到恐惧。她给周午马发了几条短信，要他赶紧回家。但周午马没理她。她给周母打电话，周母的手机落在了沙发上。时间与空气突然变得狭窄起来。

她说，爸，我们进去吧，现在有点冷了。

再坐会儿。我想再多看看这汉江和晴川桥。

楼梯里总算响起了脚步声，是周母回来了。杨双福赶紧迎了上去。周母说，咦，今天怎么突然想要晒太阳了？杨双福说，嗯，今天太阳还不错。

她说，老头子，进去吧，着凉了越发受罪。她拍了拍他身上的被子，又拍了拍他的脸。周母似乎察觉到不对劲的地方，她伸出手在他眼前晃了晃，然后颤抖的手指伸向了他的鼻子下。周母悲哀地叫了声，老头子，又叫了声，老头子啊。

杨双福也叫了声爸。

周母的眼眶里瞬间就涌出了泪水，她伸手将周父的眼睛抹了下来。她对杨双福说，不要跟人说你爸死了。

杨双福听话地点点头。

给小午打电话，叫他回来，不要说他爸去世了，免得他在外面瞎嚷嚷。

杨双福依然点头。

她们将周父推进房里，杨双福打来热水，周母给周父擦洗了身子，趁着身体的温度，周母给周父迅速换了身新衣服，是早就准备好的寿衣，一套烟灰色的唐装式样的棉袄。周母又从组合柜里拿了一沓黄表纸和香蜡，在床前一并烧了。然后周母坐在床沿，痴呆一样。

妈。杨双福叫。

你先出去吧。周母说。我陪陪他爸爸。

杨双福便不好再说什么，退出来，并将房门轻轻带上。在走廊给周午马打电话，打到第五遍的时候周午马才接，他说，你又有什么事？我发现你自打进我家门后，你事儿特别多，你真把自己个当女主人了是吧，管教我，你下辈子吧。

家里有事，你快回来吧。杨双福几乎在哀求。

周午马把电话挂了。

天很快黑了。周母在房里一直没有出来，杨双福去推了门，发现门已经反锁了。她担心地叫了几声妈，周母应了声，叫不用管她。杨双福想着周母肚子应该饿了，便把走廊的煤炉捅开了，切点腊肉煮了点豆丝。

周母象征性地吃了一点，便又进屋了。她瞥见周母的双眼又红又肿，一看就是被泪水浸泡了很长时间的。杨双福的心里一时也压抑悲伤起来。

夜里她一个人烫钻烫到十一点钟，有点困了，她想跟周母说一声，刚要敲门，周母出来了。她叫了声妈。周母摇摇晃晃地走到沙发跟前，问，他还没回来？

没有。

你去睡吧，我今天睡沙发上。

妈，人死不能复生，您要节哀，还是早点给爸办事，让他入土为安吧。

道理我都懂。老头子争这三十平米，活活熬了半年，眼下吹糠见米了，人没了，这半年遭的罪不是白受了？

杨双福咬住嘴唇，没再说话。

周母说，你去睡吧。

夜里不知道几点，周午马一身酒气地上了床。在杨双福身上东摸摸西摸摸，杨双福被他搅醒了，她有点气，将他的手重重地摔下，但那手又固执地爬上来，用力地揉搓她的乳房。她再次将他的手重重地摔下。他的固执与力度不仅没让她感受到爱意，反而感受到了屈辱，他没有把她当作老婆，只是当作工具。更何况，这个夜晚应该庄重一些，不应该有性爱和快感。周午马揉搓着她也揉搓着自己，并试图扒下她的内裤，她誓死护住。他们在被窝里扭打起来。最后周午马狠狠蹬了杨双福一脚，翻身睡去。

周午马的鼾声响起时，杨双福的眼角突然涌下泪来。她感到委屈，她选择这个男人不知道是对还是错，跟他在一起生活，没有想象中那么美好。以前还有憧憬，还有希望，如今只有一堵黑墙，她眼里的光芒黯淡了下来，连肤色都晦暗了许多。公司的同事都说怎么结个婚把自己结苍老了。她只能笑笑，说成了家，操心的事情多了。

忽然周午马翻身坐起来，大口喘气。她把灯拉燃，看见他手捂胸口，满头是汗。她问他怎么了？他像一只受惊的雀儿，他说，我做了个梦，梦见我爸坐在晴川桥上跟我招手，我说老头儿危险，叫他下来，他不下来。我就准备爬上去把他拉下来，刚伸手，他扑通一下跳汉江里去了。在水里伸出个头来跟我说，我走了。然后一个猛子一扎，不见了。

杨双福心里咯噔了一下。周午马一把抓住杨双福的胳膊，问，我爸是不是走了？

杨双福点点头。

你个婊子养的，你给老子打那么多电话，你不晓得告诉我一声，你个臭婊子养的。周午马愤怒地踢了她一脚，然后掀被起床，疯了似的跑去拍客厅的门，杨双福追在身后，叫他小声些。

门开了，周母站在门口，压着嗓子厉声说，你瞎嚷个什么？周午马没理会，径直走向里屋，推门，床上的周父被一条旧布单盖住了。他揭开布单，看到了周父苍白如纸瘦骨嶙峋的尸体，僵硬的，冰冷的，眼睛紧闭，嘴巴紧闭，双手交叉在胸口，安详的，了无牵挂的样子。

爸。周午马叫了一声。

爸。周午马又叫了一声。

爸。周午马再次叫了一声。然后一下子跪在地上匍匐在床沿上痛哭起来。

周母在旁边也一个劲地抹眼泪。杨双福的眼底也是一片潮湿。周母撩起衣衫擦了擦眼睛，说，行了，动静闹大了，别让人听出风声来。

周午马说，你不会就让爸这么躺着吧。

周母说，那你说怎么办？明天大办丧事，把你爸大大方方抬到扁担山去？那三十平米我们不要了？你整天在外面胡吃海喝，养你养得五大三粗的，你为家里担起半分担子没有？你连你爸最后一程你都没有送到，养老要送终，你就是个不孝子。周母说着动怒了，她拿起手边上一根撑衣杆劈头就向周午马打来。周午马也不躲闪。杨双福上前去拦，却活活挨了几杆子。在她老家有句话，磨不转打驴，媳妇不孝打儿。她不知道婆婆这是在打儿子还是在打她。

周午马突然问，我今天早上出门爸还好好的，怎么说没就没了？

周母没有做声。

杨双福说，今天下午，爸他说他想晒太阳，我就把爸推到走廊上晒太阳，爸晒太阳的时候精神头很好，还说了很多话，说着说着人就……杨双福没有再说下去了，她感觉到她四周有种仇恨和怨气向她逼近。她兀自心虚起来。

你这个臭婊子养的多事，谁叫你推他出去晒太阳的，你不知道他是个什么状况吗？他这么个身体哪里还经得起折腾。周午马上前一把扯住杨双福的衣领，说，你给老子滚！

行了！周母说话了。你们别闹了，都去睡吧，别让人察觉到什么。这楼里又不止我们一家，这个节骨眼上，每个人的眼睛都跟鹞子似的，生怕你多得半点好，多占半点便宜。

杨双福先回了房，她没想到，周午马会把他父亲的死归罪到自己的头上，这是她无法接受的，她对他的混账感到心寒，她第一次对周午马产生出了恨意。

第二天，他们吃完早餐准备出门时，拆迁办的肖主任就来了。照例是隔老远就打着响亮的哈哈，老远就热情地叫着嫂子。他进屋取下帽子，将油亮的额头抹了抹，说，嫂子，周哥还好吧？我是特地给你们送好消息来的，咱们这片按人头补面积的拆迁政策就要落实了，区里昨天专门就此事开了会，估计最快十五个工作日内，你们就可以签合啦。哈哈。

哦，把肖主任费心了。周母冲着肖主任笑了笑。一夜之间，周母憔悴了许多，鬓角的灰发也变成白的了，整张脸仔细看还留有悲伤的痕迹。

肖主任摆摆手说，没啥，没啥，多年的老街坊了，帮着跑个腿，说个话应该的，哈哈，应该的。肖主任说，周哥呢，我来看看他，下次来啊，我请个社区的医生来给他做下护理，像周哥这种倒床的病人啊，做下护理对身体还是有些好处的。

周母说，老周他昨夜吸了半天氧，今早上吃了片吗啡，才睡下了。

肖主任说，哦，睡下了？睡下了那我就不打扰了。哈哈，我就问问，那我走了，嫂子。

哎，您好走。

周午马拿了包在屋里踱来踱去，他抽了一支烟，问蹲坐在沙发旁贴水钻的周母，老头儿就这样在床上一直躺下去？

不然怎么办呢？好在快要签合同了，合同一签，我们就可以给你爸办丧事了。现在抬出去，半分钱的好也没捞到。

现在清明都过了，一天比一天热，到时候臭了，那就"掉的大"。

那你是什么意思？周母抬起头来，望着人高马大的儿子。

少住三十平米又怎么样呢？这事瞒下去，一是对不住老头子，二是如果穿帮了，还不知道是个什么下场。

能有个什么下场，你爸熬这么久不就是为了熬这三十平米吗？你爸这死是自然死亡，是寿终正寝，又不是我们谋杀他，国家哪条明文规定，家里死了人就非得立刻挖坑掩埋，我把老头子多留些日子难道触犯法律了？周母拿了根木条在贴了水钻的布面上敲打起来，她的眼睛虽然还有些红肿，但神情却很坚定，像块磐石一样。周母说，这个事你们就不要管了，你们只管好自己的嘴。

杨双福突然发现周母嘴角两旁的法令纹比往日更显形，像是重新凿了一遍，这两条深刻的法令纹似乎连周母的面相都改变了，那一瞬她觉得周母的脏腑里长着匕首和刀剑。

宋小词 | 直立行走

公司拖欠了员工两个月的工资，恰好上周一笔大额的培训费到账，财务决定把工资结了。中午的时候，同事们缠着让她请客，说她早说过要请吃饭的，不能说话不算话。这是同事们的美意，想闹一闹她。她笑着说，好，今天晚上吃我的。

同事们"哦"的一声，制造出一大片欢腾。晚上一下班她就被同事们拥着出了写字楼，平时，大伙请客都是傣妹、简朴寨、人民公社，把肚脐眼撑翻也不过两三百，但今天他们商议的地点是街道口群光上面的日本料理，这一顿不知道要烧多少钱。杨双福惴惴不安地跟着他们上了的士，还有两辆的士在后面跟着。

到了地点，上了桌，七八个人围着大理石的料理台，看着生蚝、花蛤、扇贝、鱿鱼、基围虾、螺肉、牛排躺在中间的一块大铁板上，白衣白帽白手套的料理师将手里的铲子翻动几下，便嗞嗞冒出一片油来。香！真香。众人都兴奋着，筷子夹着，嘴巴嚼着，手里还捏着黄澄澄的啤酒。他们与杨双福干杯。杨姐是了不起的，从农村来，无钱无貌无后台，到如今有房有家有存款，从杨三无到杨三有，我们可是看着杨姐一步步走过来的。她没有被谁潜规则过吧，人家全是靠自己。所以，杨姐，你是我们屌丝的光明，是我们的榜样。来，祝福杨姐。祝杨姐早点被她老公搞大肚子。哈哈。

杨双福也高兴了，她敞开了心性也敞开了钱包，今朝有酒今朝醉吧。吃，牛排、猪排、鳕鱼、多宝鱼都来一份。酒足饭饱，杨双福晕着脑袋去前台结账，服务员堆着笑，说，您的消费一共是一千九百八十八。杨双福的心里如刀绞了一下，但她还是爽快地数出了两千。服务员找了钱又送了一个水晶玻璃杯给她。她拿着这装逼的物证，顿时生出一种罪过，花了这么多的冤枉钱。

她坐着的士回汉口，夜风像只温暖的手抚摸着她，热闹过后的孤独，像块冷猪油存在心里，她有种被抛弃的感觉。

居住的大楼一股子烂布头裹着柴油的味儿。这栋楼里做生意的几乎都搬空了，就剩一两个门面还在这死撑，夜里从半落下的卷闸门里透出惨白的灯光来，像荧荧鬼火。楼道里黑黢黢的。杨双福从包里掏出手电筒。想着屋子里躺着已经去世的周父，她的心里还是有些害怕，她相信世间有鬼，而且就在她的身后、她的旁边，在电筒光照不到的黑暗里。

　　她的后背涌出一身冷汗，越往上越害怕。她不知道周父会不会像他儿子一样混账，把自己的死怪在她的头上。她一路吓唬着自己爬到了顶楼。客厅里没灯，想必周母已经睡了。

　　她径直走到走廊头，钥匙还未拿出，门开了，周母披头散发站在门后。她吓了一跳。

　　周母说，怎么了？怎么这么晚才回来，不在家吃晚饭，也不打个电话说一声，害我多煮了两杯米。

　　哦，公司临时加班。她说。

　　从今天晚上，我跟你睡这个屋，让小午睡沙发，他毕竟是男子汉，火气旺些。周母说，我跟小午商量了，他也答应了。

　　哦。杨双福心里一炸，她不乐意这样的安排，但是她也只能应允。她跟她儿子商量了，他们压根就没考虑过她。

　　僵硬地躺在床上，杨双福久久不能合眼，她心里鼓起一大个包。她翻了个身，露出半截脖子。周母起来将被子与她压了压，说，把被子盖好，别感冒了。

　　她忽然又感觉到一些暖意，心里的气也消了，还闪过一些些愧疚。她从小就是这样的脾性，恨一个人总恨不长久。

　　连着出了几天的太阳，快有入夏的感觉了。大街上许多人都穿上短裤凉鞋了。周五吃晚饭的时候，杨双福在客厅里隐隐闻到一股异味，她抽了抽鼻子，是一股变质的肉臭味儿。她叫周午马也闻闻。周午马也抽了抽鼻子，然后走到组合柜前抽鼻子，站在卧房门口又抽了抽，似乎弄准了散发异味的方位。他的眉头皱了皱，朝他嚼咸菜疙瘩的妈狠狠瞪了一眼。他说，你成天在这屋里待着，你难道没闻到？

他妈喝了一口稀饭，说，没闻到。

信你的邪。周午马说。

屋里杆子上挂的腊肉腊鱼，有味也正常。他妈说。

我是说正经的，得想想办法。周午马说。

那等会吃了饭，你帮着搭把手，把你老头儿摊到地上，地上总归比床上要好些。我明天再去弄点石灰，一个是杀菌，另一个可以干燥环境。再拖过一个礼拜就好了。周母也显出了一些底气不足来，想必她也一定闻出了异味。别说是一个人，就是一只老鼠一条鱼死了搁上这么多天也会有味的。

收拾了碗筷，周母将房门打开，异味更大了。杨双福佯装看煤炉，远远地躲到了走廊上，这味儿令她很是恶心，也令她心慌。

她听到屋子里有低低的争吵。说话的是周母，她说，你莫怪我，要是那天他不出去晒那鬼太阳，说不定还能多熬几天呢，鬼使起的。

他们锁上房门出来的时候，杨双福看见周午马对她板起了一张脸，好像与她有深仇大恨似的。周母还是对她笑了笑，但这笑却让杨双福反胃。她内心里对她的亲近感已经没有了，她跟她只不过维持着表面上的和气。演戏一样，演给周午马看，演给街坊邻居看，也演给自己看。

楼梯口上来一个人，是楼下阿婆，手里端着一个搪瓷缸子。杨双福赶紧招呼，说，阿婆，您好。

好，你妈呢。

在屋里呢。

周母出来了，接过阿婆手里的东西，递给杨双福，说，拿厨房去，再带把椅子出来让阿婆坐。杨双福一看是一碗米酒，清甜的香。

阿婆说，我们家那老头突然想要吃糯米酒，说外面卖的都是掺了水的，寡淡没味，要我亲自做，这几天气温高，我这一钵子曲子酒长毛长得漂亮，今天窝好了，煮了一尝，味道还行。这东西也不常做，做一次，楼上楼下分一点，是个意思。特别是周师傅，病了那么久，吃点米酒正好补虚。

周母说，让您家费心了。

阿婆头往屋里探了探，说，周师傅是不是不在啊？

杨双福瞥见周母惊了一下，脸色一咯噔，说，阿婆您说么子？

阿婆说，我是问周师傅是不是不在家，去医院了还是去哪了，个把星期都没听见他的咳嗽了。

周母很是警觉，苦笑了一下，说，您家不知道，他哪里还有劲咳嗽，每天喘得厉害，也就是在挨日子啦。

唉，造孽。按人头补面积迟迟不落实，周师傅可是熬苦了。

唉，是啊。周母忽然扭头对一旁的杨双福说，你怎么没把阿婆的碗腾出来？

杨双福"哦"了一声，赶紧将那个搪瓷碗洗干净了拿出来，阿婆接过碗有些不情愿地道了别。周母说，阿婆，您家慢走啊，小心楼梯。

周母对杨双福说，这老婆子鬼心眼真是多，我今天亲眼看见她在路边买了一大碗米酒，端上来说是她自己做的。她就是想来打探事情。

杨双福嘴角笑了笑，她不想与她多说话。她进了房，躺在床上翻看手机书。微信响了，扒开一看，是周午马的，他问她要一千块钱，说发了工资还她。她说，没钱。他说，你妈尿。她也说，你妈尿。他说，晚上出去玩一下，屋里憋人。她说，好。

他们在江汉路王府井百货地下美食楼吃了一大盘花蛤和潮汕海鲜粥再加两根

烤鸭脖，在电玩城一人玩了盘杀西瓜，然后在附近的旅馆开了个房，钱都是杨双福给的。周午马好像还有那么一点点愧疚似的，在杨双福身上倒是肯下力，上上下下，前前后后，把自个儿弄得汗淋淋的，弄得杨双福最后实在绷不住，叫了。两人瘫在床上。半晌，周午马点了根烟说你别忘记吃药。她满足的欢心一下就被扫荡了，她跟他已经结婚了，做这个事还要吃药吗？交往一年多，每次事后她都会买紧急避孕药吃，吃了好像也没什么，但有两次非经期她的下面莫名其妙流出血来，她才知道，这东西是有害的，于是好几次她都没有吃，起先提心吊胆的，后来也没怀孕，她有种隐忧，她怀疑自己是不是已经失去生育的能力了，她不敢多想，不能生育的女人注定是一场悲剧。自从大红的结婚证压在了枕头下后，她便希望自己能怀上，可是三个月了，她的大姨妈都如约而至。现在他居然还让她吃药，在他心里她连生育的工具都算不上，她只是他的性工具。

操你妈。她在心里狠狠地骂他。

第二天两人坐地铁过江在户部巷吃了糊汤粉回家，家里已是炸开了锅。走廊上人挤人，杨双福跟周午马拨开人群往屋里走，屋里也是人，周父的尸体已经被人抬出来了，搁在沙发旁，周母盘坐在周父尸体旁哭天抢地。拆迁办姓肖的站在周母的前面，掰着手指头似乎在跟周母讲道理。一边还有几台摄像机在录像，看上面的logo，是电视台的，还有几个拿着本子、笔和录音笔在记录。

周午马上前扒开姓肖的，说，这是怎么回事？你们这是干什么？

肖回头一看，立刻满脸堆笑，说，小周啊，今天一大早呢，我带了社区医生和媒体记者一同过来看望你爸爸，一来呢是给你爸爸检查下身体，二呢让媒体记者宣传宣传你爸爸，这半年来你爸爸一直与病魔做斗争，这种坚强乐观的求生态度也是一股正能量啊是不是。哪知道一来后是这样子的，对于你爸爸的事情，将心比心，我们也很不好受。但是人已经死了，还是要早点入土为安啊。你瞧瞧，你爸爸的身体都开始腐败了，这很不好啊。

屋里被人群染黑了，连警察都来了。杨双福知道，这是拆迁办做的局，什么保健医生什么抗癌精神，都是扯淡的。他们一定是知道周父早已死了才故意闹出这样的动静。

一个画了粗眉红唇的女的牵着话筒线来到周母身旁，她问，请问死者去世后在屋里放了多少天？

周母坐在地上，两眼放空，嘴唇紧闭，鼻翼下两条法令纹像雕刻一般坚硬，呆板没有生气，像一条风干的咸鱼。

所有的记者都围拢过来，将周母与一旁包裹着的周父团团围住。

女记者继续在问：

为什么死者去世后您不及时发丧，而要停留这么久呢？以致尸身腐坏，散发异味？

听说这栋楼要拆迁，按照区里的政策是按人头补新居面积，一人补三十平米，秘不发丧是不是想多得补偿面积呢？

您与死者多年的夫妻情分，在您心中难道抵不过区区三十平米吗？为了三十平米，您忍心让您的丈夫死后都不能入土为安吗？

周母忽然哇哇大哭起来，她两脚不断蹬搓，双手捶胸，她的眼睛睁得跟电灯泡一样，盯着发问的女记者。周午马拨开人群进去将周母扶了起来，揽在怀里，他将这些记者一个个往后推，他说，你们想干什么？跑到我家里来耍威风是吧，记者就了不起吗？欺负一个穷酸老百姓算什么本事？你妈有种，你怎么不去欺负那些披人皮干狗事的贪官们，怎么不去查查那些一肚子屎肠子的大款们，查查他们赚的钱是不是干净的，跑一无产阶级家里穷抖能耐，高唱道德赞歌，显得多他

宋小词 | 直立行走

妈有正义感，多有道理，我呸你个脑壳进了水的。

那群记者们一个个脸色铁青，咬着牙齿，举着话筒的那位女记者脸上的妆都气黑了。说，你们不尊重死者，你们还有理了，不要扯穷人富人，现场只有死人与活人，你挺能说的，那你说说为什么不让死者入土为安？让其尸体腐坏，变质发臭，你有道理你说，你有困难你说，你家如果有这样的丧葬传统也可以说，你说！你说！

周午马鼓着嘴巴连喉结也鼓了出来，他连鼻孔眼里都冒着怒气，他说，你滚，你们滚，滚，我见你们心里烦。

女记者轻蔑地笑了笑，依然将话筒毫不客气地伸到周母面前。周午马气得浑身发抖，他将两个指头掸到女记者的面前，说，你个婊子养的，你要再对我老娘说一个字，老子今天跟你拼了。

你干什么？警察闪了进来，吼了周午马一嗓子，并把周午马的胳膊往后一扭，周午马的上半身也跟着弯了下去，他挣了挣，挣不脱，疼得直叫唤。

屋子里一片寂静，周母鼻涕虫一样瘫坐到了地上。因为人多，空气不流通，沤出一股酸坛子味来，尸肉的腐烂味也裹挟在里面。杨双福感觉要晕倒了。她走了过来，她知道周家这是到了绝路上，她就算对他们再不满，周午马再畜生，此刻她必须要跟他们站到一起，他们是一家人，一家人的关系应该是铜墙铁壁的关系。

她主动走到女记者的话筒前，周围的记者也都涌了过来，团团围住她。杨双福说，死了的这位大爷以前是针织厂的一位工人，九八年下岗后一直在汉正街做扁担，他曾经捡到过一个十多万现金的皮包，但是他归还给了失主，他从来不要不属于自己的东西。在这个阳台走廊的尽头有一个红砖砌的屋子，石棉瓦搭的斜坡顶，没有窗户，如果你不进去，不开门，你会以为里面住的是一条狗，或是一只猫，你永远不会想到里面住的是人。如果你是在这样的环境里长大，或许此刻你就不会这么咄咄逼人了。你涂着口红,染着指甲油,踩着高跟鞋,与拆迁办的官员手挽手肩并肩,却口口声声说要为老百姓说话,你不觉得可笑吗?你们愚弄我们多少年了?

女记者浑身颤抖,恶狠狠地收拾起话筒线,咬着牙对杨双福说,你不可理喻,你太不可理喻。为了多占国家三十平米,竟连人伦道德也不要了,不要跟我谈贫富差距,不要扯上层与底层,退后三十年还讲个人穷志不穷,如今穷人、底层人竟可以大大方方地不要脸了。

杨双福气急,她说,你以为我们是要争这三十平米吗,我们争的是我们作为人的尊严!!

周午马跳了起来,骂道,你妈屄,你才不要脸,臭婊子,千人捅万人日的臭婊子,滚。身后的两位警察慌了,他们在他反扭的胳膊上再次使劲,周午马叫了一声,拼命反抗。他用腿踢蹬警察,左边的警察一脚踹在他的膝盖窝里,周午马跪下了,他站起来,又被踹跪下了。右边警察说,老实点,否则告你袭警。他们把他的脑袋摁在地上,周午马的嘴里发出杀猪般的号叫。

人群再次安静下来,他们看着肖主任看着记者看着警察,眼神里流露出愕然与哀戚来,他们感觉到了某种过分,但畏惧使他们不敢言语。楼下阿婆说,小午,乖一点,好汉莫吃眼前亏。不要跟他们斗。

嘴巴对着地板的周午马还在号叫,挣扎。踩在他的背上的脚又往下压了压。周午马的眼睛里流下了泪水。

杨双福愤怒了。她像一头烦躁的牯牛冲上前去,她用爆发的力量撞开了警察,把一位警察撞倒在了地上。人群里发出哄笑。警察被惹恼了,爬起来后,将别在腰里的警棍举了起来,人群纷纷往后躲。都在劝说周家,莫闹了,把周爹爹赶紧安葬了,三十平米不要了,人命要紧。

宋小词 | 直立行走

从盘古开天，哪有胳膊拧过大腿的事儿。

在警棍的威胁下，杨双福与周午马退到了墙角。周午马的手在组合柜上摸索着，他在一个盒子里摸到了一把剪刀，然后他看到了墙上挂着的秤砣，他丢下剪刀，翻身冲过去将秤砣抓在了手上。杨双福曾掂过秤砣的重量，大概有十二三斤重，褐色的铁砣，已经很少用它了，周家一般拿它当锤子用，周午马曾拿它砸过核桃，只一下，像脑袋一样的核桃就粉碎了。

周午马拿着秤砣胡乱挥舞着。警察摆着了勇斗歹徒的架势，弓着身子，高举着警棍吼道，放下，把秤砣放下，再不放下，我就开枪了。

警察说着，手伸向腰包，掰开扣子，真的取下了一把黑色的手枪。人群里有人发出了尖叫，有的拥挤着退出了门外。记者们也都傻眼了，但很快情绪就高涨起来，他们兴奋地等待事件的进展。

警察用枪对着周午马说，放下，听见没有，放下。

周午马将秤砣死死捏在手里，愤怒与恐惧令他浑身涨出力量，他的双眼像烧红的炭，他不停地喘着粗气，他肌肉紧绷，汗毛炸开，他与警察较量着。

周午马咬着牙，晃动着秤砣说，姓肖的，你给老子听着，老子今天要是死了，做鬼也不会放过你。姓肖的吓得一跳，说，这关我什么事，我是一番好意。周午马对着警察说，还有你们，又对那个女记者说，还有你这个婊子养的。女记者双腿一抖，只翻了一下白眼，没有做声。周午马说，来啊，来啊，来打死我啊，我老头死了，我没埋，我犯了罪了；我不要脸多占国家三十平米，我犯了罪了；我骂了记者婊子养的，我犯了罪了；我被警察打了，我踢了警察两脚，我犯了罪了，来啊，来枪毙我。周午马说着冲了上来，脑袋直往枪口上顶。杨双福在后面拉着他，他一把甩开了杨双福的手。

拿枪的警察一脸惨白，他的手直哆嗦，但是他没有往后退却，他跟周午马一样年轻,也跟周午马一样血气方刚,他的战友拽着他把他往后扯,但是他没动。他颤抖地说,别逼我,都是人生父母养的。

呸,我是人生父母养的,你们都是狗娘养的。

你!那位警察似乎彻底被惹怒了,他举起警棍,锤子一样落在周午马的头部,周午马"轰"一下倒在了地上,连叫都没叫一声,他手里的秤砣滚在地板上,咕噜一阵响。杨双福啊了一声,她瞬间感到一阵晕眩,她觉得这屋子在摇晃,人群在摇晃,自己也在摇晃。

瘫坐在周父尸体旁的周母动了一下,她朝天花板凄厉地叫了一声,她爬过去趴在儿子的身体上,大声喊着,杀人啦,杀人啦,警察杀人啦,警察杀死我儿子啦。天啦,警察杀人啦。周母捡起地上的一把剪刀,说,我不活了,我今天跟你们拼了。

放下,放下,听见没有!年轻的警察再次吼道。但周母还是冲了过来,"轰"一下,周母也倒在了地上。警察慌神了,他的脸色惨白,不断地吞咽口水,硕大的喉结像一枚反复拨动的算盘珠,他丢开警棍,像是被烫了似的。他对另一位警察也对着人群说,我,我不是故意的。我,是他们逼我的,是他们逼我的。

在晕眩与摇晃中,杨双福支撑着自己的身体,她捡起了周午马身边的秤砣。在周午马倒地的一瞬间,她想起了周午马零星的好处,他曾经在她生病的时候给她下过一碗肉丝面,他曾经在她生日的时候送过她一条纯羊毛的围巾,在江滩看国庆焰火她崴脚后他也背过她,他还在金器店给她买过一枚两点多克的黄金戒指,因为太细,只能戴在小指上。一日夫妻百日恩,她跟他是多少夜的夫妻了。现在她的丈夫被人打倒在了地上动弹不得,死活不知。她是他的妻子,她理所当然要为他报仇。她把全身所有的劲都往右边胳膊赶,她捏着秤砣,咬着牙骨,跨过周午马的身体,跨过周母的身体,然后像中学体育课上扔铅球一样,她把秤砣扔了出去,秤砣径直飞向警察的脑袋,"崩"的一声响,警察向前晃了晃,又向后晃了晃,然后倒在了地上。

血、血、血呀。女记者尖声叫了起来。

杨双福自己也尖声叫了起来，她捂住自己的耳朵，又捂住自己的眼睛，她背过身去，又转过身来。她看到血从警察的后脑勺汩汩流出，像泉眼，流到了周午马那里，流到了周母那里，流到了周父那里。一屋子血腥味，咸咸的。杨双福忽然感觉到冷，浑身颤抖，眼前的一切都变得模糊，所有的声音都隔了万重山。她的胃里一阵翻江倒海，她哇的一声呕吐起来，然后她便什么都不知道了。

她不知道是什么时候醒来的。她做梦，梦见自己躺在海滩上，海浪一波一波地涌向她，后来她感知到了海浪的恶意，好像每朵浪花都带着刀子一样，打得她浑身疼。她叫了一下，便醒了，睁开眼她看见四面白墙，刚开始以为是医院的病房，又不像，哪有病房没窗户的，而且一个病房也不可能只住着她一个人，睡的好像也不是病床，她摸了摸，是睡在一张木板上，浑身湿漉漉的，不是汗，是水。

醒了？

有人在问她。她循声看去，看到了三四个警察和一排铁质的栅栏，有一个警察端着一盆水，正准备泼她。她才明白这是在派出所。

他们要她交代袭警的经过和原因。她脑子一片空白，她想了很久才想起之前发生的事情。她头疼欲裂。

我老公呢？他怎么样了？还有我婆婆我公公？

你公公已经由街道送去殡仪馆冷冻，你丈夫跟你婆婆在一医，都没什么大碍。

那，那位警察呢？

呵，你终于想起问那位警察了。

他怎么样了？死了吗？是不是死了？我是不是要抵命？

审问的警察顿了顿,说,目前还在抢救,抢救过来了是你的造化,这样量刑就会轻一些。

我不是有意的,我与他无冤无仇,我没想到要害人,我从生下来,我就没害过一个人,这次是他们逼的,兔子逼急了还咬人呢,我是良民,一直安分守己。杨双福拼命地开脱自己。

栅栏外的警察毫不理会她的辩解,他们问她的姓名年龄,籍贯与民族,问她的直系亲属与社会关系。她一一交代。她来自鄂西南的农村,靠勤奋与努力考上了武汉的大学,三代种田,祖传的贫穷,她们家没有人练过法轮功,也不信邪教,更没有加入任何恐怖组织,家族里没出过叛徒也没出过土匪,她的背后没有团伙。她只是一个穷打工的,贪色,认识了汉正街的帅哥周午马,赶上了拆迁,为了夫家多分三十平米,闪婚。她半辈子的梦想就是在一间稍微宽敞点的房子里,跟自己喜欢的人过日子,生个娃,把他养大,然后寿终正寝,从来没想过要把自己过到派出所的审讯室里,更没想过会把自己过到牢里去。

她被限制人身自由,整天关在审讯室里,四盏白炽灯二十四小时照着她,她像是跌进了石灰池,浑身烧人。她每天都询问那位警察的消息,她期盼他快点脱离生命危险,尽早好起来,不要死,她还年轻,她不想为他抵命。五天后审讯她的警察隔着栅栏告诉她,那位警察被抢救过来了,但是因为颅内大量出血,视觉神经受损,双目已失明。

瞎了?怎么会这样?怎么会这样?那我是不是要坐牢?我不要坐牢,我还有父母要赡养,我不是故意的。杨双福哆嗦起来,我的婆婆和我的老公呢,他们怎么样了,他们知道我被关在这里吗?

他们已经出院了,刑事拘留二十四小时内通知家属这是程序,我想他们知道你在这里。

那他们有没有来这里要求探望我?杨双福双目炯炯望着警察。

警察咬了咬嘴巴但还是摇了摇头。

哦。她麻木地回应了一声,心里一团漆黑。

审讯的警察还说,那位警察的家属现在天天蹲在派出所里讨说法,要求严惩凶手。警察的爹手里拿着柚子般大的秤砣,各种赔偿都不依,说只要把手里的秤砣原样砸在凶手的脑袋上。

杨双福一怔,继而捂着脸,蹲在墙角,肩膀一耸一耸的。

过了两日,一位警察通知三天后她将被提请诉讼,他们已经通知她的家属为她请一名辩护律师。过了三天,她戴着手铐被两名女警察押着上了一辆警车。隔着车窗看着马路两边的被太阳照着的商铺、广玉兰和行人,她不禁流下眼泪,眼泪一流便再也止不住了,索性号啕大哭起来。押解她的一名女警官哼了一声,说,现在后悔了吧,晚了。然后她们木偶一样的看着她。

下了警车,忽然从四面涌来许多人将她围住,有人高喊,照她眼睛打,打瞎她的双眼。她本能地弯下身子,戴着手铐的双手高高举起护着自己的头。两名女警喊着,不许打人,不许打人。她的身上还是挨了许多拳脚,直到几名武警赶到,这群人才一哄而散瞬间不知去向。

庭审没多久便宣判了,她定性为故意伤人罪。她的辩护律师沟通了受伤警察的主治医生,颅内出血导致的双目失明是短暂的,以现代的医学水平,只要治疗及时,眼睛在半年内就可恢复。这个有利因素使律师为她争取到了最轻的处罚,她被判处一年有期徒刑,赔偿被伤警察五万元医药费和二十万精神损失费。

在庭上她看见了周午马和他的妈妈,他们穿得像是走亲戚来了,周午马竟然还穿了一件衬衣,挺括的,只差领子上打一个蝴蝶结了,他们虽然面带愁容,但杨双福感觉他们并没有真心地感到难受。他们看这场庭审的神情就像在看一场事不关己的热闹。在宣判后，她请求跟她的丈夫周午马单独见面。

庭上同意了她的请求，两名女警察捉着她的胳膊在走廊上与周午马见了面。

杨双福看着周午马，热泪长流，周午马摸了一把脸，把头转向一边，很快就转了过来，他冷着驴一样的长脸说，你太不理智了，你就不该把秤砣扔出去。这下好了，要赔人二十多万，二十多万啊，天啦，我们家哪有这么多钱？

她一直都不后悔自己扔出去的那个秤砣，她不害怕为了周午马坐牢，但是此刻她后悔得要命，她恨不得剁掉自己的右手。她为了他们家的尊严为了他的二两骨头，她扔了那只秤砣，如今她要为此蹲一年的监狱，坐牢啊，一辈子的污点，她的人生都要毁了，他却还在跟她算账。还天啦地呀，二十多万。

呵呵。呵呵。杨双福止住泪，忽然笑了起来。真是可笑，太可笑了。这是她从前想着要托付终身的人。呵呵，太可笑了。她看着他，脑海里全是他趴在她身上劳作的样子。他腋下轻微的狐臭，浓重的体毛，圆鼓鼓的肚脐，磨旧了的性器和高潮来到时狰狞的面孔。她仿佛闻到了热汗与精液交织的气味，她忽然觉得他如此丑陋，如此的面目不堪。

她看着他说，你鸡巴真恶心。

周午马说，什么？

她一字一顿，缓慢而又清晰地说，你、鸡、巴、真、恶、心。

周午马气急败坏，他的脸一下子涨得通红。他不知道该怎么回敬她。他恼怒得双脚跳，屁眼里着了火似的。他大声地骂她婊子养的，骚货，贱货，丑货。

她哈哈大笑起来。

收监后不久，狱警就给她递来一个快递，她在监视下打开，里面是一份离婚协议。周午马协议离婚的理由是两人性格不合，女方有暴力倾向，由于两人结婚时间不长,没有共同购房购车,也没有孩子,故不存在财产分割,但夫妻一场,周家愿意给女方四万块离婚费,从此再无任何瓜葛,女方所犯的刑事案件及由此产生的经济赔偿由女方一人承担。

杨双福当着狱警一字一字地念着寄来的离婚协议,像小学课堂上朗诵课文一样。那些字像小刀一样剜着杨双福的内脏,她的胸口一阵一阵的疼,疼得她难以呼吸。什么一日夫妻百日恩,全他妈是狗屁。但是她还是在离婚协议上签了杨双福三个字,每一笔每一画,她都用了力。

她知道汉江边的那栋楼房在她受审讯的时候就已经爆破了,拆迁补偿也到了位,周午马在古田有了一套一百二十平米的还建房。她为他们家争得的那三十平米,他们按一千多块钱折算给她。她清楚古田那地方即使再偏僻,房价也是近六千一平米。她的躯体里长满牙齿,恨不得立刻咬住周午马,活吃了他。那个秤砣她砸错了人。

一连二十多天,杨双福的心里恨恨的,就算离婚也不能便宜了他们,做不成夫妻就做仇人,她甚至想着出狱后第一件事就是杀了周午马,反正她已经坐了一次牢,不怕再坐一次,吃了一个多月的牢饭,她对坐牢已经没有那么恐惧了。每每想起那张离婚协议,她的拳头便会不自觉地握紧,她希望日子快点过,她好早日去教训那个王八蛋。她很想看到他倒在她面前的那副惨样,她想象在他的新房子里,她砸他们的家具家电,她表现出的凶狠一定会让他们瑟瑟发抖,他们一定会向她求饶,他们的所作所为是对不起她的,他们算计了她,辜负了她,玩弄了她。然后她会在冷笑中一刀刺进周午马的心脏,她要让他为她彻底痛一次。每次这样的想象都令她十分解气。

她知道自己恨人不长久,为了阻止因时间长了对周午马的恨意减轻,杨双福每天早上起床后都会在心里默念三遍杀了周午马、杀了周午马,杀了周午马。然后逼迫自己去想周午马混蛋、王八蛋的时刻，他在她面前一直是强势的，说一不二的，他知道她对他的爱和对他的忠诚，他便一直得意洋洋一直高高在上，她知道他从未把她当作真正意义上的女朋友，他把她当作他的奴仆。他明知她深爱他，却如此玩弄她。一位哲人说过，这世间任何东西都可以玩弄，唯一不可玩弄一个人的内心深处。他玩弄了她的内心深处，这不可原谅。她每天都对升起的太阳发誓，她要杀了周午马。

仇恨给了她别样的力量与坚毅，她在狱中更积极地劳动与生活。缝纫时，她会把布匹当成是周午马，她的脚便踩得分外有劲；拔草时，她会把草当成是周午马，每根草她都会连根拔起；扫厕所时，她会把每坨屎当成是周午马，这样她必要冲洗得干干净净。她在狱中获得了许多表扬，比在大学和公司获得的表扬还要多，她觉得自己适应能力好强，一枝黄花一样，哪儿都能生存。

终于刑满释放了。监狱领导看她表现好，特地为她安排了工作，汉口郊区某大型制衣厂做设计员，月工资四千，比她以前做伪白领强多了。她感谢组织，但出狱后她并没有去制衣公司报道，而是径直去了古田。她拨打周午马的电话，听出是她的声音后，周午马冷冷地说，你找我做什么？我跟你还有关系吗？然后他果断挂掉了电话，再打过去，他就一次次挂掉了。他竟如此绝情，好歹他睡了她近两年，就算一个嫖客对一个婊子也不至于如此冰冷。杨双福被激怒了，她一出狱就奔他的地儿来，心里还是有一丝残存的念想的，哪怕他一句寻常的问候也会削弱她对他的恨意，但是他对她如此狠毒。她进了超市买了一把菜刀装进袋子里。她要真正与他一刀两断。这口恶气她憋得太久了。

然后她给学姐兼老乡打了电话，让她打听周午马的新居在哪里，几栋几单元几号房。学姐说，你还找他干吗，他都结婚了，老婆都怀上孩子了，你彻底没戏了。杨双福说，我知道，所以特地去恭贺他。学姐很快给她回了话，告诉了她周午马的地址。

杨双福很快就到了周午马的家门口,她敲了很长时间的门,没动静,屋里没人。她掏出一张公交卡往门锁里捅了几下,门就开了。这活儿是她在狱中跟一位狱友学的,当时只想着好玩,没想到一出狱就派上了用场。她推门进去,闻到一股浓重的甲醛味儿,客厅的一面墙上挂着周父与周母的照片,看来周母也挂了。看到照片,杨双福又想起居住在周家的许多事情来。想起了周母的粉蒸牛肉和米酒汤圆,想起了周母的贴水钻、周父的咳嗽和去世前在走廊里与她说的那些话,想起了与周午马的吵嘴和做爱,不觉热泪滚滚。

杨双福在他家客厅坐了许久,周午马并没有回来,她便往里走,一百二十平米的房子确实宽敞。厨房连着餐厅,餐厅连着阳台。卫生间两旁各是卧室,她推开左边一扇门,一眼就看到床头上挂着的巨幅男女合照。蓝天白云下,银色的沙滩上,女主角一头大波浪的长发,鬓角插着一朵粉色的扶桑花,一件波西米亚风格的长裙总往天上飞,胸大,腰细,她双臂搭在男主角的肩上,手里还握着一双白色高跟鞋,男主角穿着白色的T恤和蓝色的西装短裤,双手环在女主角的腰上,他们像是刚说完一句有趣的私房话,各自都大笑着。她见过许多婚纱照,那笑容假得像是粘上去的,且僵硬如水泥,但是这张的笑容却不是,这是发自内心的笑,是恩爱甜蜜的笑,是你情我愿的笑,是告别灰暗终于迎来光明的笑。他们笑盈盈地站在相框里,多么的郎才女貌,多么的佳偶天成。她的心里一时五味杂陈,她也与他照过相,手机自拍过,他在她跟前从不曾有过这样的笑容,她知道,在他心里,她是迫于现实不得已选择的勉强凑合的伴儿,而相框里的才是他一直渴望的爱人,漂亮、性感、风情万种。然后她看见了相框下的床,顿时惊住了,她从未看过如此大的床,大约有四五米的样子,占据了大半个房间。这张变态宽的床让杨双福感到猛烈的心酸,这巨大的宽阔是以前憋屈太久了的一种宣泄,是痛诉,是愤慨。她忽然感受到了周午马对以前生活强烈的恨意。

大门处有钥匙扭动的声音。周午马回来了。她听到周午马说，你快在沙发上休息一会，今天在医院折腾了一天了，你累，肚子里的小宝贝也累。你坐着别动，我去给你倒杯水。她便在心里感叹，原来他也懂得心疼女人。

啊！忽然一个女人的声音尖叫起来。

周午马问，怎么了？

女人说，你看你爸妈的供桌前，谁点了三支香？谁进这屋里来了？

客厅里一片安静。

杨双福从卧室里出来，就在刚才，她对他已经没有了恨意，这个男人不怎么喜欢她，却与她交往了两年多，还跟她结成了夫妻，他跟她在一起的生活和性生活他都要忍受郁闷和压抑，这是多么的不容易。更重要的是他狗一样蜷缩在狗房子里近三十年，受了几十年的苦楚，总算要由狗变成人了，娶了理想中的妻子，又孕育出了下一代，而且住上了窗明几净的房子，多么美好的结局，总算苦尽甘来了。她要好好祝福他下辈子的人生。

她打算跟他握手言和，刚走到客厅，就感觉有个黑影在她眼前闪了闪，接着她的脑袋被某种钝器砸中，"嗡"一下，她的眼睛被定住了，无法转动，她看到了周午马手持钢棍万分惊愕的样子，她看到了站在他身后微微隆起肚子的女人。

然后"扑通"一声，她倒在了地板上。

（选自《当代》2016年第6期）

仁堂

旧海棠

旧海棠,本名韦灵,1979年生,安徽临泉人。小说发表于《收获》《人民文学》《十月》《上海文学》《山花》《江南》《西湖》等杂志,获首届广东省青年文学奖、广东省有为文学奖——第二届"大沥杯"短篇小说奖。系广东省文学院第四、第五届签约作家。居深圳。

天黑以后

鹤舞很漂亮,长发过肩,齐刘海,弯睫毛,黑眼睛。脸型嘛,说起来也怪,跟爹妈都不像,像姑姑。你走大街上眼观六路看到的一个个小女孩的好看模样都在她身上了。现在她正读幼儿园大班,跟大人说话时仰着脸,黑眼睛闪动,一脸的天真,样子很是好看。而这个年岁所有孩子的天真烂漫她也都有。

小伙伴们都吃饱了,服务员也已收拾好桌台,这会儿正在上冰激凌。鹤舞在小朋友堆里突然恼了,跑过来问妈妈:"妈妈,我是爸爸送你的小天使变的对不对?"

鹤舞妈妈在龙飞凤舞地跟其他小朋友的家长聊天,听鹤舞这么问,停下来马上明白了这个与孩子之间隐蔽的小秘密。这是个有点让人尴尬的小秘密,但这会当着这么多人的面也只好装作若无其事大方地回答女儿说:"是呀。"

这时候又跑来一个小男孩,不服气地说:"所有的小孩子都是妈妈生的,不可能是小天使变的。"说话的口吻气壮山河,要征服全世界。

"我就是小天使变的。我就是小天使变的。"鹤舞不服输。

"你也是你的妈妈生的,天下的小孩子都是妈妈生的。"来的小男孩也不服输,彼此架势都像小红孩儿斗孙悟空,要一举把对方拿下。

小男孩是客,妈妈过来跟他说小男孩应该绅士点儿,要让着小女孩,说今天还是人家鹤舞的生日呢。小男孩听妈妈这么讲气势小点了,可还是要跟妈妈确认他是不是妈妈生的。妈妈肯定地说,当然了,你当然是妈妈生的。说,妈妈给你看过肚子上有个刀疤的。这位妈妈说着用手比画着刀口的长度,小男孩一直盯着妈妈的脸看，直看到这里视线转到手上，才满意地熄了火气。

那边鹤舞也被妈妈耳语安抚好了。回了座位上等冰激凌。

大人也有一份冰激凌，都认真吃着，又一个小女孩过来，她的样子不像前两个孩子，她是低声下气的，柔柔弱弱的。她问妈妈："妈妈，我也是妈妈生的对不对？"

"对啊，你也是妈妈生的。"

"大家都是妈妈生的，Sophie 为什么是小天使变的呢？"

"这个嘛，我等会儿问问 Sophie 的妈妈是怎么回事，你先回去自己的位子上吃冰激凌吧，你看，冰激凌都要滴到新衣服上了。"

小女孩走后，她妈妈问鹤舞的妈妈："你怎么跟孩子解释的，Sophie 坚持自己是小天使变的以后肯定还会跟小朋友争执的，这么大了，该试着跟孩子说明白些。"

"哎呀，怎么说嘛，你要是告诉她是妈妈生的，她又会问，怎么生的，问了怎么生的又要问从哪里生的，问了从哪里生的还要问妈妈肚子里怎么会有小baby——唉，我不就告诉她是爸爸送妈妈的小天使变的了！"说完，鹤舞妈妈暧昧地笑一下，对方也用差不多的表情回笑了一下。这么彼此笑完鹤舞妈妈似乎觉得哪里还没有说清，接着又说："我跟你说啦，解释不清的。我老大当年快把我问死了，我吸取了教训才这么跟 Sophie 说。难道你们的孩子不会问从哪里生的、小孩子是怎么进到妈妈肚子里的吗？"

"会啊，就跟她说等她长大些了妈妈会慢慢告诉她的，现在说了她也理解不了，反正就是妈妈生的不会错。这个信息肯定要给到孩子。这关系到她对自己的身份认定。"

"Sophie 很固执，什么事都是马上要知道，以后再告诉她这道理讲不通的啦。"

旧海棠 | 天黑以后

鹤舞妈妈一口的港台腔，"啦"字拉得很长。话末又反问刚才说话的那位家长"孩子要是非打破砂锅问到底，她怎么会到妈妈的肚子里的，你怎么说？"

"我给孩子解释，在她很小很小的时候，还没有拇指姑娘大的时候，爸爸把她放到妈妈肚子里的，然后在妈妈的肚子里慢慢长大。我给孩子看过鱼卵的成长视频，她看后就理解了人也是那么长大的，先是一个小圆球，然后长出手手脚脚。总之我是坚持跟孩子说真话，实在不能讲真话的时候，至少要告诉她接近真相的话。"

话说到这儿，鹤舞妈妈听了就不说话了。她还想反问对方，孩子难道不会问她小小小小的时候是从哪里来的吗？不会问爸爸是怎么把她放到妈妈肚子里的吗？算了，一个个都是不服输的人，不管对错气势都扎得很大，争下去又有什么意思？一个人本能地会有对身份认定的精神意识她也懂，但这话题太大了，这种场合又怎么合适讨论？她甚至觉得在这样庸常的日常生活中提这么重大的问题是轻浮的。

鹤舞的生日 party 结束后，大家各自分头取车回家。其实大多是住一个小区，因为在必胜客包场过生日，都是开车来。车也都是好车，宝马、雷克萨斯、大奔、丰田，年轻文艺些的父母也有开斯巴鲁一类的城市越野车，好像还有一家开宾利。反正都是中产阶级以上，因为孩子是国际班的同学，彼此捧个场，一起给孩子过个生日。反正是为了孩子嘛，谁也都有生日，你捧了别人的场，别人回头也捧你的场，人情都是这样相互捧来捧去暖热的。现在的家庭大多是独生子女，为了孩子不那么孤独，不单是才艺，情感投资也成了父母考虑中的必要部分。

鹤舞妈妈相对鹤舞同学的家长年纪要大些，但容颜似乎差别不大，若算起年纪怎么说也得大上一轮。鹤舞在家里是老二，她的哥哥已读大三了，这样论起来鹤舞的妈妈怎么着也要四十开外了。

鹤舞的爸爸是机师，飞国际线，鹤舞妈妈常随机去世界的另一头玩，去得多了，鹤舞妈妈觉得美国好，所以，儿子在国内还没读高中就被送去了美国。而她也是在美国陪读时怀上了鹤舞，鹤舞也就成了美国人。一位做车险的家长介绍鹤舞妈妈时常用一个语气：香港超生洒洒水啦，跟尼位妈咪比起来都弱爆啦，人地嗨去美国生啦！

鹤舞妈妈呢，听了这话总是呵呵一笑，有谦虚也有得意，说："哎呀，也是没办法啦，在国内生我老公就得下岗啦！我是提前退，我老公可提前退不了——要是下岗了，别说生老二，我们老大在美国读书看他就不方便了嘛！"

嗲。鹤舞妈妈嗲起来的样子比小她半轮一轮的妈妈们还要小女儿状。再说，嗲俨然已是这个时代的女性的生理常态，谁都可以嗲，不分贫富，不挑场合，谁想嗲就嗲呗，嗲完再讨论其他的话题不迟。反正关于鹤舞的出生话题对外都是这么说的。

虽都是住一个小区，家境并不相同，有住小户型的，有住复式楼顶的，还有嫌一套房不够住把两套打通用的。因为政策，房地产开发商为避大户型税费，把紧挨着的两户做成连通的，看似用水泥和砖砌上了，整面墙拆掉并不影响房屋承重。打通了用也就成了两百平方米左右的豪宅了。鹤舞家就住着两百一十七平方米的房子。小区中这样的住户不少，约占小区总住户的46.5%，鹤舞的同学中也有几家这样的。这么打通用，除了一次性付款的，大家心照不宣地还有一个默契不说——为了住这样的豪宅，为了避二套房增长的贷率，夫妻俩是离了婚的。大家对这事意见也一致，怎么不离呢，能省下好几十万呢！

离了，拿了房产的红本，前夫前妻又再结回去，反正又不费什么劲，领个结婚证不过九块钱的成本，电话预约个号，抽个上午就把事办了。结（离）婚登记处在出台购二套房贷率增长的规定后门口比以前多竖了个大牌子，红纸黑字写着：购房有风险，离婚需谨慎。来离婚结婚的人看到这牌子就笑，购房有什么风险，胡扯淡。

这自然是当事人的态度，闲话聊起来，也能听说有假戏真做的，本来双方协议好的离婚买房，等房买了还有不愿再结回去的。不愿意的那个人话说得也有意思，说真弄出一场像回事的离婚多伤和气，好歹也是过了多少年的夫妻，又没有大怨，但正是因为过的这么多年，你才知道，两个人之间是真没有感情的，若已经醒悟了，还得装着，多累人？多买套房，真真假假地离了就离了，离了就一身轻了，不累了。当然也有觉得上当了哭鼻子抹眼泪闹上吊的，针对这情况自然也有会说话的人发言，说，只能说你得承担风险，不贪便宜也就不吃大亏。其实想想，人活一辈子，生活的难度也就在这里，每活到一个生命阶段都有等在那里的事故或难题，不是物质的就是精神的，不是这样的就是那样的，不是天灾的就是人祸的，总之它等在那里，等着你。

鹤舞妈妈跟鹤舞爸爸也是离了婚才买下现住的两套房，房产证上一个是鹤舞爸爸的名，一个是鹤舞哥哥的名。鹤舞妈妈没资格再买了，她名下有二十几套房，早在20世纪90年代初她就开始了购房储备，那时候还不限购，把早期买的几套去银行抵押了又买了后来的十几套。后来人们把这一招比喻成"空手套白狼"。反正她那时就是个有钱人了，她的舅父是国土局某区的一把手，她是银行职员，因为长期稳着国土局几个亿的存款，鹤舞妈妈从柜员一路升到支行副行长，她几乎不用上班，在家炒着股就能稳当拿着不菲的业务提成，副行长的职位年薪也不低，所以，鹤舞妈妈在很早的时候已积累下千万财富。鹤舞爸爸的高薪呢，自从他跟鹤舞妈妈结婚后他的工资全部用在了鹤舞妈妈购第二批单身公寓的贷款。原供十五年，在 2012 年已经被鹤舞妈妈用卖掉的一套鹤舞爸爸名下的学区高价房还清，也从此他的工资再不用交给鹤舞妈妈了。他们离婚的时候，鹤舞爸爸算是净身出户，他的名下除了一部宝马 X5 之外，没有什么财产。当然，当时他们这么写协议，鹤舞妈妈说是为了简化手续，鹤舞爸爸对此说法并没有异议。都知道的，财产过户很麻烦，二十几套房中哪个出点儿问题都要跑死人。鹤舞爸爸净身出户后，名下无房，购现在他名下的这套房时，鹤舞妈妈付了四成的首付，月供还是由鹤舞爸爸来供。但不过万的月供对鹤舞爸爸的高薪来说算不得什么，鹤舞爸爸现在仍然算是从结婚以来个人经济最自由最富裕的时候。

　　他们是相亲结的婚，当时鹤舞妈妈二十几岁，中专出来就参加了工作，在社会上闯荡已有六七年，觉得该结婚了。鹤舞爸爸那时刚参加工作不久，性质上还在培养期，遇着年轻有为二十五六岁就当了副行长的且有车有房的鹤舞妈妈，几乎是一拍即合，结成夫妻。鹤舞妈妈二十六岁时生下鹤舞哥哥，四十二岁时生下鹤舞。现在鹤舞也已经是读幼儿园大班的孩子了。

　　放学接送，孩子聚会，很少见到鹤舞爸爸。大家对他的印象除了高大，黑黝，平头，常年身穿笔挺的制服，几乎说不出他的性格。喔，挺爱笑，笑起来露一口工整白牙。

　　大家分头取车，分头回家，到了小区停车库，就又见着了，然后小朋友又互相打招呼，扭打在一起。分乘不同电梯上楼的时候，鹤舞突然对熊威说："我爸爸晚上回来，会从美国给我带一个很大很大的芭比喔！"熊威说："我有托马斯，是我舅舅从英国买的。"这是攀比，双方还没分出胜负就被家长拉着走向不同的电梯间。

　　进了电梯，鹤舞突然又不确信自己说过的话一样问妈妈："妈咪，爸比今天真的会回来吗?"鹤舞妈妈说:"当然,爸比当然会回来,今天是 Sophie 的生日呀!"鹤舞听妈妈这么说便满心的欢喜,对着电梯里刚擦过油、光亮如镜的不锈钢墙面就扭了起来。

回了家,鹤舞打电话给姑姑,告诉姑姑今天是她的生日。姑姑祝贺她,告诉她早就给她准备好了礼物,等周六了带过来给她。

鹤舞还告诉姑姑今天爸爸会回来,姑姑说,哎呀,那可真好,要是爸爸带好吃的回来了,要给她留一点儿。一般大人这么说是为了逗孩子玩,可孩子对这种分享却是真诚的,高兴地答应姑姑。

姑姑是广州一家试管婴儿医院的专家,在一定的程度上说,鹤舞算是她的成功产品,所以对于鹤舞,她不是简单的姑姑,还是她的出品人,她的健康成长见证监管人。鹤舞喜欢这个姑姑,常念叨:"鹤芬,鹤芬,鹤芬是鹤舞的姑姑。"

打了电话,妈妈还在卸妆,鹤舞去厨房看她的蛋糕。厨房很大,三门冰箱在中岛台的旁边,鹤舞交代阿姨把蛋糕放在冷藏区的最下面一格。这么交代也不是为她自己能拿到,就是觉得放在她能看到能伸手摸到的地方心里踏实。阿姨是香港那边的中介介绍过来的菲佣,有极好的职业操守,主仆分寸非常有度,能讲流利的粤语,按照主人的要求,跟鹤舞妈妈讲粤语,跟鹤舞讲英语。平时没有事主人不发话,多是在她自己的房间。房间也开阔,当初就讲好条件的,不能住库房,房间要有窗,要有电视和网络。鹤舞妈妈觉得这些都不是问题,不就是个相互尊重嘛,她能满足和做到。事实上她也有意培养鹤舞独处的能力,所以交代菲佣,尽量让鹤舞单独玩,不敲门叫她不用出来。鹤舞妈妈个人方面也需要独立的空间,她喜爱干净整洁,但也不能接受总是有个人在她面前忙东忙西,在她的要求下,佣人做事要论点,要有有效处理事务的次序和方法。所以,基于以上要求,菲佣的做事效率确实很高,而她给菲佣使用的房间也是个带阳台的房间,这样能减少菲佣在房间里闷，出来透气的次数。反正屋子大，房间多，光带阳台的房间就有四个。

八点准时，阿姨出来给鹤舞备好卫生间帮她洗澡。可是鹤舞今天不想这么早洗澡，她还在等爸爸回来。她想等吃完了蛋糕再洗，不然洗得干干净净的妈咪又会不让她跟爸比用蛋糕抹花猫脸。

鹤舞不想洗，嘟着嘴窝在沙发里，阿姨也不催促，拿着鹤舞的发套坐在旁边等待她。等了半晌，鹤舞还是闹脾气，阿姨便拿起电话拨了内线："太太，Sophie还唔仲意洗澡，嗨不嗨晚嘀时间洗？"不知那边怎么回的，鹤舞见阿姨向她走来，要抱起她。鹤舞是个机灵的孩子，阿姨这样做便知道是妈咪下了命令，嘴还嘟着，也只好配合着让阿姨抱起。

洗头洗澡，吹发，小孩儿的这一套生活程序很快也就结束了，等穿着浴衣出来，妈咪也才刚洗漱装扮好坐在客厅里看电视。

"妈咪，爸比什么时候回来？"

"爸比没有打电话回来说时间，你先去换衣服出来再给爸比打个电话。"

鹤舞小跑着去房间换衣服，很快换好一套芭比的粉色裙装、手拿着发饰出来。她直接跑到电话机旁。

电话接通，原来爸比还在机场，好像也没有打算回来的意思，鹤舞就发脾气了："爸比，今天是我生日，你怎么能当成是明天过呢？"

电话那头说着什么，像是安抚着，过了一会儿鹤舞便挂了电话。

妈妈问她怎么啦，鹤舞说："爸比说以为我明天过生日。"说完话，样子很委屈，站在妈妈面前揉眼睛。妈妈知道孩子这样是想她抱抱了，便把鹤舞揽在怀里，然后才轻轻地问孩子爸比要不要回来。鹤舞说："要啊，当然要回来，爸比说马上回来。"

"那就好啊,不要哭,哭肿了眼睛不漂亮了。你是在美国出生的,按日期是中国的今天,但美国晚中国十二个小时,所以他以为要明天过也是对的。你知道的,爸比记性不好。"然后说,"爸比从机场回来走北环最快也要四十分钟,妈咪给你梳个漂亮的公主辫怎么样?"

"好呀!妈咪给我梳个漂亮的公主辫。"还只是个孩子,还是爱重复大人的话来表达她小小心灵的认同和欢喜。就是个复读机。

一家三口的生日 party,妈妈是导演,爸爸负责录像,舞台是鹤舞一个人的,又跳又唱,很是高兴。

鹤舞最终还是跟爸比两个人涂了花猫脸。一个大花猫,一个小花猫。鹤舞第二天醒来,爸爸已经走了,鹤舞已经习惯了这样,并没有问爸比去了哪里。她歪了歪小脑袋看着窗外的蓝天白云能清晰地记得昨天是爸比陪她睡着的,给她用中英文分别读了《芭比和胡桃夹子的梦幻之旅》的故事。芭比的故事她每一部都滚瓜烂熟了,她记得爸比说过,童话里的故事总在天黑以后展开。她今天已经是六岁的大姑娘了,她觉得她突然懂了什么是童话,就是天亮了有些人就没有了。

吃过早餐阿姨陪着下楼玩,翻过一个小山坡遇着熊威跟他的爸爸在荷花池边打羽毛球。正是盛夏,荷花开得很高兴,很粉很大朵。鹤舞站在旁边跟其中的一朵比了比高,转身走过来帮着熊威捡球,后见熊威没有停下来要跟她一起玩的意思,就牵着阿姨的手走开了,边走边跟阿姨商量等会儿去超市买什么水果。她的姑姑今天会来,她知道姑姑喜欢吃什么水果的。她常说"Sophie 喜欢吃的,姑姑都爱吃。"姑姑也常回她:"鹤芬喜欢吃的鹤舞都爱吃"。

姑姑来她家,一般是中午饭后来,然后在她家住一夜,周一早上送了鹤舞上学才回广州。

一起买过东西，阿姨提着菜把鹤舞送到会所二楼的英语学校，阿姨也不用进去，鹤舞轻车熟路去按了指纹到班级报到。她们这个班一共只有五个孩子，不是没人学，是小班制，手工课题组一个班最多就招这么多的孩子。报读这个小组至少要是在这个学校上了一年以上口语的孩子才行，日常口语都没有问题了，才能选读自己感兴趣的手工小组。手工兴趣小组上课从来没有课本，一个学期只能选一个主题，这学期鹤舞选的是糕点制作，做各式各样的蛋糕、点心。鹤舞对做蛋糕简直着了迷，经常是上完课回去还要跟阿姨一起再做一次。进入教课现场后，每双小手都要用消毒泡沫水泡过，然后从打鸡蛋开始两个小时的蛋糕制作和分享过程。每个孩子喜欢的口味和造型不同，蛋糕制作成功后，个个都是既骄傲自己的成果也羡慕别人的成绩，都想尝尝对方的，这即是分享会。鹤舞今天的主题是胡桃夹子在天黑后苏醒大战鼠国，造型老师帮了些忙，蛋糕的整体感还不错，她一点儿也不舍得破坏，她要留给姑姑。她答应同学下星期做个一模一样的再跟大家分享。就这样，因为她一个人不同意分享，其他四位同学也都没有把自己的分享给大家，老师只好把分享部分改成了各自成果介绍。这学期来的第一次，大家都是捧着完整的蛋糕回了家。

　　吃过午饭，午睡醒来，姑姑已经到了家里，有三个月没见到姑姑了，鹤舞高兴得一下子扑到姑姑的怀里。她亲完姑姑，还没等姑姑亲完她，就挣开姑姑的怀抱跑去冰箱拿上午制作的蛋糕。阿姨在厨房忙，了解她的脾性，见她跑着进来，知道她是要展示自己的作品，忙协助她把蛋糕捧出来。

　　姑姑走了过来，在厨房的中岛台上打开了纸盒看鹤舞制作的蛋糕，劝她还不急着吃，再等一会儿一起用下午茶。鹤舞同意姑姑的话，说我不是让你现在吃，我是先给你看看。

　　九寸的蛋糕，黑巧克力打底，胡桃夹子的身子用的朱红和土黄的奶酪制成，腰间佩着木剑，还没有被解除魔咒。

姑姑拍着手赞扬了鹤舞的手艺，馋得口水直流。这时鹤舞妈妈也从客厅过来了，只是笑，并没有加以评论。

看过蛋糕，姑姑和妈妈回到沙发上继续聊天，鹤舞把电视后面的屏风推到一侧，开始弹琴，她要弹一首天鹅湖给姑姑听。可能刚学，弹得不怎么流畅，但多少也能听出来是天鹅湖的旋律。

下午茶、晚餐，很快过去。晚睡时鹤舞让姑姑陪，她说姑姑的声音里有大海的声音，最喜欢听姑姑的声音讲故事了，还要求姑姑跟她一起睡，不要她去睡客房。这些要求，妈妈和姑姑都是应的，很多时候大人有大人的默契。

安抚完鹤舞睡觉，姑嫂俩照旧聊聊孩子的话题，妈妈表示孩子没有哪里不适，与常人完全无异，姑姑似乎也就放心了，但照例还是在一个精致的小羊皮笔记本上记些东西。

约在七八年前，鹤舞爸爸提出过离婚，鹤舞妈妈不同意，她被这个事情一下子弄懵了，他们有那么多的财产，孩子也都十几岁了，一家人一辈子吃用不愁，老公为什么要跟她离婚？多少年的相处，知道对方都是务实理智之人，过得也都是中规中矩的生活，怎么就突然要离婚呢。起初鹤舞爸爸几次试着解释这个问题，都被鹤舞妈妈压下去了，她只要一听到那些话就恼怒，有些失去理智。事由鹤舞爸爸引起，他不能恼，面对鹤舞妈妈的情绪他要是也恼，事情就会糟糕到不可收拾，左邻右舍、楼上楼下，跟他们有一样问题的借鸡毛蒜皮之事大打出手的夫妻不是没有。

有次鹤舞妈妈恼到极致没哭反笑了，说绝不会离婚。当她一个人冷静时想想说过的话，以为自己这么强烈的态度只是不想付出一半财产的代价。多少年后才明白她那时还没有意识到人在突然的意外中可能会遇到突发的精神问题，精神崩溃或反常的自我保护意识——"没有什么道理好说的，我绝不离婚！"

也就是在那段时间，因为情绪波动得厉害，身上长疱疹，去医院检查却查出子宫癌。虽然庆幸还不是晚期，但这结果也是要马上摘除子宫的。性情各异的两个人的婚姻到这儿其实已经走到了尽头，但这会儿因为鹤舞妈妈的这场意外，鹤舞爸爸之后再没有提出离婚。日子还像以前一样以不停的互相妥协看似风平浪静地过着，甚至比以前还祥和，但其实两个人再明白不过这里面的煎熬和困顿。鹤舞姑姑这时被广州一家单位聘用，从美国回来，姑嫂一次聊天，鹤舞妈妈知道一个女人只要卵巢还在，即使没有了子宫还是有希望要孩子的。鹤舞妈妈切除了子宫后，正应了那句：人缺什么就想要什么。这时的鹤舞妈妈跟自己身体里少一样女人专有的器官较上了劲，甚至照镜子都质疑自己不像个女人。这样极端的情绪下，她想到再要一个孩子，她想再体味一次一个女人生育孩子时老天赋予她的坚强笃定的生活信心。她求了鹤舞姑姑帮忙，嘴上的理由是想为儿子在这个世上留个伴，将来她们老去，这个世上依然有至亲的感情依仗。小姑子除开专家身份，对嫂子这话还是赞赏的，要知道她那个儿子也是她们鹤家的人，是她至亲的侄子。又或者基于女人之间某个神秘的心领神会，鹤舞姑姑答应鹤舞妈妈的请求尝试劝说鹤舞爸爸配合完成她的这个愿望。事情揣测时似乎很难，不想鹤舞姑姑一开口鹤舞爸爸就同意了。是的，他们又不是养不起一个孩子，为什么不多要一个满足她这个愿望，也让儿子将来有个伴呢！又或者这其中还有鹤舞妈妈潜意识里觉得要失去鹤舞爸爸了，多要个孩子对他做最后的挽留。说不清，有些事情就是这样，看上去有很多的理由，往往可能就是一个人某个时刻突然而来的念头做了决定。谁又能说这不是一种放手呢！

因为鹤舞姑姑的专家身份，很多事情处理起来非常顺利，当分别提取的精子和卵子形成胚胎后，鹤舞姑姑和鹤舞妈妈随即携带着冷冻箱去了美国准备代孕。鹤舞出生五个月后她们回国，鹤舞妈妈也故意吃胖了些，看她那样子谁也不会怀疑这个孩子不是她亲自生育的。为了防止鹤舞的身份遭疑，她们在国内重新制作了鹤舞的出生证明，孩子还是美国生的，从这份证明上看一切并没有什么问题。

姑嫂二人也会聊到将来如何向孩子解释出身的问题，但怎么想都不过是设想，孩子将来能否接受，还得看她们接下来如何一步一步教育孩子，输入给她的世界观。

鹤舞出生后，他们的平静生活又过了几年，鹤舞妈妈独自的时候偶尔会把离婚的事拿出来想想。在这样冷静的回想下，鹤舞妈妈也重新看待了这个问题，她记得在她未把查出子宫癌的事说出之前，鹤舞爸爸还是找机会解释了他要离婚的想法。他说："我知道你不愿意听，我们也都不想吵架，为了避免争吵起来，这样，你讲话时我不出声，你想说什么说什么，我保证耐心听完。同样地，我讲话时你也别动气，耐心听我说完一次。即使不谈离婚，我们总还是要沟通的，总还是要找出能沟通的方式出来。"说完这些，鹤舞爸爸也不看鹤舞妈妈，但他的心里是能感应得到鹤舞妈妈的情绪的，觉得她这次还算平静可以继续说下去，干脆就把心中多少年的话和盘托出。"要不我先说，你有什么想法和要求也提出来。"鹤舞爸爸继续说："我天天在天上飞，关于人生关于生死肯定比你思考得多。我们一起过到现在，你我都知道我们之间没有爱情，年轻时仅有的好感和对婚姻的憧憬也被这么多年我们之间的磕磕碰碰消耗完了，甚至透支。我们没有为钱吵过，因为我对这方面没有要求，你需要时你拿去就好。当然，你也用这些钱为我们的孩子挣得了更多的财富。我对此没有意见。但我们两个人的生活目标完全不一致，你要奢华，你要全世界去购物，而这些我都不想要。我们这个行业规定了我们只要一入行就得终身为公司服务,除非意外和病死,我们不能辞职不能跳槽。公司的航线越开越多,每个航空公司机师需求都有严重缺口,都在超负荷工作,我仅有的假期里就只想在地上好好地生活几天,我需要来自脚踏在大地上的安全感,然后才能再次飞行……"

鹤舞妈妈想到这儿就哭了。这时的哭泣已不是当时的怨恨和委屈,这样的哭泣是一种顿悟——"喔,事情原来是这样啊!"

而她当时的回应是:"我承认我们之间已经没有可以谈的话题,我们当初都被所谓的过来人的大话给骗了,说婚姻就是合作起来过更好的生活,跟爱情没有关系。我承认我也发现了不是这么回事,但你得给我时间,让我先接受这个事情。"她其实当时的心里,不光是指接受离婚,还有子宫癌这个事实。

回想明白这个事情之后,鹤舞妈妈关注了几个新的楼盘,她知道当下的购房政策,她想,借买房把离婚办了,双方都无须再多费口舌,他应该也就知道了她的心意,她缓过劲了,可以放手了。于是看房购房,装修搬家,都是她一个人指挥着工人完成,鹤舞爸爸提出过休假帮忙,都被她拒绝了。这时鹤舞也大了,要读幼儿园了,搬了家正好读这个大社区知名的幼儿园。鹤舞妈妈叫人把鹤舞爸爸个人房间的东西原封不动地搬了过来,这些东西虽然不过是鹤舞爸爸可要可不要的,但这些东西在这对鹤舞来说就是爸爸在这。虽然他仍是住机场附近的职工公寓,偶尔才回到这里来。而关于这两套房,她想她们暂时在这里住着,等儿子学业有成归来,娶妻生子,这两套房到时正派上用场。她想那时鹤舞也读完初中该决定是不是去国外读高中了吧,生活说不定早已是另外一番样貌。

姑嫂促膝长谈,聊到问题深处难免触碰到过往的点点滴滴。碰到了,手就想往回收,那感觉难免还是伤感的。鹤舞妈妈在黑夜并不掩饰她的真实面容,卸妆之后的她，睫毛并没有白天看起来那么黑长，眼线褪去，她的眼睛是忧伤的、迷茫而黯淡的。她倒来两杯温水，一杯给鹤舞姑姑，一杯用来自己服用雌性激素。这个维持她女性娇颜的药物像一日三餐一样对她来说非常重要，她恐惧一顿落下了第二天嘴唇上就长出胡须来。鹤舞姑姑曾劝慰过她，事情没有那么严重，有些连卵巢一起切除的人服个一两年也就停了，但鹤舞妈妈是固执的，一直坚持适量服用。

她比生病之前更注重身体保养，从不熬夜，几次看看时间后，早早去睡了。留下鹤舞姑姑一个人在客厅上网。

躺到床上后，她习惯性地把手放在小腹上，她一直在用一位保健师教授给她的身体扫描法来放松身心，感受皮肤下的每一处身体器官的健康与存在，她希望她扫描到的地方都能有所回应——几乎是每一次，她依然指望来自原子宫位置倒置三角形一样的形状映在她的掌心。

小孩子没有不缠着妈妈的，也没有主动提出要自己单独睡的，这都得是培养的结果。即使孩子能独立睡了，鹤舞妈妈有时候也不让鹤舞单独睡，母女俩在主卧的大床上嬉闹后她会默许鹤舞留在她的床上。鹤舞呢，机灵透了，看着看着图画书就装着睡着了。有时跟妈妈搂搂抱抱就打起了小呼噜，然后由妈妈把她的胳膊拿开盖上被子，她一个借势转身便面向另一边去睡。这一切看似那么的自然，彼此都毫无造作。

也有时候是妈妈主动去陪孩子，比方约定好的，周日至周四是阿姨讲故事，周五周六是妈妈讲故事，但有时妈妈在阿姨走后会去看看孩子。鹤舞早就睡着了，若是出了汗，妈妈还是很耐心地帮鹤舞擦去，然后尝试着在孩子身边躺下。床头的落地灯开着，她能看清孩子嘟囔的小嘴和做梦了一脸的喜悦或焦急。这时她就会把孩子脸上的头发往后理，轻轻抚摸着孩子额头。这样摸着摸着孩子脸上就安宁了，又像是一只酣睡的小奶猫。鹤舞妈妈这时的心底是感慨的，不知道怎么就走过了人生的过半，再回头看这过半的时间又不过仿佛微风一息。就留在孩子身边吧，她需要孩子的体温来催促她安然入眠。

次日早晨，孩子醒来照例到妈咪的卧室找一找妈妈，这形式或者也叫晨起的问候。妈妈在梳妆或是做保健，鹤舞来敲门妈妈总是第一时间过来迎接孩子。

熊威过生日在家里设宴，鹤舞接到邀请卡时，熊威跟她说，要让她的爸爸陪她去。鹤舞也想爸爸陪她去，她心里知道好多同学都羡慕她有一个开飞机的爸爸，特别是小男孩。熊威有时总瞧不起她，嫌她是娇滴滴的小女生跑不快不跟她玩，鹤舞正想找个机会在熊威面前争个面子，于是就打电话要求爸爸必须陪她赴宴。

周日的下午，鹤舞被阿姨打扮得漂漂亮亮的牵着爸爸妈妈的手去赴宴。两家在阳台能望见，有时熊威在27楼喊，住28楼的鹤舞能听到。熊威是个壮实的小家伙，一刻也停不下来的那种，他常把自家的撑衣杆上系上红衣服像个山寨兵那样摇旗呐喊，喊鹤舞，喊范宁，喊晶晶，喊佳佳，一旦喊起来能听见他喊上一大串半个班同学的名字。鹤舞应不应他完全看心情，心情好了就应一应，不好了，妈妈提醒她她也装着听不见。

爸爸妈妈陪着鹤舞一起去，妈妈到时已声明她这天刚巧有事等会要先走，会让鹤舞爸爸留下来陪孩子。是的，人多，万一有个磕磕碰碰的说不清责任，总是要有个家长在才好。

鹤舞送上礼物，瞬间就跟小朋友玩起游戏来。鹤舞妈妈说礼物是飞机模型，是鹤舞爸爸从国外带回来的，鹤舞爸爸适时附上笑容以示对鹤舞妈妈的话无异议。都是见过世面的人家，熊威妈妈只低眉扫一眼便证实这对夫妻的话不假，于是更

旧海棠 | 天黑以后

热情地招待客人。鹤舞爸爸表现得像大家对他的印象一样什么时候都是沉默的，鹤舞妈妈则依然是热情开朗的形象，跟主人家及来的其他家长有说有笑，矜持与娇媚有度。寒暄一番，鹤舞妈妈把鹤舞的水壶和一个背包递给鹤舞爸爸，再次对过生日的孩子表示祝贺后告别。

熊威妈妈起身送鹤舞妈妈的时候，夸奖她今天真漂亮，气色真好。鹤舞妈妈便娇滴滴的撒娇状说："唉，哪里漂亮啦，还不是一个样。"

因这栋楼的建设是一梯四户，熊威家又是两套打通用的，从熊威家大门至电梯间的这边过道空间也就成了熊威家独用的空间，靠墙边一溜摆着熊威的电动汽车赛车、电动摩托车赛车和三个滑板及一大一小两辆自行车。

熊威家的房子看上去也有二百多平方米，户型不同，屋里结构跟鹤舞家也不太一样，曲里拐弯，大致能从门的材料上看出卫生间和厨房，但一溜儿实木门的房间就难说清哪间是主卧哪间是儿童房、书房了。进门的入户花园种满了各色植物，水族箱也好看，金龙鱼两条，银龙鱼两条，游来游去的看上去很热闹。旁边的热带鱼箱五彩缤纷，里面的假山又小又精致，像拇指一样大的说不清都叫什么名字的鱼在里面钻来钻去，小孩子见了觉得又好玩又稀奇。

鹤舞到时，已有十个小朋友到了，家长各自为伍围了一桌麻将一桌桥牌，有位妈妈看起来像是负责今晚的钢琴伴奏在熟悉曲谱。鹤舞爸爸这些都不会，在入户花园旁边的茶室里自己琢磨一个棋盘的残局。不难看出，这个茶室就是这家主人的书房了，或说代替了书房，除了古董摆设，几本书籍都是讲商场风云的，就是《水浒传》和《三国演义》也恐怕是被当作商场公用书用了。推开茶室的推拉门就是客厅，客厅的装饰跟他家差不多，也是以屏风一分为二，一边是电视、牛皮沙发，一边是钢琴岛，拉开屏风，客厅的尺寸基本可以用辽阔来形容了。与他家不同的是多了一台自动麻将桌和两幅油画。油画看上去是仿品，不为显富贵，是为做风水的装饰。总之，富裕的人家若是没个特别喜好的交给装饰公司设计装修的，似乎差不到哪儿去。

到处是小朋友的战场，玩具拉出几箱子，最后到来的一位小朋友是佳佳，她一来就找鹤舞来了。她的爸爸站着看孩子玩一会儿，也到了茶室来。因为推拉门敞着，门也没敲径直走了进来。

"下一盘？"佳佳爸爸说。

"啊，我不行，这局是剩在这儿的。我没下。"鹤舞爸爸回。

佳佳爸爸这时已走进来，虽还在站着已经研究起了棋盘。

两个男人盯着棋盘看，偶尔动一下棋子，但都没再说话。

应该是过去了一段时间，鹤舞跑来问爸爸陪她演个什么节目，说是妮娜姐姐在统计节目。

妮娜是熊威的表姐，住他家楼上，比他们都大，读小学三年级，看来是晚会的总统筹了。

"Sophie 自己演，爸爸负责给你加油。"

"不行不行，其他小朋友都是爸爸妈妈一起演。爸爸，爸爸，好爸爸，你就出一个节日嘛！"鹤舞开始软磨硬泡，有种不成功不罢休的意思。

"你们家佳佳叫你演吗？"鹤舞爸爸问佳佳爸爸。

"让啊，估计她自己已经给我报了。算了算了，你就配合着演一个。小孩子的思维跟大人不一样。"

鹤舞爸爸想，好吧，那就演一个吧。他拉过女儿，一阵耳语。鹤舞咯咯地笑起来，满意地跑走了。

有一个打桥牌的妈妈这时起身帮妮娜统筹节目。

厨房里，从潮锦轩请来的厨师在忙碌，很多是之前加工过的半成品，看上去一烘一蒸就行了。海鲜类全是从便携式冰箱里拿出来现杀现洗现做，很多工具也是酒楼里带来的，厨房里是一片繁忙景象。一个主厨，两个下手，都是专业的，连熊威家的保姆都只在客厅里听孩子使唤。

吃着餐前点看节目。每个孩子都得演，谁不演都会被瞧不起，也都不愿意。一共十三个孩子，每人一个节目就有十三个节目了，另外还有女声小合唱、男声小合唱、双人舞、集体时装秀、亲子秀，得三十几个节目，拿下谁的谁都不愿意。像导演的那位妈妈大手一挥说，好吧，现在就开始演，争取在一个半小时内演完。然后节目就要开始了，麻将台收起，屏风拉开，钢琴岛上射灯打上，一个舞台很快准备完成。

节目小主持自然是总统筹担当，本来鹤舞也想当，妮娜的架势"非我莫属"，小的屈于大的威望，小脾气闹一下很快也就妥协了。

别看年纪小，个个都是身经百战的舞台好手，来不及排练的直接就上场了。观众都是大人，每人发了一对鼓掌气棒，被妮娜交代一定要使劲拍。大人也都听从，没办法，这时候就是国王和王后来也是俘臣。

节目演得不错，每一次演员谢幕台下都跟水沸腾了差不多。这么下去，很快招来了小区的保安，保安探进头一看里面的阵势，双手作揖，连连妥协和后退。那意思，给他们闹吧，谁家没有这一回。

鹤舞爸爸最终演了什么呢？他找来一张大卡纸画了个飞机头蹲下去围在身子前面演机师。他刚蹲下，台下就有家长看懂了快速递过去一个塑料木马让他骑上，引来一阵欢笑。鹤舞是他旁边的白云，负责飞来飞去。大人们也都看得出来，那些飞的动作都是来自芭蕾舞的功夫，跐跐翩翩，让一个小女孩儿的舞蹈显得非常美丽。一段开场舞过去，白云一边舞蹈一边跟机师对话："爸比机师，你要飞到哪里呀？"

"喔,我要飞到熊威家去参加他的生日party呀!"

"喔,熊威小朋友过生日呀!请你带去我对他的祝福吧,祝他生日快乐,越来越帅!"

"好的,我一定会带去漂亮白云的祝福,祝熊威小朋友生日快乐!"这话刚说完,下面鼓掌棒一片沸腾,节目也就结束了。然后父女俩谢幕下台。还有父母参与时装秀的,身上绑什么的都有,样子自然滑稽可笑。这些也都被旁边的一台大录像机给录了下来。

节目开始后,熊威父母一直在人群里,他们并没有从中抽身出来招待大家,他们跟所有来宾一起尽情享受着孩子们的童真世界。直到所有节目演完,他们才起身去安排桌子开餐。三十几个人的用餐只能是自助式的,早在钢琴的位置靠墙一溜摆了一排盖着红天鹅绒的桌子,桌子上架着盆架,架子下面的固体蜡已经准备好,就差点上了。这所有的一切用具都是酒楼一起送过来的,连盆子和碗筷都是。

一切准备就绪,主厨道贺后离开,剩下一男一女两个助手留下来做后续的服务。熊威妈妈不无轻松幽默地说了些客气话叫大家先吃,吃饱了再切蛋糕庆祝。于是孩子们乱糟糟地拥挤着排队取自助餐和果汁、饮料,场面一下子不能控制。

难免要磕磕碰碰,家长们也都能理解,多是谦虚和气着哄自家的孩子主动道歉,你谦我让,场面一下子又其乐融融了。

家长们也都自行取食,用过的餐具很快会由两个助手和保姆收走。人虽多,场面倒也是干净。

客厅的阳台望出去是一片郁郁葱葱的山景,一百八十度的视野,能看到西斜的太阳。这天天气也好,正对面山上,前些天暴雨形成的两道小瀑布依稀能见。

到切蛋糕的时候天就入黄昏了,关掉所有灯,蜡烛点上,映在落地玻璃窗上的荧荧灯光很是温情缠绵。小孩子容易被感动,场景的变化使他们一下子从喧闹滑向宁静，个个都知道接下来是什么环节，不由自主地做出了美好憧憬状，等待着接下来的许愿和歌唱环节。这时，轻柔的钢琴声响起，先是弹了一个过门，熊威首先被惊动了，扭过头望出去，妈妈提醒他"许愿，许愿。"现场肯定有一个隐形的导演，熊威刚许完愿要抬头，《生日快乐》歌的曲子已经响起，于是大家一起唱起了《生日快乐》歌。

"取车？"

"啊，取车。"鹤舞爸爸没料到这么晚了还会碰到熟人。手上捏着钥匙，循着声音转身看到佳佳爸爸就在他后面。

佳佳爸爸说着话已开了车门坐在车里，样子还有些愁思，并没有马上启动车子。

鹤舞爸爸似乎需要自圆其说告诉佳佳爸爸自己临时有事，要出去一下。他要开车门时稍稍犹豫了一下，可能就在这时转念一想，又没吭声了。他开了车门坐进去，也没有马上启动车子。

（选自《十月》2016 年第 5 期）

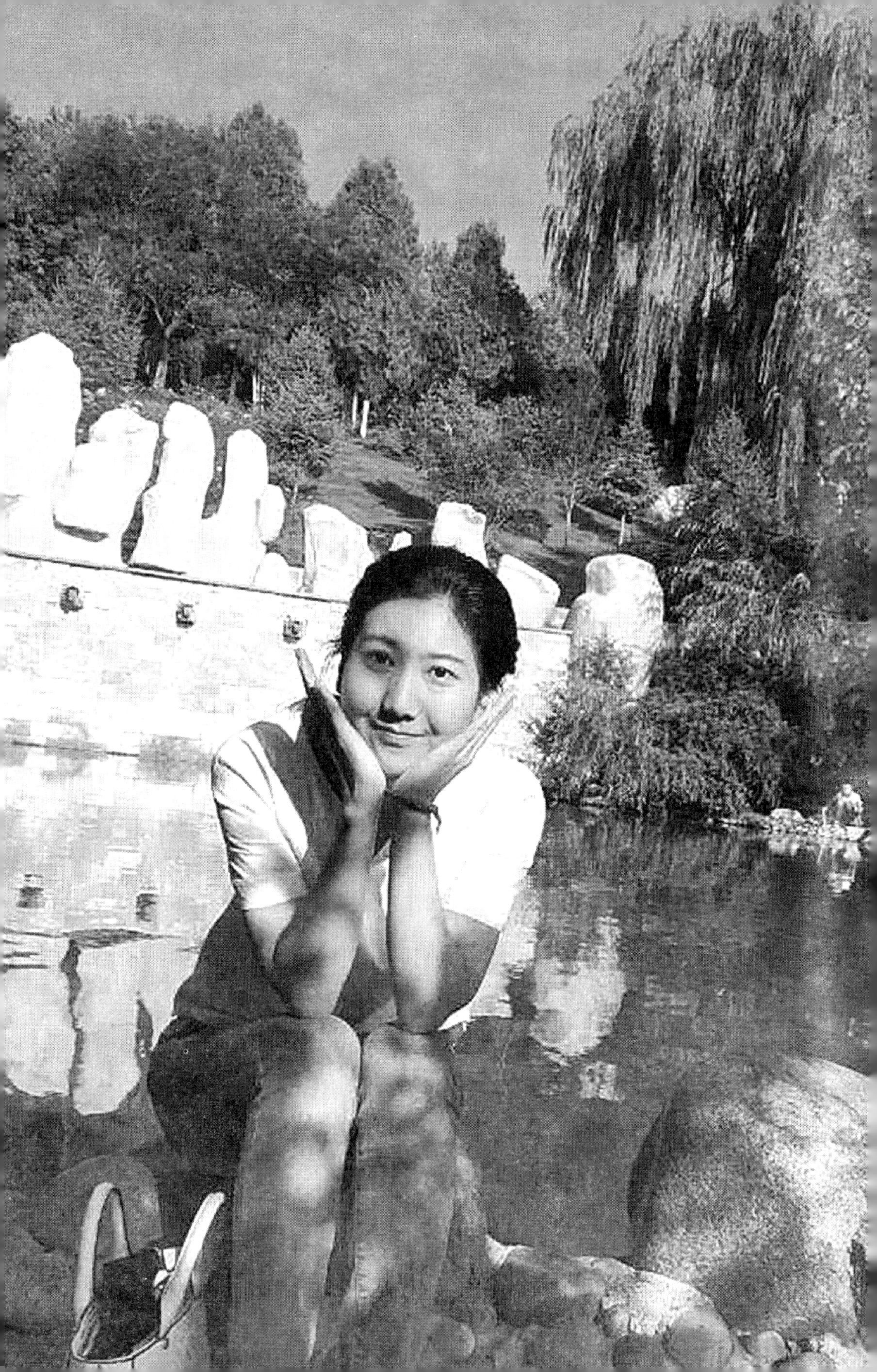

王　邪

王邪，1992年生，曾用笔名十一娘，获第六届"包商杯"全国高校征文大赛散文类一等奖。现于西北师范大学攻读中国古代文学硕士学位。

聂 小 倩

许多年后，燕赤霞人老马瘦时，只喝得起最便宜的水酒。可只要是酒，摧心肝的招数就没有使老，照样拿得住他。

卖酒的小厮欺他，说是三斤酒，给他称的是一斤水，一斤酒，一斤瓶。他也不管，事实上他管的事也不多，等一瓶酒喝尽，他就该回忆起聂小倩，思绪总卡在聂小倩说的那句话上："我不喜欢他了，不喜欢我的人我也不会喜欢他。"聂小倩素着脸或者浓妆时都好看，唯独哭过后的聂小倩妆残粉败，断井颓垣一般萧索难看。这时聂小倩就会借着天光对着镜子，细细地点绛唇、整花钿，指尖蘸了刨花水把头发一缕缕抿得一丝不乱。他仿佛听见聂小倩感叹非常："这燕赤霞越发会耍滑，大名鼎鼎的照妖镜，也不过是一面铜镜子，黄澄澄的，再脂红粉白对着这镜子也是俏媚眼做给瞎子看。若能照清个东施西施，就得夸工匠手艺精湛了。"他就目光游离，意味不明地笑了。

其实那时聂小倩还想着，回头得找燕赤霞谈谈心，做道士的，要守职业道德，打铁是副业，小打怡情，打得粗制滥造是要挨打了。毕竟，燕赤霞那死鬼师父托孤给她时，她是答应过要监督小燕把道家发扬光大的。

她本来是跑去看看一个人寿终正寝是怎么个寝法儿，竟叫老道临场发挥，给自己添了一桩大麻烦。她本待推脱自己大闺女没有养小子的人生经验，看着老道泪汪汪的脸，终究心一软。老道老怀大慰，倒没辜负聂小倩来的本意，补偿性地表演了个含笑九泉。聂小倩把还是个清秀童子的燕赤霞领回兰若寺，没想到小童子十分硬气，看着山门就是不进，聂小倩一拽，童子干脆抱着兰若寺前的歪脖子树不声不动定如山。聂小倩一想，也是，童子是道家高徒，自己居的是释氏庙堂，俗话说不是一家人不进一家门，古人云隔行如隔山，就不再坚持，转而在老道坟头为之结了个茅庐。数十年风风雨雨，那茅庐兀自亭亭玉立，可知她办事是十分可靠的。

待到日后秉着一颗红心想监督童子发扬道教时，童子面对她提出的表演道术的要求，一愣，然后做出一件惊天动地的大举动。聂小倩方才了解小燕承自他师父的唯一法术，就是拦着一切想要投宿兰若寺的人，真诚无比地告诉人家：此处有鬼，闲人莫进。无论这数十年来的闲人是清俊才子还是美貌佳人，抑或是半路躲雨的砍柴的张樵，和老婆干仗后被撵出来的杀猪的郑屠。聂小倩看着自己的桃花儿朵朵刚打苞就惨遭摧残，沧海桑田不知多少回也没习惯，就和他打商量，她又不害人，一个人在这庙宇里委实冷清，便放一些人进来罢。然而燕赤霞自小便工作态度严肃认真，听了沉思一会儿说："姐姐，我可以过来跟着你念书解闷的，你的年纪那般悠长，有些孤本残本你总是见过的吧。贫道想着技不压身，贫道想着长者赐不可辞，便勉强听听吧。"总之聂小倩觉得燕赤霞的墓碑上是当得起兢兢业业，童叟无欺这八个大字的。

荒庙人闲事少，谷物一年两熟，燕赤霞和村上的后生一样混混账账地拔节抽长着，惹是生非狗也嫌。那时是恶月过去不久，拴柱和他打赌，传说中看见双头蛇的人会生重病，二人拎着搂草棍上了后山，也不确定能不能看见，还是以打草为主要任务，毕竟，打不来草会挨娘打的。恰恰走到河边，一条两头蛇在水中扭动翻滚，搅得水花像开了锅。拴柱一见就吓跑了，燕赤霞忍着恐惧看见了。哪里是两头蛇，是两条蛇拧成一股，俗称蛇交配。他看着和水草一样忽近忽远缠绕不休的蛇，脚下定住了，如遭雷击的脑中有什么"轰"的一声划过去了。回到兰若寺，饭也懒得吃，直接上床蒙着头睡了，一个梦挨着一个梦来。梦里聂小倩笑着偎

王 邪 | 聂小倩

过来，常相见的脸就贴在他的心口上，不知说着什么，反正她说什么都好。呼吸间的热气呵过来，透过衣服层层缕缕缠上来，小银蛇乱窜上脖颈，一下子勒紧了，眼底的红莲也火烧成魔阵，困住他要生要死。潮水涨上来，他欢喜极了，刚才的舒缓愉悦包围渐渐淹没了他，溺毙的紧张感又让他仰起头奋力呼吸，浪头紧跟着打过来了，又温暖又霸道，终于危险到抵死。他看见聂小倩的脸碎成星光璀璨，万千灯火一齐熄灭。

聂小倩找到拴柱，回来后就忧心忡忡，打那种无稽之谈的赌已经是脑子发热了，本来一剂凉茶灌下去就好，现在不吃不动、不言不语可不就是生重病了。燕赤霞张了张嘴没说话，他看着聂小倩，想起梦里的呵气如兰，心口发紧发慌，不敢看她。这种慌更具体的表现为一种别扭，他怎么能说，他对他敬爱的姐姐，有那种该打的坏想法儿。

他带着迷惘来到翠眉楼，城中最大的妓坊，楼中各种风情的女妖精们活在拴柱这一类少年的春梦里，夜夜红袖招人，吸取阳神。名妓就是翠眉楼中最出彩的人物，咬着帕子，眼风送过去，百折千回的一声"人家不吃人心会老的"，比真妖精还妖精，自有无数的黑心红心送上来等她闲了看一眼，她才是最肆意的心肝。

到名妓那里，和兰若寺决然不同的风情让他略微拘谨。名妓看出来了，纤纤玉手剥了个橙子递过去，吃一阵儿，聊两句，燕赤霞的底细就一干二净透尽了。名妓呜呜咽咽地摆弄一会儿洞箫，夜色渐渐已浓得化不开，通常这时候燕赤霞已经上床就寝了，此刻正眼涩目乏。窗前高几上一盆郁郁葱葱的茉莉从中午的含苞而待，这时已开到极盛，馥郁的香气安安静静地和烛光站在一块儿。名妓随手拉下合欢罗帐，细着嗓子唱曲儿："青山在，绿水在，冤家不在。"燕赤霞到底年轻，如果是外面那些惯会起哄的浑人，这时就该油滑接口"我在这儿呢"。名妓引着他的手从衣袖底下向更深处滑进去，醉眉恨眼地吟唱："风常来，雨常来，信书不来。"这是欢场中的套路了，头回来的也不能说明，须得做个不能忘情的痴情模样。恩客们也有自己的应对，无不急火着解释："写了，只是你妈妈扣下来了。"此时燕赤霞的手翻山越岭，所见识的早已目瞪口呆，名妓肘后系着的香囊盛的不知是什么香，燕赤霞不禁打了个喷嚏。这下子神思归位清醒了，连忙掩上衣裳，撩开帷帐落荒而逃。名妓笑了，这孩子真是个雏儿，特意走到门口，踩着门槛挥了挥手："小兄弟，再来啊。"

燕赤霞跑出来就心定下来了，胸中藏着一团火，他明白自己是实实在在欢喜着聂小倩，不管她这一声姐姐是不是名分早定。聂小倩听后，斟酌沉吟，委婉措辞道："你知道，少年人对身边的年长女性产生感情是正常的，孺慕罢了，不能理解成爱慕。"燕赤霞鼓足勇气争辩："年龄不是问题，人鬼不是问题。"聂小倩就不得不明说了："我和你在一起就是害了你。"燕赤霞："怎么害？"聂小倩袖中捻着竹扇转了转："那就耽误了你。你看村头的李二妮不是挺喜欢你的嘛，找个你的同龄人，去谈情说爱，去争吵掉泪，去相互扶持，做一对少年夫妻多好。"燕赤霞执拗得像头牛："我做道士的有什么耽误的。"他为聂小倩多此一举的例子快要气疯了，又委屈，胸口的闷疼没完没了。而聂小倩已经不再专门就这个问题和他讨论了，她走进卧室，把燕赤霞关在外头，她也无语得很。

被小倩拒绝后，宁采臣来的时机恁地巧，白衣广袖，风度翩翩，这乡野再养不出的风采人物，就偏偏投宿在了兰若寺。聂小倩后来委实不冤。燕赤霞还没缓过来，就看着自己心爱的人有了心爱的人，这打击何等残酷。他少年人心性，以为捉弄走了情敌，聂小倩还是和他厮守着，只是这么多年太阳要出来，月亮要下山，永远不会变的。于是宁采臣的腰带就出现在门口大黄的窝里，大黄新生了几只小崽子，这细棉嫩布正好做贺礼，你不见大黄欢喜得汪汪叫。然而第二天宁采臣坐在床上，一手《论语》，一手香茶点心，惬意得很，隔着窗子给燕赤霞上眼药，

王　邪 | 聂小倩

对着聂小倩告状："你家大侄子太调皮了，书塾里的先生戒尺都多打断两根罢。"聂小倩手上针线不停，清辉色上扣着的桂圆荔枝栗子绣了一大半，正是取得连中三元早日及第的好意头。她睨了燕赤霞一眼："说你呐，大侄子。"燕赤霞想，太讨厌了，讨厌的书生。不过还没等他想出新的赶人法子，宁采臣就走了。

宁采臣走得相当匆忙，背着书箧，推开门，月黑风高，也不琢磨推敲了，一抬腿跨出兰若寺，就是人间天地宽。大门"吱呀"一声又关上了，燕赤霞从廊下转出来，抬头望向二楼，思索了一下还是上前讨嫌去了。他叫了一声姐姐。聂小倩偏过头去不看他，宁采臣走得连背影都看不见了。

可是这种不告而别的羞辱太难堪了，聂小倩忍了又忍，还是对着燕赤霞出了一口气："不想长个儿了？还不早点睡。"燕赤霞凑过去，不知出于什么心理伸手去抱她，聂小倩却推开他，把脸埋在他掌心里，小小一张面孔，就放在他的掌心里。燕赤霞欣喜得要昏过去，掌中的宝啊，全天下再找不出第二个来，给什么都不换。聂小倩珠泪凝结在睫毛上，泪眼望着他，轻轻一合眸，珠子滚下来，端端正正落在他手心，她说："你听过牛的眼泪抹在人的眼睛里可以看见鬼，却不知鬼的眼泪抹在人的眼睛里却可以趋利避害呢。你脚程快，多走两步，悄悄放在他身上，我就放心了。"燕赤霞觉得托着珠泪的掌心都烧了起来，灼得人火辣辣地痛，痛后还抹了浓盐水，他掌心的新肉再长不起来了，偌大的空洞是再也好不了了。

他低低地说了一声："那我以后再也不叫你姐姐了。"聂小倩看着他走得凌乱，知道这回是真的伤了少年的心了。只是她也乱得很，知道了又怎样呢，燕赤霞想要的，她聂小倩已经一捧心火烧尽了。

过后两个人都没有提及那晚的事，表面上就像树上的叶子翻了一面继续晒太阳一样自然。寸寸成灰的聂小倩想不通，睡不着，易惊醒，时梦魇。刚开始伸手摸酒瓶，还知道顾忌，只喝一点点，一口酒下去，从喉管一路暖和到肚子里，起的是镇定作用。再多抿一口,慢慢地手脚也暖起来,酒意蔓延过四肢体骸,让人放松懈怠,等酒意上头,心脏怦怦跳,就只记得欢喜了。宁采臣不用祸国殃民,他只祸害她,夜半棋子和灯花一起落下,蛙鸣声,朦胧中,呀,是他来了。啊,酒底乾坤大,杯中日月长,真是妙物。可她有时候清醒,还不忘告诫燕赤霞,你看见了,往下路走多容易,顺坡淌水一般,稍微松了神经,就身不由己。

聂小倩开始明目张胆地酗酒,午后太阳还没转过西书房房脊的兽首,她已一杯在手。见过的都说做美人格外占好处,聂小倩神志昏昏,眼睛水汪汪的,时时双颊艳丽如桃李三月春风,真是醉酒姿态再落拓也别具风华。宁采臣后来又到兰若寺,那时他宦海浮沉几度,也没有遇见别的女鬼能让他中状元、给他生儿子、给他纳妾、嫡子和妾生子又中状元。他宁家五子登科五世其昌,他甚至没有遇见过第二个女鬼,所谓机缘和因果看太多,不过弄人二字,心境早已平和。他投上拜帖请求见上一面,只是想看看故人是否安好,没有任何企图,目的清白的少年时的他肯定不相信。聂小倩没有答应,那时忙着别的事。人家劝她照着崔莺莺的话本,为了推动《聂小倩》的剧情发展,这时最好写点什么送出去。聂小倩提笔沉思良久,焚砚烧书,始终不置一词。人人道她绝情,也有人下了两个铜板的大注,赌她是喝酒把脑子喝傻了。燕赤霞却知道,聂小倩因为酗酒的缘故,双手已废,拈笔颤抖,不可自遏。那双纤长莹润的手曾跟随卫夫人学书,尽得真传,写得好一笔簪花小楷,写过香奁词,最早时也为燕赤霞开过蒙。如今废了,毫无悬念,求仁得仁。燕赤霞没有替她辩解,他知道如果聂小倩还剩下什么,除了痛就只有骄傲。一如尽管聂小倩抱着酒瓶猛灌,醉得狠了也如世间凡俗失意人一样会哭闹,会不讲理。即使也会当街解衣,小便失禁,滚在灰土里倒头就睡,要多难看就多难看,他宁愿日夜不吃不睡跟着为她收尾,他都不曾劝她戒酒。因为他知道这个女鬼有多没出息,就有多不容易。

王　邪 | 聂小倩

　　酗酒引起头疼，聂小倩发作起来把头往墙上撞。只有一次她将一支攒珠小凤簪抵在耳侧上方，幸好被燕赤霞及时夺走，可是簪头刁钻，从眉骨划破面容，再也补不好了。

　　发生这种事，燕赤霞就不得不求助他山之隔的黑山老妖了。黑山老妖和聂小倩相逢自少年时起，中二期没过时，下雨踩水花，爬墙看美人，一起胡作非为的交情，至今已快十年了，姐妹一般要好，总劝得住她。黑山老妖方向感不好不说，还总以为兰若寺在东北，以至于她到兰若寺时，聂小倩昏睡许久，只剩下形销骨立。黑山老妖坐在她的床头，抚摸着她干枯的长发，宽慰她："年轻姑娘，头一次恋爱，还没开花就遭着霜降，是怪不容易。没有处理问题的经验，委实容易钻牛角尖。"她扒拉了一遍自己认识的鬼君，遍寻不出一个又英俊又知情识趣又有点儿经济基础的，不禁有些气馁。也是，早有这般出彩的人物，她如何还小姑独处呢。聂小倩见她不开心，倒打起精神开解她："各花入各眼，不定什么时候缘分就到了呢。"这之后，聂小倩似乎好了，说似乎，是因为事后想起来，比起她的哀毁过度，那真是一段难得珍贵的静好岁月。她尽量把燕赤霞当大人看待，和宁采臣一样，是成年男子，是杂花生树时节，在河之洲的关雎鸟儿。

　　病好之后的聂小倩越来越依赖燕赤霞，越发唠叨，事事要和他说过。他二人关系却说不清远近了。有时燕赤霞曲起手臂，叫她来捏他的肌肉，聂小倩也配合："哎哟，铁一般结实呢。"有时燕赤霞问起她还记不记得醉酒后的事，聂小倩想，她只是醉了，又不是失忆了。哪能，哪能不记得，不记得他呢。近来燕赤霞要去考道士牒，对自己降妖除魔的职业前景十分乐观，聂小倩也为他高兴，变着花样做营养餐，据说这菜谱是状元曾用过的，把燕赤霞关心得密不透风，头上直冒汗。临到考完燕赤霞信心满满等成绩，放榜那天聂小倩早早等在门口，迎上来问："数到你的名次用了多长时间？"燕赤霞弹指一挥，聂小倩就山明水秀地笑了，做饭时也笑,没人时也笑,绵延不绝地笑。燕赤霞也很开心,但是不愿轻易表现出来,绷着脸,假装无可奈何地说:"虽然是一个傻姐姐,我也不能嫌弃啊!"没说完自己却笑了。

结果皇家审核不通过,聂小倩托关系问了,招生办的说,都怪聂小倩出身不好,燕赤霞多好一苗子啊,就该和她划清界限。聂小倩问燕赤霞:"你真想去啊?"燕赤霞埋头泪光闪闪,聂小倩心就抽抽地疼了,说:"你在考场上的题目是什么呀?"燕赤霞说:"《家庭养老的可持续性分析》。"聂小倩就不说话了。她求到考官门下,考官说:"听说聂家千金善绣而早夭,真是天妒红颜啊!"聂小倩自入冥幽,不再动针,手艺渐惰,故而转学笔墨,此时关头却不好推却,只得闻弦歌而知雅意,低眉笑道:"多谢大人垂爱。"聂小倩出身高门,受过良好教育,生前的绣片存世不多名气极大,近年来炒作到连城,这考官很懂行情。到底聂小倩绣了一幅迤逦山水送过去,燕赤霞这时却不愿意去了。

燕赤霞此时和一个名妓正打得火热,这事聂小倩是知道的,燕赤霞形容名妓时用了一个词:"撩人"。他半夜搂着名妓数月亮看星星,春心萌动,酸诗勃发,顾不上兰若寺。她本心不希望燕赤霞和名妓相好,只是不喜欢她身上不羁的风尘气派,好像什么都不在乎,对世间存着轻蔑,偏偏这气派也吸引了她。不知情的人,谁见了名妓和燕赤霞不赞叹一声年貌相当呢,可这四个字,和她聂小倩万万是扯不上的。燕赤霞对聂小倩的表现感到很丢脸,食指绕着太阳穴画圈圈,挤眉弄眼:"姐姐年纪大了,你懂的。"他的名妓就拿手绢捂着嘴无齿地笑了。

燕赤霞不是何等狠心不看她,只是聂小倩确实不酗酒了,他不需要目不交睫地看顾着了。他对聂小倩的感情也很复杂,他放在心尖尖上的人把自己送到人家手上去作践,这种恨其不争又可怜自己的感觉交织着,不知如何面对,索性含糊着避过去。加上城中又繁华,名妓又风趣多情,心在一个地方,那另一个地方眼

王　邪 | 聂小倩

睛注定是看不见的。以至于聂小倩的病又坏了，恶化得非常快，且症状稀奇古怪，走火入魔。事情是如何发展的呢，在他看不见的地方，命运早已举起利刃，准备收割了。

聂小倩慢慢也觉得是自己酗酒留下了后遗症，她怯了，在燕赤霞和他的名妓打量的眼光里，手脚笨拙，眼珠木涩，记忆力减退并且口吃。她低眉垂首，姿态温驯，没想到自己会变成不想成为的人。

有一天她听说数十里外有个医生，专医鬼，包治各种疑难杂症。她有心去看看，自己是怎么了，她想了这么久，就得出一个她有病的结论。但是她不敢出门。《酆都晚报》上说朝廷下定决心扫妖除魔，地府鼓励在外游鬼尽快回归，孟婆汤都免费了，过桥费也不收了，投胎政策也放宽了，给管事儿的上点硬货，分配时还能由着挑下家呢。黑山老妖很担心聂小倩的前途问题，经常驾着马车翻山越岭不辞劳苦赶来，催促聂小倩早作打算。聂小倩此时也烦心着，除了她的病，最近烂桃花颇多，又有一个书生给她表白了。聂小倩很愤慨，她对黑山老妖说："看着也是好好一正常人，怎么一开口就跟少长了半片脑子一样，他也就能和绿豆看对眼，你觉得我像绿豆吗！"黑山老妖一挥手："你打住，说你自己，到底投不投胎，你怎么打算的。"聂小倩顿时敛容，半晌说："小燕看着挺高一个子，其实还是个半大孩子，我不放心他和名妓，再说我怎么着也得把病看好了。"黑山老妖抬腿就走，她说："人小燕以后就是百子千孙和你有何关系，我告诉你，你不说这浑话前你一点病都没有，现在我相信你有病，病因就是你作的。"聂小倩本来还想借着她的马车去看病，看这阵势悄悄地歇了。她还是去找燕赤霞，站在名妓高高的楼上说明来意，燕赤霞和名妓说那都是骗人的，聂小倩不信，也什么都没说。后来有专门的车马来接病鬼，宣传单彩页上写着到场的买药送高香，聂小倩大清早就背着小马扎排队去了，从早排到晚饿得发昏，有人把着门收钱卖药送高香，不买的不准走，钱不够？没带钱？不着急，有专人陪着回家去取。燕赤霞沉着脸来找她时，聂小倩没有钱正红头赤脸让人家训着，他一把拽住聂小倩就走，看门的见并不是孤魂野鬼也不敢十分为难，燕赤霞的剑都没有出鞘就顺利走出来了。聂小倩坐在名妓华丽的待客室里，也知道如果不是小燕，自己绝难脱身。燕赤霞坐在对面，很困惑："你有病啊！"聂小倩气不打一处来："你知道我有病还不让我去。"

后来又有一次，聂小倩去领药，免费的，但是去的鬼太多了，最后都打起来了。拥挤踩踏中是燕赤霞把她拽出来，回家路上她跟在后面臊眉搭眼的，燕赤霞已经不想废话了。

再后来聂小倩还是去领药，她的身体已经没那么差了，但是她仿佛在领药过程中找到了人生乐趣，精神上有了寄托。这就像因为孤寂，有的老年人养宠物管猫狗画眉鸟儿叫儿子闺女，有的老人热衷于和广场舞做深度交流，聂小倩沉迷于领药，也是培养出的一种爱好。她还认识了几个同病相怜的女鬼，拉拉扯扯做了姐妹，在领药路上结伴而行。燕赤霞知道那药多是面糊糊团出来的，治不了病也吃不死人，见她还有伴，就不大管了，随她疯疯癫癫闹去。黑山老妖见此也不愿多事了，她还是忍不住说了一句莫名其妙的话："嬉笑怒骂，谁能说这不是个伤心人？"

最后一次聂小倩去领药，再也没有回来。朝廷已经不愿再容忍了，假借放药把千余鬼包了饺子。然后，狩猎行动开始了，名门正派大义凛然地做了先锋，年轻道士们就借着这个机会实际操练了，也杀得非常卖力。后来散兵游勇也来了，人人杀红了眼，修罗场，活地狱，这批鬼彻底灰飞烟灭，永无鬼籍。

燕赤霞得到消息后，悄悄从名妓的楼上下来，到兰若寺聂小倩住的厢房里坐了一个下午，午后的阳光铺陈满地，鸦雀无声，一切建筑、陈设、花草都毫无心

王　邪 | 聂小倩

机地摊开曝露在他眼前，这时像是借着别人的眼来打量自己从小看到大的景物，他奇怪自己从没留意到兰若寺破败至此境地。他甚至觉得她还会从厨下走出来，笑盈盈问他，今晚想吃什么菜？有时她收了衣服，不敲门就进来，惹他一阵狂叫，放下的衣服上有皂角晒干后的清苦味道，真让人安心。有时她眯着眼，喊他来，针怎么也穿不上。处处人声鬼影，幻视幻听闹得他头脑闷疼。他仿佛还看见聂小倩坐在廊下，手持绣绷，眉目宛然。

以为还有漫长的日夜，来和她争吵、闹别扭，甚至相爱，去构想未来的细枝末节。这别离来得太突然，一点预兆都没有，燕赤霞没有防备，一声告别都来不及，来不及说我爱你、对不起，就再也见不了。再也见不了，不是她出了远门，走再久终究有风尘仆仆回来的那一天，叫归期。何时胸口碎大石，等这一锤重击砸下来，他才知道自己承受不住。这三界求索、五道轮回，再也没有这个人一点儿气息。

聂小倩死后，燕赤霞发现了她做的几套衣服，细麻布反复过了好几次水，正轻柔吸汗。一根丝线劈开二十四股，浅浅淡淡的白，轻轻重重的红，红红白白的并蒂牡丹嫣然开在衣襟处，两只白头翁一前一后飞在牡丹上角，这个绣图有个名儿，叫长春白头，寓意是非常好的，不知是什么时候做好的。他鬼使神差地上身试了试，肩宽、腰围、臂长，无一处不贴切，无一处不合意。他埋头在臂弯里冷汗涔涔，他不知道聂小倩就这么回答了他的问题。

他多想追过去问个清楚，埋藏在他心里的种子再也等不及地发芽了。可是等到燕赤霞也死了，没人记得聂小倩了，那时候聂小倩就算真正死得干干净净了。

燕赤霞在黄昏时一把火烧了兰若寺，火苗像春天的草一样疯长，渐渐燎原，他就站在寺旁烤手直叹息。这个天秋风还未起，可是真是冷啊，这个大火炉没有女鬼聂小倩和她的温情悲喜，哪里能是兰若寺呢。燕赤霞从树下挖出了聂小倩的骨灰坛，他想他的姐姐这么多年都呆在阴冷潮湿的地下，怎么会开心呢。

他扔给镇子口的马夫一面铜镜，不是他轻狂，他少年时打的铜镜精美极了，兰若寺出品的铜镜是很有些市场的。然而马夫打量后说，这不值钱，有兰若寺聂姑娘签名的才值钱。哦，他想起来了，乡下人不识字，过年节时候也有办法，裁上一张红纸，吃饭的粗陶碗倒过来蘸了墨汁子，扣上两排整齐墨墨黑的圆圈，连上横批都有了。就是这么个意思，谁能说这不是春联呢。还是聂小倩给兰若寺贴了对联，引得乡人知道还有人识字，纷纷来求，也不白来，托着自家炸的白糖糕、油果子，香烛纸钱，礼多人不怪呐。后来燕赤霞长大了些，督促他习字，这写对联的活儿就包给他了，也不白吃人家的白糖糕不是！聂小倩就搁笔了，后来是手废了，流落出来的手迹就成绝笔了。

原来一直以来，聂小倩就是一种名头，娇娇女娘的品格儿偏偏大马金刀的姿态摆出来，就当作走镖的镖旗，庇护着兰若寺，庇护着他。聂小倩和他磕磕绊绊活了这许多年，总有一层亲情做底子，再决裂是有分寸的。可是到最后多大仇多大怨，什么都不留给他，不过说到底，聂小倩何曾属于过谁呢。他记得和她的第一面，他的师父死了，她走近他，成了他的依靠，他的日月又衔接上了。

说来好笑，少年人的兴趣多数来得突如其来，去得又莫名其妙。有一天聂小倩问他，怎么不打铁了？燕赤霞一阵郁闷，他打的哪儿是什么铁。他打了一套十二面青铜镜，背钮上十二月花信，轮番照见她一年四时八节的容颜不老，繁花永驻。譬如他心口的护心镜，本是打给她的镜子中最小的，一面小小靶镜，照的是清晨帘幕卷轻霜，呵手试梅妆。花面交相映的画面永远不重来了，谁再配做他的镜中人。

镜子背面錾刻着梅花篆字，小小的三个字，当年他临了一遍又一遍，多少没出口的心意就在这不起眼里。为着怕她窥破，连欢喜都是隐晦的。如今更是什么都不用说了。

王　邪 | 聂小倩

又是一年七月半，放焰口，放河灯，热闹的人间和鬼界同欢。远处的宁采臣在捎给祖先的河灯中夹带了一朵，他又不是坏人，也是愿意渡她一缕幽魂，早入轮回的。燕赤霞摸了摸心口的护心镜到底没舍得，牵了一匹跛足的老马，在百鬼夜哭的大地上，缓缓西行。

（选自《作品》2016年第10期）

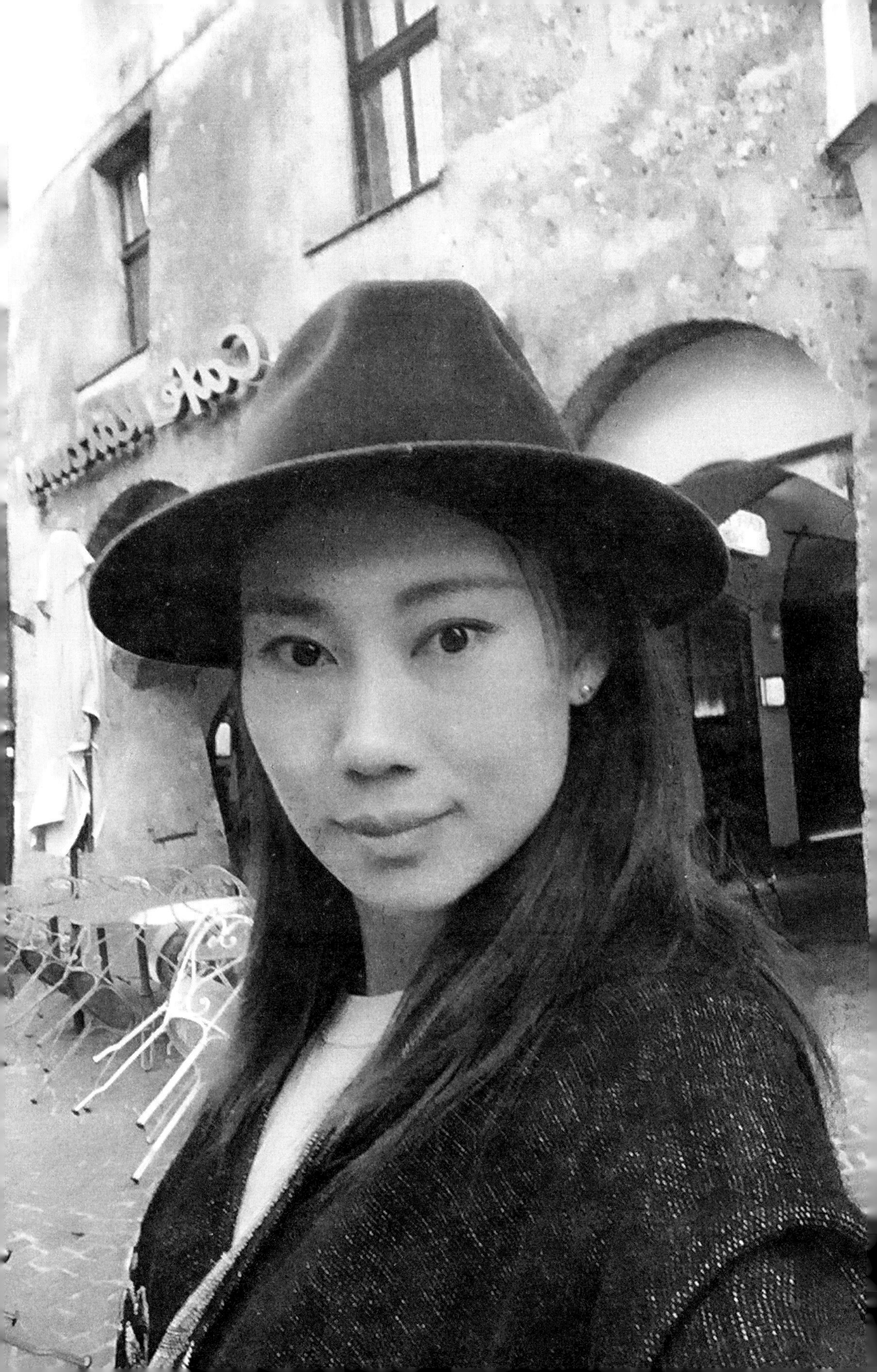

王萌萌

王萌萌，山东青岛人。中国作家协会会员，上海作家协会签约作家，鲁迅文学院第十九期中青年作家高级研讨班学员，第九次全国作家代表大会代表。出版有长篇小说三部曲：《大爱无声》《米九》和《爱如晨曦》。近几年创作完成了四十八集电视连续剧剧本《爱如晨曦》，电影文学剧本《云中书》，编导拍摄了公益纪录长片《书术梦嫫——彝族女教师》。另有小说、诗歌等文章散见于《上海文学》《诗歌月刊》《解放日报》《文汇报》《文学报》等。

熊迹与莲花

为了此次出行，欧珠早就开始做种种准备，却因为拉姆频繁生病而一再推迟。这几日，拉姆除了整日身体疲软贪睡，没有其他症状，他终于能够放心出发，但是他不能告诉拉姆自己出行的真正原因，又想不出其他能够使拉姆相信而不担心的理由，所以只好不告而别。他不确定自己此行的结果会是怎样。昨夜，他有生以来首次体验了无法入眠的滋味。他轻手轻脚地走出帐篷，走进黑夜与酷寒之中。在这片他生长的广袤土地上，一日之中最冷的时段便是半夜至黎明之间，他想在无尽的黑暗和极度的寒冷中考验自己的决心是否坚定。从夜黑如墨到天色灰白，从身有余温到浑身僵冷。心里一直有个声音在警告他不要踏上这条路，但同样有种力量在支撑着他，让他有着魔般的勇敢和急切。现在他终于出发了，他要进入罕有人至的达瓦山谷去寻找熊的踪迹。

像欧珠这样生长于羌塘草原的牧民，对于熊从不感觉陌生。牧民间更是世代流传着一个传说，很久很久以前观世音派来西藏雪国修行的猕猴与岩罗刹女结成夫妻后，生下了三个兄弟，老大是胸部有白毛的熊，他威武雄壮，住在山顶上；小儿子是长着黄色皮毛的旱獭，他四肢短善于钻洞，住在山底下；二儿子生成人身，聪明智慧，所以当了家。在这古老的传说中，人和熊是兄弟。牧民们相信这样的传说，虽然人不能真的和熊像兄弟那样亲密地相处，但是在过去，人和熊果真像传说里说的那样，人在海拔低处放牧，熊在海拔高处捕猎，互不打扰，相安无事。偶有相遇，一般情况下熊会主动躲避，如果人无意间惊扰了带仔的母熊，就会十分危险，但是这样的意外发生的几率极小。而且在一定程度上，牧民们还要感谢"熊大哥"的帮助,它们捕猎会打洞破坏草场的鼠兔与旱獭,让家畜的口粮得到了保障。

可是近些年,随着人渐渐往海拔高处迁徙,越来越多的人与熊做起了邻居,熊这个传说中的"大哥"便开始仗着自己的强大侵扰人类。起初只是偶尔在饿极的时候抓走一只羊,后来胆子越来越大,各种状况开始越来越频繁地发生。欧珠所在的村子,一共住了五户人家,共三十二口人,每户都被熊祸害过。大家想了各种办法,用金属的家什敲打出各种声音、扔火把、用手电筒照、放鞭炮……熊当时被吓跑了,过几日却又来了。从牧民这里获取食物太过容易,尝到甜头的熊哪里肯放弃这样一种方便轻松的觅食方式。大家都知道有一种东西能让熊再也不敢来,那就是枪。可是早些年政府就开始实施野生动物保护法,村长和公安曾经为此多次召集大家开会,再三强调伤害野生动物是犯法的行为,违反者要罚款和判刑的,村子里的几杆枪也都上缴了。没有枪,又找不到其他有效的方法,大家就只能继续忍受熊的祸害。

爬上第一个山脊后,欧珠坐下来休息。初升的太阳将炽烈的光芒遍洒天地间。近处,褐色、黄色与绿色间杂交织无限延伸,那是无边无际的羌塘草原;远处有一带亮蓝,那是方圆几百里最大的淡水湖仁青错;地平线与天相交处,有片白色连绵横亘,那便是被当地牧民视为神山的白玛岗日。天晴日朗、全无云雾遮挡之时,白玛岗日的五座峰顶全部露出来,形如盛开的莲花,在阳光下绽放圣洁殊胜的光彩,而形如莲花也正是它得名的原因。当地有个传说,若能在看见白玛岗日显出莲花之相时向佛祖诚心祈求,年轻人便能实现心愿,老人便能死后往生西方净土。欧珠常常登上高处向白玛岗日眺望,却从未见过它的五座峰顶全部露出,他也问过其他人,从未有人见过莲花之相。然而这却更让欧珠对那个传说深信不疑。

欧珠像往常一样等了一会儿,当然还是没有见到莲花盛开。他转而去寻找自

王萌萌 | 熊迹与莲花

家的帐篷,从这里望去,自家那顶牦牛毛织成的帐篷比他喝酥油茶的碗大不了多少。这顶小小的黑帐篷映入眼中,欧珠心里立即涌起安宁喜悦之感。帐篷中那股浓重的酥油与藏香混合的气味和拉姆诵经声伴随着他每日的平常生活,同时也是他生活里最特别、最不可缺少的美好珍宝。也正因为这两样珍宝,使他觉得自家帐篷与其他牧民家的帐篷有所不同。别人家帐篷里,虽然也有浓浓的酥油味,却没有上好的藏香那种清幽静谧的香气。别人家帐篷里,虽然也不时能听见老人在转动经轮喃喃诵经,但都及不上拉姆柔和悠长、富有韵律的诵经声悦耳。欧珠认为,藏香的袅袅香雾与拉姆动听的诵经声有相似之处,都是无形无色、无法固定和限制的事物,有着四处弥漫和无限散发的神奇能力。

此时拉姆该醒了吧,她是在梳头还是在诵经?欧珠这样想着,心里又担忧起来,担忧拉姆发现他不告而别会着急担心而影响病体。好在他昨日去找了离自家最近的邻居索朗的小女儿卓嘎。索朗家里人口多,卓嘎有两个哥哥、两个姐姐,分担到卓嘎身上的活计也就没有那么繁重。所以他请卓嘎在自己出行当天去他家把羊赶到草场吃草,晚上再赶回羊圈,同时去看望照顾拉姆。卓嘎当时正在用绳子把羊的角拴在一起,做挤羊奶前的准备工作,听说他要出门,手上只略微停顿了一下,没问他要去哪里,只是点头。他没有多看卓嘎那笑容明媚的脸,也不敢多做停留,怕在卓嘎身边待久了会消磨出发的决心。

一只大鵟突然从欧珠面前掠过,落在斜前方的一块灰色的石头上,左右顾盼后又展翅起飞,欧珠抬头,看见它铺展开的白褐相间的羽翼乘风而上很快便隐入云霄。它是在提醒我该上路了。欧珠背上羊皮口袋起身,继续向山上走去。越往高处走,风渐渐大起来。在羌塘,男人们出门放牧,女人们忙着挤奶、打酥油、晒牛粪、纺羊毛线等各种活计,即使怀孕或者带着婴儿的女人也少有停息。无暇照看婴儿，便将婴儿用襁褓裹紧，放在野驴皮做成的摇篮里，往背风向阳处一放便是几个小时，风吹日晒全不介意。所以从婴儿时起，羌塘牧民们便已习惯了风声呼啸这种天地间不变的旋律。不过风声也分好多种，从十月到来年三月，常有暴烈肆虐的狂风，若再伴随着大雪，便是羌塘最可怕的灾难，持续时间稍长，便有牲畜冻饿而死。四月到九月间的风则要温柔许多，虽然夜间和清晨也凛冽如刀，白日尤其是中午却带着融融暖意。时值六月，羌塘正进入一年中最富生机的时间。雪山冰川融化的水流汇入季节河在荒原上流淌，低洼处滋养出植被丰茂的草甸，原本干燥荒芜的地方也能生出稀疏的牧草。住处附近的河道俱已清流潺潺，牧人们不必再花很多时间和力气去背冰块回来融水，牲畜们的日子也好过起来。

欧珠系紧帽子，微扬起头，让暖风抚摸自己的脸。他的脚步越来越快，心里却总会去想拉姆。他与拉姆一起生活已经十五年了，有时候他觉得这十五年似乎只是一瞬间的事，可是回想起来，那些看似平常相同的日夜更替却又不是那么容易。在他们村子里，或者在相邻村子里，哪怕是在整个羌塘草原上，像他和拉姆这样的家庭恐怕都是独一无二的，因为他与拉姆毫无血缘关系。

在八岁之前，他和拉姆并不认识。他从小与阿妈和姐姐一起生活，父亲则长期在外，偶尔送些粮食物品回来，过几日又走了，后来走了就再也没回来，所以关于父亲的片段在他记忆里是少而模糊的。他八岁那年的冬季，暴风雪十几天未停，家里养的三十只羊全部死去，十几头牦牛也死了一半。帐篷里的食物所剩无几，怀孕的阿妈偏偏在那时生产。阿妈让他背转身子不许回头捂着耳朵，指挥着比他大两岁的姐姐为自己接生。年幼的他知道事态紧急，顺从地背过身捂住耳朵等待了很久很久。等他忍不住将捂着耳朵的手松开时，却听见姐姐的惊叫声。阿妈昏过去了，姐姐让他在家守着，自己去找人求助。帐篷外漫天风雪，十岁的姐姐出去了许久还未回来。他无助地守在阿妈跟前，惊恐的泪水不断溢出眼眶。后

王萌萌 ｜ 熊迹与莲花

来他疲倦至极昏昏睡去，不知是在梦里还是真的见到阿妈醒来，阿妈抚摸着他的脸，嘱咐他好好活下去。

暴风雪停歇后，姐姐终于带着几个大人回来，其中就有拉姆。那时的拉姆在整洁的羊皮藏袍上围着色彩艳丽的簇新的帮典，秀美端庄、气度超凡。因为她的到来，欧珠觉得帐篷里瞬间明亮起来，还萦绕着一种奇异的淡香。后来才知道那年她已经四十多岁了。阿妈和她腹中的胎儿都走了，大人们帮着料理后事，阿妈是因为难产而死，只能水葬。水葬前，拉姆守在阿妈身边轻声诵读着什么，欧珠当时听不懂，如今回想猜测，拉姆诵读的应该是莲花生大士传下的，指引人的灵魂往生极乐净土的密法《中阴闻教得度》。按照传统，藏人在亲人死后都要请喇嘛来做法事超度，可是藏北地广人稀、路途遥远，人死后灵魂却立即进入死亡和再生间的中阴状态面对重重试炼和考验，而最终选择会决定他的来生，所以在喇嘛未到之前，需要有令人信赖的人在亡者面前诵读《中阴闻教得度》。拉姆读过书，会治病，为人治疗从不要报酬，有学识又乐善好施，深受大家的信赖尊敬，所以原本来救命的她被在场的人推选为诵经者。从那时起，欧珠就喜欢上了拉姆诵经的声音，拉姆的声音让他相信，阿妈的灵魂一定会循着经文的指引踏上去往天堂之路。而从那次之后，谁家有人过世，都请拉姆去念此经，拉姆聪颖过人，渐渐竟能通篇背诵，还应大家要求于闲暇时细细讲解，闻者无不感叹身临其境，赞叹欢喜。

阿妈的后事料理完毕，村里大人们开始商量他和姐姐的去向问题。当时他们的村子还不在如今的地方，而在离县城更近、水草更丰茂处，可是那一带还有另外一个村子，那个村子里有十几户人家，近百口人。人多牲畜就多，有限的草场便难堪重负。在羌塘，牧民们在严酷环境里一刻不停地辛苦劳作也只能基本温饱，谁家平白无故多一张嘴都会觉得有些拖累。但是佛教慈悲的观念深印人心，每家都表示愿意接纳可怜的孤儿，但是大家又都说若是同时接纳两个孩子负担太重，问能否将姐弟分开。当着大家的面，村长询问他和姐姐的意愿，问他们分别想去谁家。姐姐皱着眉用询问的目光望着他，他在姐姐耳边说出一个名字，姐姐欣喜点头。他径直走到拉姆面前，牵住她的手说："拉姆医生，做我们的阿妈吧！"村长和其他人见状都大吃一惊，因为拉姆一家去年才从县城搬来，家中只有拉姆和她的老父亲，她的母亲早已去世，两个哥哥都在县城里生活。因老父亲想回归草原，一直未成家的拉姆才陪着父亲搬回村里。拉姆要照料年迈父亲，家里没有男人，再添两个孩子，她一个女人恐怕承担不了。就在大家迟疑为难之时，拉姆却将欧珠的姐姐也拉到了身边。

气温迅速升高，转眼间已是夏日，欧珠停步脱下两只袖子，再次回头去寻找自家帐篷。然而此时他已接近山顶，山下一切只是无垠铺展的色块、线条与斑点。村庄都已分辨不出，更别说一顶草原上最寻常不过的帐篷。看不见反而让他轻松，仿佛挣脱了无形的缰绳，他转身朝山顶一通小跑，很快就抵达最高处。就地坐下，欧珠打开羊皮口袋，取出一沓在县城买回的隆达（注：藏语，风马旗）四下抛洒，希望上苍庇佑，让灾祸消解，让善良勤劳的牧民们得以安康。

走至两坡间的谷地时已至中午，未吃早饭的欧珠感觉到饥饿，便找背风向阳处吃饭。他将羊皮袋再一次打开，拿出一袋糌粑面和一袋奶渣。干吃了几把糌粑面和几块奶渣，他便停了下来。平日放牧的时候，若放牧点在离帐篷不远的地方，他随身不带食物，饿的时候回帐篷喝碗酥油茶即可，若要去较远的牧场，就只带一小袋糌粑面，从早到天黑只靠这点糌粑面维持体力，回家后才能吃上拉姆做的热茶热饭。他和所有牧民一样，从小就深知在羌塘这样的地方生存，必须珍惜并合理利用每一点粮食。

王萌萌 | 熊迹与莲花

肚子里有了食物,正午的日光将后背烤得微烫,吹来的风也分外轻柔,还带着雪山融水的丝丝清凉。昨夜失眠的欧珠感到了困意,身后便是平整缓坡,他将羊皮袋当作枕头,眯着眼睛望向天空。湛蓝底色上,散布着大朵大朵厚棉花团的云,云朵周边透出金黄的光晕。欧珠认得这种云,知道它们不会带来雨雪。藏北的人都会通过云来看天气,但是欧珠对于云却另有一番感情。常年放牧,牛羊四散在草场上吃草的时候,他独自面对着同一片草场,总要找些事情打发时间。有时候用纺线锤纺羊毛线,虽说一日只能纺出几两,积累久了倒也能派些用处;有时候他也偷懒,像此时一样躺下看天上的云。他羡慕云,可以千变万化,时而如羽毛、时而如羊群、时而轻盈透明,时而厚实丰满,他喜欢晴空上姿态绮丽、色如羊奶的白云,敬畏变天时色彩诡异、裹挟着闪电雷鸣的雨雪云和冰雹云。好几次看得久了,他渐渐觉得自己也飘上天空,成为云中的一朵,体悟到一种从未有过的洁净与轻松,但这种状态却总是转眼逝去,难以在其中作更久的停留。这样奇异的感受,他只对拉姆和卓嘎讲过,拉姆微笑不语,继续为佛龛前的长明灯添灯油。卓嘎也笑了,大声地笑弯了腰说他是大白天做梦了,还让他下次做梦不要梦见自己变成白云,要变就变头大牦牛让她牵回家去。

想到卓嘎,欧珠不再看云,闭上眼睛想她的样子。他与卓嘎相好,是在村子搬到现在的地方之后的事。五年前村长召集全村人开会,说根据县里的指示需要部分人搬迁到海拔更高的地方,以解决人口增长和有限的牧场不断退化带来的种种问题。人人都知道,海拔越高的地方生活就会越艰难,所以谁都不情愿向上搬。何况这些年随着摩托车、汽车这样的现代交通工具的普及,过去几乎与世隔绝的藏北也开始与外界有了日渐频繁的交流,延续千年的游牧式生活慢慢地受到外界影响开始改变,很多牧民家庭都盖起了房子,虽然他们中的大多数平时还是习惯住在帐篷里,只有冬天才会搬进房屋,平时只是把房屋当作仓库使用,但是一旦盖了房子，定点安居就会逐渐成为新的生活方式。最后第一个主动提出愿意向上搬迁的是拉姆。那时拉姆的老父亲已经过世，欧珠的姐姐也已出嫁，家中只剩下拉姆和欧珠两个人。欧珠一直不明白拉姆为何做这样的决定。前些年里，为了抚养自己和姐姐、为了服侍病重的老父亲，拉姆每日天不亮就起床，半夜才睡下，除了日常劳作还要帮别人看病、为去世的人诵经，累出一身病痛，应该好好休养才对。拉姆说，我如今老了，想去更清净的地方生活，我们一户只有两人，搬迁也比较方便。欧珠多年来感戴拉姆养育照顾的恩德，对她的话向来顺从，便收拾了东西准备搬家。之后一方面受拉姆感召，一方面因为现实考虑，还有四户人家也跟着一起搬了家，索朗一家就是其中之一。索朗家本就人口多，近两年又不断有婴儿出生，原本的牧场无法养活相应增加的牛羊，搬迁之后，按照政策他们家可以分到新的牧场，虽然相对贫瘠，面积却可观。村长有意将拉姆家和索朗家安排为邻居，好让这人口多的和人口少的互相照应，而欧珠便与卓嘎日渐熟悉起来。卓嘎白日空闲时爱去欧珠放牧的地方找他。两人把牛羊丢在牧场上，跑去别处玩。碧蓝的仁青错边看水鸟，翠绿的草甸上采野花，晶莹剔透的冰塔林中漫步……后来仅仅白日见面已觉得不够，还要加上夜间的约会。卓嘎的容貌并不好看，也不算能干，很乐于帮助他人，却常常帮倒忙，比如她要帮你挤羊奶，却可能不小心打翻奶桶；她帮你放牧，可能少了几头牛都搞不清楚。但是欧珠就是喜欢她，喜欢她做错事情后调皮地吐舌头，喜欢她随时随地都开怀大笑，喜欢她有缺点但是真实。其实羌塘草原上的女人大都和卓嘎差不多。只有拉姆不一样，拉姆什么都懂，什么事都能做得很好，像她的名字一样完美。虽然和拉姆一起生活了这么多年，虽然心里对拉姆充满感激，但是欧珠觉得娶妻子还是要娶卓嘎这样的姑娘。

小憩之后，精神焕发的欧珠继续前行。过了一处山口，他开始小心起来，因

王萌萌 | 熊迹与莲花

为他知道已走入动物们的领地。他开始一边走,一边留意四周动向,地上是否有动物们的脚印,附近是否有异常声响,空气中是否有特别气味。他不时将手指舔湿去试探风向,尽量走在上风处,避免在发现动物之前惊动它们。午后的日光最为炽烈,晃得人睁不开眼睛,目光所见的一切都在强光中抖动变形。不知何时,风声也消失了,极度的寂静里,欧珠却仿佛能听见一种雄浑而震慑人心的轰鸣声,他相信那是大地在诵经。

蓦然间,前方有块石头动了,欧珠警觉地放轻脚步。那物棕黄色中带灰,轮廓一变再变,近到一定距离,他也终于看清楚,那是一只沙狐,沙狐脸四周围着一圈浓密的毛发,所以看上去有些方头方脑,四肢和尾巴也比赤狐短,并不显得特别狡诈,反而有种憨厚之态。狐狸也发现欧珠了,黑溜溜的眼珠盯着欧珠转了几转,略微迟疑一下,转身便跑,跑了几步又停下回头望,再跑,再停下回望,如此反复几次才跑远了。

这狐狸提醒了欧珠,他停步将羊皮口袋放在地上,将那根用布裹着、半截露在外面的长条状东西抽出来,小心地解开裹布,一杆枪出现在他手上。这是一杆老旧的双管猎枪,枪托上的漆已经因多年的使用而磨损殆尽。他之前曾经试过,这把枪虽然老,却很准,他用它打中了二十米外的啤酒瓶。

欧珠第一次打枪是在那曲。前年夏天,他和卓嘎的哥哥一起骑摩托车去赴羌塘草原上的盛会,一年一度的达穷,也就是赛马节。赛马节大约持续一周时间,是羌塘牧民们的狂欢日,远方的游客们也纷至沓来,那曲县城大小旅馆全部客满,商人们则抓住时机前来贩卖货物。各种帐篷连成一片,彩色经幡四处飘扬,人们都穿上了节日盛装,沸腾的草原比城市热闹。像欧珠这样的小伙子,在赛马节上最关注的是两样事物,一样是那些身着艳丽服装表演歌舞的姑娘,还有一样就是激动人心的骑马射击比赛。欧珠在卓嘎哥哥的介绍下,结识了那一届赛马节骑马射击比赛的第一名，四十多岁的多吉。晚上大家一起喝酒，欧珠表示自己对多吉矫健身手的崇敬，半醉的多吉拍着他的肩膀，说只要你请我喝酒，我就教你，你爸爸是好猎手，你学起来一定比谁都快。多吉告诉欧珠，他的父亲原本也是个普通牧民，在那曲贩卖羊毛时认识了一帮四川商人，人家请他喝酒，等他喝醉了又拉他去赌博，如此几次后他糊里糊涂欠下很多债，四川商人就怂恿他去盗猎动物还债。父亲起初不肯，在藏族人的观念里杀生是极大的罪过，每户年宰杀的家畜都是有数的，而且每次宰杀牲畜前都要念经超度，而猎杀野生动物是会被所有人瞧不起的。可是经不住压力和哄骗，父亲最后还是拿起枪去盗猎了。这种事有了第一次就会有第二次，之后越来越多再也收不了手了，父亲自知罪孽深重无法再在家乡待下去，就远走他乡了，现今究竟在哪里谁也不知道，或许已经改行，或许被抓起来蹲了监狱。听了父亲的故事，欧珠心里说不上是什么滋味，按说这个人早已跟自己没关系了，可是如今对他了解得多了，想起他时反而无法再像过去那样毫无感觉。醉酒的多吉把白天比赛用的那杆羊角枪递到他手里，并跟他讲解如何装火药、如何瞄准、如何射击，还让他试射了一枪。但那次之后，他很快就把父亲和枪的事都忘了。

几个月后，村子里开始受到熊的骚扰，起初是十天半个月地夜间偷偷摸摸来抓走一两只羊，接着是隔三五天跑来一下子赶几只羊上山慢慢吃，后来是大白天趁牧民们外出直接钻进房子和帐篷里找吃的。熊的视力很差，嗅觉却极好，能把所有的食物都找出来，不论是挂在墙上还是埋在地下。牧民们把门锁起来，熊就使蛮力把门窗撞坏，甚至直接把墙推垮。为了把熊赶走，大家用尽各种办法，却都起不了多大作用。一日欧珠去县城买茶砖和盐，又一次碰见了多吉。聊天时，欧珠说起村子里被熊骚扰的事，多吉拉他去僻静处，说愿意教他打枪，怂恿他把熊打死，然后把熊皮剥下来卖，既能为村子除去祸害，还能赚一笔钱。欧珠当时

王萌萌 | 熊迹与莲花

连连摇头,如今熊是受保护的动物,杀熊是犯法,再说在藏人的传统观念里,杀生都是罪过,即使宰杀一头家畜也要念经超度。最重要的是,他不想做父亲那样的人,他去年冬天为一支科考队带路的时候,曾经见过一处盗猎的现场,几十头雄藏羚羊被当场杀死剥皮,血染红了雪地冰原,那腥气扑鼻的气味和惨不忍睹的场面令他在之后的很长一段时间里每天都要念经才能平静入睡。多吉再三鼓动,他始终不肯,多吉笑他太老实,说现在时代不同了,我们也不应该还像过去那样整天守着牛羊,对着雪山牧场过一辈子,我们应该想办法多挣些钱去外面看看,你没出去过你不知道,外面的世界多么精彩。

那次和多吉分开后,欧珠一直在想他说的话。他从小到大去过最远最繁华的地方就是那曲的县城,那曲县城比他们县的县城大得多,有很多条路,商铺和饭馆一家连着一家。街上总有很多人,其中不少是从多吉所说的外面的世界来的人。那里的确很热闹,有很多新鲜有趣的事物。但对他来说,偶尔去那里看看、玩一会儿还可以,若真让他留在那里生活,他却并不喜欢。那些密密麻麻的房屋、挨挨挤挤的人群、吵吵闹闹的声音,铺天盖地全是陌生的东西,四周的一切似乎都飘浮不定,让他憋闷、让他惶恐,让他想要逃离。他不习惯视线总被遮挡,不习惯闻到汽油的味道,不习惯看见陌生防备的眼神。还是回到雪山下、牧场上,回到自家帐篷里最让他踏实和安心。他心里也有想要去的远方,想去拉萨朝圣,这也是每个藏北牧民一生中最大的心愿。听去过的人讲,布达拉宫如何雄伟华丽,大小昭寺如何庄严神圣,真像在听经文中天国的描述,但是回来的人也都说,拉萨人太多太多,来自不同的地方,穿着不同的衣服,讲着不同的语言,吵闹和混乱的程度比那曲县城严重得多。他这一生,总是要去一次拉萨的,可是去看看也就够了。他生来是牧民的孩子,只想好好地做一辈子牧民。

然而村里的熊灾不断加剧,而且熊已经不仅仅满足于从人类这里得到食物这么简单，竟然开始恶作剧了，有人家里所有的食物都被熊找出来，大吃一顿之后就在吃不完的食物上撒尿。有人放牧回家，推开门见熊在家里酣然大睡，吓得差点昏过去。有人半夜守在羊圈外，听见声音拿手电筒去照，受了惊吓的熊怒冲过来拍了一爪子扬长而去，那人受了重伤去县医院住了半个月，又回家养了大半年才痊愈，身上却留下了骇人的疤痕。最可恶的是，熊经常一下子赶好几只羊上山，将每只羊的乳房咬掉，因为这是肉最嫩的部位，然后就把被咬伤的羊扔在山上。这些被咬掉乳房的羊一时死不了，被主人找到带回去，流着血呻吟好几天才会断气。在牲畜之中，羊最温顺柔弱，每日为牧民提供洁白的奶，夏季为牧民提供羊毛，死后成为风干肉，羊皮还能派各种用处。可以说是羊用自己的生命供养了羌塘牧民们世世代代的繁衍生息。见羊遭此劫难，每个人都心痛不已，愤恨至极，可是又能怎么办？

拉姆主动去为濒死的羊诵经，希望能减轻它们的痛苦，在平静中度过最后时光，来世转生更好的去处。之后便每隔几日便有人来请拉姆为自家遇害的羊诵经，拉姆无不应允，每次都在羊跟前肃然正坐，垂目诵经直至羊咽气为止。而欧珠发现，自从熊开始伤害人和羊，素来安宁自若的拉姆眉间常有悲伤不安的神情。欧珠问她为何不安，她说，我早就担忧有这一日，只是没想到会这样惨，这只是开头，以后会更可怕。欧珠说到处都是打洞的鼠兔和旱獭，熊不去抓来吃，偏偏要来祸害我们，真是魔鬼。拉姆说，这里原本就是属于它们的地方，是我们不该搬上来，面对诱惑，人都抵御不住，何况是它们。欧珠不能完全理解拉姆的话，只想找出对付熊的办法。去找多吉的念头在心里反复出现，却总下不了决心，直到上个月卓嘎家的牧羊犬玛琼被熊害死。玛琼是欧珠家的小狗森格的母亲，浑身雪白，是只很漂亮的母狗，死的时候才五岁。那天卓嘎晚上跟欧珠约会回来，进帐篷前听见羊圈有狗吠声和骚动声，她第一反应就是熊来了。她自然不敢出去，过了一

王萌萌 ｜ 熊迹与莲花

会儿声音就没了，她便睡了。次日起来刚走出帐篷，却看见玛琼像只空羊皮口袋般瘫在离帐篷十几米远的地方，脖子上有深深的咬痕，黑红的血染污了毛发，脊背似乎折断了。想来它昨晚身受重伤，知道自己命不久矣，便挣扎着向帐篷这边爬，大概是想跟主人见最后一面，最后还是死在了半道上。玛琼是卓嘎从小养大的，视若宝贝，它这一死可令卓嘎伤心透顶，当着欧珠的面哭了很久。欧珠见惯了卓嘎笑，第一次见她哭，他也是第一次体会到原来看着别人哭也会这样难受。

第二天欧珠就去找了多吉，开始偷偷练习打枪。多吉说羊角枪太过古老落后，每次射击前都要装火药，携带不方便，射程也不远，就给他弄来了这把老猎枪，只是子弹有限，他不能多练。幸好他在这事上有超人的天分，没练几次就能打得很准。多吉再一次提出让他把熊皮剥下来卖钱，他依然拒绝，说自己只想给村子里除掉祸害，这也是逼不得已，绝不愿意通过这事来赚钱牟利。他拿出一些钱给多吉做酬谢，多吉挥挥手说以后请我喝酒就行，这事就算我帮你一起为大家除害了！

前方地势渐高，欧珠已走进达瓦山谷的深处。刚搬到这一带的那年，欧珠曾和卓嘎的哥哥结伴来这山里转过几次。印象中这山谷虽然缺水，但到了夏季也有不少融雪流过的低凹处长出小片绿色，成群的鼠兔在当中奔忙，不时有旱獭出现，傻呆呆地立在一个地方半天不动，如一根插在土里的矮木桩子。可如今却只看得到稀疏的枯草，鼠兔和旱獭的影子都不见，唯一的色彩是岩石上斑斓的地衣，浓郁的棕红和明亮的黄与暗褐色、土灰色交织穿插出瑰丽奇异的图案，却难掩这里渗透进每颗沙粒、每缕光线中的荒寂。

为何会是这样？欧珠满心疑问，为何自己看见的变化越来越多，而且变化的速度也越来越快。通向外面的路修得一年比一年好了，雪山的雪和冰川的冰却一年比一年少了；仁青错边原来常看得见成群的野牦牛、野驴、黄羊，近两年开车来考察、拍照的人多了，动物们也没有过去常见了。不光土地在变，动物在变，人也在变，有了电动打酥油机这样的电器，人就能轻松完成过去辛劳多时才能做完的工作；有了摩托车这样的代步工具，人就能轻易地去往从前跋山涉水多日才能到达的地方。有了好东西就想要更好的东西，拥有的太多了反而开始烦恼了。这达瓦山谷里难得的绿色是从何时开始消失的？我们搬来与它的变化有多大的关系？假如那骚扰我们的熊一直住在这山谷里，它是否会觉得我们的到来侵犯了它的领地？它来我们的家园为非作歹，是因为山谷里如今真的缺少食物，还是为了报复？想到这些，欧珠终于明白了拉姆的话：这里是属于它们的地方，我们原本就不该搬上来！

　　前方出现一片排列密集的红褐色石头，参差错落、形态奇异。欧珠加快步子前去探看，没走几步看见一团粪便，细看一下，他立即警觉起来，因为留下那粪便的正是他此行要寻找的对象——熊。不远处还有几坨，看起来很新鲜，这说明熊就在不远处。

　　欧珠下意识地摸了摸枪，四下瞭望，心跳有些加快。熊的体色与沙土岩石的颜色非常接近，也许此刻熊就躲在某处看着他。有声音从西南侧传来，虽然微小却很清晰。他蹑手蹑脚地站到一块高石头上，往声音传来的地方看，居然真的看见一只熊，背部和四肢的毛棕灰色，脸部的颜色浅些，不过看身形这是只小熊，体型比今年出生的小牦牛大不了多少，应该才三四个月大。小熊正在用爪子挖着地上的土，年幼的它并没有成年棕熊的凶狠粗莽之态，反而圆头圆脑憨态可掬。估计它的母亲看见这些石头能遮挡风雪，就将这里的某处当作了熊窝。而小熊丝毫没有察觉有人在看着它，挖了一会儿土，在地上打个滚，挠挠脖子，在石头上蹭蹭痒痒，分明是个无知顽皮的小娃娃。可是欧珠愈加紧张了，因为小熊在这里，

王萌萌 | 熊迹与莲花

　　它的母亲肯定不会走太远。羌塘的牧民都知道，带着仔的母熊可是比独身公熊更具有攻击性。假如被母熊发觉自己潜入它的领地还在偷窥它的孩子，恐怕会发疯。之前目击者和被熊打伤的人都说是看见一只熊，为何他却找到两只，难道是母熊把小熊留下，独自去觅食？来之前他本已下定决心要将坏事做尽的熊打死，一路上的所见与所思却令他内心开始动摇，如今看见是头带着幼仔的母熊，他愈加矛盾了。不打熊，村里人和羊还要受它祸害，打死它，它的孩子就失去了母亲，如此年幼的小熊在羌塘很难独自生存，遇上狼群或者雪豹都会被杀死。可是如果心存仁慈放过这头母熊，再过一阵子它再去村子里骚扰就又多了个帮手，究竟应该怎么办？欧珠心里寻思着，不知该怎么办好。为了不陷入被动的局面，他决定先离开这里，找个安全的地方好好想想。刚要从站立的石头上下去，两个呼啸而来的庞然大物却让他目瞪口呆。

　　又是两只熊，体型小些的毛色如枯草，白色的毛围绕脖子一周又延伸至前胸，犹如戴着条大围脖。体型大的毛色深棕中夹杂着灰斑，左耳缺了一块，也许是与其他野兽争斗的结果，也许是某个猎人留下的痕迹。两熊一前一后追逐而来，欧珠见状赶紧匍匐在石头上，手握猎枪做好射击准备。他发觉自己的心跳从未如此剧烈，为了不引起熊的注意，他连呼吸都尽量轻缓。跑到离小熊十几米的距离，毛色如枯草的熊站住不动，转身张开嘴朝大棕熊发出"呜呜"的低沉吼声。小熊则急切地迎上去，头在黄熊身侧亲昵地摩擦两下。黄熊转头把小熊往身后推了推，又晃了晃头。小熊跑回到之前玩耍的地方，棕熊却向前走了两步。黄熊头颈前伸，龇牙咧嘴，吼叫声加大，看起来非常愤怒。

　　此时欧珠心里已然明白，黄熊就是小熊的母亲，而那只棕熊是只发情的公熊。他想起科考队的动物学家告诉他，熊平时独自生活，发情时公熊与母熊才会在一起，交配季节过去后又会分开。公熊继续独自游荡，怀孕的母熊经过大约六到八个月的时间生下小熊，然后会带着小熊生活三到五年，等到孩子基本成年后才会赶跑它们，重新和公熊交配。不过发情的公熊常常会为了强迫母熊与自己交配而杀死母熊的幼仔。欧珠原以为这只是人的一种猜测，却没想到这是真的，而自己竟然能亲眼看见这样一幕。

母熊与公熊继续对峙着，小熊已经感受到威胁，一动不动静静地站着。公熊终于忍不住，仰头嘶吼一声人立起来，母熊立即也人立起来，两只熊挥舞着爪子扭打在一起，动作就像人在摔跤。体形上公熊要比母熊大出不少，力量上也必定强得多，但是母熊护子心切会拼尽全力，所以起初两熊看上去势均力敌。但是僵持了一段时间，公熊逐渐占了优势，用爪子将母熊按在了身下。母熊竭力反抗，抬腿踢打公熊的肚子，撕咬公熊的耳朵，几次试图要挣脱公熊的钳制，却都没有成功。

"呜……"小熊看到母亲吃亏，勇敢地跑上前去想要帮忙。公熊立即放开母熊朝小熊扑去。母熊见状从背后紧紧抱住公熊，死命咬住它的脖颈。公熊愤怒地大吼，用力往地上蹲坐下去，母熊发出痛苦的嚎叫，却不肯松开双臂，公熊又在地上打滚，母熊终于忍不住松开了手臂。经过这番折腾，母熊似乎已经耗尽了力气，发出粗重的喘息声，却摇摇晃晃地挡在棕熊跟前。公熊此时已近疯狂，双目发红，犬齿外露，母熊为了保护孩子依旧半步不肯退让。公熊又一次直立起来，一只爪子甩向母熊，母熊一个趔趄，公熊又拍一掌，母熊重重地歪倒在地。公熊正想扑向躲在母熊身后吓得发抖的小熊，突然一种既熟悉又陌生的声音响起，它受了惊吓，停止行动，朝声音来处望去。

欧珠扣动了猎枪的扳机，朝向公熊头部的上方打了一枪。自幼丧母的他比别人更加懂得母爱的可贵。最终他不愿眼睁睁看着几个月大的小熊惨死在公熊手下，他甚至来不及想自己开枪会带来怎样的后果，也来不及想自己用光了仅有的五发

王萌萌 | 熊迹与莲花

子弹后该怎么办。

公熊发现了欧珠,目露凶光一步步朝他所在的方向走来。欧珠脑子飞快地转着,熊是国家二级保护动物,所以不能猎杀和伤害,可是如果自己是自卫打伤一头熊应该不算什么大错,就算坐牢,就算要罚款,也总比被熊咬死强。他果断地打出第二枪,瞄准的是公熊的右耳。公熊"嗷"地痛呼一声,它的右耳被子弹掀掉一块皮肉,它以前应该是领教过猎枪的厉害的,毫不迟疑地转身逃跑了。

心提到嗓子眼的欧珠微微松了口气,想到还有只拼死护子的母熊,又不敢掉以轻心。沉闷的雷声响起,天色陡然大变,铅灰色的冰雹云遮天蔽日,所有的光亮似乎在一瞬间被魔鬼吸走,天地间暗黑如夜,唯有炫目的闪电划过天际,狂风大作,裹挟着豆大的冰雹粒铺天盖地而来,四处鬼哭狼嚎。欧珠怕手中猎枪成为闪电的目标,赶紧扔下枪跳下岩石抱头蜷缩着等待。冰雹在羌塘最平常不过,尤其是雨季,几乎日日都有。有时只是过片云彩,一两炷香的时间,随后又是晴空万里。如眼下般势道如此迅猛,声响如此骇人的倒也少见。闭目静待,听到冰雹砸下的声音和风声渐渐变小,慢慢消失。

当欧珠回到第一个山脊的时候,正是太阳落山的时间,他习惯性地眺望白玛岗日。只见暗蓝色的天宇下是绚烂霞光,白玛岗日的主峰在橘色的云雾后若隐若现。他双手合十,闭目念起金刚上师咒:嗡阿吽班杂咕噜叭嘛悉地吽。启请莲花生大士以他的加持力赐给羌塘的一切生灵无上的成就。连续诵读七遍,欧珠睁开眼睛准备下山,却看见白玛岗日上部的云雾全部散尽,五个峰顶尽皆显露,在夕阳映照下犹如盛开的金色莲花,无比圣洁庄严。欧珠情不自禁地俯身磕起长头,再抬头时却见金莲已经消失不见,唯余几缕金红色云霞。

(选自《上海文学》2016 年第 11 期)

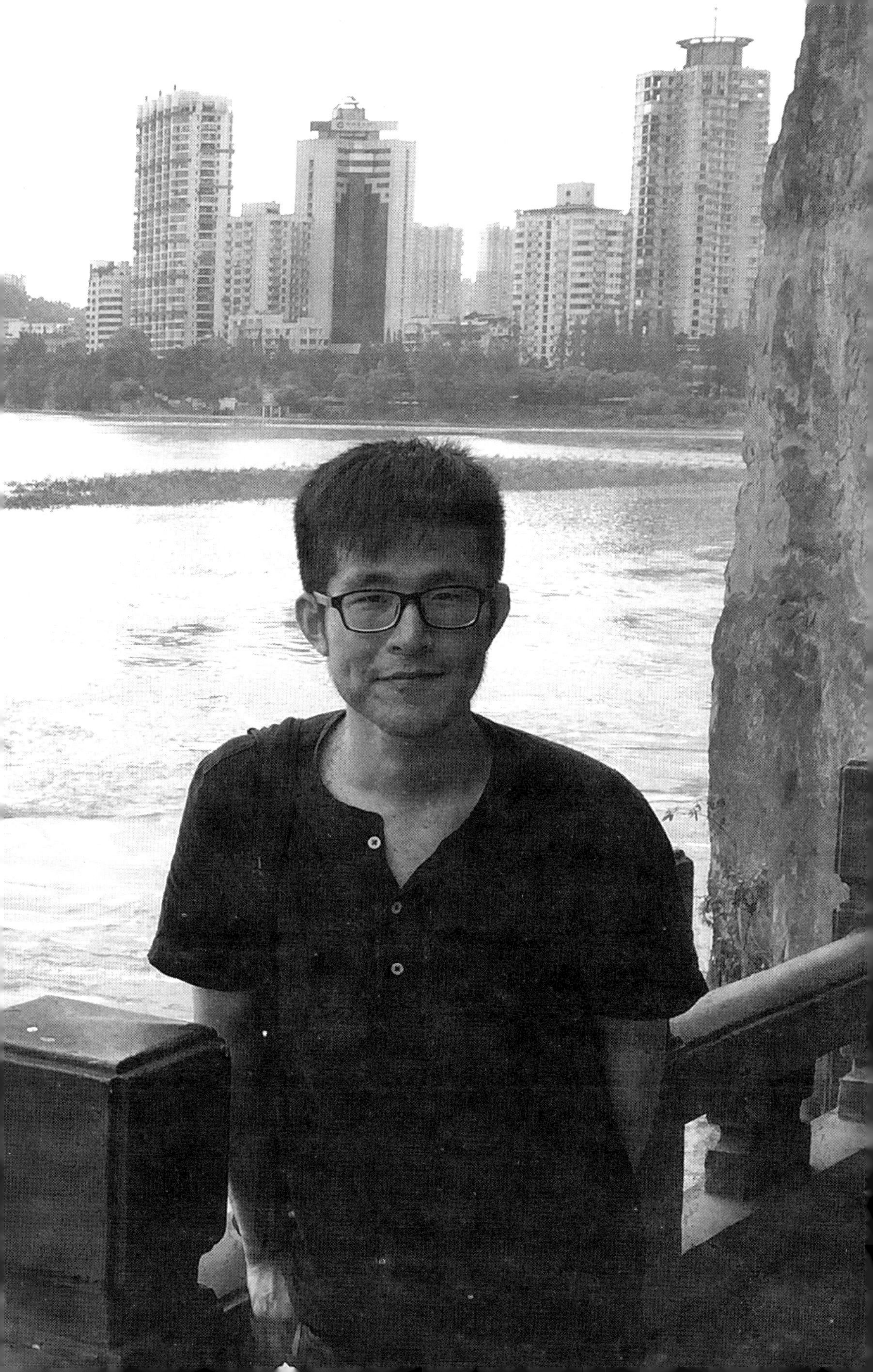

徐 衍

徐衍，南开大学2011级中国现当代文学硕士，曾获第十一届、第十二届全国新概念作文大赛一等奖。浙江省作家协会会员，入选浙江省"新荷计划青年作家人才库"。

小说、散文见《人民文学》《上海文学》《长江文艺》《青年文学》《西湖》《光明日报》《浙江日报》《星火中短篇小说》《四川文学》《文艺风象》《萌芽》《中国研究生》《散文诗》《浙江作家》《ONE 一个》等。出版有长篇小说《小米村断代史》。

心　经

　　手环是在王阿婆死后第三天戴上萃梅右腕的。原以为碎了祖传的和田玉镯以及取出节育环后，身体就自由了，对于这圈新鲜的束缚，萃梅还需要时间适应，好在她有的是时间。

　　王阿婆死后的第四天是她的出殡日。四天前小保姆为讨要工钱回来了一趟，进门就看见王阿婆身体拦腰折了一折，硬邦邦地耷在床沿，王阿婆就这样报废于人世了。两边邻居都做证肯定王阿婆的死期不会超过三天，因为一点腐臭都没有嘛。反对者质疑说，王阿婆的年纪，一年不洗澡都没关系的，新陈代谢又弱又慢，发腐发臭也要慢慢来。王阿婆的大儿子就以小保姆发现之日起算，拍板敲定了死期。于是距离小保姆撞见王阿婆遗容已经过去四天了，不腐不臭的王阿婆被孝子贤孙们拿出去，终于要入土为安了。本地风俗，"出殡"讳称为"拿出去"，听上去从容家常，有老庄遗风，落到实处也是真从容真家常，除了王阿婆的大儿子抽了抽嘴角，谁都没有掉眼泪。

　　萃梅就想等到了头七，人少一点，她要单独和王阿婆的大儿子讲一点秘密。王阿婆的晚年一点不平静，一开始是捡烟屁股抽，后来就买回整条红塔山一天一包地抽，王阿婆牙齿快掉光了，平常就靠两颗镶金门牙以及坚硬的牙床咀嚼，瘪嘴巴漏风，很难吐出完整的烟圈。王阿婆就想更刺激，多次要求供销社进货的时候捎点毒品回来，一副要在有生之年五毒俱全的架势，活到我这把年纪，要是没有味道，再往下也是白活，我不想白活，我想每天都有味。供销社的售货员爱芬一开始还很有耐心和爱心地开导老人家，无非含饴弄孙天伦之乐一套，爱芬自己都烦了,一咬牙,说,不想白活就去死啊。王阿婆说,你咒我死,你想贪我的金牙。爱芬说,谁稀罕你的烂牙,脏死了。王阿婆伸手一揿,像掰受潮的饼干一样,掰下金牙,放上柜台,说,买两克海洛因够了吧。爱芬彻底无语。王阿婆吸毒未遂,就有了念想,这念想比毒瘾还深入人心,虽然红塔山照抽且越抽越多,但也越抽越没味了,慢慢地竟自断了瘾,戒了烟,因此在一年中只春节回来一趟的子孙后代们眼里,王阿婆还是那个规行矩步烟酒不沾的王阿婆,平平安安老无可老。

萃梅开始期待王阿婆的头七,她已经太久没有说破一件事了,昨天今天明天都没多大差别,生活规律得仿佛生了锈,不那么容易觉察到时间的流逝。

头七日,尽管老早醒了,萃梅赖了一会儿床,好像有一桌宴席等着她,她不到就不开席,于是晚到一分钟就多快活一分钟。王阿婆家大门紧锁,迟迟不见有人来,萃梅搬出竹椅,坐到上午过去,一篮毛豆剥光洗净,还是没人来。萃梅就着青椒炒毛豆吃午饭的时候,小保姆来了。

小保姆过去在王阿婆家受了气,就会偷跑到萃梅这边避风诉苦,嘴巴不停,手脚也不停,一边数落东家,一边就把萃梅的米淘净了,一顿午饭就做好了。萃梅生怕王阿婆有意见,几番劝阻,小保姆就几番眼泪汪汪表心迹,我愿意的,王阿婆巴不得我出来的,王阿婆看不到我还会开心一点。小保姆是王阿婆的长子雇来的,每天上午过来负责烧饭做清洁,不巧,小保姆来的第二天,王阿婆就摔了一跤,断了锁骨,王阿婆就张口闭口地叫小保姆"白无常"了。小保姆自怜道,我是两头不落好要受两头气,王阿婆到死都不喜欢我的,我也老早不想在王阿婆家做下去了,可是协议签了三个月,结果两个月零二十天王阿婆就要赶我走,我是讲职业道德的,余下十天要打要骂我也要做完的,三个月做满找到她儿子,真是一家人一路货色,翻脸不认最后这月的账不说,居然还把王阿婆摔骨折的账赖到我头上,一点道理不讲了。讲回来,王阿婆也蛮可怜,死了都没人知道,王阿

徐衎 | 心经

婆讲得对的,我就是她儿子派来盯王阿婆死没死的白无常,今天好了,今天他们不好骂人动粗的,今天适合讨债。萃梅会心一笑。本地风俗,头七之日家属忌动肝火,以免惊了亡灵回魂。小保姆居功自傲,说,要不是我回门讨债,王阿婆还要一个人死上好多天呢,讲起来真是晦气,除开最后一个月的工钱,照理还应该给我封一只红包收惊的。

午饭过了,两人坐回门口守株待兔,该说的、能说的,都说差不多了,时间就难挨了。空等到黄昏,一老一少都有了微词,自责看走眼,高估了王阿婆一家的孝心。失落的小保姆不讲职业道德,又讲起王阿婆的生平,比萃梅预备要讲的那些秘密劲爆多了。

王阿婆生前最紧张的人是城北的老中医陈努明,前去寻医问药倒也不为头疼脑热什么的,主要是让自己美。王阿婆这个岁数,精神头足就是美了,隔三岔五带回一服中药,清肠通便的、明目养发的,王阿婆不遗余力把自己调理得精精神神是因为她在城北还有一个欢喜的人。食色性也,王阿婆有福就有福在,她欢喜的人厨艺也不错,供职于城北小学的食堂,每天要烧两顿大锅菜,代蒸六屉饭盒。传言许舒华饭菜烧得好是因为暗中用了罂粟壳,校方几次明察暗访都没找到证据,传言也就只是传言。王阿婆听信传言,上门讨要。许舒华说,罂粟没有,和罂粟一样可口的饭菜有一份。王阿婆吃过和罂粟一样可口的饭菜以后,开始频频造访城北小学,自然就没小保姆什么事了。老人的放纵,徒有欲望和姗姗来迟的活力,以王阿婆的年纪,食欲突然大好,可是牙口脾胃跟不上,就容易出问题。王阿婆果然夜里牙疼胃痛,整夜打嗝。天一亮王阿婆就去找陈努明,老中医将半个罂粟壳加水煎了给她喝下。王阿婆舔舔牙龈,胃里温暖,罂粟果然是好东西,只是疼与不疼,非黑即白,缺少回味。王阿婆了了一桩心愿,兴趣就全转到了许舒华身上,王阿婆感觉和许舒华在一起,浑身轻飘飘的像要飞起来,有时候心尖一阵疼,有时候又不疼，大多时候是又疼又不疼，比服食罂粟还过瘾，这是一个有味又有回味的老男人……

说了不该说的、不能说的，时间就走快了。小保姆过了嘴瘾，心情愉悦，萃梅落空的心被新秘密塞得充实满足。满足的萃梅塞给愉悦的小保姆一只红包，说，收收惊。小保姆不接。萃梅说，就当你过去给我烧午饭的工资吧。

萃梅的晚饭是一锅煮得很稠的粥，搭配一瓶腐乳，或一块鳗鱼鲞、白银鱼、小目鱼之类的咸货腌制品。月华看见了总要教训两句，老人家更要吃清淡一点，口味重伤身体的，当心中风。萃梅嘴上答应，其实阳奉阴违，只有咸货才能激活老钝的舌头了。赶在天黑以前，喝了两碗粥解决了晚饭，萃梅洗好碗碟锅筷，换上船鞋出门了。散步回来才八点一刻，自从安了峰谷电表，晚上九点之前的用电就审慎起来，原本下午五点半的晚饭也提前了一个小时，以便采天光看清楚碗碟好下筷。

萃梅就想起当年为了节省天光，全国上下采用"夏令时"，人为地将钟表统统拨快一小时："夏令"的早晨六点实际上是正常的五点钟。萃梅不吃这套，钟表走钟表的，她走她的，甘愿落于人后，落后一小时。外孙出生在凌晨，医师填在出生证上的时间是凌晨五点十五分。过后逢人打听，萃梅不顾权威，报出另一个时辰，早上四点十五分，是顺产的。结果就闹了乌龙，大家都以为月华是生了两个，直夸萃梅做外婆的好福气。外孙长到三岁，"夏令时"废止，五点十五分就是五点十五分，萃梅怅然若失，仿佛那个非官方记录"凌晨四点十五分"降生的外孙被抹杀了。萃梅翻出首饰存折交到月华手里预备做超生罚款，叮嘱女儿养好身体，备战第二胎。还在哺乳期的月华只有苦笑，且不说超生罚款数额不小，还会累及公家上班的丈夫丢掉铁饭碗。萃梅转寄希望于小女儿月英。月英惯会挑剔，挑挑拣拣把自己拣成了老姑娘，仓促中嫁了个光棍多年的个体户，一对老新

徐衍 | 心经

郎和老新娘，但毕竟两人都是头婚。老新娘生头胎时就已是高龄产妇，萃梅精心备置的超生罚金还是没用上，还好月英争气，生的也是男胎，萃梅膝下也就有了一双相差十岁的外孙。

萃梅默坐在不开灯的老屋里，通体漆黑，只有这些十几、二十多年前的事亮着。月华每次来，总是先一言不发收拾一通，该扔扔，该砸砸，动静不小。萃梅就逃到阁楼上，一样动静不小，一阵翻腾，萃梅怀抱一只土鸡或者土鸭稳当当攀下木梯："满月酒的回礼，养很久了，就等你来带走，我一个人吃不了。"前半句是假话，月华一向不喜欢老人动作太大，什么岁数做什么事，该享晚年的时候还东奔西跑的简直不像话，萃梅自然也就不会道出买这只土鸡或者土鸭背后的艰辛：一个人坐了一个多小时的车进山里养殖场，光是路上往返就花掉四个小时，幸好那天吃得少，晕起车来只有干呕；后面那半句才是真言，"我一个人吃不了"，年纪大了胃口益发差了，剩饭剩菜是常态，弄得整个屋子也酸酸馊馊，当然这是月华闻的讲的，萃梅纳闷自己怎么闻不到。然而萃梅已经学会了不争不辩，为了和气开心，沉默是金，她早年收藏的那些24K纯金，够她安身立命的。

心里的事暗下去，萃梅开口了，不高的音量幽幽荡在黑屋里，王阿婆今夜回魂，就在边上听着，你呀你，虽说你死了都没人知道，但也用不着难过了，到死你也是一只风流鬼，说回来这种好事还要等到你头七听你们家"白无常"嚼舌根才知道，你还是没把我当成交心的朋友，也差不多了，要好的几个朋友，你比我先一步都重逢汇合了，你们在那头会开心一点吧，还是和你讲讲这头的事情。上个月摆七十大寿，本来想请你的，我嘴上说不要铺张大办，我的乖囡就真的只办了两桌，女儿女婿外孙以及几个远亲近亲挤挤凑凑就满两桌了，他们都讲什么股票年终奖手机游戏的，我一句话也插不进，好不容易讲起一点从前的事，没有人听的，我就像庙里的活佛一样，和和气气被供在上座，假装清心寡欲，假装对他们的谈话有兴趣，想起来真要倒吸一口气。年轻的时候我想活到六十就高寿了，那时候的人都活不长的，最长寿的一位也不过六十八岁，想不到我会活过当年的寿星，当然你赚头更大，活一天像一天，一点不委屈自家，想到就去做，没有比做自己更快活的了，死了也是快活鬼。

半开着的玻璃窗反射着远处某个照明物的光亮，夜风一吹，咣当磕了一下。萃梅起身关上窗，送走了王阿婆。开灯的同时响起一阵敲门声，去上夜班的贵州女人提醒，晚上要下雨阿婆门窗要关好。萃梅说，这么早上班啊。贵州女人说，十一点到厂里，现在十点半啦。萃梅看了眼里屋的挂钟，才九点一刻，完全乱套。

贵州女人骑远了，王阿婆应该也走远了，萃梅又是一个人了。抬头即见七十大寿拍的全家福，悬在走不准的挂钟边上，挤挤挨挨，准点圆满。拍照前，大外孙森森看见酒楼门口的字幕牌：祝曾萃梅生日快乐，万事如意，席设三楼。森森像有重大发现一样地告诉小姨说，这个"曾萃梅"和外婆同一天生日啊。

直呼其名叫萃梅"曾萃梅"的人，陆陆续续都走得差不多了，"萃梅"和"萃梅"的时代一起落后，渐渐无人知晓，无用了，余下的，萃梅成了他们的"姆妈""外婆""阿婆"。萃梅挺乐意参加别人的葬礼，老人在老人们中间就显得没那么老。未亡人萃梅有时会觉得自己是黑无常，往阴间送了一批一批熟悉的、不熟悉的百罹亡人，勤勤恳恳乐此不疲。

"妈——"月华叫了几声，没人应，就把双排木门向里推开一道缝，站到门槛上，左手伸进去在门后摸到一串挂锁小钥匙，自己开了门。月华挨个房间看过，一路叫"妈"，萃梅不在。月华明知徒劳，还是喊了几声"妈"，带着哭腔，像前不久王阿婆出殡前的喊魂。

萃梅好端端回到家。月华先是一惊，好像真是自己喊回来的魂。萃梅说，到供销社买盐，有人下棋就看下棋了。月华撸上萃梅的衣袖，手环呢？萃梅回忆了

徐衍 | 心经

一下，前一晚睡前摘下来，早上起来忘记戴回去了。月华就催她找出来戴上。萃梅在床头桌的抽屉里，一堆五号电池、风油精、银耳勺、小手电、红包袋、保健品宣传资料、圆镜、绒线团、藿香正气水中，揪出了那只鲜黄色的手环。月华重申，这只手环保平安的，睡觉也不许摘下来，省得又忘记戴回去。萃梅说，现在的平安符已经换成橡胶做的了吗？月华愠愠地说，反正是为你好。萃梅无话可说，几十年的晨起步骤:刷牙、洗脸、梳头、挽髻、吃早饭，现在忽然要增加一项"戴手环"的新内容，难免疏漏出错。萃梅在强硬的女儿面前，更像是受罚挨训的小女儿，是女儿的女儿，越老越小。

月华把话题转到了王阿婆身上，说，拿出去了？萃梅戴好手环，说，你送来这只平安符的隔天中午就拿出去了，三代同堂一起，也算风光大葬了。这时座机响了,只听萃梅在里屋"喂喂"老半天，挂掉一会儿，电话又响，"喂""你讲啊""你讲什么""喂"。月华接过听筒，咔啦咔啦的电流声直刺耳膜。月华没有犹豫，直接挂断，说，我抽空去电信局报停，改用手机好了。萃梅忍不住替老座机辩解，也就是有时候听不清楚。月华说，今天下午打了你好几个电话都没人接，我才来的，换成手机找你也好找一点。萃梅忙问找她什么事。月华盯着萃梅腕上的手环，停了一下，说，没事。萃梅就说，买手机又要花钱了，老人家用什么手机？萃梅对自己的期求总是迂回的，即便心里想的是"换就换吧"，真到了嘴边却要婉拒一番，做一做为对方着想的姿态。月华不是不晓得母亲的机心，只是多数时候都不去说破。去年本地电视台推出"数字电视换代升级"业务，月华认定母亲无法胜任机顶盒的烦琐操作，也为图省事，就没办新业务。娘家那台二十一英寸的老彩电就在数字电视革命中淘汰下来，只余五个频道，一个中央台，一个省卫视以及三个地方台。大年初三，森森来拜年，来来回回换着五个频道，萃梅坐在外孙边上，说，你讲好笑不好笑，外婆就五个台看看。不咸不淡的一句陈述，森森也没往心里去，放下遥控器，还是手机里的朋友圈有看头。只有月华清楚母亲心里有怨，更清楚她将继续故作满足地对着仅存的五个频道，看下去。

省卫视正在直播台风的最新走向。母女两个盯着屏幕上那团缓慢上移的白色涡旋，不时评论几句，谈话似乎进入了一个平和的最佳状态，因为事不关己，两个人都在安全的范围内。陈努明女儿的出现打破了这点平和与安全。老中医家的土狗白天产下一窝狗崽，萃梅当场认领了一只，因着当时还要上供销社买盐，就商定让陈努明女儿下午有空了送家里来。送来的这只显然不是上午看好讲定的那一只，狗的身上有几处可疑的脱毛，好像中弹过的创口。陈努明女儿坦诚相告，这就是那条让他们家的老母狗意外怀孕的罪魁祸首，被老中医逮了关在柴房。"我们要搬家了，本来是预备搬家前把母狗杀了吃肉的，没想到多出这些事来，不过刚生的小狗粉扑扑讨人喜欢，一个上午就被人领光了，包括阿婆要的那一只，过后想起来，只有关柴房的这只野狗了，本来想先问问阿婆的意思，但是打你电话接通了一直没声，我就只好自己拎来了，要是不愿意养，阿婆一样杀来吃肉好了。"萃梅连忙表明心志，愿意的，我愿意的。

在陈努明一家面前，月华不自觉就气短，矮一截。生父是在陈努明家的配药房过世的，走的时候白白胖胖又湿答答皱巴巴，好像一块解冻中的五花肉。生父和五花肉打了半辈子交道，死了也像五花肉，或许这就是宿命。月华的父亲，萃梅丈夫生前在本地肉联厂上班，春夏秋冬军大衣不离身，主要负责把货车上的生猪卸下，搬进屠宰车间变五花肉，再把一扇扇冻猪肉抬出冷冻车间，搬上货车，运向远方。尽管一下班就上公共浴室泡澡，父亲身上还是常年有一股生猪的臊气和熟肉的腥气。同桌吃饭，月华月英都坐得远远的，萃梅隔中间。父亲花在泡澡上的时间越来越长，大有在浴室虚度余生的势头。十二岁的月华已经担起大部分家务，每天烧好晚饭都要去一趟浴室叫回父亲。再长大一点，月华就有点抵触上

徐 衎 | 心 经

浴室，等在傍晚的男浴室门口，那些泡得白里透红宛如死猪肉的老男人们，纷纷向她投以利箭似的目光，戳得青春期的肉体辣痛，一个孔一个孔地痛。

当父亲在浴室池子里溺水的不幸消息传来，比悲伤先一步泛起的是一阵释然，在父亲从浴室转移到老中医家等救护车的过程中，月华是木然的，解脱后的虚空感笼住她，她终于要和那些泡澡老男人划清界限了。想到这里，月华由衷而笑，被施救中的陈努明无意撞见，老中医眼珠瞪大，吓得不轻，手底的心跳脉搏也不正常了，一不留神，一家之主就从老中医手底逃脱，县人民医院的救护车开足马力也追不上了。

入殓前的父亲腹积水严重，隆起的肚子衬得周围一圈的器官都奇小无比。月华替父盖棺，最后看了一眼，眼生极了，一具男不男女不女的雪白肉身，更像一口看不出性别的猪。大伯像填埋肉联厂的病死猪一样，处理了父亲。那之后，月华再没吃过猪肉，放过猪油的菜也一概不碰。

陈努明女儿一走，月华如同结束面向真主的祷告，结束了回忆。萃梅抱起狗安置到门洞边，月华蹲下来揪母亲身上的狗毛："自家门面搞搞清爽都谢天谢地了，还要去招惹这些别人不要的赔钱货。"萃梅摸着狗头，水汪汪的狗眼里映出一张老皱的脸。月华继续发作，说，陈家一向会做人，这种来路不明的野狗有什么好养的，更不要说吃了，好像给我们多大的恩惠人情一样。萃梅很轻地讲了一句，他们一家还是好人的。月华对着狗脸，说，好人——只管他们自家心安理得的好人，那时候要是他们少讲几句，索性一句话没有，爸评个工伤鉴定，至少也没白死，我们的日子也会好过一点了。

月华盯着狗脸看了几分钟，说，也不知道这狗多少岁了。萃梅抚摸狗背，温温热的狗身体像一只快要冷掉的热水袋，说，这么精壮，可能十岁吧。月华说，狗的十岁相当于人的六十岁。萃梅说，也比我年轻。这只比萃梅年轻的狗在萃梅的抚摸中犹犹豫豫，被迫接受了这个陌生而灰暗的世界。月华注意到狗的身体起了微妙的变化，鼻子挨着她的膝盖磨蹭，发出嗷呜嗷呜的低吟，看上去很受用，这是一条公狗。月华脸一热："这野狗到时候发情起来，你怎么办？"萃梅假装满不在乎，岔开话题说，森森什么时候放假回来，我来裹粽子吃。月华最恼母亲这样，看似不争不辩照单全收，实际上当她的话是耳边风，感觉自己一记重拳打在棉花上。

　　受台风天气影响，月华穿着短袖凉鞋等回家的公车时，手臂和脚踝都很冷。月华就想，这趟回娘家来又没有好脸色好脾气，母亲心里一定也冷的吧。月华又想，如果父亲还在世的话，兴许就会好一点吧。作为长女，月华当年顺理成章接替父亲做了一家之主，一直做到出嫁，做到另一份人家里，婚后依旧不改年少当家的强硬脾性，夫妻间大小吵不断，吵不动了就冷战。月华回娘家来左不过是想找个亲近的人说说体己话，可一跨进家门，举目是凋败的老屋、迟暮的母亲，而且还将无可回避地凋败迟暮下去，月华心头的那点软弱就不敢示人了。月华只好没有好脸色好脾气了，气就气在她是她的母亲，不是电视里的任何一场灾祸，没办法袖手旁观——每一趟回来都是一场没有台风眼的台风，鲜有台风眼处晴到少云的从容闲适，只有暴雨倾盆，无人幸免。

　　月华忏悔了一路，到家就上网订购了一只老人手机，快递送到当天就去办了手机卡，叫上月英一道回娘家。月英抱怨说，难怪前天我打了两个电话，明明接通的，就是没人响，过一会儿就挂掉，我还以为是妈闹脾气。月华说，闹什么脾气。月英说，也就有的时候找我讲一讲你这个大女儿的厉害，我能说什么。说实话月华有点害怕独自面对母亲，这次和月英一起，心里多少松一些。

　　母女三个先在陈努明家门口遇上了。陈家女儿女婿一件件地往金杯车里搬家当。陈努明是最后一件家当，自己爬进后排坐稳了。女儿女婿所在的社区卫生所欢迎中医坐诊的，这样陈努明就不会不适应在省城的晚年生活了。离开前，陈努明烧了所有病历档案，小镇人们的身体秘密就此灰飞烟灭。也许是水土问题，本地妇女易患小叶增生，陈努明那双老手几乎摸遍本地所有成年异性的乳房，经他抚摸揉搓过的病乳最终都不治而愈。老中医在病患中是有口皆碑的，金杯车里厚厚一摞锦旗浓缩了陈努明的半生荣耀，即使那些没被他望闻问切过的健全人，那些还没发育到能够患小叶增生的少女，也都赶来送行一代名医。与陈努明同龄的萃梅站在送行队伍中，为自己的年老感到羞耻，这样的场合容易联想到她送走老友们的那些葬礼，许多人到死也未必能如此体面风光地拿出去……

萃梅一路沉默着，和女儿们走回家。门洞里的狗仿佛也被压垮了，不出一声。老人机的开机音很大声，三人没有心理准备，都吓了一跳。月英在老人机里输入了自己和月华的手机号，想了想又加上了森森的。本来月华还打算用阿拉伯数字代替通讯录姓名的：月华是1，月英是2。萃梅没上过学，靠经验摸索着过完了大半辈子，出乎意料的是，文盲萃梅一个不落地念对了所有通讯录姓名："应月华""应月英""森森"。对应月华来说，这不能不说是个奇迹。萃梅展示完奇迹，手机屏一闪，显示电量不足，提示音一样大得吓人。月华找出充电器插上，三个姓名又亮在屏幕上，一目了然，只有三个名字——说明书说明通讯录一共可以存储五百位联系人的。

贵州男人捧了一碗饭过来串门，他和贵州女人上个星期回了趟贵州幺铺县，把女儿也接过来了。萃梅偷瞥了一眼月华，寒暄问贵州男人怎么不见贵州女人。贵州男人挥舞那只拿筷子的手，在腹部比画了一道弧线，狡黠地笑笑。萃梅心领神会，跟着笑。贵州男人一走，萃梅就不笑了，说，穷成这样子了还要生，越生越穷。

萃梅家周围原本就差不多被外地人包围了，如今王阿婆的老屋也沦陷，沦为三个隔间，租给和本地人交流时讲一口普通话的外来务工者们。萃梅看电视知道了"空巢老人""空心村"这些概念，她自我评估，王阿婆是空巢老人，她不是；贵州的幺铺县是空心村，这里不是，只是越来越多的陌生口音陌生面孔，迫得她也成了自己故乡故土上的陌生人。月华每次来，经过外地人的门口都是目不斜视，从不搭讪，偏偏萃梅对他们满口褒奖，"他们都很热情的，在外面碰上都会主动打招呼，阿婆阿婆地叫，上个月你搬新家，我在你家住了一个星期，就是刚才那个男的老婆帮我看家的，每天夜里抱一床被子过来睡我房间里。"月华心中鄙夷，不清不楚的人也敢往家里放，况且就这么个破落老屋有什么好看家的，话到嘴边却咽下了。

　　月华和月英在县城安家多年，上个月拆迁安置房落成，月华终于结束了一年多的租房生活，搬进了自家新房。乔迁宴后，萃梅在新房里住了一个星期，也是本地风俗，家中长辈入住新居满七日，乔迁之喜才算落定。当镇宅之宝的七天里，萃梅尽职尽责，大部分时间足不出户，小区楼下公园里的同龄老人都讲普通话，萃梅和他们的交流仅限于"来啦""吃过啦"，仿佛置身异域外邦。这样的小区，单靠月华夫妻的收入断然是买不起的，还得感谢县城旧城改造拆迁，拆掉了原来九十年代的单位集资房。乔迁新居的第一晚，夫妻两个躺在干净明亮的卧房里，都有点恍然，仿佛新婚初夜。镇宅期满，月华也没挽留，萃梅就逃回老屋了。萃梅在老屋里住过了七十大寿，随着年月累积，这样的生活格局愈发稳固，月华自我安慰，她和月英都是在这里出生、出阁的，母亲住着没什么不好。月英出嫁时，森森已经小学二年级了，老屋里外竟也摆得下七八桌酒席，萃梅坐在上座吃婚宴蛋糕，吃相很不雅，噘着嘴吮吸奶油，不时发出噗噗噗的声响，很难和她的年纪联想到一起，那是一种充满肉欲的，不由自主的享受。三杯敬酒下肚，萃梅就要回敬亲家，"亲家公潇洒的啊。"月华和月英尴尬赔笑，从小在吝于表露情感的家庭中长大，鲜有在私人生活里成为主角的机会，一家三口都欠缺一种轻盈的处事方式，缺乏幽默感，总是透露出一种悲剧性的庄严，只有沉重只好尴尬。父亲故去以后，姐妹两个不止一次讨论过，结论是，快五十的人再嫁，挑选余地自然不大。月英更决绝，找个不相干的糟老头回来分家产啊？

一年年过去，萃梅从没提起，月华月英也就得过且过。回避不代表不存在，而是悉数转化成一个个心结，成为母女之间谈话的暗礁，需要打起精神戒备着，绕过去，莫谈家事，只讲旁人——陈努明因为没有行医执照在省城被查处，取缔了行医资格；今年最大的一次台风终于过去了，十四人死亡八人失踪，或者是"天气热吃不完的饭菜就倒掉喂狗"这一类硬邦邦的直言相告——再难交心了。

远亲不如近邻，还好还有这些外地人，月华表面冷冷的，心里是感激的，可惜他们是打零工的候鸟，流动性大，鸟来鸟往就良莠不齐。萃梅用新手机打的第一个电话就是给月华的，抱怨新来的这批外地人只会直勾勾地盯着人看，从来不叫"阿婆"。萃梅还有另外的不满，这伙新外地人嗓门大，嗜酒，喝了酒，嗓门更大，三天两头嚷着要吃狗肉下酒，这让她感到不安。

萃梅挂了电话，换上一身簇新的竹布月白上衣，到贵州人家吃生日酒。贵州女人挺着大肚以茶代酒敬大家，边上站着前不久刚从贵州接到此处的小寿星，小脸蛋雪雪白，两只眼睛看地上。酒席吃到下半场，酒酣耳热，话多起来，议论焦点集中在贵州女人的肚子上，"不管生男生女小妹妹都要做老大了难怪不开心的""那一肚子装的都是钞票啊，现在超生一个，罚款至少十万块起""罚什么罚，做老大的其实是'黑户'，在老家也没怎么上学，来到这里整天都待在制门厂车间……"散席，依本地风俗照例有一只老母鸡做回礼，萃梅心想，这一家人入乡随俗表面功夫做足，看来是要在镇上落脚生根了。萃梅一个人吃不完一只整鸡，留着准备让月华下回来的时候带走，老母鸡瘟在笼子里，死期不明，惶惶不可终日。

上营业厅缴过一次手机话费后,萃梅也惶惶不安起来。本来一切都正常的,窗口小姐笑容甜美,边核对身份证边喃喃自语,"曾萃梅,手机号码1533690……"忽然,笑容就不甜美了,窗口小姐大惊小怪地叫了一声,萃梅跟着心里一紧:"阿婆你上个月套餐里的五百分钟通话时间,就只用了二十多分钟,好浪费啊。"萃梅虽然没怎么听明白,但本能觉得自己做了什么错事,不敢开口。"阿婆这个月要注意,别浪费了,我跟我男朋友包了一千分钟的通话包,还经常不够用呢。"萃梅听懂了,这有点类似峰谷电表,晚饭结束到夜里九点这段时间的用电比九点以后的金贵,这期间尽可能不用电的萃梅常常无所适从,就像凭空多出来这段时间,现在她又多出了五百分钟,前者她可以出门逛马路,在供销社看棋看电视,一个人不开灯干坐在屋里也能打发过去,后者就只能找两个女儿下手了。萃梅在电话里东拉西扯,又不好告诉女儿们频繁打电话的苦衷,为了不浪费五百分钟的免费通话时长。

"姆妈,你上午已经讲过了,我再跟你说一遍,森森要等到国庆放假才回得来,是啊,坐火车要二十多个钟头呢,好了,就先这样。"

"那些人不叫'阿婆'就不叫嘛,本来就来路不明,不打交道少点牵扯更好,你自己留点心,平平安安的……"

"他们吃他们的狗肉,你养你的狗,两码事,你自己不要瞎想瞎讲。"

"电视里讲的总归特别一点,要不然谁看啊?你又不是领低保的孤寡户,不要瞎想瞎讲。"

"喂,还有什么事?"

手机越来越像一枚手雷,月华的语气渐变,好像走针倒计时,萃梅隔着电话察言观色,总能在手雷引爆的前一秒,月华发作前,准确无误地挂断电话,再打给月英。月华吃不消三天两头的骚扰,向萃梅挑明:"以后没什么要紧事不要再打来！"至于森森，秉着学业为重的观念，萃梅轻易不去打扰，所以严格说来，她的通讯录里只有两个女儿。

有了手机之后，挂钟就停用了，也是月华的意思，嫌老钟走不准时快时慢耽误事，"难怪你刚打完电话，过一下子又打过来。"老母鸡白天从鸡笼里放出来，咕咕隆隆啄着拆下的老钟钟面，一圈一圈，地老天荒的样子。萃梅默坐静看，也是一只停摆的老钟，只有回忆断断续续走着，这么多年自己真是毫无长进，朋友屈指可数，还是年轻时结识的那几个，和她一起活到了这把年纪，真的都是老朋友了。同两个女儿的感情也一直不浓不淡的，"来啦——"每次见面，语调里确认多于欢迎，常常还会因为手机通话这一类龃龉，双方要生一生闷气。萃梅觉得自己也是一只笼中的老母鸡，清简的人际关系恰恰编织出一只密不透风的网笼，死命罩住她，有限的挣扎和无度的内耗，伤人伤己。

大腿根忽然振动，紧跟着是响亮到刺耳的"你是我天边最美的云彩……"萃梅挣脱层层口袋、绒布袋，哆哆嗦嗦掏出手机，喂——

"您好，欢迎致电永乐保健公司。"萃梅听着一声声糯糯的"您好"，倒不晓得如何是好了。电话那头始终保持着让萃梅尴尬的礼貌客套，半分钟后，转了人工，萃梅松一口气，原来方才是电子人声。接线小姐的普通话带点口音，声母的 n 和 l 不分，萃梅窃笑着，不再尴尬，耐心听她讲了十来分钟。最后对方稍稍提高音量问萃梅，您看，是先买一个疗程呢还是……萃梅掐了电话，握着温温热的手机，暗下去的屏幕反照出一张老脸，顷刻间浮上脸颊的迷惘很快又将皱褶抚平，手机里有了第四个联系人。

只有和"第四个联系人"打电话才没有心理负担，不用提心吊胆字斟句酌，想听就听着，想讲就讲，听够讲够就收手挂断。几天下来，萃梅通过口音判断出接线小姐共有五个，这天中午照常打过去，接听的正是一开始的那位，一上来就开骂:"脑不死的东西,不买产品里就死远点。"萃梅一惊,面色煞白,再一想双方互相看不见,就大声回击:"你才脑不死,'脑'和'老'都分不清楚的便宜货,还有脸接电话,不要脸!对,你不要'碾',你最不要'碾'!"萃梅专注骂战,完全没察觉女儿和外孙站在门口。

月华干咳一声,萃梅顿时士气尽散。月华拿过手机,清空通话记录,说,现在诈骗电话多得吓死人,陌生号码接都不要接。萃梅连连点头,好的好的。

森森发现了萃梅叠在枕边的报纸,说,外婆怎么还在看去年的新闻呀?萃梅说,外婆看得慢,慢慢看。森森说,照这个速度,你要到明年才知道关之琳离婚啦。萃梅眉头一蹙,谁离婚啦?森森云淡风轻地回答,关之琳。萃梅就问关之琳是谁。森森笑笑,话题就此打住。萃梅没有追问,年轻人的世界哪还有她置喙的余地,就连月华这一辈都越来越看不明白了。

只有回忆是安全的。一个人的时候,萃梅会取下墙上七十大寿照拍的全家福,全家福背面的汉字烂熟胸中:"胡登国""胡轩森""应月华""应月英"……萃梅对号入座,逐一识记,终于在应月华、应月英面前一鸣惊人,"不用存1、2、3,这些名字我都认识的"。得意的萃梅睡前也会翻一翻月华带来的报纸,只看大标题,辅以新闻配图半看半猜,都是失掉了时效性的旧闻,权当故事读:哪里发生森林大火了,哪个国家又登上月球啦。月亮上还挺热闹的,萃梅嘀咕着翻到下一个版面,抚平,看个热闹。

这阵子月华都睡不深,常常乱梦到天亮,这次回来就是因为梦见了亡父。肥腻的父亲满脸油光,频频托梦向女儿诉苦,大夏天的,冷啊,躺在棺材里,屁股和后背都要冻坏了。月华打算重修父亲的老坟就来问问母亲的意思,刚要进入正题,门洞里的狗突然骚动起来,对着门洞外另一只外形相似的狗狂吠。两狗相争,免不了热闹,自家狗越战越勇,半个身子死死攀住对方,一根尾巴猛烈摇晃。三

徐衎 | 心经

人都无意调停这场近距离的战事，津津有味地观战，越看越不对，外来狗几乎放弃了抵抗，家狗战旗一样的尾巴却僵下来，牢牢夹紧。三人坐在它们边上，仿佛处在它们命运的边缘，它们如此毫无戒备地暴露自己，使三代人颇为尴尬。萃梅大喝一声，投降的母狗一惊，慌忙立起来，连累家狗也被拖着踉踉跄跄，越慌越乱，难舍难分。一公一母两条尾巴像是先天地连在一起，连体狗心连心，步调一致，跑远了。月华灰着脸也准备走了，刚刚目睹完一对狗的交配，实在不宜对一个寡妇提起有关她亡夫的话题。

入夜狗回来了，身后还跟了那只母狗，低眉顺眼，嫁狗随狗，一时还真分不清公母。萃梅蹲在门洞边仔细研究了一番，把手环套到了公狗脖子上，有了这个"项圈"，她就能很快分出家狗野狗，区别对待了。

夜里萃梅难得做了一个梦，梦见这只不请自来的野母狗怀了一肚子野种，肚子像氢气球一样越来越大，与此同时肚皮就像气球的乳胶，越胀越薄越透亮，里头装了一肚子白森森湿漉漉的小脑袋。在肚皮像气球一样胀破前，公社大队的广播响了：人类在生育上完全无政府主义是不行的，也要有计划生育，为革命实行节育……

萃梅醒来，怅怅地想起自己的洞房夜，两个人坐在帐中，新郎讲了一句印象深刻的话，革命不是请客吃饭，但结婚就是请客吃饭……那时候多少开心，尽管总是要饿肚皮，但是心情愉快了，少吃一顿两顿或者以糠代饭的，也就没那么难忍受了。也是那时候饿怕，饿得印象深，以至于新郎一门心思进了肉联厂后拼命解馋过嘴瘾，把自己吃成了一块稀里糊涂的五花肉，七肥三瘦的那种，泡死在洗澡水里，惨淡收场。要知道，新郎进肉联厂之前可是身家清白的"节育模范户""结扎英雄"，他们家是镇上第一家拿到《二女户结扎光荣证》的，这是新郎能进肉联厂的重要政治资本。福兮祸兮。

往事不堪回首是因为往事太多不堪，大腿根的振动仿佛一个及时预警，刹住了不堪的回忆之旅。月华难得主动来电："你今天没去很远的地方？"萃梅说，我就在家里，就在镇里，哪里有很远的地方。月华有点急了，去没去你自己最清楚，我再讲一遍，这个岁数了就安分一点，不要到处乱跑了，万一出个什么事。萃梅一声不吭，纳闷女儿是从何处知道了她之前晕车四小时进山买土鸡的"劣迹"，暗暗自勉，以后要更加小心了。

两只狗又在外面野了一天才回来。公狗吠叫的音调发生了细微变化，变成了对自己叫声的模仿。和狗一起回来的还有小保姆，上身酒红色灯芯绒衬衫，下身黑裤黑鞋，小保姆一改从前灰头土脸的苦命相，好像一道晚霞照亮了萃梅的愁容。小保姆指着公狗，说，阿婆好潮啊，给狗狗戴手环。说着抬起右臂，露出腕上的一圈紫色手环。萃梅说，紫色好看，我年纪大了，鲜黄色太亮，戴不出手了，也不知道干吗用的，还不让我摘下来，所以我就偷偷摘下来。小保姆说，我这个是朋友送的，戴在手上，每天走了多少步走了多少公里，手环都有记录。萃梅说，如果一整天都不戴放在抽屉里呢。小保姆说，那就什么数字都没有了，步数为零，公里数为零，就像死了一样。萃梅豁然开朗，像死了一样地懂了。小保姆说，相反如果在狗狗身上套一天，保证破世界纪录的。萃梅微微颔首，好一道先进的平安符。小保姆说，我现在不做保姆了。萃梅说，我第一眼就看出来了，你有好事了。小保姆说，不做保姆也没有很开心，天天闷在家里，虽然有吃有喝的，今天就出来快步走散散心，路过这里就弯进来看看阿婆。

难得有女儿之外的客人上门，萃梅顾不上峰谷电差价，开了灯，开了电视。老屋难得地在方圆一片《新闻联播》的前奏声中，亮了。小保姆按了一遍遥控器，发现只有五个频道，四个都在《新闻联播》，剩下一个本地信息台，专播招工启事、租赁信息什么的。今天的征婚启事好像特别多，两人干坐着，一条条听过去，不带照片的男女信息，男的无非是"成熟稳重事业有成"，女的不离"贤惠能干温柔大方"，两人都很怀疑这样千篇一律的履历能成就多少姻缘，美满的又能有多少。小保姆忍不住八卦了一下萃梅："阿婆是怎么认识阿公的？"萃梅说，就是在一起劳动，流血流汗什么丑样都见过了，还顺眼，就认识了。小保姆说，马克思讲劳动是人类的本质活动，我最近在学校里听来的。

空洞的征婚启事过后，画风突变，一张黑白照占去半个屏幕，一下吸引了看电视的人。县公安局搞逃犯清理，发布了"清网"行动二号通缉令，一桩桩悬案，一个个要犯，在逃时间有长有短，犯罪情节轻重不一，涉嫌赌博案、涉嫌诈骗案、涉嫌寻衅滋事案、涉嫌故意伤害案、涉嫌爆炸案、涉嫌故意杀人案，对举报有功者的奖励也从一百元到五千元不等，比征婚启事有意思多了。

萃梅掌握了手环奥秘，变得像一位反侦查意识强大的老犯人。通常手环上午在狗身上，下午在抽屉里，而月华中午就会打电话来警告，这样一来，就好像是萃梅听了女儿的话，老老实实在家反省了一下午；又或是整个白天都不戴手环，有意捉弄吓一吓女儿，直到暮色四合，萃梅戴上手环，在屋里来回走一走，月华就会心平气和地在电话里叫她一声"姆妈"，你是不是睡了一天啊？好的好的，多睡好的。

一觉睡醒，小镇就出了大新闻。谁也想不到年年小升初成绩排第一的城北小学会出杀人犯。据说警察收到线索突袭城北小学食堂的时候，许舒华正在烧全校的中午饭，米刚下锅，卷心菜和红菜头在沥干。面对警方突袭，许舒华表现出一名资深逃犯应有的冷静，政府等一下好吧，我先烧完这一锅，要不然饭要烧煳，锅要烧穿的。大队长回答说，熄火吧，今天没人吃饭了，学校放假一天，集中到大会堂听侦破通气会，现成的法制教育。萃梅记得森森小时候不肯写作业，月华就会搬出"徐顺华"来吓唬他，那时候徐顺华年富力强刚做下命案，开始逃犯生涯不久，满街都是通缉他的A4打印纸，家喻户晓，人人闻风丧胆。从"徐顺华"到"许舒华"又回到"徐顺华"的徐顺华，已经老成了一个体面的老头，登上大会堂讲台，平静接受曾经爱戴敬重过他的师生们的唾弃。

徐顺华被压着头，从萃梅身边经过，押进警车里，这时手机振动，来电显示陌生号码，萃梅吸取教训，不接。陌生号码很执着，连打了五遍才消停。萃梅在大会堂门口的拱柱上看到了一份和当年差不多的通缉令，照片上的通缉犯那么年轻，就像死了一样的年轻，难怪逍遥法外这么多年——

婺公缉〔2015〕29号　犯罪嫌疑人：徐顺华，男，1964年6月5日出生，身份证号码：330723640605301，婺城泉溪镇下宅口村。1996年，犯罪嫌疑人因涉嫌故意杀人案被婺城公安局上网追逃。对发现线索的举报人，缉捕有功的单位或个人，将给予人民币五千元的奖励。联系人：李警官（8762270110）

小保姆姗姗来迟，脸色和新贴的通缉令一样白，说，会开完啦？萃梅点了一下头。小保姆说，我是不敢来。萃梅说，政府在，怕什么。小保姆突然问萃梅想不想要五千块。萃梅说，干什么。小保姆把她拉到拱柱后面，不放心，又绕到花坛边，两棵桂花树的阴面。小保姆说，电话是我打的。萃梅掏出手机递给小保姆，说，你把号码存一下通讯录吧，不要输你的名字，输个数字"1"好了，以后你再打来，我看到"1"就知道是你了，我女儿不让我接不认识的号码，所以我刚才就没接，不好意思啊。小保姆没有接过手机，说，阿婆你讲什么啊？阿婆也不用存我的手机号了，我很快就要换号了。小保姆压低声音，长话短说地说，阿婆想要五千块吧？萃梅还是没反应过来，小保姆自顾说，电话是我打的，举报徐顺华的电话是我打的。萃梅终于反应过来了，小保姆继续说，王阿婆过世以后，我们就在一起了，他给我钱让我当他女儿，陪陪他，还说等他死了，银行卡存折统统留给我，我想了想就答应了，比起做保姆我情愿做人家女儿的。他虽然改了名字，但生日没变，

徐衎 | 心经

6月5号嘛,他当大生日来过,其他每个月的5号就当小生日,所以一年他要过十二次生日,好像他的一年抵得上人家的十二年一样的,有意思吧,每次过生日他都要讲好几遍他的生日,讲完一遍就问我记清楚了没有,因为他的生日也是存折银行卡的密码,196465。问多了我也烦,我就发脾气讲,记住了记住了,你死了也忘不了了,他就开心了。那天在阿婆家看电视,报到"徐顺华"的出生年月,身份证号,我就留神了,我对这组数字太敏感了,再看看照片,虽然和现在千差万别,仔细看还是像的,而且他的小腹那里有一个横向的刀疤,讲准确一点是小腹还要再下面的地方。小保姆讲到这里,脸红了。萃梅说,厨师一般也就是手上有刀伤,那种地方砍一刀是奇怪的。小保姆脸上的红晕散开了,说,做女儿的就问了一句,干爹就说是年轻时候不懂事留下的,做女儿的其实也苦命,说是做女儿,和做保姆比起来,不过是换个名头,大夏天屁股上的痔疮痒起来,脱光衣服裤子让女儿扇扇子吹气,现在想起来还腻心。萃梅说,所以做女儿的大义灭亲。小保姆说,举报违法犯罪是公民的权利义务,这些话每周的学校广播大会上都要讲一讲的,听多了我也会讲了,我要坐晚上的汽车去杭州了,五千块举报奖金不要白不要,阿婆可以到公安局领,反正我是用公用电话打的,我没讲自家名字,就说是和徐顺华关系不一般的人,公安局要是问起来,阿婆可以讲一讲徐顺华的刀疤和屁股上的痔疮,我敢保证这些特征,除了你和我,没别人知道了。萃梅说,五千块不少了,你自家怎么不要。小保姆说,毕竟父女一场,对干爹来讲,我定规不是一个好女儿了,干爹知道定规要难过的,再说我有存折银行卡了,马克思讲劳动者为了维持生活所必需付出的那一部分劳动叫必要劳动,这是我应得的,我知足了。

萃梅怅怅地回到家里,鸡笼空了,里外找遍,没有一根鸡毛,两只狗都在门洞里睡大觉。萃梅戳在家门口冲那撮外地人住的房子开骂,"偷鸡摸狗的外来鬼不得好死哇!"几名外地小伙闻声走出来,朝萃梅这边张望,睡眼惺忪满脸困惑,然后挑衅地笑笑。萃梅不久前在月华和森森面前咒骂接线小姐,"操你妈的老×",已然晚节不保,干脆破罐破摔,凶相毕露,一点也不害怕再被女儿外孙撞见。萃梅一边骂一边想起自己老年之前的中年,那段新寡的日子,本本分分,生怕落人口实,唯一的一点非分之想就是希望自己患上小叶增生,好从陈努明那里领受一点全镇唯一公开合法的爱抚,可惜她一直无病无痛,健健康康活过了七十大寿;中年过去了,萃梅有自己的心思,不求德高望重,但也不能落下为老不尊的话柄,即使在后辈那里人微言轻也没有关系,就这样进入了一段至少看上去平心静气的"老年"。

萃梅一个人骂够骂完,月华挂着两个大眼袋,头发油腻地杀回娘家。萃梅猜想肯定又是夫妻吵架,回娘家来撒气了。月华气鼓鼓地质问,说,早上给你打了五个电话,为什么不接。萃梅说,你跟我讲的,陌生电话一律不要接。一句话堵得月华面色涨红。萃梅窃喜舒心,就发善心给女儿台阶下,问月华是不是遇到难处了,"我有钱的。"

月华丈夫半夜胃出血,连夜送医院,月华请假陪护,等情况稳定了就想起娘家的老母鸡,萃梅几次在电话里让月华来带走,月华就想让萃梅送医院来煲鸡汤,不巧手机落家里了,就用医院小卖部的公用电话,前前后后打了五次。小卖部老板不耐烦了,恶言相向:"打这么多遍死人都打通了,别妨碍我做生意好吧。"医院里的人见惯了生死,都没什么避忌的。月华憋着火,坐305路车赶来,那会儿萃梅正在去大会堂的路上,月华气汹汹地抓了鸡就走。

晚些时候,萃梅见到了女婿,拉着白惨惨的一张脸,样子却温柔多了。医师讲,全因应酬无度,幸好改一改饮食习惯慢慢调理就不会有大问题。月英也来了,月华乐意多一个人分担她的惊恐,又向妹妹仔细讲了一遍:"起夜的时候一脚踩下去软塌塌的,一看一个大活人躺地上,当场魂吓掉一半,我跪下来掐了半天人中,一点反应没有。"月华的描述带上了点哭腔:"我慌死了,还以为……我还以为就挺不过来了……想想以后,真不晓得怎么过下去……"月英口快,安慰说,你看妈,还不是照样过过来了。萃梅岔开说,要不要我再去买只老母鸡来。劫后余生的月华恢复正常语调:"医师讲现在饮食以清淡为主,我从妈那里回到医院就被医师叫到办公室训话了,那只老母鸡还在门诊室里。"萃梅说,这只鸡真是好命长寿,又被它逃过一劫。

萃梅坐305路末班车回家,公车开出城区,开上城郊公路,路两旁黑漆漆,间隔很远才有一盏路灯。萃梅心里有数,月华逃过了这一劫,往后的日子会好过一点了,至少不用像从前那样巴巴地熬夜守门等着丈夫归家了。五十岁对于女人真是一道坎,五十岁的年纪坐公车,有人给让座了,也有的时候还不够格,不论坐或站,都有点心虚,怕自己被让座让老了,怕自己劳碌半生还换不来一席之地歇口气,再站下去静脉曲张腰椎突出就要加重了……

对过的车辆驶近了,没有变换近光灯,刺目的远光灯灯光直捣公车车厢,刺得眼泪都出来了,萃梅抹抹眼角,还好女儿比她运气好,省得她去当小女儿嘴里"照样过过来了"的模范寡妇。萃梅到家,闻到一股酸酸馊馊的味道,慢慢分辨出是人发酵以后的气味,来自她的身体。萃梅像被一束追光钉死在了舞台上,抬头看看房梁上悬下来的灯泡,忽然觉得这个时间开灯有点早,灯光怪刺眼的,眼泪好像又要流出来了。真正流出眼泪是在几天后的傍晚,两只狗迟迟未归,萃梅走街串巷"汪汪汪"地唤,唤到天黑,嗓子干了,眼睛湿了,偷鸡摸狗的外来鬼不得好死!

狗的失踪又殃及萃梅当了一回冤大头。月华的来电才使她意识到一并失踪的还有狗脖子上的手环。月华开门见山问她是不是又忘记戴手环了,是不是有三天没戴了:"万一哪天你死了我们都不知道。"萃梅打了一个哈欠,接近于肉欲快感的哈欠引起下颚一阵痛苦的收缩,同时带出一股眼泪:"你放心,我现在有手机了,到时候我一定会打电话通知你的。"

公判大会向全镇宣布了徐顺华的死期。大会堂前面的空地上还有其他几名犯人，排成一排，徐顺华最老，资历最深，是全场焦点。阳光明媚，他们扭曲的影子投射在墙上主席台上，仿佛游走在琴键上一般，到处是调试喇叭的沙沙声和闪烁的光亮，好像一个灿烂又虚情假意的春天。人群中有人发布小道消息，听说是徐顺华搞姘头，最后反被姘头举报了，婊子无情啊。另一个人说，婊子无情但有义啊，为民除害，而且做好事不留名，没去领举报奖金。萃梅被流言包裹着，清醒地微微笑，可以预见的是，台上的徐顺华不论多么衰朽，站在主席台前的两条腿不管晃得多么厉害，他都将永远活在小镇人们的记忆里，口口相传，和德高望重的老中医陈努明一样。通缉犯也是越老越值钱，延宕多年的大快人心是真开心，徐顺华是全场唯一一个五千元举报奖励级别的老通缉犯，身价金贵，德高望重。

月华找到萃梅的时候，徐顺华的判决书刚好念完。月华感慨年岁久深："我以为他早死了呢。"萃梅说，马上就死了。月华说，一条腿都踏进棺材里了还搞姘头，等于是找死，幸亏他没有子女，要不然也要跟着害臊死。月华边说边挽萃梅的衣袖，给她戴上一只崭新的银色手环，好像一副锃亮的手铐："睡觉也不许摘下来，人在手环在。"萃梅顿觉腕部一阵沉，像凭空多出一道勒痕，一圈割腕留下的刀疤，萃梅终于理解了王阿婆对小保姆的憎恶，就对月华说，我快要有五千块钱了，到时候你帮我存进卡里。月华不解，萃梅凑近月华，语气低沉，形成了一种令人敬畏的耳语，萃梅双保险地拢起右手罩住月华耳朵，像护风中火苗一样，确保她讲的每个字都落进女儿耳朵里，不被耳边风吹熄："你不知道吧，徐顺华的小腹下面有一道横的刀疤的，他说是年轻时候打群架给人砍出来的，还有他的屁股上有很多痔疮，天一热奇痒难忍，就要人扇扇子吹吹风，扇子还不能是塑料扇，只有蒲扇扇出来的风才解毒，有意思吧，别以为杀人犯多威风，一到

徐 衍｜心 经

夏天就像一只阉鸡哼哼唧唧。"

月华的手一动不动，嘴巴张着，露出一条荒凉的舌头，再长不出一个音，一个字，一个词，一个句了，只有眼睛直勾勾，很重视地看着萃梅。小时候过年，多素少荤的年夜饭，没有母亲的许可，月华断不敢去夹猪头肉、鸡蛋、香肠，父亲为了巴结她，偷夹一扇猪耳朵给她，她还是很重视母亲的反应，又敬又怕，趁母亲不注意才敢偷偷咬上一口，又不能大声咀嚼，结果囫囵生吞，呛出眼泪来……审判通过两只扩音喇叭热热闹闹持续着，月华瞄到母亲脸上浮现出痛苦或也许是快乐被压抑的表情，脸部的张力逐步凝聚，试图凝结成外部轮廓，模糊的笑容已成形。月华没有像她自己说的那样害臊死，而是又敬又怕，就要呛出眼泪来了。

萃梅赶在天完全暗下来前，回家吃了晚饭，换了一身只在七十大寿穿过一次的唐装，一点也不嫌颜色鲜亮穿不出去了。调整衣袖时，硌到崭新的银色手环，萃梅摘了，随手搁在饭桌上。夜晚的大会堂对过的超市门口摆了一台液晶电视放DVD，都是武打片、枪战片，时不时来一阵爆破，萃梅和那些干了一天活的外地人不计前嫌地挤在一起，不求甚解地看个热闹。外地人也都挂着夜色一样温柔的微笑，觉得这个本地老太太大将之风，不嫌弃他们腌臜，满身的汗酸味。放映持续到晚上九点半，超市打烊，正好回家就可以用谷电了。

空鸡笼里的异响把回家的萃梅吓了一跳，萃梅阿弥陀佛阿弥陀佛念起往生咒，就怕是那只屡次逃过劫数的老母鸡心有不甘，还魂来。往生咒念罢，萃梅才走近细看，原来是一只小老鼠不知怎么钻进鸡笼里，出不来了。萃梅想起床底下闲置的一只小铁笼，森森小时候关过小白兔的，那只小白兔，仿佛是为了让人类看清自身而被创造出来的小动物，在森森的童年占有很重的分量，纤小的心脏有节奏地跳着，毫无条理的举止，非理性的忧愁，在森森的好奇心上呈现出生命的诸多可能，未来正在打开，新奇的经历、体验与发现在向森森招手，这个小生灵渐渐成了森森生命中的一部分，等到死去时，森森命里相应地也死去一部分。但也只是一小部分，还有大部分的可能尚待善待，想怎么样，要怎么样，不像萃梅，早已活到，活过了当年的未来，往下的日子是什么就是什么。

萃梅用火钳伸进鸡笼钳出老鼠，转移进小铁笼，合上铁笼一侧的活动闸门，封死。阿弥陀佛阿弥陀佛，萃梅两只手握住摇泵手柄一上一下上上下下，地下水不紧不慢流出来，寒气逼人。笼中鼠在源源不绝的浇灌下，无路可逃，叫声锐响。萃梅中场休息。水池里的水刚过笼子三分之二，小老鼠紧紧攀住铁笼露出水面的部分，大口喘息。萃梅再接再厉，地下水终于注满整个水池，铁笼子浸没在水下，小老鼠迅速游了几个来回，急不可耐地想要退化成一尾鱼。

萃梅甩甩最高级哺乳动物的两条胳膊，迈开最高级哺乳动物的两条腿，回到灰扑扑的房间，她像一个小偷一样拿起自己的枕头，枕头下压着一个绒布包，里面除了一张银行卡，还有一对24K金耳环、金项链、金如意，以及一只和田玉镯的残片。这一切原本都打算传给森森做超生罚款用的，现在用不上了，看电视里讲国家已经全面放开二胎了，贵州女人运气真好，又让她逃过了一劫……

天亮得一天比一天晚了，月亮还挂在天边，牙白色的一弯。萃梅不确定自己有没有做梦，起床打水洗脸，撞见昨夜处决掉的老鼠还在水池里，溺毙的鼠尸翻上来，煞风景！手机屏幕准确显示了这个倒人胃口的时刻：11月1日06：02。毫无悬念，新的一个月，手机里又将有完完整整的五百分钟等着她去充分利用，费尽心思地杀时间。萃梅下定决心，再等一分钟，她就用火钳连笼带鼠一并捞起，丢到那些外地人住的房子后面去。

（选自《人民文学》2016 年第 9 期）

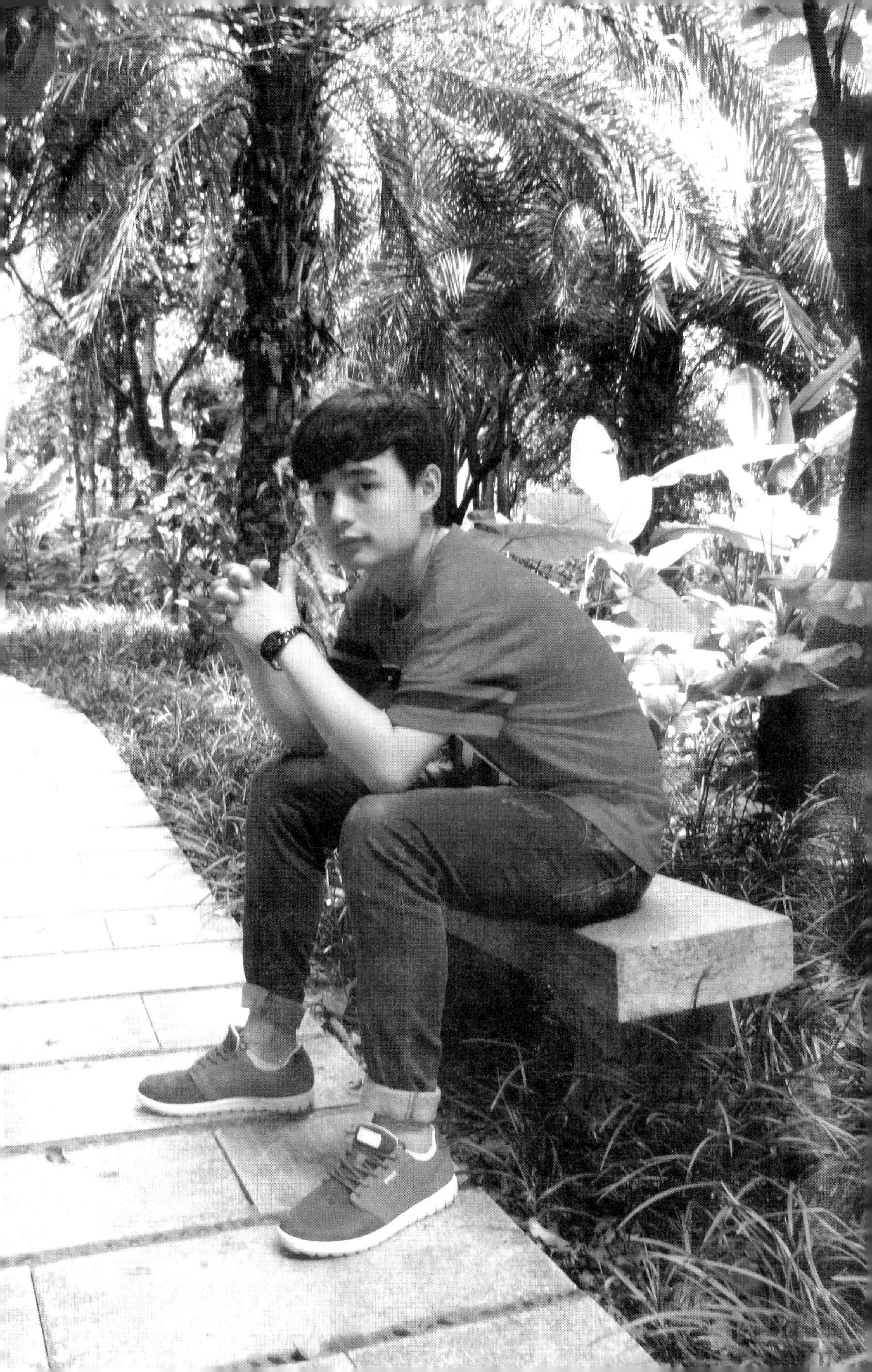

祁十木

祁十木，回族，甘肃临夏人，大学本科在读。作品见于《诗刊》《民族文学》《星星》《作品》《朔方》《诗歌月刊》《诗选刊》《西部》《飞天》《青春》《广西文学》《回族文学》《中国诗歌》等刊物，受邀参加"第八届中国星星大学生诗歌夏令营"、第六届《中国诗歌》新发现夏令营。曾获北京文艺网第三届国际华文诗歌奖提名、第三届淬剑诗歌奖、第六届"包商银行杯"全国高校征文优秀奖、首届玉平诗歌奖新锐优秀奖、第四届野草文学奖诗歌优秀奖等奖项。

火　坑

一

　　哈老汉坐在炕头望着。

　　窗外，雪一片片地落了下来，像是被谁撕碎了似的，急急忙忙地覆盖着地面，下定决心要把天空之下的所有事物都给吞了。土炕被儿媳妇烧得火烫，他丝毫没有感觉到冬天已来临。只是觉得有一阵阵声音从天上坠落下来，与那些雪一起落下，从树梢上、房檐上一直落到他的炕头。这声音可比冬天冷多了。

　　他那两孔如地窖般深凹进去的眼睛，时而睁开，时而又闭上，他已经好久没有好好睡上一觉。人都一样，老了以后睡不着，心却始终是累的，哈老汉这么想着，也算稍稍安慰一下自己。他转过头，看见了那扇始终关着的门。其实晌午时，儿媳端着饭进来，门就打开过，可哈老汉觉得它仿佛永远都不会打开一样。门上的木头也开始朽了，这倒也不稀奇。哈老汉年轻的时候同匠人们修起这座房子，光阴一天天地走着，他这个比猴还要机灵的汉子，都整日整夜地坐在这炕头不动了，木头哪能不朽呢？想到这，哈老汉叹了口气，靠在叠起的被子上，眼睛慢慢闭合，不想睁开。用手反复擦着那如黄土沟壑一样的眼角，动作像一个犯了错的小朋友。他的手背越来越湿，炕却越来越烫。

　　炕的另一头卧着那只不知活了多少年的猫。说是不知多少年，其实哈老汉心里比谁都清楚。他身边的女人到坟坑里几年了，这只猫就几岁了。他只是不愿意想，不愿意知道。他的女人爱猫，她无常之前那只老猫的肚子就大了。那晚的雨特别大，哈老汉发现自己的女人在滚了几十年的炕上咽了气，却没有发现老猫在客房的床下生下了一群崽。直到女人的头七过了，哈老汉才发现一群猫崽子的叫声。他不喜欢这些猫崽，猫是小人、狗是君子，小城里流行着这样的俗语。但是他的女人去了，他也不能把她留下的这些念想全给送走，于是就留下了那只最小的灰黑色的猫崽。现在年份有些含糊了，究竟是多少年了？是啊，多少年了？

在炕的这头，哈老汉边想着，边拉开被子，放好了枕头，就躺了下去，他的身体已经不允许他长时间保持"坐"这样一个动作。老猫也在躺着，眼睛是睁着的，它看着哈老汉，哈老汉看着它，他们就像看见了自己一样。哈老汉喃喃地说着，你这个尕畜生啊，也老了、老了，我俩一搭老了。这句话，像是一种预言。年轻的时候，哈老汉就爱说这句话，现在真的老了，他却因为自己的预言害怕起来，怕那一阵又一阵的声音。

他往炕的那头蹭了过去，慢慢地摸着老猫，从头一直摸到尾巴，摸得猫的毛明亮耀眼，其实他也希望有谁能这么抚慰一下他。"哎，尕畜生啊，你说老了、病了，也是难事啊，来给个干脆的就好了，你看看你拉不起身子，我也动不了啊。"说着他就停住了，像是被定格了一样，他怕，怕这话有冒犯。他想活着是活着，万一一下子没了，这顿亚（现世）上还有好多没做的事呢，自己的功修做得不够，哪有脸到坟坑里去啊。想到这，哈老汉感到了一阵从头到脚的冰凉，他觉得炕也不烫了。他一个劲地重复着，像诵经一样的重复：炕凉了，这是要放我的埋体，这是要放我的埋体啊。他身上像下雨一样，那两孔"地窖"开了口，自己的衬衫湿了，老猫的头顶上也滴了不少。老猫挣扎着"喵"了一声，像是竭尽全力地安慰他，可它的声音低沉得都听不到了。哈老汉平躺在炕上，他不想再想了。他把被子捂得严严实实，怕自己被抢走，被那种恐惧抢走。但还是有一个声音仍旧回荡着，这是要你走呢，老汉，这是在要你走呢。

祁十木 | 火　坑

哈老汉在热炕上抖成一根被遗落在冬天的秸秆，沉沉地睡了过去。外面的雪下得越来越大。

二

"砰"的一声，哈老汉被惊醒，从一个没有梦的睡眠中。哈老汉用手肘撑着枕头，侧着身慢慢地睁开眼睛。儿子回来了，进了房抖着身上的雪，用后脚跟踢了门一脚，门关上了。

"你慢些不成吗？门都成那样了，还踢什么？"

"哎呀，阿大，我都冻成这样了，管门干啥，我忙得很，回来就跟你说几句话。"

哈老汉坐了起来，披着被子的一角："你不是忙吗？咋这时候回来了。"

"还在忙呢，只是我今天听着个消息，说尔德节后我们这边要开始拆迁了，听说拆了以后的待遇不错，阿大，你看咱们先在哪租个房子过渡一阵。"儿子喝了一口茶，坐了下来。

哈老汉沉默了一会，嘴微微张开、闭上，想说些什么，又咽了回去。

"阿大，你没意见的话，我看着办了啊。"说着，儿子就开始穿衣服准备要走。

"哎，哎，你先等一下。"哈老汉赶紧打断儿子的话，他知道儿子走了，那门又得关起来。不知从什么时候开始他就怕跟每一个人分别，总觉得这是不是会成为跟这个人见的最后一面，所以就跟人尽量多说会话，何况这是自己的儿子。"你说的那个事我再想想，我老了，想得没有你们年轻人那么快。但是我跟你说，这个尔德节上宰牲的事不能随便，我存了一千块钱，你看着买个羊回来，我今年举意了，明年我还在不在，都不知道呢。"哈老汉从炕上的毛毡下，抽出一沓破旧的红色纸币，放到了儿子手中。

"阿大，你好好的咋说这个话呢。这事你别操心，我提前都买好。就是你不说，我也得买啊，咱在这院子里的最后一个尔德节了，得好好的过。还有那个找过渡房的事，你收拾好啊，节过完不久，我们就要搬呢。"说完儿子就穿上衣服，径直往门外走去，"阿大，我先走了，我还有些事忙呢。"

哈老汉听着儿子最后说的这句话，门就关上了。"哎，哎，我还有事跟你说……说……"哈老汉的声音慢慢低了下来，儿子已经听不到了。"给猫看下病吧，猫不行了……"像是一种惯性，他把话说完了，尽管他只能对自己说。当然了，门关得那么紧，一切的声音就只能留给自己。

哈老汉无奈地摇摇头，手放在了猫身上。"没人管你，也没人管我啊。"他自言自语着。门又开了，哈老汉眼里释放出一束光，随之又暗淡下去。儿媳端着晚饭进来了，如今确实也只剩下这吃饭的关系了。对儿媳，哈老汉要比对儿子慈祥多了，他时常想，人家的丫头辛辛苦苦拉扯大，就送到我们家里来服侍人，还不得对人家客气点。

"阿大，吃饭了。"儿媳简单的几个字，打断了他的思绪。

"好，好，你放那搭，我马上吃。"哈老汉殷勤地赶紧回应着。

儿媳从盘子中取下碗，放在炕边的桌子上，转身就要走。"索菲亚，你等等，我跟你说个事。"哈老汉用手示意了一下，让儿媳停下。

儿媳站着没动，看着他。"索菲亚你看，猫病着不成了，你给抱着看一下病，成不？快尔德节了，咱一起好好过个节，畜生也得好好过个节嘛，别让一个活物就这样等着无常。"哈老汉强忍自己身上的疼痛，笑着对儿媳说。

"阿大，你看这猫活了这么多年，现在病成这样是主给的命，再看也没啥用。"说着这句，儿媳转身就走了出去。哈老汉听到了她关门的声音，还有一句特别小声的话，"人都没好好的，还给畜生看病。"

祁十木 | 火 坑

  哈老汉对抗着自己，在炕头一动不动地坐着。那碗面黏成了一团，他也没有动一下。自己的病不好就不好，最起码还能吃着药，可这猫病成这样，连治一下的办法都不想咋成。这顿亚上活着的命都是不易的，哈老汉看着猫想起老先人说过的话，但此时他并没有可怜自己，他只是心疼这只猫。这是一条命啊，怎么就让它这么扛着生死呢？可他自己也是那样的无助，走一段路，身体就受不了，怎么去看病？哈老汉想不到办法，又偏偏想起自己年轻的时候从不掉眼泪，于是此刻的眼泪配合着这种思绪，愈发多了，一阵又一阵地讽刺他。外面渐渐黑了下来，雪差不多停了。他想得心累，关了灯，继续睡了过去。

  说是睡过去，其实是一种逃避思考的方式。但他也知道，每当夜深或是只有他一人的时候，那声音必定来到。他在炕上翻来覆去，始终找不到一个合适的睡觉姿势，只能在心里暗暗地骂自己。年轻的时候挨到枕头就能睡着，如今不管怎么舒服却总也睡不着，老了就是屁事多，活着难受，连跟死了差不多的睡觉也这么难受。他又转了转身，朝着右面与老猫相对，老猫早已睡着了。他想，不，或许它也没睡，只是不想睁开它那在夜里发光的眼睛罢了。哈老汉想着想着突然就笑出了声，老猫啊，你那俩"大灯笼"，现在也怕是跟我一样，不亮了吧。说的时候笑着，说完就笑不出来了，这话又刺了自己一刀。

  他后悔，他从自己今晚想的第一个想法就开始后悔，不过夜夜都是这样，不得不想，也不得不后悔想。在这种重复中，他感觉心口闷得慌，就把被子往脚底下推了推。不见儿媳妇给好脸，这炕倒是烧得一天比一天烫。但他知道，或许只是他自己的身子热成了这样，像以往一样热着。这种烫像一种祭奠，带他回忆他的女人，他和他的女人在这炕上睡觉，女人在炕上生娃，炕都是烫乎乎的。好像女人无常的那天，炕也是这般烫。这时他又听到了那种声音，这是要你走呢，要你走呢。他想着，是不是地狱的火也烧得这样烫人，不，肯定比这烫，他自己的罪孽不少，到那时候自己是不是也要去地狱，也要像这样被烧着。那种恐惧又从后背爬上来，侵袭着他的全身。他责怪这炕，让他置身于这种可怕的联想中。

可自己就是这样一条贱命，多少年来睡惯了这炕，那张放在客房的席梦思倒是从来都没睡过。毕竟这炕陪着他过了穷苦的光阴，人是不能忘恩的啊，他又一次安慰着自己。但这种倔强的爱恋立马让他想起来儿子的话来，一旦拆迁了，那这炕肯定难逃被摧毁的命。他突然换了一种悲伤，好比跟自己的女人吵了一辈子，可当她真的走了的时候，自己却哭成了泪人。他爱旧也感恩，但对于炕已不仅仅是感恩那么简单了。这面炕，他和他的女人滚，他的儿子滚，他的孙子也滚，连炕那头的老猫都把自个滚老了。想到以后，炕会被砸得稀碎，然后从这里又会长出一栋栋的新楼房，他就攥紧了拳头，朝着自己的胸口狠狠砸了一拳。脑子开始嗡嗡乱响，一个对他来说大逆不道的想法产生了。他仿佛对着那声音说，我的命给你，丁脆点要走吧，顿亚上有的东西都没了，我也该没了。

他左耳旁和右耳旁的声音也开始争吵。左耳旁的说，老汉啊，你坚持了一辈子的"伊玛尼"（信仰），临了临了，不要自己的命，这是要背叛嘛！右耳旁的说，再活不下去啊，看着儿女的脸色，病痛折磨得厉害，最关键是啥念想都要没了，我没有背叛的意思，只是实在没有办法。这两股声音比每天侵袭他的声音还要让他难过，反复撞击着他的鬓角，势要把他击溃。他看着猫，突然镇静下来，我不能让他们拆炕，对，不能拆！哈老汉自顾自地说着，从毛毡下伸手进去，摸了一下炕的最里面。伸手出来，那指尖上存留着黄中略带黑的泥土，他仿佛看到了当年筑炕时的那堆泥，从未改变过。

他慢慢地捻着那黄土，嘴角也在动：我的无常的"口唤"（许可、命令）定着啥时候呢，我这个样子，熬不熬得过这个尔德节呢。他迷迷糊糊地又重复起这句话，不久便安静了下来，天已近黎明。炕那头的猫，一夜都没醒过一次。

祁十木 | 火　坑

三

　　早上的地面渐渐白了，哈老汉醒得也早，算起来也就睡了一两小时。

　　做完晨礼，哈老汉跪在拜毡上再次祈祷。老猫终于醒了，它像被打了一枪似的，一个激灵爬起，跑到炕边，跳了下去。在水泥的地面上，不停地呕吐着。这像是要把胃给吐出来一样的呕吐声，打乱了哈老汉祈祷的念词。他赶紧跑过去，望着炕边，老猫吐出了一种菜色的汁水，不停地发出"齁""齁"的声音，每往外吐一口，整个身体从胯到脖子都要颤抖一下。哈老汉一把抱起猫，在怀里搂着，一手拉过被子，将老猫围在被子里。老猫会意一样，低沉地不断"喵""喵"叫着，眼睛似睁非睁地眨着，嘴角还停留着那菜色的液体。哈老汉又带着哭腔自言自语起来，太可怜了，这个尕畜生太可怜了，吐的时候怕脏了我的炕，才跑到地下去，可怜着，受着这样的疼痛，还这么懂事呢。我的娃呀，你不要这样忍着啊，想吐就吐出来吧。老猫像听懂了哈老汉的哭诉一样，顺服地把头靠在哈老汉身上，发出"呼""呼"的声音。以往这声音是猫儿高兴的时候才会发出的，现在它在用这种声音示好，也是表示已没有与病痛抗争的能力。哈老汉用自己的想法猜测着老猫的一举一动，他不能不管老猫了，许多的念想不知道啥时候就没了，他不能眼看着老猫也没了，他得尽自己的力，给猫看一下病。

　　他把柜子里都快放旧了的棉大衣拿了出来，他已经没有出门好长时间了。穿好衣服，他拿出女人留下的那个布兜子，在里面又垫了几层布，把猫放到了兜里。打开门的那一瞬间，那雪中放肆的光仿佛要劈开他，吓得他又退了几步，但为了怀里这只与自己同病相怜的老"念想"，他还是毅然决然地走了出去，缓慢地移动着那疼痛难忍的右腿，一步一步地挪着它。听着儿媳妇在后面喊着，阿大，你去哪儿呢，路上滑啊，你不要乱跑，不要乱跑出去啊……

哈老汉从巷子走了出去，一路都在想，去哪儿会有给动物看病的地方，说实话，他从来都没有给动物看过病。老猫也从来没有到过街上来，它听到人类喧嚣的声音，就在布兜里不停地撕扯、挣扎。哈老汉和它说着话，我不卖你、不吃你，我们看病去、看病去呢。

这条看着哈老汉老去的路，已经变得让哈老汉认不出来了。哈老汉继续跟猫说着，也像是跟自己说：这路咋都不一样了呢，我也就几个月没出门啊，是不是我的眼睛不好了，是不是雪下得太大，给挡住了。说着说着，哈老汉已走到街角原来卖小吃的地方，这里竟然改建成了一家小医院。他走了过去，那招牌上画着都是狗啊、猫啊什么的，他再往里面一瞅，一些狗的爪子上打着吊针，人一动不动地抓着它。哈老汉不知所以地笑了，心里想，哎？这顿亚怪了啊，人咋服侍动物了呢。他走了进去，一个面貌清秀的姑娘立刻走了过来。

"大爷，请问你是要给宠物看病吗？"

"这地方是给动物看病的吗？专门给动物看病的？"

"是啊，我们是专业的宠物医院，就是专门给动物看病的。"

小姑娘立马观察到哈老汉怀里的布兜在动着，显然老猫闻到了动物的气味，愈发地不能安稳。"大爷，这兜里是您养的宠物吧？"说着姑娘就要接过哈老汉手里的布兜。

"啊……是我的猫病了，不吃不喝的，你给看看呗。"哈老汉说着打开了布兜，示意那姑娘看。

姑娘摸了摸猫的头说："来，大爷，您在这等会，我抱着猫进去给我们大夫看看。"说着就从哈老汉手里接过猫，向里面的一个房间走了过去。

哈老汉一个人坐在那群输液的狗中间许久，显得异常尴尬，他想了想，还是

祁十木 | 火　坑

觉得要去看看猫怎么样。他起身要向里面走去时，那姑娘就抱着猫出来了。

"大爷，我们大夫看了，猫没什么大事，就是一点肠胃炎，打一针就好。"

姑娘带着哈老汉去给老猫打针。她让哈老汉抓住猫的四个爪子，用一个头套控制住猫的头，防止被猫咬伤。哈老汉觉得这就是顿亚上最受苦的样子，动也动不得，连头都被控制着，无能无力地等待着。姑娘拿出针，朝老猫的后腿内侧打了一针，猫先是一惊，而后大喊一声"喵"，用一种爆炸式的音量，不过它慢慢就安静了下来。照这猫的脾气应该挣扎地把人都给挠烂了，但它的安静，倒是让哈老汉不知所措，是无力抵抗，还是对这一针抱有希望呢？

"大爷，好了，每天打一针，打三天就应该可以了。"姑娘露出了甜美的笑容，边收拾工具，边跟哈老汉说。

"好，好，麻烦你了啊。"哈老汉付完钱，把老猫装进布兜里，出了医院的门。他发现自己的腿好像利索了一些，得亏这里离家不远，三天时间也不多，自己能给老猫把病看好了。也许是这样舒心的想法让哈老汉又精神了一些，他走回家的脚步快了不少。只是他没有发现，老猫因为恐惧脱下的毛，已经沾满了整个布兜，还有一些在雪中飞舞着。

四

哈老汉透支着自己，每天都往返于医院和家，给老猫打针。可他的身体却在这样一天天的劳累中好多了，他心里想是不是我做的孽太多了，不让我走了，还是要我陪着老猫呢。但他确实很疑惑老猫到底怎么样，它不吐了，大夫也说没事了，可是它整天侧卧在炕的那头，再也没有发出一句声音，这让哈老汉冥冥中再一次感到忧伤。在这种纠葛与复杂的心情中，尔德节来临，哈老汉熬到了节日，老猫也熬到了节日。

这天哈老汉穿着自己最好的那件棉大衣，对，就是那件快放旧了的衣服，早早就去了清真寺。参加完热闹的会礼，哈老汉急匆匆地就回到了家，因为他发现以前跪在礼拜行列中的许多老人都不见了，他又听到了那种声音，他得去他的炕上，那里的烫最起码能调和这种恐惧。

哈老汉回到家，顾不得脱衣服就上了炕，老猫仍旧躺在那头一动不动。他跟它说话，尕畜生啊，平常你不动就算了，这给你看好病，让你好好的过个节日，你咋也不动呢。说着就把老猫揽到了怀里，除了看病的时候，哈老汉已经许久没有抱过老猫，他觉得现在这猫通人性，它不愿意动，你就不能冒犯它。可是今天是尔德节，也应该让老猫开心一点。他这么想着，抱着老猫往窗外看去，儿子、侄子们已经回家了，正在院子里收拾，准备宰牲。

哈老汉抱着老猫，想起这节日的来历，想起那个欲杀子献牲而后又以羊代替的故事，顿然觉得那被绑在院中的羊是烈士的模样，也觉得自己怀中的老猫像极了那待宰的儿子，自己却成了那个不忍下刀的父亲。他拍了拍自己的脑袋，怎么又这么乱想，节日里应当高兴的。他把猫高高抱起，让它看着窗口。"看看，尕畜生，同样是动物，你在炕上享福，人家就要在外面被宰了。"说完哈老汉放低了老猫，独自望着窗外。或许他就不该这样说，其实动物们都在人的影子里活着，都不容易。何况人和动物都有卢海（灵魂），他们听到该有多伤心呢。如此想着，哈老汉又有了一个悲悯和痛恨自己的理由，但他依旧固执地看着窗外。其实自从他老了，他就再也不愿意临近血腥的宰杀场面，隔着一层玻璃，远远地望着，算是表示一种崇敬，也算送这烈士一样的羊儿一程。此外还有一些思虑，他却总也想不起来⋯⋯

院子里，那只拴在树上多日的羊，眼下已被绑了起来，等待着刀子。哈老汉

祁十木 | 火 坑

真的不忍看到这样的场景，尽管他也爱吃羊肉，也想好好过节。他捶了捶又有些痛的右腿，是啊，人咋就是这样呢，和动物同样活着呢，却要宰杀动物，不忍心看到血迹，吃起肉来却津津有味。不过那只羊也是命里该如此，它享受不到在广阔的草原上吃草的惬意，只能绑在这里吃那落满雪水的碎秸秆，连死的时候，都是被绑着的，活着、死了都逃不过那根绳子。哈老汉愈发觉得那根绳子像一条巨蟒，缠着他的脖子，令他难以呼吸。

在外面，刀已经放在羊脖子上了，刀一动，冬日的阳光就使刀闪出了一道光，正好闪着了哈老汉的眼。他用手捂着眼睛，等他再放下手，那只白色的羊就开始在白色的地面上急促地抽搐起来。他们在雪中宰羊，为的就是让血水融进雪中，不至于脏了地面。哈老汉像是对着门外喊，又像对自己说，人是又有多干净呢！但是羊的血融进雪中，白中透红的色彩，却形成了一种独特的悲壮，成就了被忽略的神圣感。在白茫茫的大地中央，它让自己的血液融进凝固的雪，热了冰冷的地面。归宿是它无力改变的，但它改变了赴死的意义，也就不枉在这顿亚上走了一遭。哈老汉的视线一直停留在那里，羊抽搐了几下，后腿不停地踢着冰面，频率慢慢地变少，直到再也不动。但是那条不长的尾巴还在剧烈地抖动，哈老汉不知道它究竟死了没有，只看见有血水流到尾巴那里，被扬了起来。哈老汉再次闭上了眼睛，放下了老猫。老猫拖着身子缓慢地走着，又回到了炕那头卧着。外面响起了骨头和刀摩擦的声音，哈老汉听着，说不出自己到底是何种感觉，只是觉得顿亚上所有的声音汇成了一股洪水，朝他冲了过来。

他半躺着，摸着依旧滚烫的炕，疏通着那些"洪水"。好像那些水慢慢地走向了它们各自的归宿，灌溉起自己的田地。哈老汉已经不需要取暖了，人有时候参悟透一件事，确实只需要一瞬间。哈老汉觉得自己有些可笑，老了才明白活着究竟是个啥意思。他的手掌被炕烧得也热了，他用手扫走了炕上的一些瓜子皮，温柔地抚摸着自己的炕。确实，他老觉得这炕烧得他心慌，但他一直忘记了这炕和坟坑一样，都是黄土堆起来的，今天躺在黄土上面，明天到黄土下面，反正是离不开，在哪儿都一样。

哈老汉像摸自己的女人一样，反复摸着这炕，此时对这炕的感激又多了几分。老猫还在那头卧着，门依旧紧闭着。只是这么一会儿，外面的羊肉就下了锅。哈老汉想，那锅肯定也是滚烫的。

五

过了节的第二天，哈老汉就已经听到了挖掘机开进来的声音。它先是拆那些外围的院落，轮到哈老汉家还得一些时日，不过儿子已经催了他几次，让他收拾东西准备，他都给敷衍过去，想着拖一天是一天。但是把哈老汉从越来越沉的睡梦中吵醒的，却不是那机器的轰鸣声，而是老猫那声久违的"喵"。

哈老汉睁开眼睛，这一声"喵"实在是太过吓人，就像为了叫这一声用尽了毕生的力气。哈老汉看着老猫，他仿佛已经领会到它的意思。以前老猫叫醒哈老汉的时候，会用舌头舔着他的侧脸，而这次它用了这一声久久听不到的声音，好像已经积攒好久了，要告别一样。它已经从卧着的炕那头站了起来，直视着哈老汉，一对眼睛也深凹了进去，仿佛仅仅为了看哈老汉，这眼睛就要长得跟他一样。卧过的地方，堆起一层层灰黑色的毛，身上已经是光秃秃的了。哈老汉心里暗暗骂着自己，我怎么一直都没有发现它这样。他发现老猫眼角有一堆白色的固体，不知道是什么堆积而成。它还在盯着哈老汉，哈老汉喊到，哎，尕畜生，你咋了，你没咋的吧！它仿佛得到了命令，立马转过头，往炕边走去。快要到炕边的时候，它又转过头来望了望，那能发光的眼睛瞬间熄灭了一样，耳朵也不再是骄傲地竖

祁十木 | 火　坑

立着，再次转头，从炕上跳下。

哈老汉的余光瞟到老猫卧过的地方，湿了一片，转而再盯着老猫。老猫拖着生根一样的腿在行走着，这四条腿的步伐也显得那么艰难，每一步仿佛都要戳到地里一样。留给哈老汉的只有背影，它的毛被一丝从门里漏进来的风吹起，一些落在地上，一些飘在空中，它穿过那扇连接哈老汉房间和客房的门。哈老汉此时觉得对于他和老猫这扇门永远不会关上，关着的只有那扇通向外面的门。在老猫迈过门槛的时候，它尾巴上的毛忽然立了起来，尾巴粗得像一棵松树。

午后的阳光慵懒地照进来，哈老汉从客房的床上抱起已经凉透了的老猫，他很奇怪，怎么这么快就凉透了。打开那扇通向外面的、紧闭的门，风从四面八方吹来，哈老汉像抱着一个烈士的埋体一样，抱着老猫走在这风中，尽管这烈士的名字只存在于他的向往当中。

哈老汉的腿越来越利索，他没有停留一刻，一直走到了河州城的最南面，这里流淌着养育河州儿女的大夏河。可哈老汉觉得这河不怎么伟大，它也被抛弃，落寞地流在这片干涸的土地上。冬天把河里本就不怎么流的水冻得瓷实，谁也无法唤醒。小城的人们常在河里丢些垃圾、污水或是死了的动物尸体、动物的内脏等等，而此刻哈老汉站在这里，更像是另一种讽刺，难怪他看到河水在冰面下又流了起来，但他丝毫不关心这水。他在冬日的严寒里，尖锐得像一柄刀。

哈老汉在河边的树旁，用手刨开一层层的土。粗糙的手沾满了泥土，他用这双手缓缓地将老猫放进自己挖的这座坑里。这种感觉让他回忆起自己将女人放进坟坑的时候，跟现在一样，没有眼泪，眼睛只顾得直勾勾地盯着那黄土。哈老汉想起先人说过，到阿赫热提（彼岸世界）后，动物都变成了尘埃，罪恶都会消亡，而人的罪恶是要清算的。哈老汉此时觉得这里是老猫最好的归宿，黄土飞到空中，可不就是尘埃了嘛，老猫现在就和自己的归宿融到一起了，多好！哈老汉看到老猫终于闭上的眼睛,一捧一捧地将黄土放在了它身上,那沉重却压着他负罪的灵魂。

老猫走了,哈老汉觉得它熬过了节日就是一个征兆,预示着它是要和自己的回忆一起消失。哈老汉在河州城里转了一圈又一圈,回到巷子口时,已是黄昏。夕阳打在被拆得剩下一半的土墙上,释放出的光,像橘子一样,让哈老汉在酸中体会到一阵甘甜。墙上的土又掉了一块,重重地砸在哈老汉的心上。

六

立春了,这个冬天显得格外漫长,连初春的脚步都有那么一丝冬天的味道。

小巷的房子已经全都拆倒了,哈老汉家是最后被拆的,在拆的前一天,哈老汉的儿子就把自己的先人抬上了北山,那个远离城市的公墓区。

哈老汉的儿子随后买了房产,带着一家人离开了小巷。哈家人从此离开了这条养了他们几辈人的巷子,究竟是什么原因,谁也说不清楚。

再往后,这里的楼房修得一座比一座高,老人们常常向儿孙讲起硬汉子哈老汉的故事。有一个小朋友问,爷爷,哈老汉到底咋个硬法啊?老人说,你们不知道,哈老汉在咱们这的旧房子拆之前就无常了,他是跪在拜毡上无常的,据说前一天好好的,第二天就无常了,那腿子是曲着的,直到被放入坟坑的时候,才让人硬生生给掰直了呢!

在日复一日的传言中,巷子深处的那户哑巴却始终都没有搬走。据说拆迁队的挖掘机拆掉他的房门时,他就一动不动地坐在房里,谁也拿他没办法,这房子就成了所谓的"钉子户",也成了小巷唯一留下的老宅子。后来哑巴从拆迁办得到了一笔补偿和一扇门,恰巧就是哈老汉那扇常年紧闭的门。不过自从哑巴把门

祁十木 | 火　坑

装起来后,这扇门就成了"哑巴的嘴",纯属一个摆设,不知是门栓坏了还是怎的,再也关不上。

这是又一个冬天,当哈老汉的孙子再次回到这里,试图找寻爷爷说过的那份家谱的时候,人们就将那些被传得不成样子的传说再次告诉他,同时也告诉他,这里什么都没留下。他只能独自一人上了北山,坐在哈老汉那低矮的坟旁。山上的黄土被风吹起,迷了他的眼睛,隐约间他看到爷爷牵着奶奶的手,在他旁边说笑。

雪盖着黄土,黄土紧贴着雪,土下埋着人。哈老汉的孙子抖干净屁股上的土,迎着匆忙落下的雪花,走出了公墓区的门。他不知道,哈老汉在那黄土堆里那么多年,是否还能感觉到炕的温度、老猫的眼神。但他第一次感觉到了那面炕,那面他小时候滚过无数次的炕,此刻立在了他眼前,能让他活着、爱着,也能让他死去……

（选自《作品》2016年第5期）

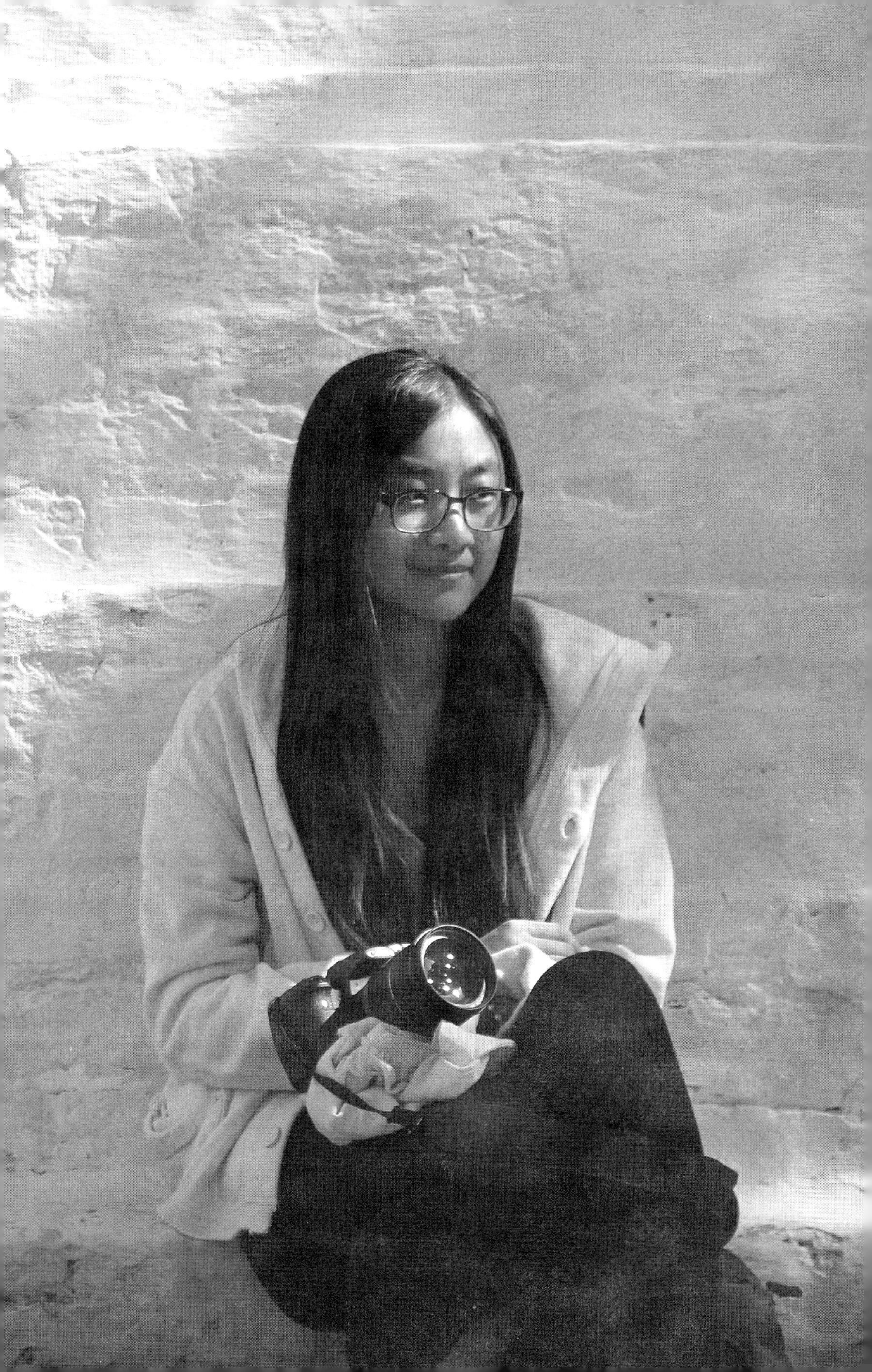

于文舲

于文舲,北京人,生于1991年7月,现为北京师范大学首届文学创作方向硕士研究生,师从张柠教授、诗人欧阳江河。2011年起尝试各文体写作,小说作品见《青年文学》《青年作家》等;第八届星星大学生诗歌夏令营营员,诗作见《星星》《新世纪诗典(第三季)》;剧作获首届"戏文杯"全国校园戏剧剧本征稿比赛三等奖。另有评论文章见《文艺报》等。

刀　登

一

刘冉第一次见到他时，他正坐在屋门口的一小片晚霞里，闭眼摇着手中的转经筒，那模样，与刘冉弥留之际看到的没有一点差别。他念诵佛经的时候总是闭着眼的，这样就看不出喜乐或者忧伤。

那天，刘冉已经走了很长的路。膝下两三厘米的地方又开始疼了，隔着裤子也能摸到肿胀的硬块，它似乎比出发时又大了一圈，刘冉心里咯噔一跳。这是她第一次进藏，高原反应和腿上的疼痛搅得她心烦意乱，向前望去，也不知自己正走向哪里。就在这时，他的小屋闯进了刘冉的视线，孤零零的，斜倚着大山，打远望去，就像山脚下的一丛狗尾巴草。她朝小屋走去，感觉这小东西正轻声唤着她的名字，直走到跟前，当她注意到他的时候，才恍然对自己刚才的感受有点惊讶。

"对不起，今晚我……能留在这里吗？"她故意用了个含糊的"留"字，因为话说到一半她就犹豫了。老人"霍"地睁开眼。刘冉从没见过一双这样的眼睛，她猜想天上的老鹰也不会有比这更锋利的眼神——他盯着你的时候，就像医生用解剖刀指着一具死尸。刘冉不自觉地后退两步，视线却一刻也没有离开那张大汉的脸。在对视的空当，刘冉好像被他眼中的光芒穿透了。她没法丢下半句话掉头跑开，就屏息凝神立在原地，心里疑惑这藏族老人是不是听得懂汉语。他对她的问话没有一点回应的意思，只是一个劲儿打量她，露出惊诧又有点迷茫的神情，那样子让她觉得自己像个误闯进地球的外星生物。

"你的意思是……"老人终于开口了,声音有些沙哑,除此以外没有什么特别,那慢悠悠的调子,让人觉得踏实。他的嘴角抖动了一下,似乎就要笑起来,可那笑意又迅疾地一转身,消失在苍老黝黑的面孔里。他指了指身后的小屋:"你的意思是,我这里?"

"您别担心,所有的花费,我自己……"

"外面的姑娘,你还不知道我是什么人。"老人垂下眼睑,从这个角度看过去,右眼的边缘有块小米一样的黄斑,嵌在眼白中间,像个孤岛,漂浮在不可言说的混沌里。

"什么?"

"刀登。"

刀登,是藏语里对天葬师的称呼,刘冉记得听人说起过。那是个离死亡很近的职业,操持天葬的人,就是刀登。

"我每天要送走很多人,男的、女的、老的、小的,到了这里,就只剩下骨肉、内脏,还有一腔血而已。"说这话的时候,老人脸上现出一种奇异的扭曲,像个自作聪明的小男孩,装出龇牙咧嘴的模样,仿佛这样就可以把心里的什么都藏起来。他叹了口气:"对不起,我只是……有点不习惯。你不介意的话,就进来吧。"

二

"我叫依仁。"

"嗯,我叫刘冉。"

迈过门口的横木时,他们就以这样简短的方式算是互相认识了。刘冉本想再多说点什么,可她不由得捂住了嘴——一股甜腻腻的腥味,夹杂些发霉的潮气还

于文舲 | 刀　登

有牛羊的膻味扑面而来，掀动着胃里的酸水直往上冲。她发现依仁正瞧着她，又赶紧把手放下了。她觉得这味道很熟悉似的，在记忆中搜寻，刘冉想起了小时候换牙的情景。第一颗牙掉下来的时候，她刚满六岁，趴在镜子前，看嘴里那小东西被舔得东倒西歪，麻酥酥的感觉从牙床流遍全身，叫她有点不安，又莫名地兴奋。她伸手去摸，手一抖，牙就掉下来，小小的创口流了一点血——"是血的味。"依仁说，"忍一会儿就习惯了。"

当胃液终于平息下来，刘冉开始打量这间屋子。空间很狭小，一张单人床，加上靠在角落里的书桌就占去了大半。顶棚低低地压在头顶上，只有墙上的一扇小窗户透着点光，离窗户稍远的地方就沉浸在难以琢磨的昏暗里。床头挂着佛像，四周缀的哈达洁白如雪，显然是刚换了新的。墙角堆着还没烧完的干牛粪，与佛像构成一种颇为奇特的应和。

"您刚才说,只是不习惯,什么？不习惯什么？"为了打破沉默，刘冉随口问道。

"你是外面的姑娘，你不明白。没有人肯走近刀登。就像你看见的，刀登只能住在离村子很远的角落，一个人，一直到死。"依仁边说边走到桌旁，斟满一小杯酥油茶，端起来时好像突然想起了什么，手臂尴尬地悬在那里。他接着说，声音显得渺茫："即使我们偶尔走进人群，也会被区分出来。刀登必须随身带着自己的家当，特别是餐具，没有人会和刀登共用什么东西。"

"我是外面的，我例外。"刘冉欠了欠身，接下老人手里的酥油茶，刚举到嘴边，先前那气味又从指间发起反攻。她拗不过汹涌的胃液，只好借着说话的当儿，悄悄放在一边。

"做刀登的人大多是生活所迫。"

"可您不一样。"刘冉盯着桌角上一本摊开的书说。

"我念过书,懂汉语,曾经也走出了高原。"依仁说，"之后又回到这里，找师父，做了刀登。"

刘冉觉得,在这轻描淡写的叙述中,那段被他刻意跳过的日子,一定发生了什么。然而依仁面对佛像坐定,闭上了眼睛,看样子不愿提及,她也没再问。

"无非就是离生远一点。"老人突然说,"离生太近了,就会怕死。"

三

依仁用一些干草和不知从哪儿翻出来的旧棉被给自己辟出个铺位,在原来那张床——他让刘冉睡在上面的斜对角,因为屋子小,其实也就是一抬手的距离。后来的许多个日夜,依仁就是坐在这个角落看着刘冉,他们大部分时间一言不发,就像这第一个夜晚。

刘冉睡不着,她的大脑变成一头掉进陷阱的小野鹿,不受控制地左冲右突,搅得所有思绪腾空而起,快要把自己淹没了。她越用力,越无处可逃。高原反应在躺下后愈演愈烈,刘冉胸腔里一阵阵发紧,胃液翻涌的感觉卷土重来。腿上,比白天更加尖锐的疼痛压倒了一切,仿佛众声喧哗的舞台突然间定格在那里,只留下一个声音被无限放大:死。

她哭起来。依仁听见了,缓慢地翻了个身,正在黑暗中瞪眼看着她,刘冉知道,但她没起身,也没说话,依仁也没有。

她不需要瞒着他,甚至有种冲动,想直截了当地说一句"我就要死了"。对谁说都无所谓,关键在于,她知道自己将会看到一种令人发指的、匪夷所思的表情,竟像个恶作剧的小女孩,生出一点豪迈。她用力张了张嘴,干脆放声大哭起来。

进藏区之前,她已经在医院住了一段时间,靠给报纸杂志写专栏挣点稿费。作为青年作家,她还没来得及熬出什么知名度,好在前些年接下不少撰稿的活,

于文舲 | 刀 登

　　凭着一股拼命劲儿,能养活自己了,手头有点积蓄,这是值得庆幸的。在那个城市,除了刘冉自己,只有一个人知道她面前的死亡。这个朋友经常到医院来。
　　"这两天怎么样?"
　　"还行。"
　　每次都一样的开场白,刘冉也不明白自己为什么要这样回答,即使那些疼得浑身是汗的时刻,她也听得见自己混浊的声音——"还行",她说,然后勉强地笑了一下。朋友通常会陪刘冉坐一会儿,像躲开地雷似的绕过有关疾病的话题,说些精心编排好的话,无非是花边的趣闻,还有日常琐事。在这样惨白的病房里,谁都害怕沉默,唯恐从那一丝丝沉默中冒出什么难以招架的问题,刘冉明白,所以她努力地应和着,有时也弄假成真仿佛忘记了病痛,气氛融洽得近乎欢乐了。
　　可是,只剩她自己的时候,一切又变得那么难以理解。
　　"你该往好处想想。"朋友说,"会好的,你得相信。"
　　"相信?"只有一次,刘冉接过这个水晶球般诱人的词,觉得刺眼,又抛了回去。她看见朋友的脸霎时憋得通红,好像有块灼热的煤球,把话语和呼吸都截在半道上。
　　就是那天,刘冉头一回把约定的交稿日期忘得一干二净,害得报社险些开了天窗。无论怎么说,这都不能算小事。编辑在电话那头大吐苦水,让人怀疑他就要声泪俱下了,每说到激动处声音就提高八度,竟也产生了抑扬顿挫的效果。刘冉觉得她至少应该说句对不起,虽然这时候说什么也没用。她看着窗外,那里有个人吊在高高的电线杆上,身体向外倾斜,腰间的安全带紧绷着,在修电线。一阵大风吹过,他跟着晃了晃。电话里的男中音还在嚷,刘冉只听清了最后半句:"……不然,我们的合作就到此为止!""那又怎么样?"刘冉听见自己这么说,挂了电话。

她说她没钱付医药费了，护士抬头看了她一眼。如果继续耗下去，这很快就会成为实话。刘冉签字声明一切后果自负，才办成了出院手续。医院门口的柏油路从早堵到晚，自行车就在夹缝里钻来钻去。早点摊还没撤，煎蛋和里脊肉趴在漆黑的铁板上，都鲜艳夺目，但她还是注意到了地上那张小卡片，白底红字写着"无痛人流"，下面是电话号码。原来人流是无痛的，她有点想笑。人流与她擦肩而过，每个身体都薄得像纸，有的向前弯下去，有的向后倒。她也变成一张纸，一会儿向前，一会儿向后，这多有趣。人流渐行渐远，留她在原地，像潮水退后留下的沙砾。

四

夜晚过去了，依仁照例天不亮就起身上山——为了神鹰能够吃尽所有骨肉，把逝者完完整整带入轮回，天葬仪式总要赶早。整整一上午，两人都忙着各自的活计，依仁做他的刀凳，刘冉写作。等依仁回来，他们打点一下零星的家务事，然后在门口坐上一会儿，就着甜茶吃一把糌粑。他们依旧很少说话，日子就这样平缓地流淌下去，没有人离开，也没有人再来，没有人对彼此的身世表现出额外的好奇心，似乎本该如此。

可是，刘冉心里清楚，她腿上的肿块一直在扩大。时间打磨着钢刀似的疼痛，让她跛得越来越明显。直到有一天，她起身去够杯子，仅两步之遥，却觉得双腿一软就瘫坐下去，再也没能站起来。那天，依仁回来得比平时都要早一点，刚进门就看见刘冉闭眼坐在地上，双腿不自然地压在身下，在初秋的微风里，汗珠沿着发际直往下滴。听到动静，刘冉睁开眼，却没有看他。

几天的工夫，依仁眼看着她消瘦下去。他把她抱起来，感觉她在怀里像个初

于文舲 | 刀 登

生的婴儿。他把刘冉放到床上，卷起她的裤管，沿着肿块边缘按了几下，临了，好像突然想起了什么，转身走出家门。

"吃了它。"没过多久依仁回来了，也不看她，只伸手递过来一瓶黑乎乎的小药丸，"一天两个，藏药的方子。"

她想说不用了，当时在医院，好几根橡胶管同时往她身体里灌药水，直到手脚发青，浑身都浮肿起来。她受够了。可她还是伸手去接那瓶子，指尖触碰到玻璃，凉丝丝的。她隐约觉得这回有点不同。由于长期剖解尸体的缘故，经验丰富的天葬师多少也懂医。藏药，刘冉不了解，可是藏区的一切对她来说都是那么虔诚而且神秘，好像有一股银线，从窗口那束天光的尽头拉扯着她。刘冉捏紧药丸，心里有什么东西被点亮了。

如果还能走路，她想进村子转转。村子里有更多的人，有路灯，依仁这边没有。路灯是昏黄的，让她想起城市里她租住的房前那片。每次踩着夜色回家，都有一根灯杆发出她听不懂的嗡嗡声，这是城市留给她的一个谜。

然而，刘冉很快就注意到，每当依仁把药丸倒进她手心的时候，他眉间的三道竖纹就猛地切下去，现出难以言喻的焦躁。有几次，他抬头碰上刘冉的目光，手忙脚乱得碰翻了杯子。他总是瞪眼瞧着水渍在地上爬来爬去，不见了，仿佛那是什么值得惊讶的事情。

来到一个陌生的地方，和素不相识的人一起生活，他叫我吃药，我就吃了。刘冉觉得最近发生的一切怪可笑的。她仔细回想，这些日子以来，腿上的疼痛好像真的减弱了不少，可奇怪的是，自己的意识也常有点飘然，脑袋里空空的，这一度让她感觉轻松而愉快。但是现在，她突然很恼火。其实，哪怕是毒药——虽然她不认为依仁会这么做——对于一个癌症晚期的人，也没什么大不了。他有什么话不能说出来，偏要瞒着我？她决定问问依仁，直截了当地问。

"请你告诉我。"她说。

"对不起。"

"嗯？"

"对不起，但我只能……"依仁一时找不到合适的词句，就愣在那里，许久才重新开口，"到了最后的时刻，这药能让你好过一点。"

"我就要死了！"她的声音有多大，或者究竟出没出声，刘冉喊道，"帮帮我。"

这是依仁第二次看见她哭，恍惚之间觉得像极了许多年前他走出高原时见到的孩子，就是让他下决心回来做了刀登的那个，后来死了。

五

没人会想到，刘冉和依仁最长的对话，竟是他们唯一的争吵，而这时，刘冉的生命只剩下不到一个月了。那天半夜，依仁点上一盏小灯，坐在床边，紧紧握着刘冉的右手。在疼痛之间狭窄的空白里，她伏在被子上，终于觉得意识又回到了身体里，就轻声说：

"给我天葬吧。"

"不行！"依仁的回答出乎意料，"你不属于这里。我想办法送你回去。"

"回去？"

"送你回家。"

唯一还能称为家的出租屋，刘冉进藏区前就还给房东了。那时她的窗户朝北，对面写字楼的玻璃墙投来稀稀落落的二手阳光。关于那座城市，可想念的实在不多，但就像二手的、三手的、转过很多次手的阳光，也总诱她拉开窗帘。

"你办不到。"刘冉说。她盯着门口的眼神一点一点黯淡下去，最后竟带着哀

于文舲 | 刀　登

求了。依仁从没见过刘冉这样的神色。停了一会儿，她接着说，"天葬吧，我哪儿也不去。"

"那就叫我的徒弟来，他……"

"不，必须是你。"

"不可能！"

"为什么？"

依仁没有回答，伸手熄了灯。在黑暗里，他们都能感到对方逼视自己的眼睛。他们在心里一遍遍地责备自己，可是没用，那语调越来越不受控制，一字一句都像玻璃弹子，冷冰冰地滚来。

当依仁终于喊出声，刘冉用尽力气捏住了他的手。

"我早说过，刀登只能离生远一点。离生太近，就会怕死。怕死，那你就什么也做不了了。你得把他划开，沿着骨头缝，让血不会溅得满地都是。你挑断他胳膊上的一根筋，那半截手臂'啪'地弹起来，你于是想起他最后一次抱着你的时候也是这样的姿势。你割开他的头皮，扯下来，觉得那头盖骨好像还想跟你说句什么似的。你眼看着好好的人变成一块一块的，然后一块一块地就没了。"依仁把头埋进臂弯里，用嘶哑的声音接着说，"死者的直系亲属是不能跟去天葬台的——当然，我不是……可你以为那只是习俗而已吗？你是外面的姑娘，你不明白。"

"你真的只当我是'外面的'？"刘冉也提高了声音。

"对我来说，什么都是外面的，除了……他们……"依仁不知该怎样表达自己的意思，一下子手足无措起来，"他们，我划过的人，我是说，我送走的人。只有他们和我在一起，其他的，都在外面。"

他不看刘冉了，摸索到床头的转经筒，闭眼摇起来。他死死地咬着牙，只从牙缝里挤出些连不成句的经文，声音含混，因为用力过猛而显得声嘶力竭。

六

刘冉去世那天，依仁在正午时分回到小屋。他走到床头，她的眼珠动了一下。依仁拿不准该说什么。

"我怕……"刘冉张了张嘴，没说下去。

依仁直愣愣地看着她——到底是外面的姑娘，进藏几个月，脸蛋不见一点高原红，反而白得越来越过分，现在又显得蜡黄了。她已经瘦得不成样子，身上还是来时那件素色麻布小袄，依仁为她洗干净了，袖口有几处磨破的地方，线头在微风里飘来荡去。天凉了，依仁帮她把被子往上拽一拽。她年纪轻轻，哪来这样的苍凉呢？即使她说怕的时候，那神情都让人觉得要死去的不是她，而是你。这么说，她又真的有点像个"里面的"姑娘了。

依仁抚了抚刘冉的头发，帮她转到右侧卧。这是佛陀入涅槃的姿势。他说："好吧，我答应你，天葬，我来。不要执着了，好姑娘。"他闭上眼，一手拉着刘冉，另一手摇起转经筒。只是这次，他念诵的经文和以往不同了。

听他怯生生地说出"天葬，我来"，刘冉真想笑。可是就在这一刻，她发现自己仍旧听得见他的声音，却分辨不出他在讲什么了。很快，他的轮廓也模糊起来。刘冉觉得自己正在一片漫无边际的黑暗里不断往下坠，身子沉重得像被大山压着，透不过气。她看到远处有什么闪闪发光的东西在晃动。她像是被一股陡然升起的烟雾漩涡卷到了空中，从这个角度看去，小屋里的一切再次清晰起来，她看见依仁坐在那里，仰起脸闭着眼睛，既显不出喜乐也显不出忧伤，和她印象中的一模一样。她甚至看见了自己，瞪着眼睛的样子有点吓人，口水和眼泪都在流。

于文舲 | 刀　登

　　她干渴异常，忽而冷得打着寒战，心里却烫得令人窒息。火在燃烧，从小屋的一角，火舌一跃而起，将她裹在中央。火越烧越旺，好像世界的一切都在顷刻间被点燃了，在火光的上面，有零零散散的小红花在飞舞。她觉得真美，心里也敞亮了，可是正当她伸出手想要抓住那碎屑，一阵飓风顷刻间把整个世界都吹散了，只在她身旁亮起一盏孤灯，发出深红色的光芒……

　　不知过了多久，依仁察觉到，他牵着的手已经发凉了。他睁开眼，把手捂在刘冉胸口上，那儿还暖和着。

　　按照藏区的习俗，依仁把刘冉裹进白布里，在小屋守了三天。最后那夜他没阖眼，凌晨时分就背上这一匹白布往天葬台走去，为了赶在最好的时间，煨上第一缕桑烟。

　　刘冉走得干干净净，全靠依仁精准的功夫。结束之后，他将那把失去了光泽的短刀交给徒弟，独自走下山去，犹如黑夜一般。没有人知道他去了哪里。

（选自《青年作家》2016年第4期）

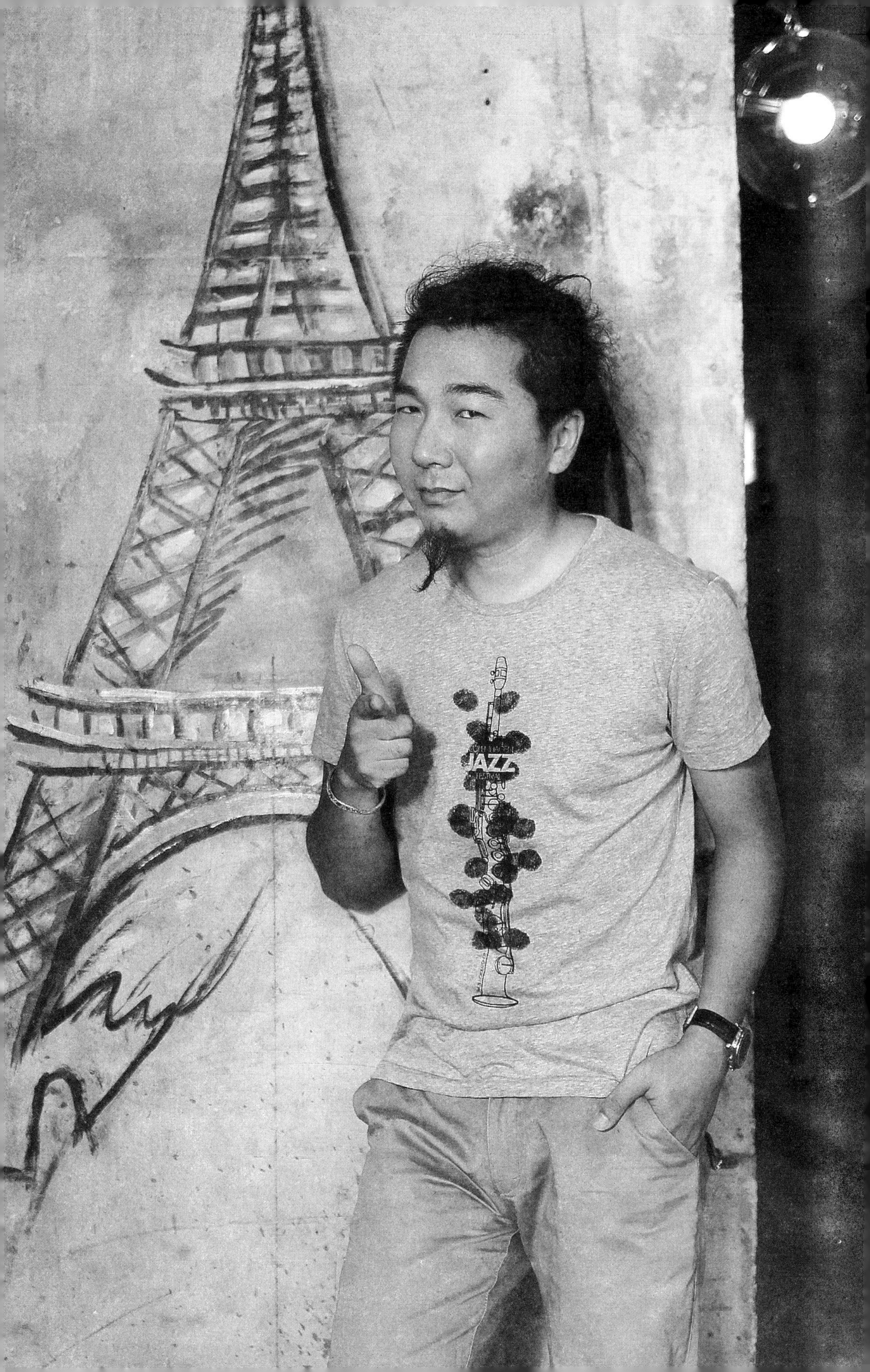

祁又一

祁又一，北京人，1982年出生。作家、导演、编剧，电台节目主持人，曾获"新概念作文"大赛一等奖，中国年轻一代最重要的摇滚乐评人，多次作为评委及嘉宾参加各类音乐评奖活动。中篇小说《失踪女》曾获2010年第四届老舍文学奖中篇小说提名奖，被《小说选刊》评为"中国当代青春题材小说的水准新标杆"。出版有长篇小说《我的微微，我的天堂》《探宝记》，小说集《失踪女》《又一本》等。

沉默的高手

1

"不可以在拳馆以外使用武功。"

这是开始练咏春之前,师父告诫我们这批新徒弟的话。我们师父是七十多岁的老爷子了,纤细的肌肉隐藏在练功服下面,话语撞在墙上带回音。他说:"打套小念头给人看看没关系,但是——绝对不可以跟人过招,尤其不能欺负没练过武的人。"

我们都笑了,这个明白,习武之人最重武德嘛。

师父轻松地说:"以前不守门规要断胳膊断腿,现在嘛,最多就是我亲自教训一顿,然后逐出师门。"

我们又都不笑了,意识到师父是认真的。

师父名叫常寿春,是咏春拳在中国北方的第一高手,每年只收十来个徒弟,我能得拜门下,实在是惭愧又惭愧。我在工作中认识了一位颇有来头的同龄人,他听说我想学咏春,鼓励我说:"你这个想法好,我三叔公是高手,你去拜会一下他老人家吧。"这位同龄人乃世家子弟,那次找他来,为的是录一期关于民国年间京剧名伶典故的节目——那些名伶当初都是他爷爷、太爷爷叔伯几个捧红的,他讲起来全是讲自家的事。这样一位小爷既然说他三叔公是高手,那就肯定是高手,焉有不信之理。我跟着他去常寿春老师的拳馆看了一次,当即被镇住了,下午便回公司办了停薪留职。如此冲动的原因,我并不能原原本本地讲清,或许是对了气味吧。拳馆里让人觉得熟悉亲切，不陌生，与日常生活的感觉很不一样。时间的指针似乎在这里停住了，从此再未转动，氤氲缭绕之中，仿佛旧日气韵犹存，人们长幼有序、神情专注，进进出出对着叶问的相片鞠躬行礼。我喜欢讲道理的地方。

就这样，我忽然不上班了，每天坐半个小时地铁，去武馆扎马步、甩空拳、蹲二字钳羊马、在沙包上把手打破，等着结痂长好以后拳头变硬。这在我是从未有过的经验。办停薪留职前，我在一档收视率相当可观的真人秀节目做执行制片人，见到的大部分男的更像女的，女的要不像男的要不像鸡，一般同行之间见面彼此称呼亲爱的，即便对我这样五大三粗的一个北京爷们儿也是如此。没有办法，所有人都知道我们只是生意这台大机器上的小螺丝钉，谁都不拿自己的心意当回事，恶心自己的同时对外表演正能量。什么叫正能量？好人上天堂坏人下地狱，这个最正能量。

出汗，挥拳，平静自己的呼吸以求将臂膀伸展到一个几乎不可能的角度。这些东西深深地吸引着我。如此练了两周，我的肌肉变结实了些，对许多事情的看法也有了改变，玩世不恭那一套在武馆里没用，俏皮话说得再动听，一伸手被人按在地上也白搭。每天反复的基本功训练，让我重新找回了那种一分耕耘一分收获的感觉。人终归还是要朴实一点，你今天甩够一千下空拳，明天你就能甩够一千零一下。非常单纯。我喜欢这种公平，公平而且直接——马是奔跑的马，鹿是跳跃的鹿，没有绵里藏针，没有笑里藏刀，没有规矩之下的规矩。我需要这些原初的东西，更接近生命的本质。我也喜欢这里的人，不单因为师兄们拥有令人艳羡的技艺，更因为他们也都像现在的我一样甩过一千下空拳。他们也曾在沙包上把自己的拳头捶得稀烂，他们是过来人，懂得我正在经历的一切，也知道我下一步应该干什么。

祁又一 | 沉默的高手

与拳馆里的前辈们接触多了,常听他们带着骄傲的神色说起大师兄,"要是大师兄在,非臭骂你一顿不可""等大师兄回来,让他给你讲吧""大师兄的寻桥最漂亮呢"——都是这样的话。听他们说,大师兄从高中时代就开始习武,其间遍访各门高手,最后跟定了我们师父学咏春。大师兄的功夫是真功夫,练到现在已经整整十五年,是我们这个拳馆仅次于师父的高手。

有一天我早早到了拳馆。一进门,发现张师浩正在屋里压腿,我说怎么是你,太巧了,你也来这儿练拳了?张师浩看见我也吃惊,他说:"我还想问你呢,你怎么混进来的?"

我给他讲了托关系进来的事,问他在这里练多久了。

张师浩说:"到今年八月为止,十五年了。"

我这才知道,原来张师浩就是我的大师兄。之前我设想过无数种再碰上他的可能性,没想到会是这样。

我问他和王休闲的官司打得怎么样了,张师浩低头一笑,说:"快换上衣服吧,我早想揍你了,你练两下我看看。"

2

我跟张师浩认识是因为一次节目的录制,好几年前的事了,当时我还是个初出茅庐的小编导。那时候王休闲和 LUDI 乐队也还没有解散,《小野马》这首脍炙人口的热门金曲刚刚出炉,尚未大红大紫。领导很知道什么正时髦,让我去请 LUDI 乐队来演出助兴。我平时的工作包括跟那些炫酷的人保持联系,王休闲就是他们当中的一位。我打了个电话给王休闲,他答应推掉其他事来我们的活动,而与我对接具体细节的,就是乐队的贝斯手张师浩。

我的工作令我每天都接触大量的人，这些人来得快去得也快，唯独对他，我们互加微信还留了电话，我甚至没有屏蔽他的朋友圈。是的，他给我留下了很好的印象，我知道他是那种可以仰仗的人，虽然我们后来再没见过。

　　跟张师浩面对面练习冲拳时，我觉得自己的拳头全打在墙上，他硬邦邦地占据着中线，拳风一不小心便刮到我的鼻尖。有那么一会儿，我甚至怀疑他是不是真的想揍我一顿，后来发现不是，实力差别太大而已。

　　我请他示范几个简单的外摊手内摊手动作，并且特意强调："一定要轻轻的……"

　　结果刚一搭手，我就觉得眼前左面一个拳头右面一个拳头，呼呼呼呼地就像一个电扇对着我吹。稍稍抵挡两下，根本无力招架，像是在拿我的胳膊去敲大铁棍。

　　我连忙告饶，一边揉着生疼的胳膊一边说："太厉害了，你打过人没有？"

　　张师浩说："师父没给你讲吗，我们在拳馆以外不能动手。"

　　"练了这么久，你就没想过揍谁一顿？"我忽然想起他和王休闲之间的纠葛，便随口说，"比如王休闲，他过河拆桥，你就没想打他一顿？"

　　我能感到张师浩的脸上忽然一紧，眯紧的眼睛射出一记冷光。那不是平时的张师浩，其中有一股鲜活尖刺的东西，就像在森林里看见了狼。只是一瞬间，我就知道他内心深处一定把这个可能性反复想过很多次了，而且不是一般的想想那么简单。我赶紧解释，自己随口一说，开玩笑而已。他收回了那股凌厉的目光，恢复往日温和的表情，却把我搞得不好意思了，觉得自己这个玩笑开得唐突。

　　正好这时候其他同学陆陆续续来了，大家见到大师兄回来都很高兴，听说我和大师兄是旧相识都觉得巧。再后来师父到了，气氛陡然紧张起来，人人奋勇争先，都想被师父夸赞一句"不错"。真上起课，大师兄张师浩就不再是我这个菜鸟能企及的人物了，教我练基本功的是他师弟的师弟的师弟。

祁又一 | 沉默的高手

3

这天练习期间我一直在想，应该找个机会跟张师浩再聊几句，至少让他知道自己无意冒犯。

下了课，我问张师浩想不想一起走，我说咱们一个方向，在地铁上可以再聊会儿。当时张师浩刚刚打完实战，满身大汗，一位师兄在帮他擦汗，另外一位在帮他解拳套。张师浩定定地瞧了我半秒钟，有什么话欲言又止似的。我忽然意识到自己可能又唐突了，赶紧说："要不下次再聊也好，反正我天天来……"

张师浩点点头，说他是开车来的。我本来以为他打算邀请我一起坐他的车回去，但他转过头去讨论刚才的招式，一边讨论一边跟擦汗的师兄比画起来。我在旁边站了一会儿，独自走了。我心中冷冷的，想抽自己的大嘴巴，为什么要多此一举呢，人家肯定误会我想巴结他。可笑，我为什么要巴结他！

自那以后，我特别注意与张师浩打照面时的举止。首先，他是我的大师兄，是整间拳馆仅次于师父的人物，对待他要仅次于师父那样尊敬；其次，我着意保护我的自尊，见面主动打招呼，但不会主动说话，就算在一起说话，也时刻提醒自己注意分寸，尽量做出晚辈陪长辈聊天的姿态；最后，我暗暗叮嘱自己，就算他想起跟你叙旧了，你也要矜持一两下。张师浩显然也感觉到了，除了指导动作时说上几句话，上课前下课后不再特意跟我聊什么，我甚至怀疑他屏蔽了我的朋友圈。我能感觉到，他也在小心地与我保持距离，我不知道他介怀什么，或许因为我同时也是王休闲的熟人？管他呢，我是来学拳的，在拳馆里，世间的一切都与我无关。

这种莫名其妙的彼此缄默持续了一个月，直到那年夏至，一场猛烈的惊天暴雨席卷全城。这雨下得可以载入史册，肥厚的雨滴砸在窗户上，像是许多愤怒的拳头，路边积水漫过轮胎，人们不再撑伞，甚至再没有人在街上走。整个城市的交通处于瘫痪状态，小轿车无法挪动，公共汽车在汪洋中挣扎，像努力避免搁浅的鲸鱼。拳馆里显得冷清，我们几个抻筋压腿，如果那么一会儿恰好没人说话，再加上些雨声，看起来颇像间茶室。因为极端天气，来练拳的人很少，因此也就不分初中高级班了，大家都混在一起练。我左右看看，今天来的几位师兄都是高手，小字辈的只有我一个。这是我第一次有机会与这几位高段位的师兄们合练，心里不由得惴惴的，打小念头时居然忘了动作。三个月为一学期，目前我学了有一个多月，改变相当明显。刚来时，我双手无力，如今拳头已经比原来皮糙肉厚了，肩也比原来宽了些，胸肌似乎也大了。

一对一拆招练习原则上水准相当的人分成一组，分到我时已无人可分，师父便对张师浩说："这个机会很好，你单独指导一下他。"拳馆内一片喧哗，都觉得我运气好。

不管我对张师浩这个人怎么看，在咏春拳的领域，他简直属于高大上。越是深入了解咏春拳这项运动，越是能感受到他这种魅力。与大师兄搭手时，他的每个动作都是那样准确、有力、节制，一切都快速到位，动作与动作之间衔接得天衣无缝。毫不犹豫的同时又巧妙设计，点到为止却不容分说。我一拳击出，哪怕正中，感受到退缩的却是我的拳头而不是他的身体。打拳其实很能突显一个男人的性格，就像赌钱和喝酒一样：有的师兄脾气暴躁，有的师兄凡事退让，有的师兄好大喜功，有的师兄斤斤计较……而张师浩在咏春拳中是个平和中正的美男子，比他现实中的样子更清秀、更温文尔雅。与他拆招是一种享受，你能时时刻刻感到自己被照顾着被提醒着，他的关怀备至甚至帮你弥补破绽。他的指导，不像某些师兄那样用招式对你耳提面命，他轻轻地嘱咐一句，一旦你意识到他便悄然退开，仿佛那一招是你自己所思所想一般。跟着他的动作走，犹如被裹挟入一道上升气流，带着你走向一条更高层次的高速公路，令你自己都感到惊叹——我居然也能达到这样的速度、力度、技术。是的，张师浩不愧是功夫了得的大师兄，这样谦和的气息，怎么看也不像是会打小算盘的人，我不由得有些恨自己以前对张师浩的偏见。

这天练习完毕，张师浩几次看向我，但我假装没注意到，最后他终于主动问我："今天我开车来的，要不要一起回去？"

我很客气地谢了谢他，说自己走没问题。

"这个雨下得邪乎，坐我的车吧，我们基本顺路。"张师浩补充说，"我还有点事想跟你商量。"

哦，有事商量就另当别论了。张师浩神态闪烁，甚至还有些过于客气，他十有八九有事求我，虽然我猜不出他会求我什么。

这天我们从拳馆出来，在哗哗的雨声中踌躇片刻，奔跑着钻进他的尼桑小轿车。关上车门的一刹那，我忽然后悔了，我发现其实自己跟他没那么熟，我连他到底多大岁数结没结婚都不知道，而且沉默这东西令人讨厌，我还得答应他等会儿的请求。窗外大雨倾盆，小轿车艰难地在雨中穿行。过街天桥和立交桥下站满了人，他们听天由命似的冲天空翻着白眼；一个中学生连雨衣都没穿，豁出去了，迎着大雨奔跑却没怎么挪动地方。挡风玻璃上的雨刷器全速开动，前车尾灯混作两团色块模糊不清。任雨声再大也无法掩饰我们的无话可说，张师浩打开音响，传出一位古巴女歌手演唱的古巴爵士乐歌曲，热带风情配北京大暴雨，简直就是炸香蕉配煎饼果子，想到这个我不由得笑了。

"要不要开空调？"张师浩问我。

我说不用。

"你来了有一个多月了吧？咱们没怎么说话。"

"是你没跟我说啊。"我哼哼一笑说，"你是大师兄嘛。"

"嗯，也是。"沉默再次降临，这期间我们拐入主干路，跟着前前后后的汽车挪动，张师浩忽然说，"你进步得很快，说明你这一个月没少出汗，我之前可能对你有些误会。"

"误会？我来练拳能有什么误会？"

"所以我说是误会，"张师浩问我，"你最近见到王休闲了吗？"

我如实相告，说自从王休闲红了以后就再没跟他联系过。他第一次换电话号通知我了，再后来我有些私事打过一次他的电话，号码又换了，他第二次换号并没有通知我。

张师浩说："如果让你现在找他，找得到吗？"

我被他的问题搞糊涂了，我说："看是什么情况了。如果指生活中叫出来喝个酒，那估计没戏，他现在是大明星了；如果是工作，我们有编导专门负责联络艺人……"

张师浩"嗯"了一声就不再说话了。说真的，我更后悔上这辆车了。等车终于动起来，张师浩才向我解释他找我的原因，他想上我们那档收视率相当可观的真人秀节目。

"我的新乐队最近推出了几首单曲，正在宣传期。你能不能从中牵个线？我知道以我的知名度，不足以上你们节目做嘉宾，但是我可以做嘉宾的嘉宾。"

"嘉宾的嘉宾？谁，王休闲？"

"是的，我看过你们那档节目，每期请一个嘉宾来完成一些任务，能够顺利完成的就会获得一笔奖金。"

"不是奖金。"我已经解释过无数遍了，简直像条件反射似的说，"是慈善捐款，款项和物资由我们的赞助商提供，你跟王休闲商量过吗？"

"没有。"

"那就是说，他还不一定愿意。你知道，有很多经纪公司都盯着我们的名额……"

"我知道，所以我有个建议，你们可以策划一个题目，让王休闲挑战学武术，最后的对手是我，设置一个条件——比如王休闲在擂台上坚持三分钟就算胜利。为了你们的节目效果，我可以故意输给他。"

我一听，好像还可以——"中国摇滚乐明星王休闲的中国武术之旅"，非常好的节目。片头就用中国水墨风格的CG做，让王休闲穿一身丝绸的练功服，上面画好多大竹子的那种，再给他找个太极拳师父跟拍一星期；到最后发现终极对手是张师浩，跟他打过官司的前乐队成员，曾经的发小儿现在的仇人，新仇旧恨在擂台上一战定乾坤。这节目收视率应该不会太差。

"我觉得还可以，我可以帮你问问。上这个节目，你有什么要求吗？"

张师浩说："在节目直播之前，不能让王休闲知道他的对手是我。"

"这是肯定的，为了节目效果嘛。"我说，"我问的是你个人有什么要求吗？"

"我没有别的要求了。"

没有要求？我又被张师浩搞糊涂了，这个黏液质型的大师兄不会打算告诉我，他单纯是想要弘扬咏春文化吧。我对张师浩保证，说我会让同事去问问王休闲的意见，也会给他一个不错的出场费，如果他有档期有意愿，我们就安排节目组的同事尽快开始做这期的策划。之前可能会有人来找你了解些情况，拍一些样片，可能还会签一两份合同，都是正常的流程。

"而且我会让他们在片尾播你们的新单曲。"我对张师浩说。

张师浩说了声好，又补了句谢谢，然后我们就道别了。

在暴雨中看着他的车开走，我悄悄松了口气，还好他没说自己想弘扬中国武术。不过他说个好然后补句谢谢是什么意思，多少公司的小企宣天天等着贿赂我，就为了让我把他们艺人的名字往上报一报，上不成节目都能给两千块红包啊！他怎么也得说句"非常感谢"吧！

4

王休闲上节目的事对我来说并不复杂，我只要把王休闲这个人名好好包装一下，说服领导同意把他放进片头标题就好了。我们做综艺节目的编导都非常辛苦，不管多烂的片子都要自己剪，观众看一遍，我们得看十遍！谁活着容易呢？张师浩为了唱片宣传想上电视出丑，那就去呗，在这片刻薄的大地上，你以为靠出丑卖乖就能博得同情和知名度吗？别逗了，你们见过五大三粗如张师浩的小品演员吗？长成这样还想上综艺节目混个脸熟，也太严肃了吧！吓哭小朋友怎么办！

王休闲阴郁了很多，语速比以前至少慢两个节奏。两年没见，这个逐渐成为天王巨星的男人变得自信了，正因为自信，见到谁都一副阴郁面孔。我一看见他就打了个冷战，他幽幽地看你一眼，挤出来一个嘲弄的微笑，然后心思又不知道飘到哪儿去了。这也是他的魅力所在，仿佛他对整个世界都无所谓，唯独对你有那么一点难得的兴趣。这时的王休闲，就像因为得到了一切而郁郁寡欢的暴君。他的残暴就是保持沉默，沉默得很残暴。你可以说天才和二百五都这样，他们仰望天空的微笑那样迷茫，那样傻缺，那样超然世外，仿佛随时都喝大了。

"好几年没见了吧？"王休闲跟我握手，然后给了我一个拥抱，像个非常熟的老朋友那样，"不知道你在这里当编导，要不早找你上节目了——不对啊，这事得怪你，你怎么才找我！"

祁又一 | 沉默的高手

说完捶了我肩膀一下，整个节目组都笑了，我也放松了许多，仿佛自己真是他的朋友。实际上，我跟王休闲没有那么深的交情，最多是个熟人，这也正是他聪明的地方，他随时随地给人面子。这次王休闲的节目我只是牵个线，负责具体拍摄的是同事老吴，我把王休闲交托给他，自己放心大胆地回去练拳。

王休闲定下来之后，我陪张师浩去节目组签了保密协议和出演合同。合同里规定，如果他不能听从编导组的要求配合拍摄（比如，输给王休闲时输得矫揉造作），就要赔偿十倍于出场费的赔偿金。这笔钱是惩罚性的。真正的拍摄损失（比如说王休闲万一被打伤），数额稍微大一点的我们都上了保险。

张师浩看着合同问我们法律顾问："我要是拿不出那么多钱怎么办？"

法律顾问我们又叫法务，是个大学刚毕业没多久的小妹妹，她见着张师浩这种身材魁梧的男人有些荡漾，不知道为什么，觉得张师浩这是在调戏自己，便很高兴地说："那你就赔十倍的道义吧。"

"十倍的道义"这话把张师浩逗得前仰后合，传染得我都笑了，我从来没看他笑得那么开心过。他一直在笑，笑得太忘我了，以至于被法务小妹请出办公室。我觉得这个人相当失态，想笑话自己也不用当着人——尤其是我，他师弟，这个令人大笑的节目执行制片人。不就是突破自己不要脸的底线吗！突破底线这种事，很多做出过大贡献的同志都经历过，不要这么夸张吧。

在跟拍王休闲期间，我陪节目组和王休闲的经纪团队吃了顿饭，名义上是两边联谊，其实是谈判，找我去充当和事佬的角色。据老吴说，前期录制非常顺利，王休闲的业务水平没得说，所有音乐相关的录制都一条过，困难的是练拳那一部分。我们给他找了个陈式太极拳的正宗传人，有真功夫，能随时让人飞出去三五米的那种。王休闲是个零基础的学生，就算老师牛逼，让他两周内掌握陈氏太极显然也是不可能的，我们对他练功的要求是打人不用疼，看上去像就行。王休闲完成得不错，一招一式有模有样，但有一天他的经纪人忽然不干了，说"练的都是真功夫，而且到现在对手是谁我们都还不知道，这个合同得重新签。"然后就是两边扯皮，我们说就算练的是真功夫，不代表最后就会被真功夫揍啊，王休闲的经纪人则说，必须进一步规定清楚，他们已经为王休闲加买了保险，节目组这边是不是也要有所表示。作为谈判的筹码之一，领导让我绕过经纪人，单独去找王休闲吃顿饭沟通一下。王休闲当即急了，痛骂他的经纪人不懂事，当着我的面打电话问情况，并向我和老吴疯狂保证，说自己真不知道经纪人在搞马后炮。他说："这是咱们哥们儿之间的事，我怎么能反悔呢？这些人太不会办事！你刚才看见了，我已经骂他们了。"

我赶紧说："不用骂那么重，他们也是为你好。"

王休闲说："我明白，你们都是为我好。但是他们的担心也不是空穴来风，你要向我保证，不能真让那对手伤到我，一大帮人还等着我养活呢。"

我说："你放心吧，对方也有他的宣传诉求，合同我们签得很严格，他敢真打伤你就告他个倾家荡产。"

"我的对手，是专业练武术的吗？"

"不靠武术赚钱，但是够专业了。"

"是我认识的人吗？"

"这个我真不能告诉你。"

"是张师浩吧？"

"我确实不能告诉你，有保密协议的。"

"但是你能保证他不会伤着我，最后还让我赢？"

"合同上就是这么写的。"

"张师浩这个人不知道感恩，离开乐队以后就一直对我怀恨在心。"

祁又一 | 沉默的高手

"能理解，都不容易。"

我和王休闲一言为定，干杯为盟。

所以最终决战那天，两人见面的瞬间并没有我们预期的那么富有戏剧性，尤其是王休闲，老吴将所有主要机位都对着他的脸部给特写，各个部位连天灵盖都涵盖了。老吴兴奋地期待着王休闲的反应，王休闲也配合了，但他脸上的震惊还是瞒不过行家的眼睛，同行们在电视前会放心了似的说："不用看了，都是假的，王休闲肯定提前知道什么。"老吴很失望，幽怨地看我一眼："谁保密工作没做好吧？"

两人的交手就更加不堪入目了，那根本就是张师浩对王休闲的围追堵截，王休闲自知不能跟张师浩正面对抗，在台上闪转腾挪，看来老师没少让他练轻功。甚至有那么一下，他闪躲之间给了张师浩侧腹一击。

张师浩摸了摸自己的肋部，他说："这样我就放心了，你是真练了。"

王休闲一惊，说："你想干吗？"

张师浩说："我想认真了。"

经过一系列不为人知的心理斗争，王休闲说："你很讨厌你知道吗？"

张师浩说："我觉得你更讨厌。"

"你上大街去问问，咱俩谁更招人烦？"

"你入世太深，所以特别讨厌。"

有那么一会儿，我以为王休闲要喊停了，但是没有，王休闲举起了双拳，他真是个男子汉。现场观众高呼着他的名字，教练在台下鼓励着，我在心中默默地估算：按刚才王休闲表现出来的水准，只要战术合理，坚持三分钟很有可能。

张师浩尝试性地接近王休闲，王休闲的教练提醒他注意步伐，王休闲跳开了张师浩的正面，张师浩一个傍手防御，后脚变前脚，一猫腰，鼻尖已经贴到了王休闲鼻尖上，王休闲横着飞了出去，在擂台上弹了两下，躺在地上不动了。只用了一秒钟，一个动作，王休闲被他的前贝斯手打休克了。张师浩冲着镜头行了个礼，他说："《小野马》这首歌不是王休闲写的，是小光写的，打他是替天行道！请关注我的新单曲《替天行道》！"为了节目能正常进行下去，老吴在背景音乐中插入了张师浩的新单曲。这首叫《替天行道》的硬摇滚歌曲响彻摄影棚，观众都傻了，发出稀稀拉拉的掌声，窃窃私语声不绝于耳。主持人把手卡一扔，上台圆场。王休闲悠悠转醒，在雷鸣般的掌声中被抬了下去。

我估计这会儿业界同行们已经全体下巴脱臼了，这要是提前安排好的，我们全体节目组成员就该去美国领艾美奖了。老吴和节目组同仁在直播室里击掌欢呼，我们上司仰天长叹，推门出去找法务小妹，经过我身边时用手点着我说："你看看你出的馊主意！"

关于馊主意，我估计他指的是找张师浩和王休闲这么一对大傻子来做节目，这事确实傻了。这两个人，一个为了所谓的武德只能上台打架；另一个明明知道自己会被揍还往上凑，充什么硬汉啊！王休闲我还能理解，节目是直播的，他想逞英雄，以为张师浩不敢当着人下狠手；张师浩我就无法理解了，不怕被告得倾家荡产吗？居然在台上痛殴王休闲！万一王休闲告我们的节目怎么办？不光我，我所有的下属还有同事，甚至包括我那个上司，这些人都要丢饭碗的。我们当中许多人连初中文化水平都不具备，你让我们以后怎么办？

节目播出去以后收视率爆棚了，台领导美得屁颠儿屁颠儿的，据说电话打到了我们上司那里，当得知这并不是提前安排好的，台领导立刻挂断了电话。

5

然后就是令人崩溃的扯皮，扯皮主要集中在节目组、王休闲公司、保险公司

祁又一 | 沉默的高手

这三方，受害方王休闲这边强烈要求严惩凶手，肇事方张师浩却没什么事。我们确实跟他签了个十倍赔偿的合同，但是因为其出场费不足两千，因此张师浩当天晚上就交钱回家了。这场景想想也挺有意思的，当时张师浩从擂台上下来，正在后台解拳套，我们领导带着法务小妹还有王休闲的经纪人冲进来，举着合同质问他，为什么不按合同办事？而张师浩不慌不忙地从随身带的书包里掏出两万块——老吴说到这里，用手比画了一下，介绍说："是用报纸包着的崭新的两万块，方方正正的一小沓，交给法务小妹，并对她说：'你得给我开个收条。'"

而与此同时，被抬到隔壁房间的王休闲醒来的第一句话是："一定要洗干净再吃。"周围的化妆师、助理等听了想乐，心说您都这样了还操心灾区小朋友的健康问题呢。后来王休闲终于想起来，自己在全国观众面前跌份儿了，旁边还有摄影机呢。他跳下床，说一定要弄死张师浩，没想到朋友这么久他下手这么狠。王休闲对着镜头怒吼："谁敢跟我比狠啊！灾区还那么多小朋友呢，我最恨有人拦着我献爱心！"

这些都是老吴在拳馆附近吃饭时偷偷告诉我的，这段时间我每天练拳，尽量避免在单位出现。老吴说节目组内部面临整改，他说："领导气疯了，说了不止一次要把你换掉，我看你还是别练拳了，赶紧回来救火吧。"

"保险公司那边的业务员天天愁眉苦脸的，见着我都不爱搭理了，害人家没面子啊。"老吴还说，"法务小妹在这件事上也把领导气得不善，小妹坚称此事不能怪她，要怪只能怪节目组开给人家的出场费太少。"

"你说哦，这样的话多么气人！下回我也找个机会跟领导说一次！哈哈哈！"老吴跟我干杯，这顿饭我们喝的是茅台，说好了都由我结账，算作请罪。

在这期间，张师浩几次表示想跟我谈谈，我都找各种理由躲了。我最讨厌言而无信的人，决定对他敬而远之。直到有一天，师父特意留下我和张师浩，告诉我说那期节目他也看了，他觉得挺好看的，"你大师兄心里有疙瘩，不解开是要得心病的，你应该多理解你大师兄。"

我心说，甭管怎么放宽心态尝试理解他，他这也是害人啊，我万一因此丢了饭碗怎么办？当然，我心里这么想，嘴上肯定是顺着师父说，我说大师兄一定有他的苦衷。师父对我的态度很满意，他把张师浩叫进来，让我坐张师浩的车回家。这里面有师父想让张师浩向我道歉的意思，于是，我第二次上了那辆尼桑小轿车。

关上车门那一刹那，我又后悔了，我为什么要听他废话呢，再过几天我就毕业了，到时候各走各路老死不相往来不就得了？尼桑小轿车在车流中缓慢地挪动，张师浩摘了空挡，看着我，仿佛在确定我是不是个可以信赖的人。他说："教了你那么多摊手伏手傍手，学的都是如何化解对方的进攻，你想过没有，为什么师父没有教你主动进攻的招式？"

"因为师父要我们克己容人？"

"所有格斗术的终极目标都是自己站着对方倒下，克己容人这种屁话以后不要说了。"张师浩说话一点余地没有，我的脸红了，想反驳，又不知从何说起。

"我们吉他手小光去世之后，王休闲并没有履约，不但继续靠《小野马》敛财，而且也没有给小光父母设立基金。如你所知，他还换了两次电话。我不知道他是怎么想的，他也太瞧不起自己的诺言了。"

"我跟他许诺过，如果他食言就打到他履约为止。所以，我一看见你就有了灵感，可以安排他学一点武术，这样以后我就可以打他了。有时候，也不是对什么人都能讲道理……"

我打断他，我说："你其实也嫉妒他，对吧？除了你说的那些大道理，也有嫉妒在里面。"

张师浩一惊，随后正色道："根本没那个必要。你们每一个人都是社会的螺丝钉，但我不是，我是个体户，不被任何人领导，而且还练武。我有机会替你们活成一个完全的人。"

"完全的人？"

"对。文武兼修，行侠仗义，是非分明。"

"我没懂。"

"我用不着嫉妒王休闲那样的小人，我只需要揍扁他。"

"你是说……"我不知道张师浩是不是认真的，"就像古人一样，大侠？"

"随你怎么说吧，我觉得人人都该这么活——对，就像古人。嫉妒这个东西呢，里面含着喜欢，我最讨厌的人就是王休闲，我怎么可能喜欢他呢？之前我在电视里看到王休闲做的广告，广告词说他特立独行，不怕'枪打出头鸟'，仿佛别人对他的一切指责，包括抄袭，都来自别人的嫉妒。这太可笑了，他如果真是个特立独行的人，怎么可能入世这么深？我揍他，只是因为他给自己捞好处的时候，特别不要脸。

"总之这次谢谢你了，我觉得，以后再有类似王休闲这样的情况，我还可以到你的节目去，我随时可以做这种人的对手，这个办法很好。"

我再也没有请张师浩做过节目，甚至也没联系过他。有人说张师浩本质上是个反社会的疯子，如果人人都像他那样，国将不国，还要警察、法院和政府干什么呢？但我心里还挺佩服他的，也希望自己能像他一样，努力活成一个完全的人。

（选自《人民文学》2016 年第 7 期）

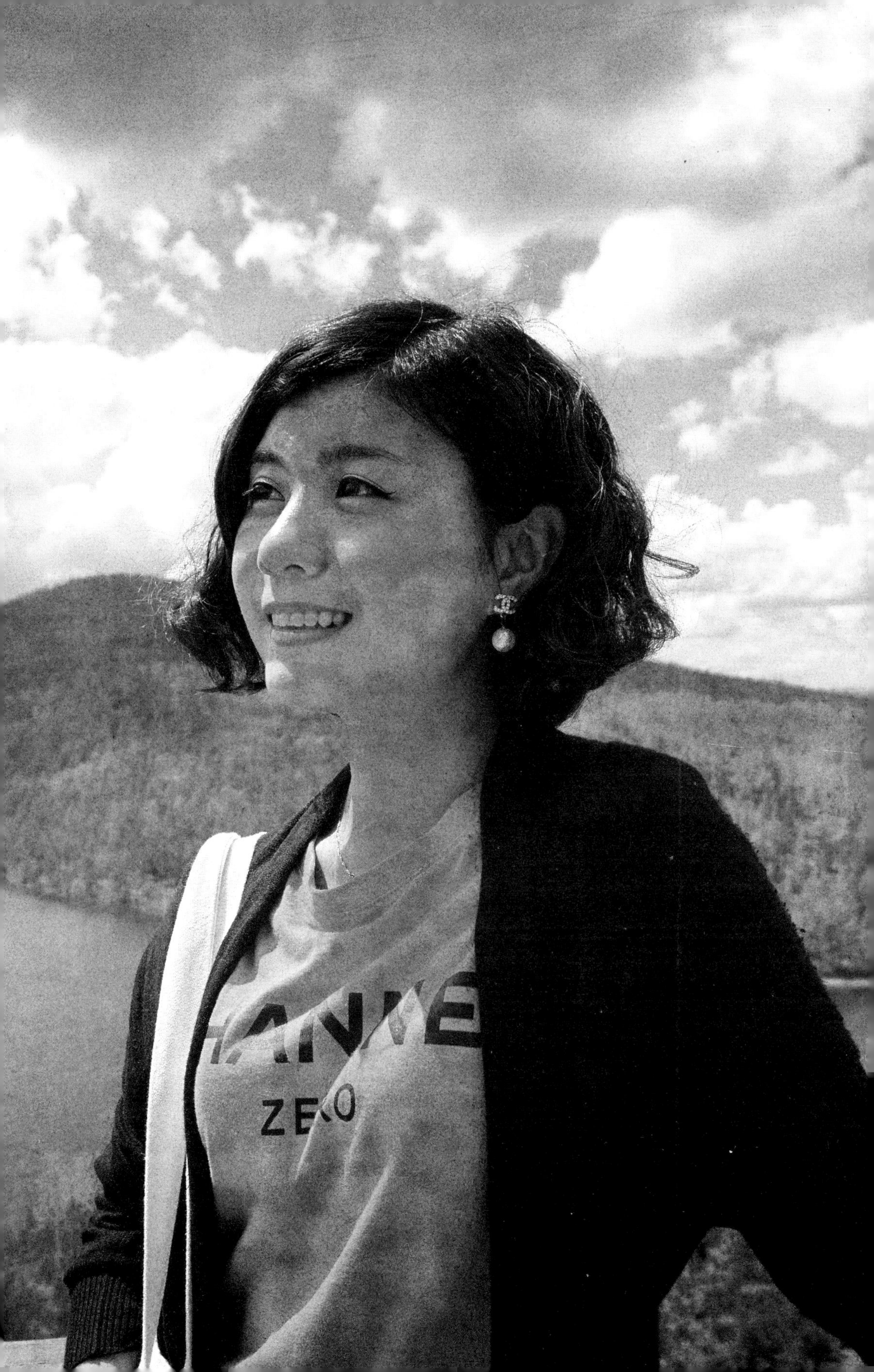

苏笑嫣

苏笑嫣，生于上世纪90年代，蒙古族名字慕玺雅。中国作家协会会员。自媒体人，有微信公众平台[苏笑嫣]。
作品曾在《人民文学》《诗刊》《诗选刊》《诗歌月刊》《星星》等报刊发表。入选《中国诗歌年选》《21世纪中国文学大系·诗歌》《中国青春文学精选》等年选及选本。
出版有个人文集《蓝色的，是海》，长篇小说《外省娃娃》《终与自己相遇》，长篇童话《紫贝天葵》，诗集《脊背上的花》。
曾获《诗选刊》2010中国年度先锋诗歌奖，《人民文学》"包商银行杯"全国高校征文散文"二等奖"等奖项。

假戏真做

"反正故事都是假的，假的有趣，假的好玩，无论小蛮是假戏真做，真戏假作，假戏假做，小马都喜欢。"

——《推拿》

夏颜第一次见到江漓是在一间 KTV 的包厢里，不巧的是前一晚夏颜刚刚在三里屯的 pub 里蹦到凌晨两点半，白天也没有时间休息。江漓推门进来时她正意识不清地靠在一个朋友的肩上昏昏欲睡，见主角进门了才缓缓坐直身子。虽然是第一次见面，但彼此有一个共同的朋友圈，所以对对方也多少有些耳闻。江漓是一家集团公司的董事长，此番到北京来办事，刚刚下了飞机，让司机把行李拖回住处，自己就跑了过来，夏颜他们这些定居的北漂算是给他接风。

前一晚就没睡足的夏颜对这场深夜突如其来的局就一肚子不满，来了也不过是敷衍，一边听着他们唱歌，一边瞌睡，不时抽烟醒醒神或者和人碰一杯酒，困得要死。奈何旁边鬼哭狼嚎又是给人接风，睡不着也不好睡，后来索性走出包厢跑到隔壁空着的房间里趴在桌子上，想着反正一群人，少了她一个也不会起眼。没想到刚趴下没多一会儿，身边就响起了脚步声。房间小，声音两步就停了。夏颜以为是服务员，一抬头却发现是江漓，只好尴尬地对他笑笑，正准备对他解释，江漓倒先说话了："怎么了？一个人跑到这边来哭？"夏颜哭笑不得，房间没开灯，想必光线昏暗他并没看清自己的脸，便回道："谁哭了？哭花了妆怎么办？我得保持女神形象。"江漓一笑，坐到她身边，递了根烟点上："开玩笑的，看你一直困得不行,抽完这根烟,早点散吧。"听了这话,夏颜受宠若惊、如释重负,嘴上却假惺惺地客套着:"别别,别因为我影响大家开心,你们好好玩,我在一边坐着就行。""其实我跑了一天了也挺累的,早点散也好,"江漓说着掏出手机,"你住在哪?我帮你叫车。"

那天的局就因为夏颜的瞌睡而早早收场,很多朋友玩得并不尽兴,有人脸上颇有些不情愿,当然江漓把原因都归结在了自己舟车劳顿上面。除了觉得这个人还挺通人情的,夏颜也没多想,坐在出租车里倒头就睡着了,直接导致车子距离小区开过了两个路口,夏颜才大喊大叫起来:"这是哪儿?怎么回事?师傅你不会要拐卖我吧?"

下一次见到江漓,已经过了将近一个月。一个月内夏颜和每个小白领一样日复一日地重复着千篇一律的生活,固定的时间起床上班,坐固定的地铁,在第三站的时候被固定的一个女人的高跟鞋踩一脚,吃固定的工作餐,周末去固定的两个酒吧,和固定的几个朋友喝酒。不过她开始专业失眠,工作生活倒成了业余,每晚她固定地发一个晚安,发完后两个小时却都躺在床上干瞪着眼,翻来覆去,不时刷刷朋友圈。发晚安这个习惯是她和前男友分手后慢慢养成的,从那个时候开始,夏颜明白了当一个人发"全世界晚安"的时候,不过是因为全世界没有一个人可以说一声晚安。后来江漓有时会回复她的晚安,或者劝她早点睡,不过那是夹在几条回复中的一条,和其他人的晚安一样,对她而言无足轻重。

新的聚会是因为江漓又一次返京,他次日又要飞长沙,说是临行前借机再和几个好朋友聚聚。几个朋友分散在北京的四面八方,折中选择在了西单吃饭。除非是见领导,夏颜一向是迟到女王,那天她又足足迟到了将近一个小时才出地铁站,大家都在群里打趣,说等女神不容易。到站时江漓说来接她,而她顺着路走,

苏笑嫣 | 假戏真做

没想到还是彼此错过，又打了电话双方折回才碰上面。后来夏颜想到那次见面，就想起小学时经常做的那种悲情计算题，甲和乙各自以多少多少的速度相向而行多长时间，证二人是否会相遇，答案都是，综上所述，甲和乙会错过。

那天江漓喝了很多酒，有些语无伦次，说有些话必须要和夏颜说。他说夏颜，你不知道，我喜欢你五年了，五年前我就开始看你的微博，那年你去音乐节还发了照片，你当时穿什么衣服我都记得——你染了红头发，穿着红色的皮夹克，双手插在兜里，对不对？从那时起，我就觉得我喜欢上这个女孩了。另外三个朋友都被这突如其来的表白搞愣了，夏颜自然措手不及，但仍保持着礼貌的微笑看着他。其实她那张音乐节的照片，除了确实双手插兜以外，其他哪点他都没说对。红头发配红皮衣？夏颜一想，那是得要多乡村非主流。

"江漓，不对啊，我记得上次唱歌你说你有女朋友的。"朋友林陆缓过神来。

夏颜赶忙笑道："你问人家女朋友干吗，人家本来是开玩笑的，被你一说倒跟真的似的。"

"不不不，"江漓连连挥手，"不开玩笑，我是认真的。"

"江漓，"林陆举起酒杯，"我当你是好哥们，夏颜我看做妹妹，她是个好女孩，但她受过伤，必须得要一个懂她的人才行。"说着和江漓喝了一杯酒。

那晚他们一直喝到酒店打烊，几个人摇摇晃晃地出去，江漓坚持要送夏颜回家。长安街上很不好打车，两个人站在初夏夜晚的徐徐凉风里约么有一个小时，江漓结结巴巴地跟夏颜说着话，大抵都是五年了、没想到有今天、一直不敢联系她、感觉跟做梦一样之类，要么就傻傻地看着她笑，笑着笑着自己又不好意思，别过头去，然后又转头回来笑着，那羞涩的样子完全像是一个小男孩。夏颜不知说什么好，也只好看着他笑，虽然对他没什么了解，心里又隐约觉得，一个男人面对她时会是这样傻傻的样子，总是有些真实的吧。坐上出租车，她看着窗外快速后退的夜色，想着就在去年夏天，她也曾和前男友一起在长安街上费力地打车，也是这样看着苍凉的夜色一路疾驰。突然她搭在腿上的手被江漓摸了过去，握住，不过一会儿他便睡着了。

江漓说，他这次去长沙谈项目，大概要十天左右。他走后，每天告诉夏颜他在做什么，又问夏颜喜欢什么，夏颜答旅游，江漓问她想去哪里，她说云南，于是他问等他从长沙回京以后带她去云南好不好，夏颜犹豫了一下，然后回复好。他不时给她发着有些暧昧的话语，终于她忍不住心里的疑问，追问他到底有没有女朋友，他支支吾吾，最后给出肯定的答案。夏颜心一沉，明白了自己的位置，先是责怪自己何苦要问个究竟，转而又想，只有清楚了才能保护好自己，免得真正动情到时又要伤筋动骨，于是便在心里盘算，眼下的情况，她必须把握好其中的度。"我也不知道该怎么办，但我控制不住喜欢你。"江漓说。夏颜也不知道她该怎么办，她无意当小二太影响到另一个女人的生活，但她也想知道，事情会如何发展。她不得不承认，自己心里就是住着那么一个只要人爱她的小贱人。

江漓离开后的第二天，碰巧是周末，又有朋友约了夏颜在西单吃饭。之前她去图书大厦转了一圈，太久没去，不知何时已经面目全非，以前二楼摆放文学类书籍的地方现在全被养生、食谱占领，而文学书籍则被挤到只剩一小条。晚饭后又去鼓楼散步，夏颜坐在酒吧二楼的天台上喝着冰茶，听朋友弹吉他。那晚有些凉，吹了风，第二天便开始发烧，本以为吃了药好好睡一觉便好，谁知高烧不退，反倒高到三十九度。夏颜蜷缩在两个被子里抖得床咯吱咯吱响，但这么烧着，起码她倒是不失眠了，只是也一直吃不下东西，几天下来高烧反复在三十八度到三十九度，整个人被拖得虚弱无力，话也说不出一句，凭谁打来电话，也不会去接。另一边江漓的微信里一边嘘寒问暖，一边发来他与生意伙伴在夜店歌舞笙箫的照片。夏颜心里暗骂他虚情假意、屁用没有，心想漂亮话谁不会说，有本事你倒是

苏笑嫣 | 假戏真做

回来照顾我啊。这么烧了三天,江漓晚上突然打来电话,说有急事要回京,又问夏颜,我去看看你?夏颜心里暗自冷笑,她不过是无足轻重顺便的事,能让他匆忙赶回的,并不是她的病,只会是他的事业。

第二天江漓带着药来看她,因为会寒冷,夏天还穿着冬天的珊瑚绒睡衣。江漓和她说着话,不时也咳嗽着,他回京的那天碰巧北京大幅度降温,大家都说是"倒夏寒",他无奈地笑着:"本来是特意回来看你的,结果一下飞机我自己也被北京这鬼天气冻感冒了。""特意来看我的?"夏颜心中一动,不知他说的真假。"是啊,不然我急赶着半夜的飞机回来干吗,都说了在长沙要待十天的。"于是本来一个人的发烧,变成了两个人一起在她小小的出租屋里喝着感冒药。

江漓只能陪她两天,因为工作的缘故,又去了山西。他这样的人,每天都在奔波,辗转在全国各大城市之间,北京、上海、广州、长沙、西安、太原……他每天从酒店高档柔软的大床上起来时的第一件事,就是理过前一晚的宿醉,分辨自己是在哪一座城市。

江漓在山西的日子里,夏颜持续了一个多星期的高烧终于渐渐好了起来,两人约定一起过即将到来的5月20日。"520",这样的日子,像是小孩子的把戏,但她喜欢节日,虽然这连节日都算不上,可她觉得,人们设定这样的日子,就是在平淡的生活里送给自己的礼物。5月19日晚上,江漓发来微信,说有件重要的事跟她说。夏颜心往下一沉,已经猜到,果然他那边有些情况,不能如期赴约。然而次日清早夏颜醒来时,拿过手机,看到他凌晨三点多又发来微信,说,亲爱的我决定了,明天如期回去与你相见。

"520"的当晚,两人坐在望京丽都公园里的餐厅中,大的落地窗临湖,一旁植有竹子,白色桌布与白色座椅,柔和的灯光,简洁、雅致、安静,两人相对淡淡地饮着清酒。一餐快用完,江漓突然看到别的桌上燃着蜡烛,于是喊来服务员:"我女朋友问为什么别的桌有蜡烛,我们没有呢,"服务员暧昧地笑着答"好的,马上就来"。听到"女朋友"三个字,夏颜心中一动。他说他放下工作赶回,如此重色轻公只为他们的约定,她信他是为她匆忙回京,但又心知能让他抛开的事想必原不是什么重要的事。但真相对她而言又有什么所谓呢,她要的只是美丽,她能要的只是美丽,哪怕是谎言搭起的美丽。

初中的闺蜜约夏颜周末参加生日聚会。五个姐妹号称五朵金花,转眼已经十几年,平时各自忙碌工作生活,也很少聚在一起,这次在群里一聊,其他四人届时都会带上自己的男友或老公,说到这大家都有些尴尬,因为知道唯独她尚在单身。夏颜踌躇了一会儿,问江漓是否愿意陪她一起参加聚会,得到了肯定的答复后,便在群里宣布,自己也会带男友,几个姐妹一片惊讶哗然,纷纷表示祝贺她终于脱单。

那天夏颜与江漓各自忙着自己的事情,傍晚碰头一起去聚会的地点,要从朝阳区横跨到海淀。路上,江漓突然说,北京太大了,不适合他。夏颜顿了顿,没说话,知道他话里有话,然后问,你什么意思?江漓道,今年我在这里把影视公司撑起来,明年还是要回去。夏颜漠然,当然,他从未对她认真,在他自己的城市有属于他自己的工作、生活、家庭,还有女友,他凭什么留在这座对他而言只有建筑的城市?他当然现实,而她也清醒,自然不会不自量力,只是不免黯然,表情也就浮现了出来。哎呀,明年呢,还早,干吗去想那么远的事呢?江漓嬉笑着说。就连这种不负责任的话,他也说得那么自然。

那晚大家一起吃饭、唱歌、开玩笑,五对情侣在一起甚是甜蜜,像是一个亲密无间的大家庭。她小鸟依人地偎在他身边,一脸开怀幸福的笑容,然而只有她自己心里明白,其他人的幸福是真的,只有她的是假的。她喝下一杯又一杯威士

苏笑嫣 | 假戏真做

忌，想着几个人从初中开始一起抽烟喝酒逛夜店，喝到现在，酒瓶子都能堆成一座雷峰塔了，却依然没能压得住她这只小妖精。彼时江漓接过话筒，看着她脉脉情深地唱起了情歌，她没听过，也不知道他唱的歌词都是什么，只是看着他的眼睛，眼泪就开始啪嗒啪嗒往下掉，心里明白酒醉就是酒醉，再开心再动人，终归是要醒的。

江漓见她突然掉眼泪，一时有些惊慌，还是看着她继续把歌唱完，然后给她擦着泪水，笑道："上次在KTV你不是说不能把妆哭花的吗，要保持形象啊。"夏颜的眼泪还在继续往下掉："上次是因为酒喝得不够多！"

其他人顾着唱歌，半瓶酒几乎都被夏颜喝了。洋酒后劲大，夏颜感觉有些晕了，晕得停不下来，心里暗叫不好，果然走时胃里也开始翻搅，不敢直接坐车，怕一晃自己就会吐出来，于是靠在江漓怀里跟着朋友们散步，到住在附近的其中一对家里坐坐。很久没见这个闺蜜，不知道夫妻俩什么时候搬到了一间大杂院的小平房里，弄得跟什么蜗居、裸婚时代似的，她什么话也说不出来，只顾坐在沙发上天旋地转。看她那个样子，闺蜜说让夏颜去床上躺躺吧，就扶了她进屋躺下，又细心帮她卸妆。夏颜心想，这么多年过去了，男朋友不知道换了多少个，到底还是闺蜜一直在身边，很有点感动，可是醉得也说不出感谢的话，也哭不出来了。不一会儿，迷迷糊糊间，江漓也进屋躺在她身边。她枕着他的胳膊，想着这是什么鬼剧情，没想到他们第一次同床共枕竟然是这样的情况，就天旋地转地沉沉睡了过去。第二天一早堂堂董事长江漓拿着个脸盆跟着她去公用洗漱间，那场景倒是让她觉得有些好笑。

因为工作原因，夏颜需要拍一组外景照片，江漓跟着去给她拎包，说你看，平时都是别人照顾我，没想到现在换我来照顾别人，夏颜说让董事长给我做小助理，真是荣幸啊。拍着照，夏颜听到他打电话，说今天我这边有事走不开，我们改天处理。她想，他毕竟是有些迁就她的，于是等他挂了电话，喊："江漓，我们拍几张情侣照吧。"就这样，在一个广场上，伴随着摄影师的"近一点、再近一点""夏颜的脸往左侧一点，对——"的喊声，他们的两片嘴唇第一次贴在了一起。

"你看这车怎么样？"晚饭时，江漓刷着手机，让夏颜帮忙看车。夏颜接过来一看，是一辆保时捷，然后玩笑道："怎么，送我啊？"江漓笑了笑："等结婚的时候吧。"夏颜当然还没被冲昏了头，冷静地问："你结婚还是我结婚？"果然，他答道："你结婚的时候。"夏颜也和他一起笑着，尽量让笑容看起来没有僵掉。

"他们后期还要修一下照片，回头我再传给你。"

"好。夏颜，你留我们这么多回忆，不怕……"

"江湖中人，拿得起、放得下！"夏颜故作豪迈，大笑着举起手里的一瓶"江小白"白酒，上面还写着"你是小酒我是串，不如咱俩在一块"。

"哪怕明年你走了——"话一说出口，夏颜顿时就觉得自己眼圈红了。

"怎么？"

"与君醉笑三千场，不诉离殇！"她眼前微微有些模糊，但被大笑顶替了过去。

"好！好！"江漓与她碰了手里的白酒，两人又龇牙咧嘴地喝了一大口。可这连连两个"好"字，足够让人寒心。

"夏颜，我喜欢你，其实我真想和你在一起，想每天和你在一起，想好好照顾你，想每天第一眼看到的就是你，想带你去很多地方旅行，想带你吃很多好吃的，想让你知道无论发生什么我都在这里……"江漓借着酒劲开始滔滔不绝地讲着情话，夏颜终于控制不住，眼泪啪嗒啪嗒地往下掉。她知他并非善类，所说的一句都不会实现，明明清楚不过游戏一场，还是没控制住心里的那份感动。好吧，反正自己也是一个不求天长地久的小贱人，那么只争朝夕吧。想着，却也不知道为什么眼泪还是在流。

他喝得比她多，又在专车上睡着，她不放心他，跟他一起回家。江漓去给她烧热水，然后自己去洗漱，她坐在屋子里，看到窗外是萧条落寞的四环路，暗黄的灯光洒在路面上，车子一辆辆疾驰，带出风的声音，突然她感到很寂寞。

本以为江漓烧的水是要用来喝的，没想到他端了一个盆过来，放在她脚下："泡泡脚吧，穿着高跟鞋走一天了。"更没想到的是，他会蹲下身来，细细为她擦脚。夏颜看着他认真又细心体贴的样子，想着这个男人虽然不爱我，但这一刻总是真的。

"好了，你去洗漱吧。"江漓把水倒掉回来说道。

她看着他走进卧室，直接瘫在了床上，她也跟了过去，坐在一边抽了根烟，不过多时江漓已经微微打起了鼾。她吐着烟看着眼前这个睡着的男人和陌生的房间，以及窗外无限延长的马路，强烈的孤独感再一次包围了她。掐掉烟，她走进洗手间，刚刚要打开水龙头，一抬头，看见了镜中的自己，穿着黑色蕾丝紧身裙，干练的短发微微有些凌乱，眼妆有点晕了，唇上的口红也几乎掉光，怎么看都有些狼狈的样子。这一看不要紧，她不禁问镜中那个自己也已经不太熟悉了的自己，你，怎么会这样，你，到底在这里干吗？就这样手撑在洗漱台上，夏颜盯了镜中那个一塌糊涂的女人几秒，走了出来，穿上高跟鞋，背起包，按下了门把手，犹豫了一下，走出房间。长长的走廊里空无一人，伴随着她高跟鞋的声音，一节走廊天花板上的灯亮起，然后是下一节、再下一节……她"嗒嗒"地走着，想着这条路真长啊，又真是落寞啊。

江漓又去出差。在路上与她发微信："你怎么走了？早上醒来我一摸旁边，竟然没有人，去洗手间看也没有，再一看你鞋子不见了。"

"因为如果我不走，一切对你而言都太顺理成章了。我要让你惦记我。"话虽这么说，其实夏颜心里并无这种把握，也做好心理准备，想到她这一走江漓也许恼羞成怒，从此二人形同陌路，可是，他还是发来信息。

这一别竟是许久，江漓穿梭于各个城市忙碌着，每天给她发来照片时不是在饭桌上就是在KTV里，而夏颜依然困于北京程序一样设定好的索然无味的生活中。有时他也会回北京两天，晚上二人可以匆匆相见。一晚他们在三里屯喝酒，坐在天台上，一株大树从一楼贯穿出来，她坐在树下的秋千上伴着酒意荡来荡去，胡侃着自己如果有钱开酒吧的话，会把它打理成什么样子。

"还开酒吧，那你不是要天天把自己灌醉？其实我不喜欢女孩子喝酒抽烟文身的，但不知道为什么它们在你身上变得很美。"江漓说。

夏颜吐出一口烟，带着笑意看着江漓，没有说话，但她知道自己的眼神在说话，知道自己斜过去的那一眼有多妩媚。她也当然知道为什么，她去看过他的微博，并迅速识别出他女友的微博，一个打扮朴素的女孩子，言语之间都是卖萌的语气，像非主流少女一样会把"回来"写成"肥来"、"可爱"写成"可耐"。而他会给她的每一条微博点赞和评论，包括他在她夏颜身边的日子。她与她不一样，这就是为什么。他需要点儿不同的、新鲜的东西，好的东西不是都叫人心安的，还要叫人稍稍不安的。但她更明白的是，喜欢一处美景和选择一个地方定居是两回事，自己于他而言不过是一处度假地，而他的女友如同他的城市，需要一直在那儿，让他可以回去。可是，自己在他身边如此拿腔作势，她也觉得空荡荡，觉得累。

一晚下班，夏颜拖着疲惫的身子从氧气匮乏、人群密布的写字楼里走出，又和许多同她一样刚从各个大厦走出的男男女女们一起钻进地铁，面无表情地挤在一起，排队分流换乘，像货物在流水线上一样被运输，然后一进家门就甩掉高跟

苏笑嫣 | 假戏真做

鞋，再把自己整个人甩到床上。这么躺了一会儿，夏颜觉得自己真是累了。在公司，她必须表现得积极高效、精力充沛、游刃有余。在他身边，她必须表现得成熟妥帖、进退有度、风情万种。她需要一直在演，需要独立刚强，一旦她做不到，一切就都会 game over。可她在心里喊，她也是一个女孩子，一个需要安慰、体贴、慰藉和爱的女孩子啊。天渐渐黑了下来，夏颜拿出一瓶红酒，坐在落地窗前的地板上，没有开灯，静静地喝着。突然身边的音响放起张国荣的一首歌，歌中唱道"但愿我可以没成长，完全凭直觉觅对象，模糊地迷恋你一场"。

"我去找你吧。"她给他发短信，小小的屏幕在黑暗中煞是耀眼。

彼时江漓在山东。夏颜请了病假，背了只单肩包塞上点洗漱用品就去找他。当作是给自己放松一下心情吧，她对自己说。

纵然这场游戏她一直清醒不过，但她更了解自己，越演越烈是她的本能。她天生赌徒，哪怕输得倾家荡产，对她而言亦比波澜不惊、平淡如水要来得甘之如饴。

他陪她走在有橙色屋顶洋房之间的绿荫大道上，看她摘下一朵攀在墙上的蔷薇，别在发间，笑意盈盈地看他；他陪她看海、被她带动着相互撩起水来嬉戏，追赶奔跑；他陪她吃海鲜，帮她把她皱眉嫌弃直喊"感觉像是大虫子"的海参吃掉；他陪她一起去教堂，看她心意诚恳但颇不正规地祷告。那天的她像是突然变成了一个单纯得晶莹剔透的女孩子，换下职业紧身裙，穿着粉色碎花的连体裤，笑得毫无防备、温暖明朗，就连他也被带着消了平日刻意隔出的那点距离，和她无所拘束地一同玩耍着。那是二人都没有戒心的一天，他惊讶于他们在一起可以笑得那么真实、那么开心，并且可以一直那样笑着。那是两个人的心，真正贴得最近、最暖的一天。当她离开了北京，她不再是平日的她，而他既然无需面对那个现实中的她，也就可以不做那个现实中的自己。

晚上夏颜说不要在餐厅吃饭，两个人遂在海边的大排档里吹着海风、吃海鲜、喝扎啤，说说笑笑。"好久没像今天这样这么开心过了。"江漓说。说完大概又觉得自己说了太多假话，怕夏颜不信，又补上一句"这是真的"。

夏颜一边用力夹着扇贝，一边笑道："我也是。不过说好的去云南呢？什么时候去？"

"这不是忙嘛。"江漓脸色微微一变，"不是不带你去，你也知道，后来事情赶着事情，再说你要是这会儿再去几天云南，工作怎么办？"

被隔绝开一天的世界在江漓的话里又回来了，他也就又变回了那个现实中的他。

"工作不怕啊，你投资开个酒吧，我做店长就可以了。"

"店长？你做服务员还差不多。"

"我在你眼里就这水准啊，那你凭什么看上我的？"

"不知道，意乱情迷。"

夏颜颇带不屑地大声笑了起来，和江漓喝了口酒，说你看这个，然后点了点手机，递给江漓。江漓接过来一看，是写十二星座单身率的，明显是胡扯的那种。

"你看，十二个星座里，就咱们两个后面写着'注定单身'，那不如就咱俩凑合一下在一块吧。"

"好啊，那就在一块。"江漓又把手机还给夏颜。

夏颜又拿着手机点了一会儿，然后说："那就这样，你看怎么样？"

江漓一看屏幕，顿时大惊失色，是在夏颜朋友圈里没发出去的消息，写着"我们"，下面的配图是两个人前些天在一起拍的照片。"夏颜，你别闹！"

夏颜见他惊慌的样子，冷笑，道："逗你玩的。"

两人之间一阵带着寒意的沉默，海风刮得更猛了，也更让人觉得寒冷了。

她知道，她从未让他陶醉到忘乎所以，他一直清楚"假期"在生活中应有的位置，哪怕是在今天，他们在一起最开心的时刻。

"你这样很危险，如果发出去了，你知道会有什么样的影响么，我们有那么多的共同好友。"

夏颜原也没打算真发出去的，但看着面前的男人这个样子，她反倒有些被激怒："我知道，但我不怕。只是你厌。"

江漓喝了一大口酒，这次换他开始翻手机了。他坐到夏颜身旁，翻出他女友的微博、微信，塞到她眼皮底下，说："你不知道，你看，这是我女朋友，我们在一起四年了，她不像你，她很傻很单纯，她的生活里只有我，微博微信里也都是关于我的东西，她又没你这样的心境。你让我怎么说，说在北京认识了你就和她分手？我不能。再说我们两个这样在一起，要被多少唾沫淹死你知道吗，以后还怎么混？"

"可你有没有想过我？你一直觉得我坚强，说我特立独行、hold不住我，因为我在你身边只能扮演那样一个角色。如果我对你有所依赖，我们之间的游戏规则就会被破坏，关系也就会崩塌。可我真的就不会伤心吗？你这样把你女朋友摆在我面前，你知道我心里是什么滋味吗？天真单纯的人就应该一直被保护，坚强的就活该去担待，这是什么道理？谁的坚强不是伤过的痂？坚强都是保护自己的壳，但里面还是有颗柔软、脆弱的心啊！"借着酒劲，夏颜把压抑在心底的话一股脑儿全都吐了出来。

"夏颜，我们不能，真的不能，我给不了。"江漓依然冷酷清醒，别过了头不去看她。

夏颜听到什么破碎的声音，可是没有酒杯掉在地上。

"既然这样，我们还是分开吧。这样对你也好，你也就不会伤心了。"江漓依然保持平静的语气。

几秒的沉默。夏颜站起身来，没有看他一眼，迎着风一步步费力走开。这个时候，她反倒平静，一滴眼泪也没有掉落出来。

　　而他当然也没有追上来。

　　和以前并没有什么不同。她还是那个百毒不侵的钢铁侠，当然犯不着因为这个去买醉，也不会打电话苦苦挽留，更没有辞职去旅行，所有失恋的苦情情节，一律没有。她当然不允许自己做那些小女生才去做的傻事，徒然消耗，于事无补。自己伤肝动肺、别人逍遥自在，这买卖不划算。但她也不知道自己是该庆幸还是该难过，自己真的不会掏心掏肺地去爱一个人了。只是觉得有些可惜。

　　但有时也会想，或许只是因为她从一开始就在控制两个人在感情中的对等关系。他既然游戏，她自然保留。然而也不知道会不会有一天再遇到一个"真的"人，可以让她真心实意地去爱，可以唤醒她爱的能力。但大家都长大了呀。她抬起头，看到满目荒凉。

　　他们两人也并没有删除对方的通讯，一切退回到最初，可以看到对方的动态，但相互之间谁也不再说话。她看他依然每天发些励志的话、生意上的聚会；他看她每天写点文艺的或者说矫情的文字，依然经常喝酒。日子如流水，细细长流，波澜不惊。

　　直到大约三个月后。凌晨一点多，夏颜突然接到江漓的电话，他喝多了酒，喊着夏颜我想你啊，我才明白我心里放不下你，我爱你！夏颜静静地听完，然后挂掉电话，睡觉。果然第二天又再无波澜。

　　日复一日地重复生活中，突然有一天夏颜发现小区门口的门店新开了一家酒吧，门面装修得看起来还不赖，但在这郊区的居民小区门口，一个孤零零的酒吧立在那儿，总觉得有些违和感。"开给谁啊？"夏颜不屑地笑着，就走了过去。

苏笑嫣 | 假戏真做

一天晚上夏颜在家正自斟自饮,喝了两杯,酒没了,已经很晚,烟酒店肯定也都关门了,可是又觉得不尽兴,突然她就想起了楼下的酒吧,于是抓起了包下楼,心想也正好看看这酒吧到底什么样,没准好的话也可以常去坐坐。

出乎意料地,这间酒吧的装修风格简直和她憧憬的理想酒吧差不多,这让她迅速有一种熟悉的感觉,而且本能地觉得哪里不对头。她再环视酒吧,慢慢向里走,离柜台不远的展示板上贴着的都是摇滚和民谣演出的海报,屋子房檐下都挂着五颜六色的风马旗,墙上挂着的画都是凡·高,《Starry Night》的拼图挂在正中间缺了一块,一侧的书架上放满了她喜欢的那种图书,然后,她看到一个秋千座,前面的桌上立着小牌子:夏颜专位。

她不禁慌乱,迅速四处看去,然而目光所及并没有那个人。她再看,再仔细地看,确实没有。她没有坐在那个"专位"上,回到吧台,点一杯长岛冰茶。"对不起小姐,我们店的长岛冰茶是特供的,您可以点别的酒吗?"夏颜心烦意乱,本想随便点鸡尾酒单上的第一个,却发现那酒名叫"Forgive me",于是好像手里的单子变成了烫手的山芋,赶紧合上推到了一边,点了一杯莫吉托,然后又是一杯。

她不知道会不会碰见他,不知道自己是希望碰见他还是不希望碰见他,不知道为什么自己还坐在这里,不知道如果碰见他自己又该说什么该怎么办。她突然很焦虑,于是第二杯还没完全喝完就赶紧走了出去,一边走一边在包里翻着打火机。还没找到打火机,听到手机又在包里响了,她又转而开始找手机,终于她心乱成一团麻,蹲在了地上,把包里的东西哗啦啦一股脑兜了出来倒了一地。是陌生的来电,夏颜拿起手机不耐烦地接起:"喂?"

"女孩子这样蹲在地上很不雅观的。"是江漓的声音。

夏颜迅速起身四处看去,见一个戴着兔子面具的店员正倚在门口,原来从头到尾他都把她的惊讶、慌乱和焦虑看在眼里。

"还满意吗？——夏店长。"

夏颜愣愣地站了一会儿，突然大步走到他面前，隔着面具冷厉地看了他两秒，又突然大步向店里走去。

"哎，哎，你要干吗？不会要砸店吧？"兔子人跟在后面喊着。

夏颜站住了："我去把那块拼图拼上。"她又向里走去。兔子人站在原地，看着她将拼图拼凑完整，回过头来时，是一个大大的笑容，和眼眶里充盈的泪水。

（选自《作品》2016年第1期）

豈能盡如人意　但求
無愧於心

夏　周

夏周，1995年生于上海，诗歌及散文作品见于《花城》《人民文学》《诗刊》《北京文学》《青年文学》《萌芽》《西湖》。现就读于昆士兰大学。

左　手

1

清明时节，阴绵的雨代替原属于午后的阳光，雨不大，没完没了，不爽快的节奏淋得人心烦意乱。弄堂深处响起唢呐的哀乐声，封宁看着一辆殡仪车缓缓驶出，尾随其后的亲戚们神色凝重，有人在哭，有人似乎在哭。阳台上，李大爷饲养的鸽子冲出了鸟笼，在天空盘旋，像是衔着主人的灵魂飞向天边。

二十分钟后，封宁来到了人民广场附近的一家咖啡馆。抬腕看表，这是父亲封建国送给他的十八岁成人礼。封宁不习惯看指针，特地挑了款电子表——这或许可以解释他擅长代数却不擅于几何的原因——是他喜欢的款式：黑色表带、金属质感的外壳和富于设计感的造型。父亲将手表递给他时只说了句：做个守时的人。

每当封宁看着表面，总会念及过去，有时又会闪念：人类存活在这个星球上，无法对抗宇宙巨大的能量，也难以战胜渺小的病毒和细菌，一切文明都是如此微不足道。就在他沉浸在虚无之中时，咖啡馆的门被推开了，进来的那人收起黑色雨伞，放置在门口的柱形伞筒里，在他对面坐下来："你还是那么守时。"

封宁稍稍坐正："文皓，最近怎么样？"

张文皓歪着身子："还不是待在法医系混呗。"

"喝点什么？"封宁朝服务员做了个手势。

"老样子，拿铁。"张文皓问封宁，"你呢？"

"喝咖啡晚上睡不好，不用了。"

"约我出来，自己却不喝，多没劲，来一杯吧。"

"那我和他喝一样的。"封宁对服务员说。

"哲学挺好，干吗转去读法律，不过转眼也一年多了，时间真快。"

"什么哲学，都是毛概马概，和高中思想政治差不多。"

服务员端来咖啡："两杯拿铁，请慢用。"

"味道不错，"张文皓抿了口咖啡泡沫，"现代医学指出，咖啡含有咖啡因、单宁酸、生物碱等有益人体健康的成分。"

"喝杯咖啡还不忘显摆你那些破知识，得瑟劲儿能不能收敛一点。"

正聊着，一名女生在边上坐下来，封宁把头转过去："佳佳，你来了，喝点什么？"

"不用了，我不想喝。"

张文皓打断道："这是你女朋友吧。"

"嗯，我们下午一起去机场接人。"

女生插话道："我叫姚佳怡，读护理学大三。今天我爸回国，我和封宁一起去接机，我爸想见见他。"

"我读法医系，和封宁是高中同学。"张文皓打量姚佳怡，米色圆领针织衫搭配淡蓝色衬衫、修身牛仔裤和一双纯白的帆布鞋，简单却不失朝气。张文皓承认姚佳怡长得不错，人也苗条，不过还是觉得自己女朋友袁媛更有魅力。他注意到姚佳怡未涂过唇膏的嘴唇略微发紫，猜想她心脏可能有点小问题："现在三点半，你们几点到机场？"

"我爸大概六点到。"姚佳怡答道。

"这儿到机场一小时，提前半小时出发。"封宁说。

夏周｜左手

"就一直泡在咖啡馆里？"张文皓又抿了口咖啡。

"初次见面，打算去商场给叔叔买点礼物。"

"这安排不错。"张文皓饮尽了咖啡。

走出咖啡馆，拐个弯就是来福士广场，这座城市的时尚坐标之一，位于市中心腹地。三人在来福士广场内逛了一会儿，封宁一直没挑到满意的礼物。他突然想起楼上有家"季风书园"，"走，我们去书店看看。"张文皓嘀咕了一句："你不会就买本书送给人家吧。"

书店居中位置卖销量较好的图书，左侧是人文社科及世界名著，右侧辟出一块影音专区。整体采用胡桃木书架和琥珀色地板，白色日光灯给人强烈的空间感，一支暗掉的灯管宛如弥留者最后的呼吸。封宁径直向右侧走去，看得出他很熟悉这里。

封宁在影音区停下脚步，问营业员："有没有《邓丽君歌曲精选》？"

"有。"营业员说，"在倒数第二个书架上。"

三人去找《邓丽君歌曲精选》，张文皓东张西望，倒是姚佳怡眼尖："是不是这个？"

封宁说："嗯，就是它。"

"你怎么知道我爸喜欢邓丽君？"

"你上次告诉我的。"

"是吗？我自己都不记得了。"

《邓丽君歌曲精选》内置四张 CD 和一本装帧精美的导读手册，收录四十首经典名曲，黑漆皮上烫有金字，包装十分精致。

"你们先走吧，待会儿我和袁媛去隔壁和平影都看电影。"

"那我们先走了，下次一起吃饭。"

两人搭乘地铁2号线前往浦东国际机场。人民广场站永远人山人海，乞讨的小孩在拥挤的车厢里穿行，姚佳怡掏出两枚硬币，放在递到面前的破搪瓷杯里。封宁的手机响起，接通后是快递员——他有一封信由学校保安室代收了。

"我三年没见我爸了，有时一个月才通一次电话，他关在实验室里，我和我妈根本联系不到他。"封宁皱了皱眉，没吱声，姚佳怡轻声喊了他两次，他都没回应。

让封宁接机是姚父姚川的主意。大二前，父母反对女儿谈恋爱。到了大三，姚母江小惠忽而从反对变为支持，有时还会催促女儿，你什么时候给我带个毛脚回来啊。姚川在国外，得知女儿谈恋爱的消息，说回国了可以见见。姚川这么做，出于父亲对女儿的保护欲——人们说儿女长大后，真正需要心灵断奶的是父母。接机过程比较顺利，他们先与江小惠会合，她目不转睛盯着封宁看，让他很不自在。姚佳怡在人群中找到姚川，调皮地捶了父亲一拳，江小惠站在一边，微笑地看着父女俩。姚佳怡将《邓丽君歌曲精选》递给父亲，说，这是封宁给你买的。

封宁说了句叔叔好。和江小惠一样，姚川也盯着他看了一会儿。寒暄了几句，姚川夫妇想留他吃饭，封宁表示晚上还有事，婉拒了。

回到家已届晚上八点，餐桌上是父亲封建国留给小儿子的饭菜，荤素分开，摆放整齐。母亲林嫣正在收拾房间，"下次早点回来，菜都凉了，我用微波炉给你热一下。"

封宁向卧室走去，父亲正和哥哥封安围在电视机前看足球，小茶几上放着洗好的小番茄，这是封安的最爱，既是蔬菜，也可以当水果吃。

自从大儿子结婚，小儿子考上大学住校，哥俩回家的次数少了。今天同时回来，也算是家里的小节日，所以封宁拒绝姚川夫妇的邀请，也情有可原。

夏周 | 左手

2

封建国和姚川是高中同班同学。封建国成绩中等，初中时拿过省游泳冠军，课余喜欢打篮球——单薄的运动衫遮不住好身材，不少女孩幻想他脱下上衣，露出八块腹肌——靠特长足以保送体育学院。至于姚川，给人印象是个书呆子，长相斯文，待人彬彬有礼，给人一种距离感。封建国打着他的篮球，姚川捧着他的书本，直到有一天，姚川无意间听到封建国在走廊角落对江小惠表白，才知道他们喜欢上了同一个女生。青春期男生无非钟情于两种类型的女生，一种是长得漂亮的，一种是成绩优异的，江小惠属于后者，名字平平，姿色平平，胸也平平。封建国身边不缺小美女，却喜欢上了外貌一般的好学生江小惠。至于姚川，喜欢上江小惠则不难理解，可惜他性格内向迟迟不愿开口。

从那天起，学校篮球场上出现了姚川的身影，起先他只会体育课上教的基本动作，但进步很快。每次分队伍，姚川总刻意避开封建国。午休时间，两人拿着英语课本背单词。对江小惠来说，他们两个各有千秋，她自己也不确定更喜欢谁多一点。一次意外让她心里的天平开始倾斜，放学路上她险些被货车撞倒，关键时刻封建国挺身而出，用左臂换回了江小惠的生命。他们永远不会忘记人生中那个最长的瞬间，封建国用力推开江小惠，当车轮碾过手肘时，他像触电一般扭成了麻花，惨叫一声失去了意识。当他从病床上苏醒，看到了老泪纵横的父母和半截空空的袖管。

车祸夺走了封建国的左臂，也夺走了他的阳光笑容。休养期间落下了学习进度——让他备受打击的是江小惠看他的眼神不再有爱意，更多是愧疚和同情——高考失利的同时，也失去了体育学院的保送资格。

江小惠考上了华东师范大学，姚川被上海第二医科大学录取，本硕连读后，去法国攻读博士学位。封建国上了所普通大专，毕业后在一家房管所上班，寒暑假帮居委会教小朋友踢足球，跑姿很别扭——身体不自觉向右倾斜——不过一般成人跑不过他。唯有和小朋友在一起时，封建国才会露出笑容，小朋友们也很喜欢他，称他杨过叔叔。

一次足球班下课后，所有小朋友都被接走了，除了一个叫林安的小男孩，看起来五六岁，还在读幼儿园。封建国在原地陪林安一边等一边讲《神雕侠侣》，里面不少情节经过了他的杜撰。

等到晚上七点，男孩实在饿得不行，封建国右手牵着林安，在路边摊买了两个油墩子。林安方向感不强，只依稀记得家门旁停着一辆积满灰尘的凤凰牌自行车，两人找了近半个小时才找到住处。是个弄堂里的裁缝铺，卷帘门拉了四分之三，封建国跟着林安钻进去，里面摆着张陈旧的"L"形工作台，像是被人丢弃后又捡回来的，一侧放着两条未完成的西裤，另一侧摆着十几卷布匹，按色系和材质堆放。桌上还有电熨斗、台灯、卷尺和镊子。缝纫机下放着两只大收纳箱，一只放着木质的宽肩衣架，另一只放着塑料的窄肩衣架。衣杆上挂着十来件做好的衣服，用罩子套起来，每件贴着小标签，记录着客户姓名、电话号码和取货日期。封建国跟着林安往里走，里面有个暗室，比外面工作室低三阶台阶的高度，一看就是卧室，床是上下铺，被子叠得很整齐，墙上挂着两件女式旧大衣。

林安坐在写字桌前，拿出玩具，封建国不知那是奥特曼还是变形金刚。他准备离开，门口传来女人的喊叫声："小安，小安。"林安似乎没有听见，依然低头调动着玩具的四肢，嘴里不断模仿各种打斗声。封建国走出卧室："林妈妈，孩子已经送回来了。"林嫣先是被他吓了一跳："原来是封老师啊。"（两人在接送过程中见过几面。）进屋看到林安平安无事，她竟抽泣起来，抱起儿子象征性打了

夏周 | 左手

两下屁股。封建国在一旁有点尴尬，过了片刻，林嫣的情绪稍平复："今天来了个特挑剔的客户，换了好几个款式她都不满意，所以出门晚了，赶到操场发现没人了，我吓坏了，以为再也见不到儿子了。"

天色暗了，林嫣留封建国一起吃晚饭表示谢意，他本想拒绝，肚子不争气地提出抗议。他们在裁缝铺隔壁的小饭店坐下来，这家店午市和晚市均供应盒饭，吸引了附近的农民工和不愿做饭的年轻人，林嫣母子是这儿的常客。林嫣点了三菜一汤：四喜烤麸、红烧肉、三鲜肉皮砂锅和番茄蛋汤，给封建国叫了瓶力波啤酒。两人聊得很投机，灯光下封建国发觉林嫣挺好看的，精致的鹅蛋脸，大眼睛，几颗牙齿不太整齐，笑起来却很甜。酒过三巡，一条扭动的麻绳忽然从屋顶上落下来，定睛一看是条蛇。老板娘见状走过来，把蛇赶了赶："这是家蛇，镇宅的，吃厨房里的老鼠，不咬人。"

封建国见林安连打好几个哈欠，把单抢着买了，林嫣满脸歉意道："小孩子想睡觉了，最后还麻烦你付钱。"

"没事，不是很贵，林安上课表现挺好，快带他回去睡觉吧。"

和林嫣告别后，封建国没急着回家，从康定路逛到苏州河畔，静静地望着河面，运载沙子的货船摸黑前行，一声汽笛炸开了路灯下的蝙蝠。

之后一段时间，如果林嫣未能准时接儿子回家，封建国就给林安买个油墩子或菜包，牵着他去裁缝铺找妈妈。两人互相也有了更多了解。林嫣三十岁，比封建国大两岁，来自义乌的小商品批发市场，类似于上海的豫园小商品市场。林嫣父亲年轻时是旗袍店师傅，她从小学女红。听说大城市有更多机会，一心向往去上海打拼，偶然的机会认识了一个做服装批发生意的上海青年，两人很快坠入爱河。林嫣家人反对他们来往，认为男方不靠谱，可她执意跟着男友回上海。后来有了身孕，却发现男友早有了家室。林嫣扇了他一巴掌，两人分手，肚子里的胎儿已近临盆，堕胎风险太大，只好生了下来，跟着自己姓，在沪勉强糊口。

　　暑假接近尾声，封建国的足球班暂告一段落。最后一堂课结束后，封建国带着林安回裁缝铺，林嫣正帮一个胖女人量腰围，见他们来了，说："你先进里屋陪小安玩吧，我这儿一会儿就好。""你先忙不急。"封建国答道，"来，叔叔陪你玩变形金刚好不好？""我要听叔叔讲《神雕侠侣》。"

　　三人到隔壁的小饭店吃饭，按老样子点了三菜一汤，多要了一碟花生。封建国告诉她，暑假足球班结束了，林嫣感叹时间好快，开学后林安就要上小学了。借酒壮胆，封建国将心声坦白了，林嫣并不吃惊，反问："不嫌弃我带着个拖油瓶？"封建国说："你不嫌弃残疾人就行。"林嫣还没说话，一旁埋头摆弄玩具的林安忽然抬头："杨过叔叔和妈妈在一块儿，那妈妈不就是小龙女了。"

　　又交往了半年，两人打算结婚，在封建国劝说下，林嫣答应回老家看望父母。家门被推开，林家父母面面相觑，如同见到陌生人。片刻，老夫妻两人眼中噙满泪花。林嫣二十三岁离开家，转眼七年过去了，岁月仿佛随风而去。

　　林母和林嫣准备晚餐，林父坐在沙发上和准女婿聊天，讲些林嫣小时候的事，却始终没有询问她这些年的遭遇。餐桌上叠满酒菜，似乎把冰箱里所有菜都拿了出来。林父开了啤酒，给封建国满上："谢谢你照顾我们女儿。"

　　"林嫣吃了不少苦，照顾她是应该的。"封建国说。

　　过了几天，林安不像初来时那样怕生，老是在林母烧饭时黏在后面，一口一声外婆，林母笑得合不拢嘴，做完一道菜就喂他一口。

　　就把婚事定了下来。封建国原打算用积蓄给新娘买套婚纱，林嫣说买现成的贵，哪有家里有大厨还去饭店吃饭的？封建国说，也是，你是裁缝，不过婚纱不太容易做吧。林嫣说，没做过，试试吧。

　　找了图纸来，先做了件婚纱，又给封建国做了套黑色西装。

夏 周 ｜ 左 手

婚礼订在了梅陇镇酒家，排场不大，但很体面，邀请了少数亲戚。婚后，林安改名为封安。

封安八岁那年，弟弟封宁出生。隔了几年，小两口在裁缝店附近开了家干洗店，生活虽不富裕，却也过得去。

3

周末结束了，封宁回校，从保安室签收了信件。在校时封宁非常想家，回到家反而睡不习惯了。他适应了寝室生活——上铺有腾空感的床，经久不散的泡面味，蜡黄色外壳的空调像得了哮喘——把这儿当作第二个家。

拆开信封，是张A4大小的白纸，右下角写着四个小字：阅前即焚。这几天他总梦到自己在拆信：有时拆开的是姚佳怡的录取通知书，有时拆开的是袁媛的病危通知书，还有时拆开的是姚川的逮捕令。

他从抽屉里摸出打火机，走到洗手间，似乎想把这几天的噩梦烧成灰烬。火苗刚接近纸片，就出现了字迹。赶快把火熄灭，信上写着下个月高中同学聚会的说明，发信人是文体委员。他知道邀请函的形式肯定是张文皓想出来的，给他打电话："写封邀请函，还搞恶作剧，幸亏我动作快，差点烧了。"

电话那头传来得意的笑声："硝酸银溶液，没想到吧。"

"万一有些同学来不及熄火，烧了没看到怎么办？"

"那就是没缘分。"张文皓道，"你看到了就行。"

过了一周，张文皓约封宁出来唱歌。张文皓和袁媛一如既往地迟到，穿着情侣棒球衫走进包房，袁媛戴着顶棒球帽，盖住凌乱的短发，敞开棒球衫，T恤上挂着太阳镜用来压低领口，隐约露出"事业线"。比起姚佳怡的竹竿形身材，她显得凹凸有致。

张文皓和袁媛是大学同学,大一没多久就好上了,迫不及待到封宁面前炫耀。那时候袁媛还是长发,一个月前,不知受了什么刺激,拿着剪刀把长发剪了。张文皓看着乱七八糟的发型,问她是不是做化疗了,袁媛生气地说看不惯可以滚。

袁媛用一首信乐团版的《如果还有明天》开场,不少爱飙高音的麦霸都喜欢挑战这首歌。姚佳怡点了首林宥嘉翻唱的《我只在乎你》,声音甜美的她,唱歌却变成了女中音,唱男声有独特的味道。封宁和张文皓合唱林俊杰、郑容和的《Checkmate》,会韩语的张文皓演唱韩文部分——他在高中时学会了简单的韩语,一来为了卖弄,二来为了和爱看韩剧的女同学有更多话题,奇怪的是,他交往的女朋友都不喜欢韩剧。唱了一个多小时歌,袁媛突然流鼻血,两个女生便结伴去盥洗室。张文皓告诉封宁,他的前女友刘美娟也要参加这次同学聚会。封宁装作若无其事:"聚聚也好。"

高中时,封宁和张文皓轮流第一第二,第三名通常是刘美娟。排名有先后,分数往往相差几分而已。封宁念书用功,几何是他弱项。相反,张文皓看似不好好学习,也不遵守课堂纪律,譬如,老师说凡事都有两面性,张文皓插嘴说莫比乌斯环只有一个面,全班哄堂大笑,考试却经常比封宁好。课余他爱表演魔术,念打油诗。女生们对他褒贬不一,有的认为幽默,有的认为花心。封宁起初不喜欢张文皓,嫌其整天显摆。身为校记者团组长,他也瞧不上张文皓编的打油诗。

张文皓高中军训时,看上个女孩,好不容易追到手,不到一年,女孩就提出分手。高二开学,张文皓主动求封宁帮忙,说自己看上了校外的美女学姐,是个女文青,想让他代写情书。

封宁不愿意:"你编打油诗不是挺厉害的吗?"

张文皓苦笑:"我的诗不上台面,我上次在她家楼下唱歌,才唱两句她就说我写的歌词土。"

"写情书一定要有感情，我给陌生人写肯定写不好。"

"你不是喜欢刘美娟吗，你就当写给她。"

"你怎么知道？"

"你的眼神都告诉我了。"张文皓还不忘将自己吹嘘一番，"我这种情场高手，看到蛛丝马迹就明白了。"

"既然是情场高手，你还是自己解决吧。"

张文皓立马改口："你帮我写情书，我就帮你追到刘美娟。"

两人合作还算成功，封宁在军师张文皓指点下和刘美娟正式交往，张文皓和那个校外学姐谈了两年，最终分道扬镳。

"你还记得我当时怎么帮你追到刘美娟的吗？"张文皓边吃爆米花边问。

"记得，她想期中考试第一名，当作给她爸最好的生日礼物，如果我们让她一次，她就答应做我女朋友。"

"我最近才听说根本不是这样，如果她考第一的话，她爸同意奖励她一部手机，但她爸没多久就后悔了，刘美娟玩物丧志，成绩退步了。还觉得我们学风不好，让她女儿变得虚荣，第二学期就让她转学了。"此时，两个女孩回来了，张文皓拿起话筒继续唱歌。

姚佳怡示意封宁出来，将手机给他，是姚川打来的："封宁，你爸爸是不是叫封建国？"

"嗯，叔叔怎么知道的？"

"我和你爸是高中同学，你们长得真像，我见到你就怀疑你们有血缘关系。"姚川说，"封这个姓也少，不过当时第一次见面，我怕冒失就没问。"

"原来是这样。"

"叔叔有件事想请你帮忙,你爸毕业后就和我们没了联系,过两周是高中毕业35周年,让你爸来参加同学聚会吧。"

"好的,我会转达的。"

4

姚川三十二岁时学成归来。回国后,开始筹备与江小惠的婚礼,请束根据同学录所填写的地址寄出,其中也包括封建国的。恰巧与当时林嫣产期冲突,他陪妻子,没出席婚礼。妻子临产只是封建国的托辞,他不准备再见到高中同学。

姚川婚后聚少离多。四十岁前,大量时间奉献给医院,工作没规律,和其他职业一样,有个媳妇熬成婆的过程,成为骨干医生至少需要十年时间。

近年来,3D打印技术发展,这是门综合科学,涉及工程、材料、信息科技等各方面。姚川是国内知名的骨科专家,院方派他作为医学顾问去法国进行学术研究。该项目由法国公司赞助巴黎某大学,主要探究3D打印的医学应用。之前因女儿年纪小,放弃了许多机会。如今女儿懂事了,姚川决定离开家,三年前再次坐上前往法国的客机。

刚到巴黎,姚川经常抽空给家里打电话。随着时间推移,次数渐渐变少,他解释这是因时差及工作繁忙的缘故。姚川和同事们在实验室研究相关课题,取得了一定进展,可供人体植入的树脂骨骼和钛合金关节开始应用于临床。

科研之余,姚川作为特聘教授给学生们授课。每逢他的公开课,总会在前排的位子上看到一位名叫杰西卡的女学生,长得像他女儿小时候抱在手里的芭比娃娃。有一天下课,同学们都离开后,杰西卡走到姚川跟前,说喜欢他穿白大褂的样子。姚川明白,她实际上是表白。他从未考虑过和学生在一起,也不想破坏经

夏 周 | 左 手

营多年的家庭，另外，两人年龄相差悬殊——杰西卡只比他女儿大两三岁。杰西卡说不在乎名分，只想陪在他身边。

巴黎的平安夜，远处的埃菲尔铁塔被橙黄色灯光点亮，校园内，老建筑和树木银装素裹。大学举办圣诞酒会，身穿燕尾服的钢琴家弹奏欢快的《Jingle Bells》，男生们纷纷邀心仪的女生跳交际舞。杰西卡主动请姚川跳舞——穿着抹胸晚礼服，宛若惊艳全场的公主。他开始有点尴尬，很快就被带进了节日的气氛。当晚，杰西卡喝了很多酒，醉得站不稳，姚川一手搀着她，一手提着高跟鞋。半路上，她吐了，不知是真忘了还是故意忘了自己住哪儿，姚川只得将她带回家。给她换上白衬衫，姚川抱她上床并盖上被子。杰西卡踢掉被子，抱住他脖子，亲吻他嘴唇，又倒了下去。透过白衬衫，杰西卡修长的身材隐现，胸脯起伏着。姚川俯下身，吻了她耳朵，呼吸加速，杰西卡在迷糊中脱掉了他的衣服。

相处一段时间，杰西卡要求姚川离婚，娶她为妻。为稳定她的情绪，姚川说等她毕业后再考虑。杰西卡又哭又闹，说那时候他早回国了。

被拆穿的姚川恼羞成怒："你当初不是说不在乎吗？"说完，将盛着红酒的高脚杯狠狠摔在地上，玻璃碎了一地，红液体在象牙白的瓷砖上像一条蠕动的血迹。

那天以后，姚川再也没见到杰西卡，他不再讲课，经常在实验室工作到很晚。有天晚上，姚川用电脑调试 3D 打印机，屏幕上突然跳出对话框，是一则法国女性自杀的短新闻，他毛骨悚然，手一抖，不知按到什么，打印机自动打印出一块骨盆。他感到害怕，收拾一下便离开了实验室。坐电梯时，他看到镜子里出现了杰西卡，穿着他的白衬衫，腹部隐约有个锯齿状的伤口，洁白的衬衫很快染成鲜红色。

封宁回家后，将姚川的意思转达给父亲，林嫣劝他，已经错过姚川的婚礼，这次就不要再留遗憾，以前的事也该放下了。将婚礼那套西装翻出来修改，封建国的八块腹肌早已退隐江湖，一方面因年龄大了，缺乏锻炼，另一方面因林嫣的手艺。林嫣刚过门时并不擅长烹饪，独臂丈夫不方便烧饭，一家人吃盒饭不是长久之计，开始学做饭，后来她做的红烧肉比上海外婆还地道。西装改后更合身，驳头裁得更窄，并新做了一根黑灰条纹的细领带。

"手机电脑越来越薄，西装也越来越秀气。"封建国依旧觉得宽驳头更大气。

"现在小年轻都这么穿，不信你问封宁。"林嫣笑他不懂时尚。

封建国看着镜子，露出了久违的笑容。同学聚会前夕，林嫣领着封建国到理发店把头发染黑，老式刮胡刀毫不留情地刮掉了山羊胡子。

姚川回国后，先带家人回老家扫墓，随后参加高中同学聚会。江小惠和老班长是组织者，地点定在新天地附近的一家五星级酒店餐厅，冷餐会，菜品样式十分精致，味道却没看起来好。宾馆菜常被诟病没有灵魂，就像流水线上木讷的零件。

同学们看似欢聚一堂，实则还是关系好的坐一块儿，关系不好的虚假一笑。见封建国走进餐厅，姚川拿着葡萄酒杯，上前递给他。姚川穿着西装，露出一厘米法式叠袖和圆形袖扣。江小惠和封建国握手，接着手掌偷偷在裙子上蹭了两下，以为他没看到。

"好久不见。"姚川提议互相留个电话号码，"这么多年都找不到你，婚礼你也没来。"

江小惠一时找不到话题："想不到小辈们在一块儿了，说不定我们还是亲家呢。"

"看年轻人的想法吧。"封建国和姚氏夫妇碰了下杯，"听说你在搞什么打印机？"

夏 周 | 左 手

"是3D打印机，法国有家公司打印出了肾脏，原理是使用人体肾脏细胞培植后作为原料，再进行打印。不过我们团队在打印原料上遇到了瓶颈。"

"就像再好的喷墨打印机，没有墨水也是徒劳。"江小惠补充道。

"等攻克了这个难关，说不定可以给你打印一条手臂。"

封建国脸色陡变："你那玩意儿不利索了，是不是也可以打印一个？"

没等聚会结束，封建国提前离开酒店，用右手把领带扯松，从西装口袋里掏出手机，把姚川的电话号码删除了。

草坪上，两个穿着橘红色制服的工作人员操作着割草机，音乐喷泉此起彼伏，人造湖将阳光全部反射，晃得人睁不开眼睛。姚川站在落地窗前，望着封建国的背影消失在石库门中。老班长在背后喊他，他都没听见，就像当年看着操场上封建国牵着江小惠的手，高唱着："任时光匆匆流去，我只在乎你。"

5

临近期末考试，图书馆里的人多了。张文皓打算约袁媛去图书馆学习，电话一直打不通，跑到女生宿舍楼下，问室友得知她发烧，请假两天没上课。张文皓心急了，又给袁媛打电话，听筒里只传来嘟嘟的忙音，他朝着窗户大喊，室友拍了他一下："人家在睡觉呢，你别把宿管招来了。"望着窗户，张文皓挠了挠头皮，转身走了。

袁媛望着张文皓的背影，拉上窗帘，轻叹了口气。她坐回写字桌前，抿了下酒杯，强忍着高烧带来的骨痛，按住右手臂，尽量保持写字时不颤抖，在文稿纸上添了两行。前段时间，袁媛被诊断患有白血病，她不敢告诉老家的父母，等当晚室友都睡熟了，躲到卫生间里抽泣，看着镜子里的自己，不断拭去脸上的鼻血，可越擦越多，索性任鲜血染红洗手盆。她感觉喉咙哭哑了，像卡着颗苦橄榄，便拿起剪刀，一股脑儿将长发全剪了，烦恼没有被马桶冲走，反而堵住了她的心口。这份遗书涂改不多，字迹有点潦草。前两份草稿被揉成纸团，和零食包装一起躺在地砖上。

正值周末，室友们有的去图书馆复习，有的和往常一样跟男友吃饭逛街。待她们离开寝室后，袁媛反锁了门，将遗书藏在枕头下面，从衣柜里拿出两瓶事先备好的啤酒，张文皓来电也没有接。一切准备得当，袁媛泣不成声，咬住块毛巾，砸碎酒瓶，刺向自己的腹部。

晚饭后，封宁接到张文皓的电话："袁媛出事了。"

"怎么了？你慢慢说。"

"她室友告诉我，今天出门忘带手机，回去拿的时候发现门被锁死了，打开发现袁媛倒在地上，边上有个沾满血的啤酒瓶，现在我在长征医院，她人还昏迷着，医生已经通知家属了。"

"你别着急，我马上过来。"

挂了电话，姚佳怡问怎么了，封宁把情况告诉她。姚佳怡松开了封宁的手："我和你一块儿去吧，我爸是长征医院的医生。"

重症监护室外，张文皓焦急地等待着。袁媛暂时没有生命危险，不过她伤口不肯愈合，失血过多导致休克，现在还昏迷着。

封宁接过递来的遗书，仔细阅读后，问道，袁媛爸爸妈妈呢？

张文皓说，明天早上的火车，你们先进去看看吧，进去时候不要说话，我在这儿等你们。

封宁和姚佳怡走进监护室，护士们忙碌着，病人却安静躺在床上，插满各种各样的管子，戴着呼吸器，心电图的波动成为他们还活着的证明。有的紧闭双眼，

夏周 | 左手

发出急促的呼吸声，有的眼神空洞，翕动着苍白的嘴唇，固执的词语却不愿从口腔里蹦出来。封宁从这些活标本中寻找袁媛的面孔，忽然一个双手被绳子绑住的老头注视着他："帮我把绳子解开。"封宁没有听清，刚想提问，一旁的护士说："不用理他，他和每个人都这么说。"袁媛和其他病人一样，依靠那些塑料血管维持生命，她脸色苍白，像一具蜡像。离开时，护士又从门口推进张新病床，拥挤的监护室显得更加局促。

周末结束了，张文皓去医院看望袁媛。体检报告指标正常，医生说她只是得了比较严重的贫血，并不是白血病，多补充些营养就好了。张文皓这才舒了一口气。

张文皓走进病房，说道，你这次把大家吓死了，以后别去小医院看病了，误诊了都不知道。

袁媛说，你突然说话这么认真，我有点不习惯。

张文皓说，这次你还得谢谢姚川叔叔，人家帮了不少忙。

袁媛突然瞪大眼睛，问道，姚川？哪个姚川？

张文皓说，就是姚佳怡的爸爸，这儿的骨科医生，你昏迷可能没印象。

袁媛冷冷地说道，我认识他。

过了几天，袁媛身体基本恢复了，办理完出院手续，她打听到姚川的办公室。顺着电梯上楼，病人脸上的憔悴与疲惫似乎比病菌更有传染力，袁媛不禁打了个哈欠。姚川刚给病人诊完，房门被推开，袁媛打了个招呼，两人注视了半秒钟。

姚川先开口："袁媛吧，身体好了？"

袁媛用法语回答道："托姚医生的福，好得差不多了。"

姚川微笑着说："那就好，你法语说得不错。"

袁媛撩起上衣一角，露出腹部被纱布挡住的伤口，说："这后面是被酒瓶所刺的伤口，眼熟吗？"

"这不可能,"姚川脸色沉下来,"你是杰西卡?"

"我昏迷第一天,你女儿来看过我。"

"这事儿和她没关系。"姚川声音颤抖了。

"放心吧,我不是来为难你的。"袁媛说,"等这个伤口愈合了,我就会消失的。不过你也应该为自己考虑考虑,你不可能躲一辈子。"

"杰西卡,我该怎么办?"

"来找你是因为我的尸体该安息了,为我找块好点的墓地葬了吧。"说完,门被"嘭"的一声关上了。

姚川猛地被惊醒,白天这一幕反复出现在他梦中,他打开床头柜旁的台灯,缓一缓心绪。

半个月后,法国警方发现了杰西卡的尸体。经过指纹比对等一系列排查,确认姚川为嫌疑人,遂发出国际红色通缉令。这天早晨,门铃被按响,江小惠从猫眼中看到两个身穿警服的男人。她溜进卧室,轻声说,外面是警察。

姚川说,该来的总会来,让他们进来吧。

江小惠打开门,警察亮出逮捕证,直接往卧室里冲。姚川从床上爬起来,头发乱糟糟的,胡子像是很久没刮了。椅子上放着衣物,姚川拿起最上面那件黑色短袖衬衫,又从底部抽出一条西裤穿上。姚佳怡被吵醒了,踏出房门,不知发生了什么。姚川安慰说,爸爸出去一趟,很快就回来。

6

封建国用右手翻开晚报,读到了关于姚川被捕的报道,刚想合上,又忍不住从头读了一遍,生怕漏掉什么细节,默默地点上一支烟。林嫣正蹲在裁缝铺前洗头,

夏周｜左手

等泡沫被搓均匀，她把面盆半扣在头上，头顶的云团顺势散开，水流向街边的阴沟里。林嫣一边擦干头发，一边走进里屋，看到吞云吐雾的封建国，数落道："抽烟到外面去，烟味沾到衣服上，怎么跟客人说。"

封建国掐灭了烟："小宁今天什么时候回来？"

林嫣用扫帚扫起地上的烟灰："和同学出去玩，应该快了吧。"

封建国将报纸递给林嫣："我那位初中同学，就是小宁女朋友的爸爸。"

林嫣扫读了报道："还有这种事。"

过了一会儿，封宁回来了。封建国问道，"和女朋友约会了？"

封宁说道，"没有，她家里出了点事，没时间。"

林嫣白了封建国一眼，他便没有继续往下问。

林嫣说，"还饿吗？家里留了点饭。"

封宁说，"吃过了，明天早上烧粥喝吧。"

半夜里，封宁接到姚佳怡的电话，声音听起来有点哽咽——姚川被捕后，家里失去了经济支柱，江小惠想起有个老同学是大公司老总，就跑去商量，看能不能给个岗位，却被委婉地拒绝了。

回到家，江小惠嘤嘤地哭，姚佳怡在一旁看着，心里不是滋味。

江小惠说："家里出了事，总不能喝西北风，你以后带个金龟婿回来。"

姚佳怡说："你自从上次从同学聚会回来，就没说过封宁好话。"

江小惠说："我这是为了你好，他们家只能住在小店铺里，妈不反对你恋爱，但条件也稍微要找好一点的。"

姚佳怡说："说白了，你就是瞧不起他们家穷。"

江小惠说："你这孩子怎么说话，还好你没到谈婚论嫁的阶段，妈是不希望你以后受苦。"

姚佳怡说:"是不希望自己受苦吧,你看,到头来我们家还比不上人家封宁家。"

江小惠一下子语塞,这些年来自己无论经济上还是生活上都是依靠姚川,混了半辈子,仅仅得到了外人眼中所谓的光鲜。前段时间还在同学聚会上赚足面子,没想到这一切都不属于自己。她嘴上不肯承认这一点:"以后你会知道妈妈的良苦用心。"说完,便回房休息了。

多年后的傍晚,封宁在律师事务所中收到姚佳怡发来的电子邮件,信中说她马上就要结婚了,希望他能来参加婚礼。时间就是这样,明明过去了很久,回想起来却像是昨天刚发生过。此时,刘美娟走进律师事务所,来到办公桌前,说道:"我亲爱的封大律师,别在电脑前忙活了,要迟到了。"封宁合上笔记本电脑,放进黑色公文包里,站起身说:"走吧。"刘美娟帮封宁整理了一下领带,挽起他的胳膊,离开了事务所。

晚上,法医张文皓带妻子袁媛,约封宁跟几位圈中好友聚餐,选在一家潮汕菜馆。张文皓是这儿的熟客,"打冷"是每次必点。潮州菜注重食材新鲜,因此海鲜只需简单蒸熟,等冷冻后配上蘸酱,不但没有鱼腥,反而留住了原汁原味。蘸酱也是潮州菜的特色之一,种类繁多,为不同的菜品注入不同的风味,张文皓尤其喜欢在吃鱼的时候蘸点黄豆酱。封宁尝了口牛肉丸,说道,文皓,你有没有觉得这丸子挺像我们高中时候吃的麻辣烫里的丸子。

张文皓说,不识货,高中时候的贡丸都是面粉团子,这里的牛肉丸全是手打出来的。

张文皓接着说,牛肉富含蛋白质和氨基酸,脂肪含量又低。

封宁说,丸子是不一样了,你倒和以前一个德性。

聊天中,有个律师朋友老吕无意间提起一个案子,说:"你们知不知道几年前,

夏周 | 左手

有个医生在法国杀了人，听说警察最后找到尸体，三个月了都没腐烂，腹部锯齿状的伤口还流着血。"

袁媛问："真的吗？"

老吕说："我也觉得不科学，只是道听途说，听过算数。"

晚饭结束后，封宁和刘美娟开车回家。路上，刘美娟问他相不相信那个故事，封宁摇摇头。开到高架上的时候，封宁似乎想起了什么："老吕是不是提到过那尸体腹部有个锯齿状的伤口？"

刘美娟说："好像是，怎么了。"

"没什么。"封宁踩下油门，轿车很快消失在漆黑的夜色里。

（选自《小说界》2016年第5期）

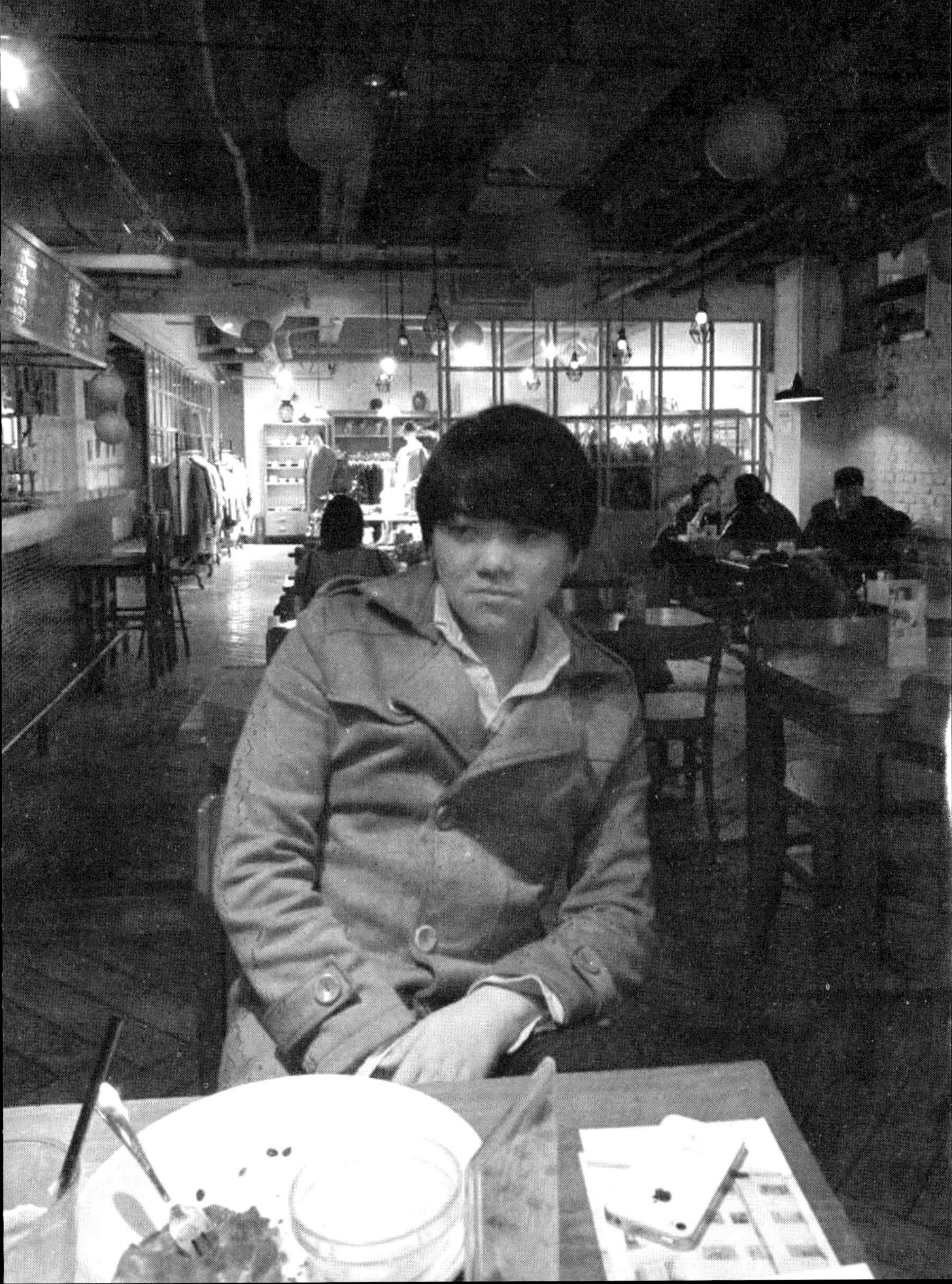

林为攀

林为攀,90后,福建作协会员。小说散见于《大家》《文艺风赏》《作品》《福建文学》《青年文学》《萌芽》等杂志。出版有短篇小说集《当一朵云撞见一张纸》和长篇小说《追随他的记忆》。

铸　鼎

我在地下睡了很长时间。

一般只有死人才会长眠地下。我不是死人，却和死人睡在地下的时间一样长，可以说，我跟死人没什么两样。但死人一般有活人追忆祭奠，而我却早已被世人遗忘，从这点来说，我不及死人。可话又说回来了，死人在某种程度上来说，和花草树木一样，不会思考，更不会说话，而我不仅能思考，还能记起自己的故乡，所以我又比死人强。

在我睡着的这段时间，我经常做梦。我突然发现纠缠我的梦境可以很好地解释这个世界。我一般都在白天合眼，晚上睁眼。很多人认为地下是不分白天黑夜的。但在我看来，地下是昼夜最为分明的地方，只要在地下听到鸡啼，我就能知道太阳出来了，而月亮升起的预兆一般是犬吠。所以，这么多年来，我凭借着鸡啼犬吠度过了一个又一个白天黑夜。

不过，这个情况不久之后就出现了变化。那天，我听见了两阵鸡啼，即在同一天里出现了两个白昼，而本该到来的黑夜却无故消失了，这两阵鸡啼的间隔时间刚好跨越了一个白天。正当我准备睁开眼时，发现天又亮了，我刚睡醒又要继续入睡，就像我出土后经常在世界各地的博物馆里倒时差一样。我感到很奇怪，以为自己听错了。这不是没有可能，我呆在地下的时间太长了，耳朵难免不出毛病，即使没有问题，也难保没有层积的淤泥、动物骸骨和一些矿物质堵塞我的耳朵。

层积的淤泥在我出土后，我发现它们竟能驱动运载我的那个庞然大物。这个怪物长有四个不停滚动的圆圈，驾驶它的人在我看来和地下那些动物骸骨的轮廓几近相似，而由那些矿物质打磨的装饰品也挂在他的脖子上，戴在他的无名指上，比夕阳的余晖还灿烂。

　　我掏了掏耳朵，发现自己没听错，确实又是一阵鸡啼。过了很久，我发现出毛病的不是我的耳朵，而是地上的世界。地上的人嫌白昼太短了，人为制造了很多会发光的物体，当这些发光物在黑夜到来之后集体发射出恍如白昼的光芒时，让那些本该进巢做梦的鸡不禁以为天又亮了，只好强打起精神，对着并未泛出鱼肚白的东方引颈高歌。

　　这倒让我想起了以前遇到过的一些怪事。还是在地下——是不是在同一个地下我就不得而知了，我总觉得地下每过一段时间就会漂移，我现在说不定距离当初入土的地方隔了十万八千里。我突然感觉头上被类似于房屋倒塌的重力砸了一下。我好像包在茧中的虫子一样，遭遇了来自外界的重击，好在这层茧足够坚实，并未让我受到丝毫伤害。我被吓得不轻，以为自己又被人举过顶然后重重地砸在了地上，把地面砸出了一个凹坑，还崴了自己的脚，经过很多锻铜匠的精心修补，才得以恢复原貌。

　　我从一口突然移到身旁的井里往上看，发现很多马车在运载着修建宫殿所需的大理石，而这些大理石都来自高山，或者连鸟兽都很难征服的悬崖。这些民夫就靠一双长满老茧的双手和那个充满韧劲的肩膀，将这些大理石肩扛手提，运到山脚下停着的马车上。这些马车浩浩荡荡地把大理石运到王朝的都城，建造起一座座巍峨的宫殿。但一般不要多久，这些宫殿又会毁于下一次战乱中，新的统治者又会征万民，运巨石，重建毁于战火的宫殿。

　　有一个年迈的民夫经过井口旁时，体力不支，不小心将巨石砸在了井边，就是这声突兀的巨响让我此后经常做梦。他试了好几次，欲重新背起这块足足有百斤重的石头，却无奈地发现自己再也扛不动了。他和巨石一样也砸在了井边。在

林为攀 | 铸　鼎

他断气之前，他把头凑到了井口，让我得以窥见他那张饱经磨难的脸。这张脸除了那双还会转动的眼球，其余的部位都僵化了，就如罗盘一样，刻满了密密麻麻的皱纹。他想喝一口水，但井底离他太远了，他够不着。他最后永远地倒在了地上，我看到他挂在井边的那张脸，很快被虫蚁蛀空，不久显现出镂空的骷髅，他身上的衣服也随着四季的更迭，变得比风还碎，比水还稀。

可以说，这样奇怪的事我经历得不少。有时候我会想，要是我会说话就好了，那我就可以让这些人类，让这些自诩为万物灵长的人类少干点愚蠢的事，多做一些明智的事。至于何谓愚蠢之事，何谓明智之事，倘有和我活得一样长的人应该能分清楚。但人类的寿命一般始于混沌之时，终于明事之前，即是说，人类的寿命长度不足以让他们明晰事理。我觉得只有周而复始的太阳和月亮有这个本事，但它们每天都悬挂于天际，从来不愿意屈尊降到人间，把这些道理告诉世人。

看到这个可怜的民夫，我想起了我诞生的那天。我由来自首山的铜制作而成，首山在今天的河南境内，因为八百里伏牛之首，故得名首山，我最后成型也是在同为河南境内的荆山之下。当时采铜的民夫可不比这些运巨石的民夫少多少，至于冶炼锻造我的人更是不计其数，换言之，我的诞生其实比建造宫殿所耗费的人力还多。想到这，我的心里涌现出一股难以名状的羞愧之情。我刚开始的作用是拿来炼丹，但凡对历史有过了解的人都知道，古往今来，任何一个帝王都有过长生的夙愿，打造我的黄帝有之，嬴政有之，就连号称千古一帝的李世民亦有之，更不用说后世那些不安帝王本分，只懂享乐的糊涂君王了。

当我重见天日被运载到那个有四个圆圈的怪物身上之后，很多人都对我紧实的皮肤产生了浓厚的兴趣。他们不相信几千年前即有如此铸鼎工艺。他们按照残缺的典籍上的记载，企图一比一还原另一个我，但美观及坚固程度都不及我分毫。我知道，从那时起，只有我自己才能知道我，只有我能说清我是由哪些材料构成，又是由何样火候淬炼而成。

要打造一个和我差不多的鼎，首先是铸模透气，这样才可以防止青铜冷热变化时收缩开裂，同时有助于空气排出，让器物表面更平整光滑。其次是刻字——说实话，我出土后已经认不到所见的那些字了。我被放在一个四面透明的玻璃柜里，外面贴的说明书，虽然看似和我所处时代的笔迹一样，但仔细看，还是有所差别的，甚至有的意思完全弄反了，这些不说也罢——在泥范上可直接刻字，铸成后文字笔锋清晰，甚至能铸出现代工艺也无法铸造的字画、镂空画、高浮雕等效果。然后是合模，必须保证上下两部分严丝合缝，半毫米的误差都会让鼎身上的字和花纹错位。然后是用上千度以上的高温对模范进行陶化处理，最后再往模范上浇铸铜水便大功告成了。

黄帝第一次见到成型的我时，先是感到很吃惊，然后又是一脸难色。后来我才稍微摸清他的脾性，一般当他开心时，他脸上就会同时出现吃惊和为难的神情，这点，是让很多以面目表情丰富著称的戏伶都望尘莫及的。在他之前艰难战胜蚩尤时，他脸上也出现了这种表情，在他之后从我身上成功炼出仙丹，顺利实现"上骑龙垂胡髯"的长生梦时，我在地上看到逐渐升腾至云端成仙的他脸上又出现了这种神情。

那是我最后一次看到他，也是最后一次看到他那让我捉摸不透的表情。

此后，他的表情经常在我面前出现。后来，禹令施黯铸其他八鼎，加上我，总共九鼎，搬至夏邑，象征着九州。再后来，秦国崛起，在搬运九鼎的过程中，不慎遗失的一鼎，就是我。这怪不得搬运的那些人，是我自己要跑的。我没想到，我的出现非但没有消弭战争，反而让很多人误以为只要拥有了鼎就能成为君王。更可笑的是，很多人借我之名是假，满足自己贪欲是真。在我消失之前，我曾砸死了那位大力士秦武王。每次想到这，我的眼前都会重现这位明明全身筋骨已断，

林为攀 | 铸　鼎

却还装成没事人似的大力士，看到他满脸大汗强行在臣下面前抖威风我就会忍不住乐出声。这是我单调的地下生涯仅有的乐趣。

或许这也是我此生唯一做过的好事了吧。

看着没走几步就重重摔倒在地的秦武王，我不禁抬起了头，似乎在朦胧的云里又看见了那张似笑非笑，似气非气的脸。我浑身一觳觫，再抬眼看时，云里分明什么都没有，只有卫士护驾的喊声久久地回荡在耳畔。

有一点需要补充，其实我最开始的作用很可能只是拿来蒸煮食物而已。不知道从什么时候开始，我的性质就变了。或许从黄帝日渐苍老的那刻开始，又或者从人类以为成功战胜大自然的那天开始，反正，我后来就没再用来蒸羊羔……蒸鹿尾儿……卤煮寒鸦儿了。我被用来炼仙丹了。我不知道黄帝真是吃了从我身上炼的丹药成了仙还是用了障眼法欺骗了世人。但即使黄帝升天是一出谎言，人们还是愿意相信并设法让后人也深信不疑。即便没有，也会虚构出另外一个替天行道、在炼丹炉里练就火眼金睛的神话人物。有时候，世人需要这样的精神鸦片麻痹自己。但说来好玩的是，这样的精神图腾最后往往会变味：最开始替他们伸张正义的是这类人，最后剥削统治他们的同样是这类人。

炼丹，分为炼制内丹和外丹，前者本指在丹炉中烧炼矿物质以制造仙丹，其后有人以人体拟作炉鼎，用以修炼精气神；后者指通过各种秘法烧炼丹药，用来服食，或直接服食某些芝草，以点化自身阴质，使之化为阳气。后人经过数个世纪的炼丹，意外从丹炉里发现了一种"发火的药"，即火药。但可惜的是，华夏后裔通常用火药制作烟花爆竹，装点操办红白喜事时的门面。这种死要面子的做法后来在洋人的坚船利炮面前可没少吃苦头。这些事在我长眠地下时可是一点儿都不知道，还是辗转于世界各地的博物馆、通过别的出土文物或是那些巧舌如簧的导游口中得知的。

它们或他们的话让我想起了地下那些不见天日的岁月。我的记忆始于黄帝锻造我那天，终于秦武王之死这刻。黄帝之前的事我一概不知，秦武王之后的事我也不清楚。虽然我在地下生活了好几千年，但我的记忆只有这短暂的数百年。还是后来在博物馆的日子里，我才续上了其余时间里所发生的事，这才稍稍让自己看上去真的如活了几千年一样的老怪物那般厚重、沧桑。

在它们的讲述中，让我知道了那些运载大理石的民夫是怎么回事，更让我知道了后来我虽然没有直接参与那段漫长的历史，却丝毫没有损失，因为历史看上去好像是在变化，是在进步，但实则一直在原地踏步，变化和进步的只是一些器物。而人，掌管器物的人类却始终没变。只不过不同的是，他们打架的方式有所变化而已，最开始是用削尖的木头，然后是钝了的刀，最后是枪炮。

随着打架方式的改变，人们的道德观也相继提高。这体现在强者每次战胜弱者所摆出的姿态上，而弱者只能被迫接受强者所施加的道德。强者才有道德，弱者只有屈从。此外，审美观念也有所变化，只要看看现在的人是如何崇尚纤瘦的，就能大概知道古人是怎么向往肥胖的。这在字画、建筑等一些艺术品上也有所体现。

在他们的讲述中，我才知道我生活的那段历史居然和他们的讲述有如此大的出入。这本该属于我的记忆，却在他们故弄玄虚、添油加醋中变了味。他们说："我的出现是用来洗澡的。"只不过没有控制好火候，将洗澡变成了蒸煮，并提到了一些大无畏敢为天下先的勇士。他们说："我还能用来防雷。"依据是在我生活的时代，雷电经常劈死人，为此发明了鼎，人只要躲在鼎下，就能有效避雷。"这比美国的富兰克林用风筝引雷领先了数千年"，一字之差，避雷变成了引雷，同样是一字之别，坏事变成了好事。我后来才发现，本该用来反思的历史，却多了一股莫名的优越感，充斥于印刷品上的各种对比性的表述更是让我看了直摇头。

林为攀 | 铸　鼎

　　从那以后，我就不喜欢听他们说话了。我本来在地下生活得好好的，非要把我挖起来。我知道他们不是真的爱我，而是我能提升他们虚假的荣誉感。他们把我挖出来后，连我的身世都还没搞清楚就急急让我在世界各地展览。在他们的印象里，鼎的作用已经被研究得很透彻了，不就是象征权力嘛。还真不是，象征权力是后人的附会，我只是一个用来蒸煮食物的器皿而已，就跟你们现在做饭所需的锅一样。把锅当成权力的象征，岂不让人笑掉大牙。但人类做出贻笑大方的事说实话可真不少，不仅用锅象征权力，最后甚至还发明出在石头上刻字，以此宣示皇权。

　　每当遇到让我困惑的事时，我都会想起黄帝。这位把我制造出来最后又抛弃我的人，如果有机会见到他，我倒要问问他为什么要制造一口锅来蒙蔽愚蠢的世人？在我还深埋地下时，睡梦中他的表情都是喜怒参半的，当我见到几千年后的阳光时，他的表情就只剩下嘲讽了。我在地下睡得很安稳，但很奇怪，有时候安稳的日子能保持三百年左右，有时候只有短短的几十年。后来我才知道，地下的安稳来源于地上的和平，地下的动乱来自地上的战争。如果能提前知晓这个规律，或许我会有效利用那些安稳的岁月，这样我就不会在动乱的年月里辗转反侧，夜不能寐了。每当我睡安稳觉时，我总喜欢鼎口往上，鼎脚向下，就像我早年生活在地上时那样，因为这样可以让我能听到太阳升起的声音，还能偶尔聆听到风中的鸟鸣声。当我鼎口下罩，鼎脚上翘时，就是我失眠的预兆。

　　每当这时，我就会把自己包裹起来，抵御来自地上那些刀枪剑戟碰撞发出的刺耳声。这些都还好办，不知道从什么时候开始，地下也打起了雷，爆发了山洪，我是说地上的刀枪剑戟变成了枪炮坦克。这些一会儿像放鞭炮，一会儿又像刮头骨的声音惹得我火大。当那个白天响起两阵鸡啼时，我就知道我的好日子到头了。

　　没过几天，我发现我的眼前突然多出一把锄头。就是这把锄头意外发现了我的踪影。这把锄头的主人喜极而泣，广而告之，终于告别了持续数代的农民身份，用上面褒奖的奖金进城做起了生意，不久后顺利成了城里人，而我则被一台庞大的起重机提了起来。那天是我埋在土里几千年以来第一次看到阳光。我哭了，我的热泪一个劲地顺着鼎身往下流，我看到很多人把我围住了，他们的装饰可奇怪了，这要换在我生活的那个时代，统统都会被押出去砍头。我还没看清楚千年后的阳光长什么样子，就有人用一层锡纸把我包住了，据说为了保护我，不让我在地上被氧化。几十年前，有人挖了一个皇帝陵墓，那些陪葬品甫一出土就在阳光下化成了灰烬。从那以后，人们就停止了公开的挖墓行为，只有一些非法盗墓分子还活跃在一些不为人知的角落。

很多人都说，技术不过关时就不要挖掘文物，留待后人发掘。这话的意思是留点老祖宗的遗物给后人摆谱。从这点来说，挖与不挖都是没有区别的，挖了会损坏，不挖又见不到，损坏和见不到某种程度都是再见的意思。当然，那些没挖掘出的文物还是能安慰人们的心理的，就像暂时被冻结的银行账号，假以时日，户头里的钱还是能用的，就是不知道是自己用呢，还是被别人用。

好在我很争气，出土后外貌没有多少变化，还是这么英俊，光滑细腻。但是求你们别老是盯着我的脸看好不好，也要关注关注我的内心呀。他们用放大镜把我全身照了一遍后就匆匆下了结论：鼎，作用：威慑天下。得知这个结果，我真是百口莫辩，没办法，只好让他们把我运进博物馆，让更多人来参观我英俊的外表，曲解我的初心。

我从出土那天就很快适应了阳光，我后来才知道有四个滚动的圆圈的怪物原来叫车。我从土里被搬到了车上，透过薄薄的锡纸，发现这个地方和我当年逃跑的地方不太一样。我当年也是在车上，在马车上，和其余八鼎，我趁着押运我的士兵不注意，偷偷从车上滚了下来，最后落到了一条河里。由于体重的原因，我

林为攀 | 铸　鼎

没有被河水冲走,而是嵌在了淤泥里,久而久之,我渐渐听不到流水声了。我越陷越深,最后完全被埋在了地下。后来听说那些始终没发现少了一鼎的士兵由于算术不好集体被秦王咔嚓了。我在一条河里把自己深埋,最后却在一块地里回到地面,可见,这些年来,地貌发生了多么大的变化啊,以至于我有种刚诞生于世的恍惚感。

在去往博物馆的那天,我还是坐在车里。这种车密不透风,只有透过车窗才能看到外面的景物,就是我想跳车也办不到了。我听到车发出巨大的喇叭声响,就像我在地下有时听到的那样,我看到车外围了很多人,就和战场上的士兵一样多。我不知道这是要把我运到哪儿,刚开始,我以为真是又发生战争了,战争时,一般都有鼓声提振士气,难道在这个我感到陌生的年代,提振士气改成敲鼎了?最后我才发现不是,他们把我搬进了一座看上去透明实则围得密不透风的房子,即他们口中提到的博物馆。在博物馆里,我被罩在一块玻璃内,参观我的人站在玻璃外对我指手画脚,窃窃私语。

我的身边有一张说明书,上面写有我的名字,籍贯以及用处。"别信,都是假的,我就是一个用来做饭的锅。"我很着急,冲着他们跺脚。每天进馆参观我的人很多,为此有些小伙伴不乐意了。它们在我到来之前,一直都是这座博物馆的镇馆之宝,受到的关注也最多。它们以为我和它们一样虚荣,喜欢像猴子露出红屁股那样吸引别人的目光。我才不屑,我生活在地下数千年,什么时候在乎过别人的目光。不过话又说回来了,虽然我一直生活在与世无争的地下,但地面上关于我的传说却从未断过。

"你们成吗?"我说。

"你这傻大个,别这么嚣张,迟早把你给劈了。"说这话的是一把斧子。据说历史可追溯至上古时期。不过看它的样子,别说劈我了,就连劈毛都不行。

"大哥，消消气。"一把古扇支开了扇翼，给那把破斧煽风点火。

"再废话凿你一个大窟窿。"一个锤子也插上了嘴。

我没敢再吱声，一把斧子还好，要是加个锤子，可就难说了。要知道，斧子锤子加起来威力就大了，堪比古代的尚方宝剑。

突然间，我有点寂寞，我怀念在地下的岁月。这时，进来一个小孩，他指着我对身边那个女人说："妈妈，这就是金庸在《鹿鼎记》里写的鼎吗？"

"鼎和鹿就是一个隐喻，象征天下。"她笑着说。

"妈妈，以后我也要逐鹿铸鼎。"小孩说。

"哈哈。"她乐了。

在我面前，有个可滚动播放纪录片的视频播放器。在这个播放器里，我知晓了很多事先并不知道的历史，也无意间得知我接下来会被送至世界各地，参加"谁是历史最长的出土文物？"的竞选比赛，看样子，人们对我最终能角逐冠军有十足的把握。其他参赛文物有刻在石头上的汉谟拉比法典、乌纳斯法老金字塔铭文，加上我，总共三件有望最终争夺冠军的文物，不仅要比三件文物的历史，还要比上面镌刻的文字含义。历史长，文字隽永的才会最终胜出。

但我对自己却没多大把握，因为其他两件文物的文字已经考据得差不多了，只有我身上的那行字还没有任何头绪。不过这又让研究我的那些考古学家吃了一颗定心丸，因为只有深刻的文字，悠久的历史，才会考据得如此艰难。这么说来，或许我会成为优胜者。

去往国外参赛那天，同个博物馆里的其他文物都对我表示了祝贺，只有锤子斧头依旧冲我摆了一张臭脸。我没管它们。我很期待将要乘坐的飞机。在我那个年代，天上只有飞鸟，没有人能在天上飞，想都别想。墨子曾经发明过能载人的木鸢，那也只能飞几分钟而已，哪能像飞机似的，在天上飞这么长时间。在飞机上，

林为攀 | 铸 鼎

我看到了大地原来不是方的，而是像有弧度的弓，地上的景物都变得很小，就是最明察秋毫的人，也无法分清哪个是人，哪个是蚂蚁。我从地下一下子来到天上，经历不可谓不波折，但我却生出一股苍凉之感，我知道古往今来，很多独上高楼的人最后都由于舍不得下来，导致跌得很惨。

飞机发出巨大的轰鸣声，我沉睡地下的后期，也曾听过类似的轰鸣声，与之相伴的是不间断的爆竹声。那些爆竹声在我头顶，在埋葬着我的地面上炸响，经常把我从睡梦中吓醒。如今我又亲耳听到了轰鸣声，只是等了很久，却没等来爆竹声，只有机舱内机师的说话声。一个在说："这破鼎比一机的乘客还重。"另一个说："起码坠机了只有你我会丧命。"

"把这破鼎搞丢了，我们的命都不够赔的。"第一个机师说。

我仔细看着窗外，希图能在天上看到黄帝的身影。我以为他会来接我的。当初他之所以弃我独自升天，就在于我太重了，会拖累他。而现在，我终于也能飞起来了，可是他却没来。难道他还是怕我会拖累他，将他从天上拉回到人间吗？

两个机师还在不停地说我坏话。我很生气，用第三只足重重砸了下机身。机身擦亮了流云，发出四射的火花。使出了吃奶的力气，机师才将机身恢复平稳。他们不敢说话了，都闭上嘴认真地看着前方。我要让他们知道，开飞机也要保持好方向的，别以为天很大，就可以到处乱撞。万一撞到了鸟啊，云啊，雨啊，雷啊，损失谁来赔？

不知过了多久，飞机降落了。有一辆车从红地毯的那一头开到靠近机身的这一头。有几个大力士模样的男人把我抬出机舱，然后拾级而下，小心地将我抬到车厢。这几个大力士，说实话，力气太小了，力气加起来还不及当年秦武王的一半。当年要不是看他不爽，我也不会砸死他了，现在这几个小力气我没心思砸他们，任由他们满脸自豪地在我身上证明他们的雄壮有力。

在飞机上的这段时间，我第一次看到五大洲，比所谓的九州大多了。如果当年我知道世界这么大，或许我会跳下一片海，借助强劲的季风周游世界。而不会像现在这样，被人用困在飞机上的这种方式窥探世界的全貌。

更不会像现在这样，被锁在黑白黄三种人的眼光里，动弹不得。他们挨个上前抚摸我，打量我，敲打我，每个人脸上都很激动。或许我的出现，会让他们改写人类的文明史。为什么人们总是把目光放到过去，决定人类命运走向的难道不是未来吗？可能过去才能让人类重拾信心吧，不可捉摸的未来只有天知道。

评选结果出来的那天，我做了一个梦。一个深沉又甜蜜的梦。我不知道其他两位选手，汉谟拉比法典和乌纳斯法老金字塔铭文那天有没有做梦。我见到他们的第一眼起，就觉得它们很眼熟。我想起来了，在很久很久以前，我诞生的时候，就见过它们。它们的样子和当年的变化很大，也许是在土里呆了太长时间，导致身上的肌肤发生了变化。我还记得当年我们玩得很要好，没想到数千年之后的今天，我们需要通过这种所谓的比赛来决出高低。

本来人类都是从一个地方来的，由于气候等原因，最终散落至世界各地，他们最开始带去了相同的语言，但随着岁月的嬗变，他们的发音方式和文字相差越来越大，以至于现在的人类已经认不出来了。我知道他们不可能考据出我们仨刻在身上的文字其实是一个意思，他们身后所属的国家、人民，以及所谓的历史都不会让他们这样做。

我不敢确定我现在说的话它们还能否听懂。我想了很久，最终没有开口说话。它们也没有说话。我滑入了梦境。在梦的尽头，我发现自己回到了首山。我还是掩埋在土里的黄铜，我的身子分布在首山的各个角落，在漆黑的地下通过身上橙黄的铜光互相打招呼。直到有一天，有人把这些黄铜挖了出来，把它们浇铸成一个鼎的样子。虽然此后结合在了一起，但我们却从此没再开口说一句话。变成鼎后不久，我又像黄铜时被埋在了地下。在漫长的掩埋生涯里，我遇到过很多发光的矿石，试图从这些如星辰般微弱的光芒中找寻自己的家人，但都一无所获。从那以后，我就只能靠做梦，回到我那个在首山的家。

我还记得黄帝在我身上刻的那句话："民以食为天。"翻译成现代汉语是："粮食即权力。"

（选自《作品》2016年第10期）

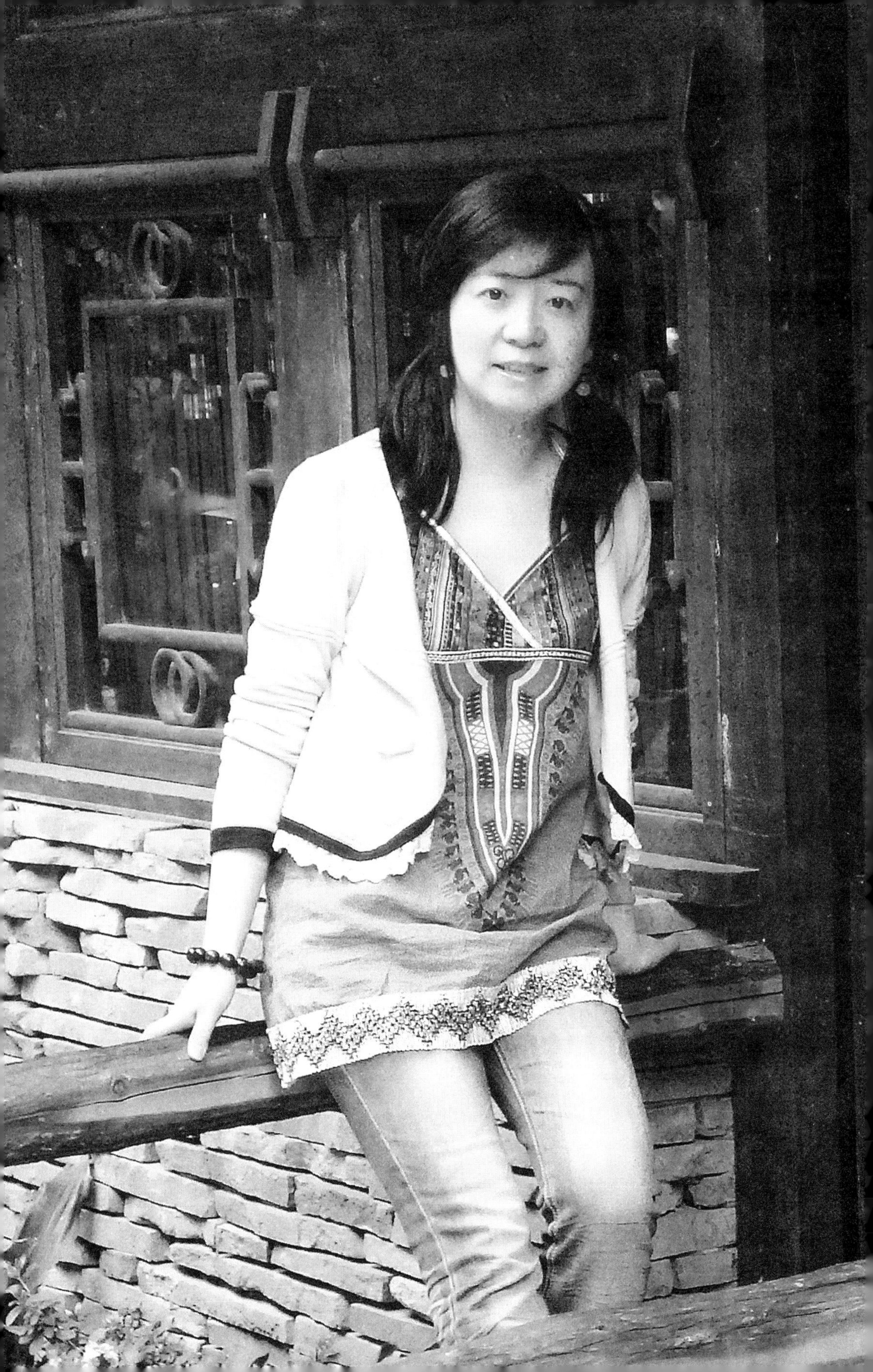

赵剑云

赵剑云，80后小说家，中国作家协会会员、鲁迅文学院第8届高研班、第28届高研班学员。出版著作有《阳光飘香》《多多的幸福花园》《风居住的地方》《太阳真幸福》《不会在意》等多部。有小说被《小说选刊》《小说月报》《中华文学选刊》等选刊选本选载，作品曾获中国作协创研部举办的首届"海峡·冰心杯"中华在校生长篇小说大赛大奖，"天涯·网易·芳草杯"全国短篇爱情小说大赛一等奖，冰心儿童文学新作奖，第三届都市小说双年奖，第三届、第七届敦煌文艺奖，多次获黄河文学奖之青年文学奖，短篇小说《借你的耳朵用一用》获第四届《小说选刊》年度新人奖等奖项。

好好说话

1

这是条老街。街边的铺面,都是居民楼的一层改装的。楼和楼之间,是一些长长短短的巷子,里面盖满了小楼,样式大同小异,一间一间地隔开,房东全部租出去,补贴生活。街上做生意的有本地人,也有河南来的菜贩子。说白了,这里是菜市场、杂货区,日常所需,应有尽有。每天清晨五六点,装满各种新鲜蔬菜水果的车子都往老街集结。昏暗的灯光下,摊主们找到自己的位置,迅速支起摊子,然后裹着厚厚的军大衣,躺在三轮车上,再打个小盹。天彻底亮了,才起身开始新的买卖。

在老街,冬梅不算起得最早的。她每天四点十五起床,在一家早餐店帮忙,一天只干四个小时,主要是包包子。这活儿,是修鞋的大婶给她介绍的,早餐店老板是大婶的老邻居。起初,冬梅没答应,怕耽误人家生意,她要照顾孩子,只有早上九点以前有时间。大婶可怜她,就给老板说了情况。老板说,那就让她早上来包包子吧,每天包四个小时,每月给她六百块工钱。冬梅就来了,她很珍惜这份活计,从不偷懒。一到店里,就忙着揉面、擀皮、包馅。老板对她很满意,她就一直干着。包子店的老板两口子也不容易,家里有个瘫痪的老母,还供两个儿女上大学。老板娘更是累出了一身的病,没办法,才想着雇个帮手。

冬梅把包子一个一个摆到热气腾腾的蒸笼里。她擦了一把被蒸汽熏得汗津津的脸,看了看炉子里的火,添了点炭。今天是周一,生意好,老板说让她再包二十笼,她又擀了几十个包子皮，把包好的包子放进空蒸笼备着。冬梅看了看墙上的挂钟，马上八点了，她手里的速度更快了。她又擀了几十个皮，她一边擀着皮一边想，今天得早点回去，要去医院呢。几十个包子不到十分钟就捏出来了。她洗了手解开围裙。老板娘粗糙的手递过一袋包子："冬梅，快回家吧，这些包子你拿着回去吃。"

"这怎么好意思，也不能天天拿包子！"冬梅说。

"拿着吧，孩子怕是都吃腻了。"老板是个南方人，精瘦干练，他每天凌晨三四点起床，忙活一早上，回家还要照顾老人。

"小孩子都那样。"冬梅笑呵呵地双手接过包子，一脸的感激。

"快去吧。"老板娘拍了拍她的肩膀。

冬梅点点头，飞快地朝家里走去。

店铺一个一个开了，街上成了小货车和三轮车的天地。平常也极少有私家汽车和出租车，车主往往进得来，出不去，渐渐的，都绕道走了。大清早，买卖人聚集起来，卖鱼卖肉的、卖面条馒头的、卖日用百货的、修鞋配锁的，一元店、两元店，还有推着小车卖花的……卖鱼卖肉的周围时常有流浪猫狗光顾，卖家高兴的时候，会赏它们一些下水碎肉；不高兴了，一跺脚，或者一举刀，狗儿猫儿便哧溜不见了。

很多中老年人也陆续来买菜了，街上丁零咣啷地混杂着各种声响。冬梅刚走到街西头，就看见修鞋的大婶正在摆摊子，她把修鞋机东挪挪西挪挪，似乎下面有些不平整。大婶的修鞋摊，在老街最不起眼的角落。大婶是个苦命人，老伴两年前出了车祸死了，有个赌鬼儿子还靠她养着。

"大婶，今天怎么这么早？"冬梅问。

"嘿，你包完包子了？"大婶憨厚地笑笑。她挽了挽暗花的长袖衬衣，摆弄着各种工具,鞋跟、支架、钢锉、锤子、打磨机……

"刚包完,夏天来了,生意比过去好了。"

冬梅给修鞋机下面垫了个木板子,就稳当了。大婶这才站起来,笑着说:"昨天有个客人说让我九点等,她要拿几双鞋过来修。我今天就出来早了。"

冬梅拿了两个热腾腾的包子,递给大婶。

"快趁热吃了,我还要带孩子去医院呢,不和你多说了。"

"噢,也是,今天是周一,人多,你快去吧。"

冬梅笑着和大婶告别。走到一个巷子口,冬梅看到有两个空的饮料瓶,顺手捡起来,这些都是可以换钱的。冬梅不觉得捡这些难堪,她早已习惯了各种眼神。

2

初夏的清晨,阳光碎金子般洒满了巷子。冬梅走进街角旁边的一个巷子,这个巷子很短,只有六户人家,前面的四户都盖起了三层小楼,顶楼的天台上,摆满了花,都是些普通的小花草,在自然的风雨中,默默生长。后面的两户却是平房,平房的房租是楼房的一半。平房也盖得满满的,院子里只有很小的活动空间。政府把这里叫作棚户区,房东可不承认,他只是感叹自己没有抓住最后一次盖楼的机会,现在有钱了,政策不允许了。

冬梅进了院子,就听见女儿好好在笑。冬梅拍了拍身上的土,把塑料瓶装进门口的一个面袋子里,这个袋子马上就要满了,改天得去废品收购站卖掉。

好好还在笑,肯定是建东又逗她呢。冬梅带着一身的阳光推开了门。

建东是冬梅的老公,他们结婚有八年了。冬梅笑着进了简陋的木门,屋子里没有开灯,窗帘也没完全拉开,一缕阳光恰好照在床头,建东就是借着这一缕光给孩子穿衣服呢。

好好闹着不穿外套，建东正给她做各种鬼脸，逗得好好"咯咯"地笑。

冬梅笑笑，端了地上的尿壶出门，厕所在巷子的最里边，是街道办建的公共厕所，早上去厕所总要排队的。冬梅也是图这里方便和便宜，一间房每月三百元的租金。院子西边有一间公用厨房，最主要的是这里就在医院旁边。

倒完尿壶回来，好好已经在地上跑了，建东正在洗脸。冬梅说："趁热吃上几个包子，我洗把脸去烧水！"

建东擦脸的时候，憨厚地笑了笑。建东一边吃包子，一边和好好说笑，捏捏好好的小鼻子，拍拍她的小手。好好也学着建东，使劲地拍建东的厚手掌。父女俩玩得津津有味。

冬梅洗了脸，烧好水，给建东泡了壶茶，建东早上起来喜欢喝浓茶。茶叶罐快空了，过两天得去买。这茶叶还是从家里出来的时候带的。建东喝了一口茶，把手机打开，手机就响了。这么早会是谁呢？刚一接通，婆婆的声音就传过来。

"建东，好好怎么样了？"

"妈，你怎么起这么早？"

"我六点多就起来了，我们一醒来就给你拨手机，才打通。你爸昨晚做了个梦，梦见好好会说话了，好好手里拿着个玉米棒子，嚷着，奶奶，我要吃煮玉米。"

手机里的声音冬梅也听见了。她听着听着心里酸酸的，觉得对不住老人。建东抱着好好，让好好喊奶奶。好好却只顾着夺手机。

"妈，好好就在电话跟前呢，好好乖，好好叫奶奶，叫爷爷。"

好好还是要拿手机。建东不给，好好就哭了。

冬梅接过电话，和婆婆说："妈，好好手术很顺利，我现在天天教她说话，等她会喊奶奶了，给你打电话。"

赵剑云 | 好好说话

冬梅在电话里听见公公剧烈地咳了几声。

婆婆说:"昨天晌午你妈和嫂子来家里了,她们也担心好好呢。"

冬梅说:"让大家操心了。"

"什么操心不操心,只要好好能说话,我们比什么都高兴。"

"妈,建东要去市场了,回头再给你打,你和我爸不要操心了。好好回去的时候,肯定会喊爷爷了,啥都会说了。"

建东吃了三个包子,又带了三个包子,他说中午就凑合着吃了,外面一顿饭,最少也要八块钱。冬梅有些心疼自己的男人,急忙递了两个昨晚煮的鸡蛋,"有时间还是吃个面去,省钱也不在一顿饭。"

建东说:"我先去给一家安装浴池,医院那边有什么事,打我手机。"

冬梅点点头。

建东的手机也是那个教他技术的师傅送的。师傅说,现在没个手机根本揽不到活儿!建东现在在一家美居城揽活儿,专门安装马桶和洗脸池子。起先,他是帮人搬瓷砖,打零工,有时候有钱,有时候就两手空空地回来。也是遇着好人了,一天他帮人搬马桶,认识了一个装马桶和洁具的师傅,建东请他吃了一碗牛肉面,喝了半斤酒。那人一听建东的事,就教建东安装洁具,还带建军干了一周,建东很快就学会了,从此建东就喊他师傅。师傅五十多岁,无儿无女,孤身一人,建东有时候带他到家里吃饭。冬梅很感激师傅,每次他去,会多炒俩菜。师傅每次去手里也不空着,他总给好好带玩具和零食。

安装洁具收入好,活儿多的时候,一天能挣三四百。尽管建东挣得比过去多了,冬梅却一分也不敢乱花。给好好看病花光了家里所有的积蓄。

建东骑着一辆破旧的电动车出门了。

冬梅给好好洗脸,好好不喜欢洗脸,却喜欢玩水。冬梅给好好热了袋牛奶,喂了个包子，好好闹着不想吃包子。天天吃包子，大人都吃腻了，何况孩子。

冬梅哄着："好好乖，好好要快快吃，好好吃完我们去医院！"

好好睁着大眼睛，盯着她的嘴巴。她笑着把手里的包子往冬梅的嘴里喂。

这孩子心里什么都明白，就是不会说。

3

第一次看到好好的时候，她八个月大，粉白的小脸，圆圆的大眼睛，睫毛忽闪忽闪的，谁见了都要抢着抱。不知道的人都说好好结合了李东梅和建东的优点。谁能知道，好好不是他们亲生的。

冬梅和建东结婚八年了，她二十岁的时候嫁给建东，如今快三十了。当初，他们一结婚，建东的父母就急着抱孙子。婆婆说，你们赶紧生，生下了我帮你们带，你们放心去挣钱，这样都不耽误。建东和冬梅也觉得有道理。结婚第一年，冬梅没有怀孕。婆婆说，你们去城里打工，说不定换个地方就怀上了。他们就到省城打工，可是一年过去了，他们还是怀不上。建东说要不去医院查查。起初冬梅一直以为自己不能生养，他们四处看病。后来到省城最大的不孕不育医院，花了好几千块，才算把问题查清楚，建东是先天性无精症，就是说问题出在建东身上。

建东拿着化验结果，掉着眼泪说："冬梅，我不能拖累你，咱们还是离了吧。你和别的男人去生吧。"

冬梅说："建东，这么多年了，你还不了解我吗，何况，现在查出了结果，以后我也就不吃那么多中药了。"

冬梅这几年吃了多少中药，她都记不清了。光砂锅都熬坏了好几个。现在问题出在建东身上，她心里不好受。

赵剑云 | 好好说话

　　她说："建东，如果大夫今天说，不能生的是我，你会和我离婚吗？"
　　建东摇摇头。
　　冬梅说："没有孩子，我们俩就相依为命，我早就想好了。前几年我妈天天催我们离婚，我们不是也没被分开吗？"
　　婚后第四年，冬梅的压力是最大的。公公天天喊着让建东离婚，还说，会下蛋的母鸡多的是。可是建东硬是一声不吭扛过去了，冬梅那一段时间天天哭。
　　她妈说："冬梅呀，要不你还是离了吧，找个有孩子的男人。人怎么都是一辈子。你和建东又不是梁山伯和祝英台，何苦天天受那家人的气？"
　　冬梅只知道哭。
　　冬梅是普通人，相貌平平，胖胖的身材，细眉细眼，皮肤白净，说起话来总笑眯眯的。村里人都觉得冬梅是好生养的身子，可就是肚子一直没动静。建东长得英武，人老实，两个人是媒人介绍订的亲。当时好多人说冬梅配不上建东，可建东却把她当宝。
　　两年前的一个清晨，冬梅的表姑抱来了好好。表姑家在县城，离孤儿院近。表姑说，这孩子是表姑父晨练的时候捡到的。估计丢孩子的人想让好心人把孩子送到孤儿院，表姑夫抱着孩子看看，白白净净，又很健全，就把孩子抱到家。她们简单收拾了一下，就给冬梅抱过来了。孩子的衣服里有张纸条，写着孩子的生日，还有一句："谢谢好心人，给你们磕头了，来世做牛做马报答你们。"
　　冬梅见到孩子的第一眼就喜欢上她了，冬梅抱起她的时候，孩子睁着亮晶晶的眼睛静静地看着她，看着看着，忽然笑了。旁边的人都说，你们娘儿俩有缘啊。冬梅从此就给这个孩子当起了妈，她给孩子起名好好，希望她一辈子都好好的。公公和婆婆也特别疼爱好好。婆婆说，如果不是好好，家迟早会散的。公公说，我们一家都要对得起这孩子。

4

好好一岁两个月的时候，冬梅发现了问题。村子里，很多一岁左右的孩子都开始学说话了，可好好只会叫。甚至，冬梅喊她，她都不抬头，只顾着玩。冬梅教好好说话，好好根本不理睬，不愿意了，就呜呜咽咽地乱喊。有时候在她后面叫她，她也没反应。一家人急了。先是领到县城的医院，医生一检查，就说，应该是先天性耳聋。大家没有一个相信的，怎么可能？这么漂亮的孩子，不可能。冬梅和婆婆那天哭了一路。小好好可能饿了，也哭了。回到家，冬梅把在南方打工的建东喊了回来。建东回来后，一家人开了个会，这个会是个扩大会议，不光有冬梅的公婆，还有她娘家的父母和当初抱养孩子的表姑表姑父。几个大人都劝冬梅把孩子送回孤儿院，说再找机会领养健康的孩子。

建东一声不吭，他不吭声，就有自己的主意。建东一直把好好当心头肉，在南方打工的时候，他几乎天天要和冬梅通电话，好好长好好短地问个没完，或者听好好咿咿呀呀的叫声。

冬梅只是哭，她说不清是可怜好好还是可怜自己。上天为何如此不公？如果把好好送回去，大家都是理解的，可她给好好当了整整一年的妈，白天抱着，夜里搂着，不是亲生，胜似亲生。怎么舍得送回去？

冬梅妈说："好好就是一块不会说话的石头，聋子没法治。你就认命吧，还是还回去。"

冬梅叹口气，呜咽地说："她就是块石头，我天天抱着，也焐热了，我已经舍不得好好了。再说，送孤儿院，好好多受罪啊。"

家庭会后，建东决定和冬梅上省城给好好看病。

赵剑云 | 好好说话

没到省城的时候，冬梅以为聋哑的孩子少，到了康复医院才知道，这样的孩子真不少，造什么孽了，这么多孩子耳朵有毛病。主治大夫给好好做了详细的检查，好好的智力正常，鼓膜完整，舌头灵活，声带正常，专家说不是先天性耳聋，可能好好在很小的时候，发烧或者曾经连续使用抗生素，这些药物过量使用，导致了神经性耳聋。大夫说孩子要恢复听力，目前只能手术，需要植入人工耳蜗。冬梅一听孩子有希望和正常人一样说话，就特别激动。去年，村子里有几个长舌头的女人说好好是哑巴，被冬梅听到了，她气不过，憋红脸，去找那些女人理论，说着说着大哭了起来，惊得在场的女人们一句话都不敢说。从那以后，村里再也没有人说好好是哑巴了。

冬梅和建东决定听大夫的。临出医院的时候，冬梅小心翼翼地问主治大夫："大概需要多少钱？"

大夫说："本来人工耳蜗的费用是二十万，现在国家有优惠政策，你们的孩子正好符合这个条件，你们家庭只需要支付几万块。"

冬梅没敢细问到底要几万。不管要几万，都是天文数字。建东说，只要好好能听见，能和正常的小孩子一样，他就是砸锅卖铁也要给孩子治好。

手术前，冬梅每天带好好去医院。每次，医生会给好好先针灸，再给耳朵局部上药。针灸的时候，好好闹得最凶，冬梅不忍心看大夫扎针，那针每扎一下，冬梅的心就痛一下，可她又不得不看。好好听不见，就会像小兽一样乱叫，冬梅只能抱着她，她一哭闹，冬梅就给她一个棒棒糖。好好嘴里一含上，就不闹了。她平时从不给好好吃棒棒糖，只有针灸的时候，她才给，这才管用。

好好的耳蜗手术还算顺利，到省城后的第三个月，北京的专家就来做手术了。本来轮不到好好，可排在好好前面的一个孩子由于身体其他原因，这次不能做，大夫就让好好先做。手术前几天，两口子合计家里的钱。去年建东去南方打工，两口子才有了积蓄。那只有两万多，还有冬梅养的猪卖了四千多块钱，家里的苹果和桃子卖了一万多。给公公做胆结石手术就花了近五千；最近到省城，租房和给好好四处看病，又花了好几千。手里目前也就两万多块钱。钱肯定是不够的，冬梅和建东又从几家亲戚那儿凑了三万块钱，算是凑够了手术费。

好好的手术做得很成功，住了几天院就出院了。只是好好的耳朵后面留下了一个小小的疤痕。出院那天，大夫说，好好现在有听觉了。你们得让孩子认识这个多姿多彩的世界，发掘她的语言表达能力，教她说每一个字。大夫还说好好不到三岁，正是学说话的时候。

5

好好喝完牛奶，冬梅匆匆吃了两个包子，喝了杯水。她吃饭的时候，打开了收音机，她把音量调到最大。好好刚做完手术，冬梅就买了收音机，收音机花了五十多块，又买了最好的电池。刚开始，她打开，好好一点儿反应也没有，后来她把声音放得很大，好好才发现。冬梅为了试好好的听觉，故意把收音机藏到好好身后的被窝里，好好竟然循声去找。好好找到了，把收音机拿到手里。收音机里正在播广告，里面是乱糟糟的欢笑声。好好就指着收音机给冬梅看。冬梅知道，她听见了。

收音机里正在放一首欢快的歌，好好跟着拍手，屁股也跟着扭起来。

冬梅说："好好，你听见什么了？好好，你说话呀。"

好好只是睁着大眼睛，把收音机的天线拉得很长。好好现在能听见，可好好咋就什么也不会说呢？

冬梅给好好奶瓶装了一瓶水。她整理了一下包，抱着好好出门了。今天她必

赵剑云 | 好好说话

须问问大夫，好好为啥还不会说话？手术做了一个月了。医院推荐的语言训练书，她一天不知道给好好教多少遍。

医院里人不多，冬梅抱着好好，按部就班地做完检查。冬梅看着大夫，半天涨红着脸问了一句："手术也做了，好好咋就啥都不会说呢？"

冬梅问完，心酸酸的、痛痛的，百般滋味，眼泪跟着掉下来。好好转头看见冬梅哭，就用软绵绵的小手给冬梅擦眼泪。冬梅把好好抱得紧紧的。等冬梅情绪稳定后，大夫说："好好过去没有任何的语言表达能力，她远离声音世界，现在对于声音还得逐步适应。必须对她进行强化语言训练，医院专门有训练班，帮助孩子恢复语言功能。"大夫说，最好马上参加训练班。

"训练班收费吗？"冬梅问。

"收费的，每个疗程两千元。"大夫说。

冬梅没想到学费那么贵，家里哪有那么多的钱。她寻思着，晚上得和建东商量商量。

冬梅抱着好好走出医院。医院外是一条大路，车来车往，偶尔有鸣笛的声音。

冬梅指着汽车说："好好，你看那是汽车，你听，汽车喇叭在嘟嘟地叫。"

好好一脸无辜，她出了医院就显得很兴奋，她指指这儿，看看那儿。她顺着冬梅指的方向看了一眼，又把目光投到路边的一只流浪狗身上，那只狗抬头张望着一家牛肉面馆，随即又耷拉下脑袋，向前面的饭馆跑去。流浪狗跑了，好好有些着急，她急得大叫。

冬梅说："好好乖，待会儿妈妈带你去看狗狗，我们先给爸爸打个电话。"

冬梅用报刊亭的公用电话给建东打电话。建东那边很嘈杂，他说正在安装马桶。冬梅说她刚从医院出来，好好今天也很乖，大夫说好好恢复得不错。她和建东说了三分钟，唯独没有说参加训练班和钱的事，她怕建东担心。

冬梅抱着好好，拐进旁边的一条巷子，两三分钟的工夫，又出了巷子，到了老街上。老街的空气永远是闹哄哄的，可生活在这里的人，总觉得时间过得太慢，慢得有些无所事事。闲闲的光阴里，如何打发时间呢？男人们在街边支起一张简易的桌子，喝茶打麻将；女人们聚在一起家长里短；有些闲情逸致的老人，会养几只鸟，挂在路边，坐在小马扎上，谈论天下大事。

冬梅看着街边谈天打牌的男女老少，她微微叹了口气，她不知道何时才能像他们一样，安逸地度过这样的一天。

她一直盘算着怎么凑两千块钱。家里的存折上只有一千五百元，是建东上个月挣的。包子店的工钱还没结，冬梅抱着好好先到包子店里去结账。冬梅还没开口，老板就说："冬梅，把上个月的工钱给你。"冬梅涨红着脸，心里感激得说不出话来。老板给了她六百。老板说："冬梅呀，下个月开始给你开七百元，我们小本生意，只能给你涨这么多了。"

冬梅说："不用，你还是给我开六百吧，我一天才干不到四个小时，哪能收你那么多？"

老板说："就这么定了。夏天的活儿本来多，你也不容易。"

冬梅腼腆地笑笑。

费用算是有着落了。可马上又到月底了，得交房租、水电费。冬梅叹口气，这得看建东的活多不多了。她现在不能想外债的事，先治好好的病比什么都重要。冬梅和好好回家，好好吃过午饭，就拿着铅笔在一张纸上乱画，画一会儿，就指着让冬梅看，就是啥也不说。冬梅就说，好好画的什么呀？好好还是个小画家呀。有时候，冬梅会教好好画太阳，画星星。好好很聪明，一学就会。大多数时候，冬梅是一边做纸花，一边和好好说话。

给花圈店做纸花，是包子店的老板介绍的零活儿。刚开始冬梅一天只能做几

赵剑云 | 好好说话

十个，后来熟练了，一下午的工夫就做一两百个。她先剪好各种颜色的纸，做起来很快，一分钟做一个。做一朵花给一毛钱。花圈店老板出纸、胶水和绳子，她只负责做。建东反对她干这个，说："这给死人用的东西，不吉利。"冬梅说："这就是普通的纸花，能挣钱就行，别想那么多。"

冬梅做了六十多个五颜六色的纸花，她把前两天做的一起装进袋子里。抱着好好到了修鞋大婶那儿，她让大婶照看一下好好，她去送活儿。好好早就和大婶混熟了，根本不认生。冬梅从不带好好到花圈店，那不是吉利的地方。

花圈店在街的东头，店里，不光只卖花圈，也卖冥币、烧纸、香烛和寿衣。在街角，老远就看见五颜六色的花圈堆积着。门口停了车子，有几个戴孝的年轻人正在往车子上搬花圈。冬梅心里有点难受，又死人了。

冬梅放慢了脚步，老板点了点花圈，收了钱，车子就开走了。老板是个彪形汉子，看起来阳气十足。他原来是杀猪的，后来脚被杀猪刀扎伤，就不干了，开起了花圈店。

老板见冬梅来了，就笑着朝冬梅招招手。冬梅也笑了一下。老板检查了冬梅做的纸花，又给了她一些纸，让她这两天再做两百个送过来。冬梅点点头。离开花圈店，赶到修鞋的大婶那儿，到底是夏天了，日头毒毒的。大婶的摊子支在一棵大槐树下，在阴凉里，冬梅擦了擦汗。

大婶说："好好可能困了。"

冬梅就抱起好好和大婶说话。

大中午的，一只在树上安了窝的喜鹊，不厌其烦地叫着。

冬梅抱着好好站了一会儿，好好迷迷瞪瞪的样子，她瞌睡了。冬梅哼着歌儿，抱着好好摇了摇，好好就睡着了。好好把头耷在冬梅的肩头，冬梅看着好好，心里有说不出的滋味。这孩子也可怜，她亲生父母肯定知道她是聋子，才决定丢掉她的。现在,好好是她和建东的心头肉,是家里的宝儿,她的命运就是他们的命运。说来也奇怪,好好的模样越来越像建东了。

冬梅告别大婶,抱着好好回家了。好好这一觉能睡两个多钟头。冬梅的眼睛也有些困。如果不是花圈店老板又给了新活儿,她这时就能睡一会儿。从早到晚,她没有一刻闲的工夫。在医院,大夫给好好检查的时候,她连着打了几个哈欠,她自己都有些不好意思。冬梅剪着手里五颜六色的纸花,看着好好,心想,好好会像别的小女孩那样,又说又跳吗,会大声地喊她妈妈吗?冬梅想象着好好活蹦乱跳,口齿伶俐地喊她妈妈的样子,不禁笑了。

6

语言训练班,除了周末,冬梅每天都要陪好好去,冬梅也跟着学。前面半个月,都是训练孩子对各种声音的辨别力,然后才学简单的语言。老师说,上课的时间毕竟有限,平时大人们的语言刺激很重要。冬梅记住了这句话。好好一醒来,冬梅就会不停地和她说话。大夫说,每一分每一秒的声音和语言刺激,对于好好都是有益的。冬梅过去是个腼腆的人,现在她要变成话匣子。说累了,她就打开收音机,娘儿俩一起听歌。好好总是咿咿呀呀地跟着唱。冬梅看着好好一张一合的小嘴巴,就像看到了曙光。

"好好,这是包子,这是桌子,这是板凳,这是锅,我们每天吃的饭就是用锅做的。这是碗,这是水壶,这是好好的奶瓶。好好每天都拿这个喝奶对不对……"她说的时候,好好会盯着她看。

"好好,你跟着妈妈喊,好不好?"

"好好,喊妈妈,喊爸爸、爸爸……"

赵剑云 | 好好说话

有一次,她出门倒水回来。她喊了声好好,好好正在玩一个皮球,她居然抬头看了她一眼!好好知道她叫好好。

"好好,你是好好,我是妈妈。知道吗?"

和好好一说话,好好就抬头看她,但她就是不张口说,有时候她听着冬梅笑,会跟着咯咯咯地笑。

"好好,你乖不乖……好好,喊妈妈;好好,喊爸爸;好好,你想吃棒棒糖吗……"

花圈店有活儿的时候,冬梅就一边做纸花,一边教好好说话。有时候,好好会把纸花弄得乱七八糟的。为了不让好好乱撕纸,冬梅给好好买了布娃娃,好好玩得很投入,还怕打着布娃娃的身子。

冬梅说:"好好,那是布娃娃,知道不?和妈妈一起说布娃娃。"

好好只顾拍布娃娃,根本不看冬梅的嘴型。冬梅有点着急,有时候,她真不知道该怎么办。好好现在对任何声音都很敏感。前天,在修鞋的大婶那儿,两只狗咬架,好好看了半天,就是不肯走,怎么拉也不走。回家的路上好好忽然喊了声:"汪汪!"冬梅让她再喊一声,她就是不喊。到家后,冬梅听见好好又在喊:"汪汪!"这是好好发出的第一个声音,冬梅激动万分。

好好还不会喊爸爸妈妈。她拿着棒棒糖当诱饵,让好好喊妈妈。好好只抢她手里的糖,就是不说话。

大夫说:"很多发音,好好还没有学会,得慢慢来。"

晚上建东回来了,一进门,冬梅就觉得,建东的表情不对,吃饭的时候,建东两只手扶着腰慢慢坐下。

"怎么了?"

"今天搬了大马桶,可能闪了腰!"建东说着,头上冒着冷汗。

"你咋不小心呢？我们去医院看看吧，别伤了骨头！"冬梅担心地说。建东干活的时候常常会受各种伤，不是手擦破，就是头上碰个包。有一次装浴房，梯子不稳，当场摔下来，胳膊肘上掉了一块肉，伤口很多天才愈合。

建东坚决不去医院，说缓缓就好了。

冬梅不放心，去老街上，请来一个大夫，给建东瞧了瞧。大夫说，没有大碍，贴张膏药就好了，只是这几天不能干重活。晚上建东的师傅来了，师傅听说建东的腰受了伤，过来看看。师傅叹了口气说："你就不该一个人把几十斤的马桶一口气背到七楼，以后记着憋一口气，慢慢搬！"

建东憨厚地点点头。

冬梅留师傅在家吃了晚饭。师傅抱着好好，他说好久没有吃过这么香的饭菜了。

建东不能出去，就在家带孩子，冬梅趁空去周围的几个小区转转，捡些饮料瓶、废报纸什么的。回来的时候，路过废品站，顺手卖了，用钱买了点牛骨头，建东伤了筋骨，得补补。回家的时候，建东和好好都在睡。她收拾了一下简陋的房子，洗了几件衣服，又给建东和好好剪了剪脚趾甲，这爷儿俩居然一个都没有惊醒，他们睡得可真香。冬梅看着他们的睡相，不由自主地笑了。

7

建东在家里歇了三天，就去干活了。

冬梅说："你的腰还没有好，就和人合伙先干，找个帮手帮着抬一抬。"

建东说："放心吧，师傅刚刚打电话说，这几天让我和他一起干。"

建东走了，冬梅就带好好去医院。从医院回来，还要给好好蒸鸡蛋，喂奶，

赵剑云 | 好好说话

完了自己随便吃一点。给好好念了会儿训练书，好好就睡着了。

阳光静静地照进来，屋子里闷闷的，越来越热了。窗户开着，没有一丝风。

院子里静悄悄的，钟表嘀嗒的声音，冬梅手里剪刀的声音，都听得清清楚楚。冬梅想把这几天粘好的纸花给花圈店拿过去。她看了看好好，小脸儿还在熟睡。冬梅亲了亲女儿，锁了门，往花圈店赶，她走得急，担心好好醒来。可到了花圈店，老板居然在打电话，那电话打了七八分钟才结束。老板像往常一样看了看纸花，又给冬梅开了半个月的钱，是两百八十元。开完钱，冬梅等着他给新的活儿，老板居然摆摆手，叹口气说："最近附近没有死人，生意不好。花圈都积压了几十个，等有了生意再给你打电话。"

冬梅站在那里愣了一下，不知说什么好。她心想，谁都不希望花圈店有生意，谁都希望自己的亲人好好活着。虽说，给花圈店干零活，每个月开的工钱，能顶房租和家用，可冬梅打心眼儿里希望大家都好好地活着，人来世上一遭多不容易。冬梅每次来花圈店取活儿，那些来买花圈的，都是红红的眼睛，满脸的悲伤。冬梅看着也难受，有时候做纸花的时候，也会不由自主地叹气。如今没活儿了，可以再想别的办法。这条街上，永远不缺活儿，就怕没有时间干。

好好现在离不开人，有时候，一转眼，就不知道跑哪儿去了。冬梅边走边想，回头问问街上面条铺子，看缺不缺擀手工面的人，总会有办法的。

回来的时候，冬梅见大婶正在抹眼泪。肯定是她儿子给她怄气了。大婶最近脸色不好，冬梅安慰了一下大婶，劝她去医院查查。

大婶说："最近有些胸闷，没有胃口。"

冬梅说："你去查查。"

大婶说："有时候觉得孩子就是前世欠的债。我那败家的儿子最近让公安局抓起来了，我可能是被气的。"

冬梅说："抓去了，也许是件好事，可以让政府教育教育，说不定就改邪归正了。"

大婶叹了口气，眼角又涌出泪，她说："谁知道，又不是以前没有被抓过。"

冬梅不知道如何安慰大婶，只能岔开话题，说说好好，就去买了点菜，匆匆回家了。老远她就听见好好的哭声。冬梅推开门，好好就不哭了。只往她怀里扑。

冬梅说："好好，你醒了吗？"

好好泪汪汪地爬起来，还是要往冬梅的怀里凑，手还指着窗外，她是要出门去玩儿。冬梅笑笑，这小家伙，就喜欢去街上，去超市，去人多的地方，到底是孩子。冬梅抱起好好，出了门。好好一脸兴奋，她开心地揪着冬梅的耳朵，拍着冬梅的脸。

"好好告诉妈妈，是不是嘴巴馋了？"

好好点点头，嘴巴吧唧吧唧了几下。

"这个小馋猫！走，我们去给你买个娃哈哈。"冬梅笑着。

突然，路口冲出一辆摩托车，冬梅根本来不及躲闪，身子侧了一下护住好好，身子失去平衡，倒下了。好好吓得"哇"一声哭了。骑车的小伙子赶紧停车，跑过来扶冬梅。冬梅让小伙子抱起好好，她忍痛爬起。把好好从上到下摸了个遍，好好除了衣服上多了点土，啥都好好的。好好哭得更凶了："妈妈，呜呜……"好好哭着往冬梅怀里钻。

冬梅忘记了自己身上的痛，好好刚刚喊什么了，这是在做梦吗？

"好好，你刚刚喊什么？"

"妈妈、妈妈……"

好好喊着，声音洪亮而清晰，冬梅的眼里涌出了泪水，她紧紧地抱着好好。

"好好，你终于喊妈妈了，你会说话了……"冬梅激动地站了起来。

赵剑云 | 好好说话

骑摩托车的小伙子，神不守舍地说："大姐，你的头在流血，我们去包扎一下吧！"

冬梅一抬手，果然，脖子上有血。好好已经不哭了，她抬起小手，摸了摸冬梅脸上的血。

冬梅说："小伙子，你有电话吗？我有急事，想先打个电话，再去包扎。"

小伙子拿出手机，冬梅拨通了建东的电话。

建东的电话响了好久才通。

"建东……"冬梅听见建东的声音，她哽咽着说不出话来，自己先哭了起来。

"建东……"

"冬梅，别着急，慢慢说，出啥事了？我马上就回来。"

冬梅还是哭。

建东有些急了，劝冬梅慢慢说。

冬梅努力平复了一下自己的心情，抽抽搭搭地说："建东，好好会喊妈妈了。她刚刚喊我妈妈了，她会喊妈妈了！"

建东一连问了几个"真的吗？"

冬梅说真的，真的。"好好，喊妈妈，快喊妈妈，让爸爸听。"

"妈妈！"好好的声音很甜，脆脆的，像小鸟一样。

建东激动地说："冬梅，我晚上早点回去。"

冬梅又给婆婆和娘家打了电话。

母亲和婆婆都激动得哭了。婆婆说只要开口了，以后就啥都会说了，就是怕一直不开口。婆婆还说，钱的事，亲戚们都说不着急。

冬梅打了三个电话，心情算是平复了下来。这时她才感到胳膊和腿部传来的疼，胳膊肘也在渗血，膝盖上掉了块皮。她跟着小伙子去了医院，大夫给她检查了一下，好在都是皮外伤，没有大碍。大夫处理了一下伤口，说不用包扎，冬梅就回来了。

街上很吵。冬梅一瘸一拐地拉着好好去找修鞋的大婶。大婶正在给一双男鞋换鞋跟，看见冬梅的裤子破了，衣服破了，大婶急忙站起来，抱起好好。

"冬梅你这是咋了？"

"没事，刚刚被撞了一下，大夫说没事。大婶，告诉你一个好消息，好好会说话了，她刚刚喊我妈妈了。"冬梅笑着说。

大婶给好好买了瓶娃哈哈，好好美美地吸了一口，兴奋地蹦蹦跳跳。冬梅让好好喊妈妈，好好又喊了。大婶听了高兴地抹眼泪，又劝冬梅回去歇着，一身的伤，得好好休息。

冬梅拉着好好慢慢走回家，和好好一起在床上躺了一会儿。好好特别乖，笑嘻嘻地在冬梅怀里滚来滚去。

8

傍晚，冬梅去街上买了十块钱的肉，炒了三个菜。饭菜弄好后，就抱着好好坐在窗前，听收音机里的歌儿。

白天出门的人都回来了，家家的灯亮着。厨房挤了三个女人在说笑着炒菜，饭菜的香味扑鼻而来，几个孩子围着院子里的几辆三轮车追逐打闹，发出欢快的叫声。过不了多久，好好也会和他们一样能说会道了。冬梅想着，嘴边露出笑容，眼里却一直闪烁着泪光。她想起第一次抱好好的情景，想起得知好好耳朵有毛病的时候，想起在医院里好好像小兽一样地哭闹。不知怎的，她一点也不觉得苦，倒是心安的感觉，果真一切都要向前看。

赵剑云 | 好好说话

建东七点回来的，他眉飞色舞地进了门。人逢喜事精神爽。他一进屋就紧紧地抱着好好，让好好喊妈妈。好好喊了，建东又教好好喊爸爸。很奇怪，好好居然也喊了，发音很标准。

建东激动得不知道说啥，只是一个劲地亲好好的脸蛋。

"好好，叫爸爸。"

"爸爸。"

"你再喊一声爸爸。"

"爸爸，爸爸。"

"再喊一声……"

建东说今天真是个好日子。他干了不少活儿，早上安了三个马桶、三个洗脸池，下午安了两个浴房、一个洗菜池，今天他挣了三百块。

吃饭的时候，建东才发现冬梅脸上的伤口，冬梅本来不想说被撞的事，大夫都说没什么大碍。可建东问，她就简单地说了说。建东有点心疼地看着她，冬梅说："医生说没事，过几天就好了。"

建东眼圈红红的。

冬梅说："看你，说没事了，快吃饭吧。"

吃饭的时候，好好很开心，手舞足蹈地喊叫着。冬梅给好好喂米饭，好好拿勺子给建东喂米饭。

建东说："冬梅，我想喝瓶啤酒。"

冬梅说："刚才就给你买了。"说着从柜子里拿出一瓶啤酒。

"冬梅，你也陪我喝点。冬梅，你说好好长大了，会记得这些事吗？"

"会啊，好好什么都明白，她过去就是说不出来。"

"建东，那钱……"

"钱的事,总有办法!"

……

啤酒瓶喝空了,两个人的脸都红彤彤的,眼睛直勾勾地看着对方傻笑。灯渐渐灭了,院子安静下来,好好睡了。

夜里,两口子亲热了一回,他们好久没有亲热过了。冬梅枕在建东的胳膊上,心里荡漾着一种暖暖的柔情,她握着建东的大手,百感交集。忽然,她眼眶一热,涌出一汪泪,她悄悄擦了擦泪,又笑了。

(选自《北京文学》2016 年第 2 期)

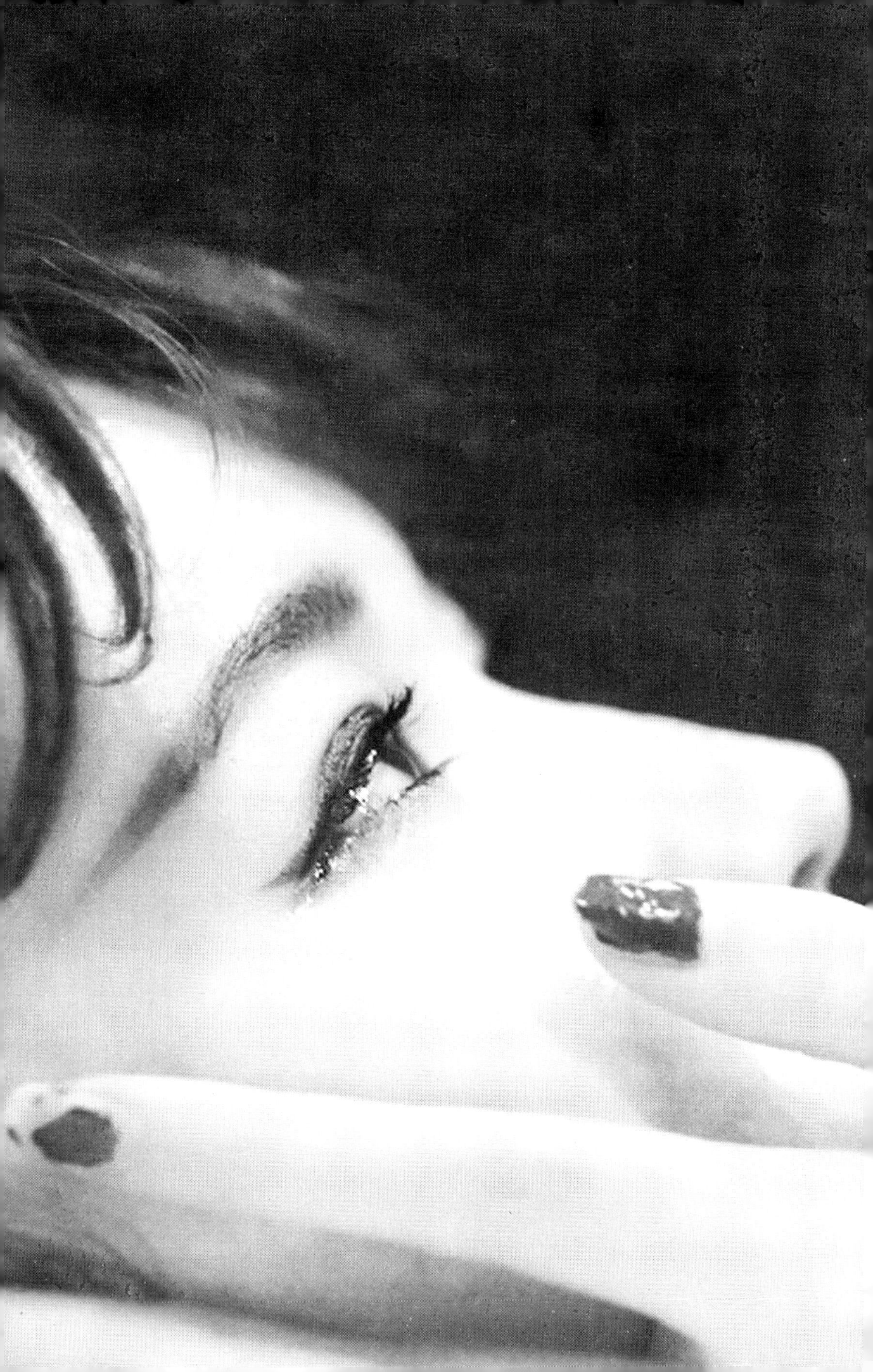

文　西

文西，土家族，1994年生于湘西，现居北京。出版随笔集《冬日田野上的青草》，兼事翻译，作品见于《十月》《上海文学》《创作与评论》《作品》《安徽文学》等。获首届扬子江年度青年诗人奖，首届华语青年作家奖。

穿过沙漏

吃完维生素 B 族片和维生素 C，他放下水杯，面对着镜子。他才四十八岁，但头发已全是铁灰色，脸因贫血而苍白，像是一层被水打湿的布绷在颅骨上，这让他比同龄人先嗅到衰朽的气息。他的五官并无特色，早些年，它们组合起来却有种独特的吸引力，现在，你首先注意到的是那些独立的五官，而不是整张脸。

幸运的是，他避免了所有上了年纪的男人可能有的遭遇——他肚腹一直平坦，这与他多年来节制饮食有关。他曾尝试过戒烟，但自从和第二任妻子离婚后，他的烟瘾又犯了。

今早他整理电脑里的稿子时，接到了一个陌生电话。她刚开口，他就听出了她的声音，这让他觉得自己的听力仍然健全，接着他转念一想，有可能是她的声音一直没有变，那声音是地底下的一汪水，在某个时刻停止流了，那么，想必她的面容也在岁月里停止流动了吧，她应该还是那么漂亮。两人同处一个城市，八年来却从未再见过面，确实有些匪夷所思。

他将下巴上抹上肥皂沫，拿剃须刀认真地刮，稀疏的胡楂被一根一根刮掉。他一直没有用电动剃须刀，因为刀片能让人觉察到危险，让你在刮胡须的这段时间里，对时间持有耐心。为了保持一个男人的尊严，他得将自己收拾干净。

他的房子在三楼，窗外的夹竹桃开得正艳，枝叶快要伸进阳台了，市图书馆院子里的那棵夹竹桃树也有这么高大，不知它现在是否还在那里。他在图书馆举办读者见面会，带来的书售完后，他从座椅上站起来，以为人都走光了，一抬头，却瞧见她还坐在最后一排，脖子上挂着一台相机。她走上前来，他才看清她的脸，她长得很像金喜善，这令他颇感意外，"你有书吗？没有的话改天我送你一本。"他说道。

"这本我有。"她说道，"我想采访下你，我们报上要发一篇你的访谈。"

她说话缓慢，语气听起来有些稚嫩，整张脸像是假的，因为说话时只有嘴唇在动，甚至连眼睛也没眨一下。

"哦，哪个报社？"他问道。

"晨报。"她答。

"这样啊，你们前社长是我朋友。"好像这样一说，他们之间的距离就近了些。

他没有订《潇湘晨报》，几天过后，他特意到报刊亭买了一份，果然在副刊上看到了自己的访谈。他这才知道她叫李霖玲，忽然记起前几天采访时，他居然没有问她名字，有可能她告诉了他名字，只不过他只记住了她的脸，倒把名字忽略掉了。"具有悲悯情怀的小说家"，这是她对他的评价，许多人都这样评价过他，为此他十分懊恼，他觉得自己最突出的特点是具有批判意识，而这点他们却没发现。不过她这样说，他却觉得她很可爱，也许他们不会再见面了，想到此，他忽觉惆怅。

谁知他竟接到了李霖玲电话，她问他喝不喝茶，说有点茶想送给他。后来每隔一段时间，就会接到她电话，有时她约他出去吃饭或散步，但令他措手不及的是，有一天她跑到了他家楼下。

手一抖，力道过了点，下巴上渗出一丝血迹，这像是个不祥征兆。他在水龙头下接了一捧水，将血迹洗净，又重新抹上肥皂沫。或许任何事情发生之前，都是有征兆的。

他妻子正在擦洗玻璃杯，有一只被她指尖碰倒在灶上，碎裂了。他被这声音惊了一下，就在这时，李霖玲打电话过来："我在你楼下。"只说这一句她便挂了。

文　西 ｜ 穿过沙漏

他只好换上皮鞋，坐电梯下楼。

"我觉得我一定要爱你一次，不然以后一定会后悔的。"李霖玲对他说。

他一时没反应过来，就像她隔着重重大雾对他说话，既不见她脸，声音也是不确定的。

"真的，沈元，嗯，我是这样想的。"她抓起他的手，又说道。

沈元任凭她抓着自己的手，他感到一双锋利的眼睛正切着自己后脑勺，也盯着这一幕。结果他跟妻子离婚了。

李霖玲是江西的，她爸爸是个比较有钱的商人，所以她也算得上富二代。她告诉沈元，虽然自己二十八九了，但只谈过一次恋爱，每次她想跟一个人好时，她爸爸就会反对。沈元自然是不信的，她对性方面似乎比他还精通，不过她说话的样子严肃而认真。平时在家里，只要他儿子不在，她就总是赤身裸体地走来走去，有时连窗帘也不放下来。沈元对她说，这样容易被人拍成视频传到网上，但她不为所动，她说这没什么，她以前在家里都这样。沈元觉得她跟蕾梅黛丝很像，或许美人儿都喜欢一丝不挂，她们就像吃苹果之前的夏娃，不懂羞耻，她们是单纯的。她说她只恋爱过一次，沈元也就愿意相信了。李霖玲搬来跟他一起住后，每天他都早早起来做早餐，然后送她上公交，她说她从没坐过公交，"我不会开车。"沈元对她说。她只好夹在人堆里，一直坚持到报社，每天下班回来，她都说再不坐公交去上班了，第二天还是被沈元送上了公交。虽然她从不做饭，但沈元并没有发过牢骚，有时他下班晚，就打电话给刚上初一的儿子，叫他放学后早点回家做晚饭。他儿子倒很乐意，他说李霖玲很漂亮，他愿意给她做饭，要是她不是他爸爸女朋友，他还愿意娶她。

他儿子就睡在他们隔壁的卧室，夜里他们做爱时，李霖玲总是拼命咬着枕头，久而久之，那枕头被她咬出了个恐怖的窟窿。他想象不到，她的牙齿有多锋利，她又是用了多大的力气咬的，每次他都得到了快感，也许即使她也得到了快感，那快感也是压抑的吧。他说他夜里打鼾，怕吵醒她，各睡各的最好，但她总要箍住他脖子睡。她将嘴巴贴在沈元耳朵上，说他儿子从门缝里偷看他们做爱。"哪有你这样说话的！"沈元感到不快。

"我看到的。"李霖玲说。

"门关紧了，没有门缝。"沈元说道。

"谁说没有，光就从门缝底下射进来了。"李霖玲坚持说道。

"他只是个小孩子。"

"谁都懂这事。"

沈元不再接话了，生怕跟她争论下去，她会愤怒地摔开门，半夜跑出去，或者把脸埋在枕头里哭。说真的，他还不怎么了解她，既不了解她的过去，也不了解她的性情，他猜不到她究竟会做出什么事。

他洗干净脸，拿毛巾将脸上的水擦干后，涂上绵羊油，这时他的脸看上去不那么苍白了。他往头发上喷了些发胶，头发越发的硬、灰、冷。无论他再怎么收拾，也掩饰不住时间摧残的痕迹，时间在他身上留下了太多东西，也从他身边带走了太多东西。一阵风从阳台上吹进来，吹落了几朵夹竹桃。他儿子大学毕业后，就去了日本，离开的那天，没有来跟他道别，只是在登机前，给他发了条短信。他当初似乎不应该将他送到母亲家，为了让儿子不疏远自己，自他跟李霖玲离婚后，每个周末都去母亲家看儿子，暑假带他去香港、泰国、日本旅游。儿子仍然很听他话，只是他不再对沈元敞开心扉。他还记得儿子说过："奶奶对我最好，爸爸对我第二好。"

"那以后奶奶不在了呢？"他问儿子。

"曾经对你最好的人，就是永远对你最好的人。"儿子答道。

文　西 | 穿过沙漏

　　后来李霖玲把他们的事告诉了她爸爸，她爸爸大发雷霆，说沈元是在浪费他女儿的青春，要李霖玲跟沈元分手。可李霖玲天天抱着手机哭，把当初对沈元讲的话又对她爸爸说了一遍："我觉得我一定要爱他一次，不然以后一定会后悔的。"她爸爸说，沈元除了写点东西，什么也不会，他是个很差劲的男人。"他小说写得不错，洗衣做饭扫地，他什么都会。"她在电话里对他爸爸说道。她爸爸始终坚持说，总之沈元就是个很差劲的男人，他准备从江西过来，要当面逼他们分手。李霖玲对她爸爸说，要是他过来，她就要跟沈元私奔，一辈子也不告诉他。就这样闹了一阵子，她爸爸妥协了，但要求他们立刻结婚。

　　在他们结婚的前一个晚上，李霖玲陷在柔软的沙发里，长长的头发遮住了她的脸庞，她说她还没有做好结婚的准备。沈元切了几片柠檬片，放进玻璃杯，又往柠檬水里加了一勺子白糖，他将柠檬水端到李霖玲跟前，递到她手里。她直起脖子，面庞便从头发里浮出来："我只是想跟你恋爱一次，"她委屈地说道，"为什么要结婚啊。"

　　"不是我逼你结，"沈元说道，"要是你不愿意，我们可以不结。"

　　"你没听到吗，不结我爸不会让我跟你交往的。"

　　"嗯，结婚了跟现在不也一样吗？"

　　"当然不一样，我并没有想过结婚。"

　　"不同的只是多了张证而已。"从人性上而言，一张证只是一张纸，但从道德，伦理，法律上来说，一张证就是生活的全部，沈元不可能不清楚，要是连这点都意识不到，他就不可能是个小说家了。他这么说只是因为他不知道该怎么说。

　　李霖玲把那杯柠檬水塞回沈元手里，从沙发上站起来，走进卧室后一把摔上门。一些水泼了出来，沿着他肚腹往下流，他觉得肚脐眼儿里凉凉的。

　　第二天早上，沈元下完面条，正在盘子里拌一份水果沙拉。李霖玲套着件粉红色睡衣，披头散发地走过来，从后面箍住他的腰，她说他想怎么办就怎么办吧，她还不想离开他。下午，他们便去民政局领了证。

母亲劝沈元，将儿子送过去，毕竟儿子与李霖玲还是有隔阂的。她对沈元说，你还年轻，还是要好好过日子。沈元也考虑过母亲所说的，同时想起李霖玲夜里的神经质。但他害怕把儿子送过去，那样会使他的愧疚一点一点加深。在那件难堪的事发生之际，他不得不让步。

睡梦中，他听见门撞到了墙上，一汪光亮涌了进来，接着是一片沉寂，那沉寂越持久，光亮涌得越多，最后淹没得他无法呼吸，他醒来了。睁眼一看，只见一大块黑影挡在眼前，细看时，原来是李霖玲堵在门框里，背对着他。他爬起来穿上拖鞋，走过去，却看到儿子站在门口，脸皮发青，把一双圆圆的眼睛对着他和李霖玲。夜里温度低，儿子的肩膀微微打颤，他不时吸一下鼻子。

"你不睡站这干什么？"沈元问道。

不及儿子回答，李霖玲便转身爬上床了，把被子全扯过来裹上。

儿子拿手指了下厨房，半天才挤出几个字："找吃的。"那几个字在他齿缝间颤抖。

厨房的门开着，斜对着这间卧室，里面的灯光惨白惨白的，灶台上撂着一只未洗的碗，还有半只生锈的苹果，沈元柔声说道："你看看冰箱有水果没。"

"吃了半个苹果。"

"嗯，关了灯去睡吧。"

儿子转身时，脚似乎有些僵硬，慢慢挪进卧室去了。他碰到李霖玲的身体时，发觉她在哆嗦，"你看到了，他在门口站了很久。"她冷冷地说。

他只是在黑暗里长叹一声。

"他耳朵贴在门上，我开门时他才把脑袋收回去。"她接着说道。

文　西 | 穿过沙漏

那幅画面总在他脑海挥之不去，儿子立在卧室门口，直直地盯着跟前的李霖玲，两人都不说话，腿僵硬了也不挪动一下，只有厨房里关不紧的水龙头一滴滴滴着水。这么些年过去了，水龙头的水也滴完了，只是这幅画面一直都未消散，恐怕相互对视的那两个人，永远也无法原谅彼此。

镜子里举在头顶的那只手，青筋暴突，他颤抖着将手放下来。打开衣柜门，翻出了件浅蓝色衬衫，配一条浅棕色长裤，浅色会让他看起来年轻些。衬衫皱巴巴的，家里的熨斗坏了，他得拿到楼下的干洗店去熨平。他没有按电梯按钮，而是从楼梯走下去。现在离中午还有一段时间，踩着一级一级阶梯，能让人一分一秒消耗掉这段空荡荡的时间。李霖玲虽任性，但有时也是会体谅人的。有时沈元需要参加一个什么活动，她会在头天夜里给他准备好衣裤，搭配风格是按照她自己的想法来的。当然并不是每次都让他满意，但至少衣服都是平平整整的，并不像这件衬衫，褶皱满布。

说到底，他们的生活并不算很幸福，只是他们之间几乎没有发生过争吵，以夫妻而论，这就够了。他只是偶尔觉得心里不自在，李霖玲告诉他，单位来了新同事，跟她还不熟就开始追她，但她不能告诉他自己结婚了。"这样会伤害到别人的。"下班回来后她对沈元说。这个时候，沈元很想跟她吵一架，并不是他生气或吃醋，而是想让她清醒，他想说，我不知道你脑子里装着些什么想法，但他不忍心这样说。类似这样的他都可以忍受，唯一不能忍受的，是李霖玲跟她爸爸的亲密无间，那道亲密的刀刃将他隔开了，好像那是他没有资格闯入的空间。其实自从他们结婚以来，那道刀刃就一直在暗地里游走，只要他一靠近，就能触碰到刀刃的锋利和寒冷。

虽是夏天，干洗店里却挂满了厚厚的大棉袄，大概这些人也跟他一样，因为一个偶然的原因，便从箱底将陈年的旧衣服翻出来了。老太太把头埋在一堆衣服里，瘦得像戴着老花镜的骷髅，沈元请她熨烫下衬衫，她没理，沈元还以为她没听见，走得离她近些，想大点声说，谁知她一抬头道："你急啥子，又不是赶去约会。"一句话说得他尴尬起来，他没想到心事这么轻易就被人识破了，不过这终究算不上约会，顶多只是会一会老相识罢了。老太太终于从他手里拿过了那件衬衫，她熨烫的动作慢条斯理，要是在以前，他可能会着急，而现在，即使是跟一个新的女人去约会，他也不再兴奋和着急了。他们离婚后，他跟许多女人交往过，与她们总是维持着短暂的性爱关系，她们全都离开了，那段记忆在她们那里，恐怕也早成了灰尘。他忽然有些惊讶，这八年来他怎么就没打听下李霖玲的情况。

那只手厚实，宽大，手指头粗短，它抚摸着李霖玲光溜溜的腿，像抚摸一件精雕细琢过的艺术品。她头垂着，头发滑落到脸庞，正低声说着什么，沈元听不清他们的谈话内容，洗洁精的泡沫沾满了他双手，那只来回抚摸的手在他眼前闪现。时时有风吹进来，把李霖玲爸爸的话吹到沈元耳朵里，"哪天你要是受了委屈，我就来接你回江西。"沈元觉得，她爸爸似乎一直在等待某个时刻来临，那时，他就可以带着宝贝女儿远走高飞了。他把洗好的盘子放进碗柜，擦干净手，在他们身旁坐下，头往后仰，靠在沙发上，他有些累，闭上了眼睛。电视开着，他却听不清里面的声音，连李霖玲父女的声音也飘飘渺渺，变得遥远起来。不知睡了多久，李霖玲摇醒了他，叫他去睡觉，他抬眼一看，对面楼房里的灯全熄了，他左右张望，寻找着李霖玲爸爸的身影。"我去睡了，你跟爸睡吧。"她对他说，一张明净的脸在他头顶晃悠。

他沉默了半晌，方说："这是他的主意吗？"

"你知道，我不能让他难过。"李霖玲说道，"他只是太爱我了。"

沈元答应过李霖玲戒烟，接吻时，她总说他嘴里的烟味重，令她头晕。但他没办法平静地躺着，听着身旁这个对他充满敌意的男人的鼾声，他爬起来，在抽

文　西 ｜ 穿过沙漏

屉里找了一支烟点上，内心似乎才舒坦些。漫长的夜里，跟这个男人手碰着手，一同做梦，这个念头顿时有些可怕。他把剩下的半截烟在床头柜上捻灭，拿了一床毯子，跑到客厅的沙发上来睡。

李霖玲爸爸每个礼拜来一次，这几乎令沈元发疯，他坐在电脑前无心打字。一边翻着邮件，一边听李霖玲在阳台上打电话，挂掉电话后，她换上高跟鞋，到机场接她爸爸去了。他知道，他们将手挽手从机场走出来，一起钻进出租车的后车厢。他问她，最近有没有受委屈，然后又将那只手放在她腿上。

在她爸爸眼里，大概没有谁配得上李霖玲，沈元也自认为配不上她。他不明白，她究竟看上了他哪点，却只记得当初她说一定要爱他一次。这爱，或许仅仅只是为了一次体验，就像他后来找的那些女人，仅仅只是为了性的体验。只是李霖玲的体验，包含了更多不可解说的东西，又或许什么也没有包含。

李霖玲和她爸爸进门的时候，沈元收到了一封新邮件，是台湾一个出版社发过来的，想跟他签一份出版合同。在台湾出版，并不是一件有难度或了不起的事，但至少说明，在大陆以外，有人读了他的作品。他觉得应该把这个消息告诉他们，李霖玲爸爸听后，转过身问李霖玲："台湾人读了他的书？"

"可能读了吧。"李霖玲说道。她并没怎么读过沈元的小说，也不清楚有哪些人在读他的书，她所知道的，只是沈元写字，发表，出书，她只知道她看得见的这些东西。

李霖玲爸爸对此事的反应，并不让沈元感到意外，但令他意想不到的是，她爸爸居然将此事暗暗放在心上，没有人再提起它时，她爸爸却问沈元，台湾出版的书怎么样了。沈元后来才知道那出版社想跟他签三十年版权，他没答应。

这根本算不上欺骗，但在他们看来，他就是个虚伪的骗子。冷风夹着雨点，两旁的玉兰树被吹得飒飒响，他披着一件领子向后翻的风衣，在黑夜里疾走。他走出门的那一刻，瞥到了李霖玲哀伤的眼睛，她一边问他去哪儿，一边望着窗外狂怒的风雨，这是他第一次不顾她的感受，恐怕也是她第一次为他担心。"你不该欺骗他。"她爸爸生气离开后，她对沈元这样说。

"你也认为我骗你们的？"

"我不知道。"她回答说。

她趴在窗口，单薄的身子似乎随时会被刮出窗外，她可能还在喊着他的名字，但喊声还未到达他耳边就被风雨吹散了。他将她独自留在孤岛上，自己驾着船离开了，她两条细弱的腿伸进沙地里，看着他划着桨慢慢远去。他一直都是信任她的，信任她是单纯的，而她，居然同她爸爸一起认为他撒了个谎。他好像看见，他们撕碎了他的书，撒得满地都是，狠狠地踩在上面，对他露出嘲弄的微笑。灯光投向夜空，湿漉漉的地面摇曳着斑驳的树影，他的背影在树影间渐渐消失。

他走进母亲家，浑身已湿透了，换上拖鞋后，脱掉风衣挂在衣架上。为了避免母亲怀疑，他说他刚从朋友家里出来，想着来看看儿子，谁知半路上下起雨来了。他越过母亲的肩膀，只见客厅里空荡荡的，便问儿子去哪儿了。"快期末考试了，这几天复习到半夜，累得很，今天我叫他早点睡了。"母亲说道。

确实，他是个没有一点责任心的父亲，将儿子从身边送走后，他就将他遗忘了。他想起了鹰，鹰扇着翅膀一遍又一遍将雏鹰赶下悬崖，然后亲眼看着雏鹰飞起，这股兽性沿着一条暗道流进他血液，"这么快就考试了吗？"他嗓音低沉地问道。

"是啊，前几次月考他倒有几门没及格。"

"这段时间我留在这边给他辅导吧。"他见母亲面有为难之色，清了清嗓子说，"呃，回头我给她打电话说下。"

一个人躺在黑漆漆的房间，很快就睡着了，雨还未停歇，在梦里滴滴答答。他朦朦胧胧地听到电话响，半夜里醒来，看到几个未接电话，还有李霖玲的短信，

文　西　｜　穿过沙漏

问他在哪儿，为什么还不回家，最后一条质问他，怎么能将她一个人丢在空荡荡的房子里。

冷静点，这段时间我得住在我妈这儿，我儿子快考试了。他回了条短信，心想，明早她就会打电话过来，急切地恳求他回去，或者愤怒地指责他，到底她会怎样做，他也猜不准。她可能根本不会做饭，她只下过一次面条，他不在，她只能吃着油腻的外卖，她会穿着柔软的拖鞋，在静悄悄的房子里穿梭，就像飘荡在地面的幽灵。现在他才意识到，离开了他，她就像个被父母遗弃的孩子，徘徊在街上，眼巴巴地瞅着路人，等着有人从人群中走出来认领她。在她所处的环境里，她是一只无防御能力的羔羊。那她当初怎么会离开他父亲呢？

然而出乎他意料，李霖玲没打电话过来，她似乎突然之间安静下来了。他感到身体空空的，轻盈得似乎要飞升起来。他去了长郡中学，找到儿子班主任，问了他一些有关儿子的情况，这令他自己觉得难为情，他就像是通过眼前这个人，去了解另外一个陌生人。他轻轻推开一道门缝，儿子从台灯下抬起头。

"我可以进来吗？"

"嗯，我知道你去了我学校。"

"你快期末考试了。"

"这没什么，爸爸，你头发好像又长长了。"

"是吗？"说完，他看到儿子疑惑的眼神。他抬手一摸，头发蓬乱，油腻腻的，儿子也许在想，他变得邋遢了，李霖玲就没有嫌弃他吗？

"你准备在这待几天？"他没想到儿子会这么问，接着又说道，"你该回去陪她。"

他感到右边肋骨部位有些沉重，他想靠近儿子，但儿子用力推开他，那道隐形的力挤压着他的肋骨。

"我想睡觉了，爸爸，晚安。"

他不得不退出儿子的房间。

为了给儿子买复习资料，他穿过条条街道，从一个书店出来，抱着一摞书，任太阳晒着，汗水流进脖颈，又走进下一个书店。说实话，他以前读书时成绩并不算好，他也并不知道该怎么辅导儿子的学习，也许他做这一切，只是为了减轻内心的罪恶感。回家之前，他还专门去了趟菜市场，希望这多少能帮到母亲一点忙，他并不想跑过来白吃白住着，成为母亲的负担。在他伸手挑拣一颗包菜的时候，他想起曾写过一个关于包菜与玫瑰的故事。女人说男人不懂浪漫，平淡的生活令她窒息。有一天，男人下班买包菜时顺便买了一支玫瑰，女人原本闹着要男人签离婚协议，这时却回心转意了。他心头像被针尖刺了一下，恍惚间充满了恐惧，他们结婚并没多久，但却在慢慢走向一片迷雾，迷雾后面是堵墙，无路可走之后只能各自跳墙。他给李霖玲打了个电话，过了一阵子，李霖玲才接，他听不清她在说些什么，只有水流声灌进他的耳朵，大概她在洗澡，"嗯，挂了啊，拜拜。"他只听清了最后一句话。

他对母亲充满了更多感激之情，他的骨血正在母亲这里缓缓流淌，倘若哪天她发生了意外，儿子该去往何处呢？他肯定不会愿意和父亲、年轻继母一起生活。

儿子考试的前一周，他在单位接到电话，母亲进了医院，他匆匆赶过去，晚上才把她接回家，她以前就因高血压头疼过，这他是知道的。他打算叫李霖玲帮忙照顾母亲一段时间。他去了李霖玲报社，她正在办公室看稿子，看到他进来时，她显然觉得惊讶，脸上掠过一丝怒意，可能她认为他太冒失，没有打个招呼就来找她了。不过办公室里没人，她请他进去，"胡子都一大堆了，差点吓死人。"

"没有打扰到你吧。"他客气地说，过后才觉得这样说似乎生分了。

"你大概不回家了吧。"她噘着嘴说道。他在想，她是不是餐餐吃面条和外卖？

文　西 | 穿过沙漏

"这样，晚上你想吃什么。"

李霖玲没有答话，他不好再说什么，只好在楼下等她下班。晚上，他给她说了母亲的病情，并说期末考试对儿子来说很重要。他原本希望她至少表示下关心，可她一声不吭。"你可以跟单位请几天假，照顾两个人，我忙不过来。"她脱光了衣服，抱着个枕头走来走去，像是在思考他说的话，又像根本没听他在说些什么。他身体里的那根引信一下子被点燃了，他迫不及待地想要进入她。他从沙发上跃起来，一把将她抱到床上，她抱紧他，把他的手指放进嘴里，高潮到来时往后仰着脑袋，来回甩动。"明天，你跟我过去吧。"

"我去那边睡了。"李霖玲抓起枕头，去了另一个房间。

他还能指望什么呢，她一直装作没听见他的话。虽然她是他母亲儿媳，是他儿子继母，但说到底，他也无权要求她给他母亲端水做饭，给他儿子打个电话督促下复习的事。他不能指责她，没有人能指责她，要是她爸爸在这儿，说不准还会赞同他女儿这么做。

他打扮得整整齐齐，锁上门后，将钥匙揣在裤兜里，小区门口就是白鸽咀公交站，他等着105。他想自己是否打扮得过于整齐了，这整齐似乎与他整个人有些不协调，所幸没人瞧着他。他的手贴着笔直的裤缝，手指甲被烟熏得焦黄焦黄的。

所有人写到等车时，总会把等车写得很漫长，他从没让他笔下的人物等得漫长过。105过来了。一堆人涌过去，他落在最后，耐心地让他们先上，就像个懂礼貌的小学生。已经没有站的地方了，他被两颗肩膀夹着，闻到一股刺鼻的洗发水的味道，又或许那是脖子上散发的廉价的香水味。

他现在还记得那封信，他的记忆并没有退化，五千字的长信，这辈子他只写过这么一封，他将它收入了一本随笔集。

霖：

  当夫妻开始分床睡，丈夫便不得不写一封信来阻止这种状况继续发展。从一开始，我们就像两只蚂蚁，被一根手指放到一片叶子上，随波逐流，我们没有跳下河，相互陪葬，也没有抱紧，相互消除恐惧，我们是没有顾虑的生灵，既不顾虑自身，也没有顾虑自身以外的东西。我的职责是歪曲生活，从自身经验和别人身上寻找下手的地方，加以篡改，使之偏离现实生活，然而现实生活依然沿着它的轨迹运转着。沈任刚结束考试，除了按时打点钱过去，我不能更好地改变他们的处境，我是个失败的父亲和儿子。我们的婚姻应该是另一种样子，但它只是现在的样子，我是个失败的丈夫。听起来像是忏悔吗？我不想将这封信写成忏悔书，我们都不需要忏悔，我们需要的只是成长，是相互看到睡在对方身体最深处的那个婴儿，看到他毛孔张开，血管蠕动，骨骼拔节，看到他张开嘴巴想要说出的是什么。

  （略）

  他把信装进信封，从门缝底下塞进去，他希望她上厕所时能看到，或者明天早上起来看到。吃早餐时，通过敞开的卧室门，他看到那封信放在书桌上，他确信她肯定看过了，但从她脸上，他什么也觉察不出，吃完早餐，她丢下空空的酸奶盒和狼藉的杯盘，去上班了。

  她愿意跟他做爱，但不愿意跟他一起睡觉，做爱跟睡觉，有着本质的区别。每次一做完爱，她就抓着她的枕头跑到另一个房间，把门反锁住。他想，要是她怀孕了，会不会就愿意跟他睡了？但她完全可以在完事后吃避孕药，或者即使怀孕了，她也可以不告诉他，悄悄去医院流产。顿时他觉得可怕，他竟没有任何决定权，而她行驶着属于女人的权利。

文　西 ｜ 穿过沙漏

  那个下午他不用上班，便早早回来准备赶稿子，一打开门，看到地上有双锃亮的棕色皮鞋，而沙发上，搭着件扣有皮带的牛仔裤，一件白色短袖衫。

  过了一个多钟头，车才开到南门口，他下了车，站在广场上，抬眼张望了一番，看看哪儿有咖啡馆，她在电话里说，他们找个咖啡馆聊聊。他看了下手机，他来早了半个小时，不过他可以在咖啡馆里等她们——她和她的女儿。阳光照耀着广场，广场上有几个人匆匆走着，拿手遮在头顶，他们脚下搅起的尘埃在阳光下翻飞。他收回目光，看到一个戴着帽子的胖女人牵着个孩子走进咖啡馆，帽子遮住了半边脸，只能隐约看到肥厚的下巴，她圆滚滚的腰身令他对桌上的这杯咖啡没有胃口，胖女人和孩子上了二楼。他想打个电话给她们，告诉她们他已经到咖啡馆了。

  "你们出门时最好带上伞，太阳大。"他在电话里说。

  "我们到了，广场边上有个图兰朵咖啡馆，我们在二楼，你等会儿直接上来，找不到打电话。"她声音确实没有变，那声音是地底下的一汪水，在某个时刻停止流了。

（选自《作品》2016 年第 3 期）

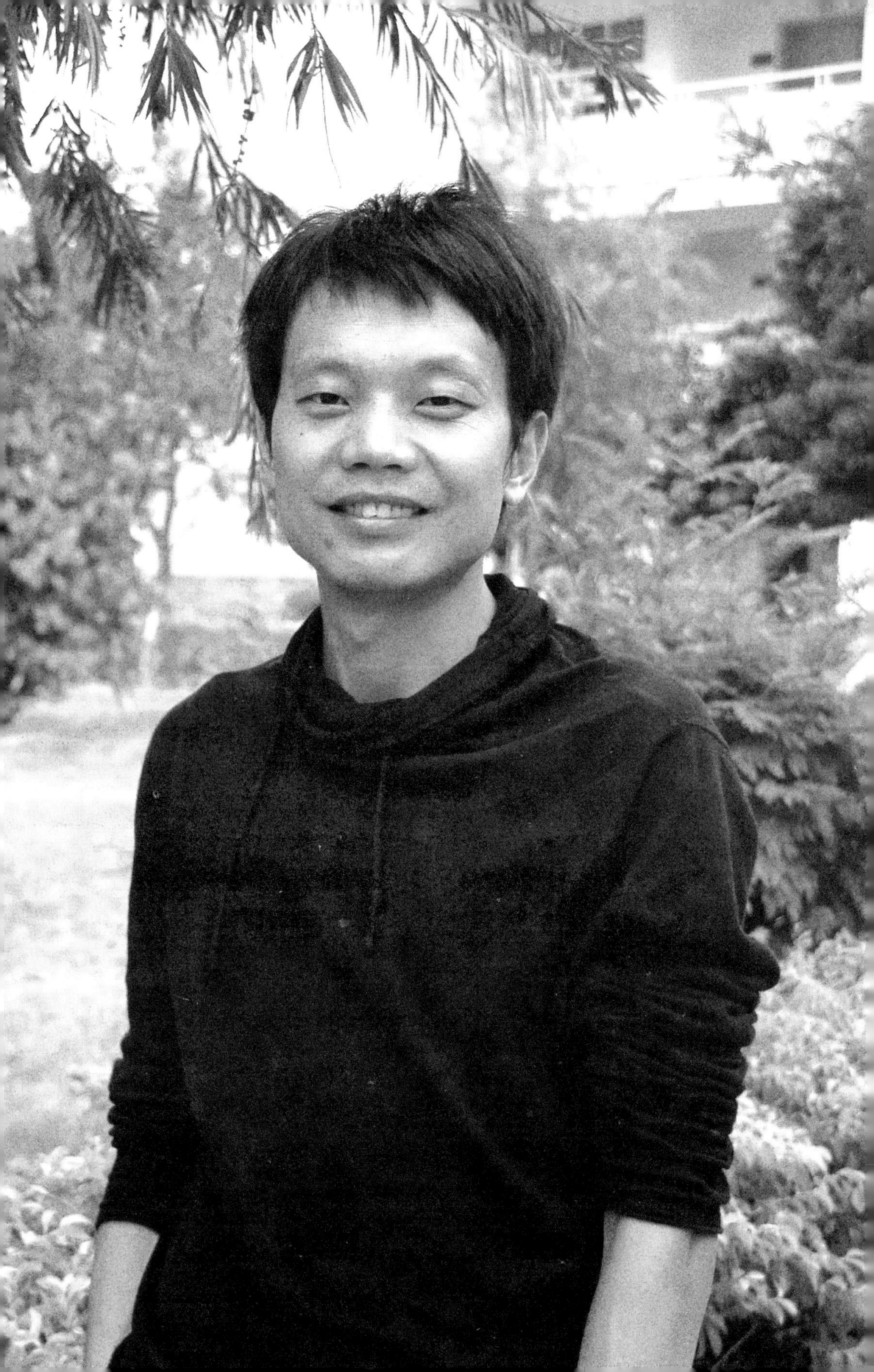

小 昌

小昌，原名刘俊昌，2010年开始写小说，在《十月》《江南》《上海文学》《西湖》等杂志发表过中短篇小说，有小说被《小说选刊》《中篇小说选刊》选载。小说集《小河夭夭》入选21世纪"文学之星"丛书，曾获2013年度广西文学金嗓子中篇小说奖。

万岁爷的一个下午

1

万岁爷一觉醒来，周围一个人也没有。他有些恍惚，像是又进入了另外一个梦里。四周静悄悄的，连只鸟也不叫一声。阳光很好，被窗棂子筛落成一个金黄的菱形。菱形的一个角从一个坐榻上跌落下来，被硬生生地拉长了，形成一个更锋利的角。他抬了抬眼，看见了那个"龙"字。那幅卷轴上只有一个"龙"字，写得龙飞凤舞，一点也不像个"龙"字。他死死盯着那个字，眼睛也不眨一下，就像发现了什么隐秘似的。

要是在往常，他早就喊人了。他受不了这样的静。这天他一觉醒来，像是换了个人，睁着眼，一声也不出。门外的太监还以为他睡得正香，也耷拉个脑袋假寐。拂尘也低垂着。

有人在皇宫外面放纸鸢了。纸鸢飞得很高，连皇宫的高墙也挡不住了。小太监抬起头来，一眼就看到了。可根本看不清那是什么样的纸鸢，是燕子还是蝴蝶。不管怎样，那毕竟是一只在风里摇摆的纸鸢。他正看得出神，一个小宫女从那边走过来了，轻轻拍了他一下。他的身子迅速抖了抖，脖子向胸腔里缩。常年待在皇宫里，他已变得像动物似的警觉。他一看是她，放下心来，做了个"嘘"的动作，意思是万岁爷还没醒，再等一等。他们俩就在门外守着。午后的阳光照在他们的衣服上。

"瞧，有人开始放纸鸢了。"他说话声音很小，小到只有她能听见。

"我早就看到了,那里还有一只,我猜是断了线。不然不会飞那么高,就剩一个点了,瞧见了吗?"她对着他耳朵边说。

里面突然有了一点声响。小太监又缩了缩脑袋,顺着门缝朝里望了望。只见万岁爷坐在床榻上,一声不响。从没发生过这样的事,往常总是一觉醒来,就会叫人伺候的。

小太监大气不敢出,只是缩着脑袋候着。宫女在他身后弓着腰。

万岁爷不是在梦游吧。小太监来这伺候也有大半年了,可从没听说过万岁爷有梦游的毛病。又向里望了望,万岁爷一动不动,兀自发呆,眼睛分明睁着。他猛地转头,看过来,瞧着这扇门,好像知晓小太监会偷看似的。

小太监猛地把脑袋缩回去,垂首而立,等待传唤。

就这样待了很久。寝殿里仍旧没有一丝声响。小太监又忍不住,歪着脑袋向里偷看。沿着门缝看进去,只能看见帐幔上垂下来的一条穗袖。他只好放弃掉毕恭毕敬的姿态,让那只眼睛距离门缝愈来愈近。万岁爷在床榻上坐着,目视前方,一动不动。

宫女在小太监身后,咳嗽了一声。也许忍了很久,或者只是受不了这午后死一般的静寂。小太监又惊了一下,恢复成毕恭毕敬的样子。宫女在他身后,扯他的衣角,想要暗示点什么。小太监用手打掉了她的手。起了风,风很弱,吹得拂尘微微摇曳。

门"吱呀"一声开了。万岁爷站在门中央,两只光脚硬生生踩在门槛上,像个"八字"。他脑袋微扬,正向天空遥望。有几朵蘑菇云在宫墙上一动不动。

他们俩迅速俯首跪下来。小太监用余光看见了万岁爷的脚丫儿。大拇脚趾受了伤,听说是被一匹马踩伤的。那匹马被活活砍下了一条腿,一大片鲜血在马腿周围蔓延。小太监再也不敢看万岁爷的脚趾了。

小　昌 | 万岁爷的一个下午

2

　　万岁爷光着脚站在高高的门槛上。大吼了一声，谁也不知道他要干什么。这是从来没有过的事。小太监的肩膀在轻微地抖动。他低下头，瞧了一眼他们的俯下去的脊背。
　　"来，小德子，进来，你也进来。"万岁爷又指了指在小太监身后跪着的宫女。
　　小太监不叫小德子，可是现在没人关心他究竟是不是小德子。万岁爷叫他小德子，他就是小德子。他像匹马似的，弯着腰跨过高高的门槛，进了寝殿。寝殿里燃着香，一闻到这样的香，小太监心头就发紧，有什么要呼之欲出似的。
　　一切都准备好了。他们俩开始伺候万岁爷净面更衣。
　　"告诉他们，谁也不要来打扰。"宫女站在万岁爷身后，为他梳头。
　　小太监很快回来了。万岁爷让他把门也关上。门"吱呀"一声关上了，跟方才推开的声音比略显沉重。寝殿里又暗下来，甚至有些阴阴的冷。他跪下来，为万岁爷穿袜子。又看见了大拇脚趾的瘀伤。
　　"小德子，你是哪里人？"
　　"回万岁爷，奴才是山西忻州府人氏。"小太监低着头小声说。
　　"忻州府的？"万岁爷的眼神飞向寝殿的横梁，正在想着什么。
　　"雁门关，对，你给我说说雁门关。"
　　"回万岁爷，奴才没去过雁门关。"
　　"作为忻州人，连雁门关都不知道，还活着干什么？"
　　小太监捣蒜似的叩响头。万岁爷让他起来，并示意宫女也站过去。
　　"你们俩站过去，让朕好好瞧瞧。"他们俩紧紧挨着，有些簇拥。

"抬起头来！"

"你亲她一口！"

他们俩没动，木呆呆地望着卧榻上的万岁爷。万岁爷笑出了声，一笑起来，左脸上还有个若隐若现的梨窝。这样看上去，万岁爷一点也不像个万岁爷了，倒有点像老开玩笑的张总管了。

"小德子，朕让你亲她一口，你没听见吗？"万岁爷声音大了点。

小太监慌忙歪过头，在宫女脸上亲了一口。宫女缩了一下脖子。

万岁爷开始大笑。笑声在寝殿里四处乱撞。回音竟有些阴森。

"好了，该你亲他了。"

宫女又亲了小太监一口。看样子从没被一个女的亲过，他咬了咬牙，把脑袋垂得更低了。

"将那柄剑予朕拿来。"

小太监抖抖索索地移过去，摘下挂在墙上的剑，双手捧着。

那是一柄看似普通的长剑，万岁爷却视它如珍宝。据张总管说，那可绝非是一柄普通的剑，隔上一阵，它就要喝一次血。小德子就是被这把剑一剑封喉的。小太监俯首奉上，万岁爷左手接过来，右手把剑从剑鞘里抽了出来。一道寒光一闪而过。小太监闭上了眼。

剑刃落在小太监的肩膀上。整把剑的重量都落在他的肩膀上。

"你怕死吗？"

"怕，怕。"

"朕就不怕死，刚才做了个梦，朕从来不把梦告诉别人，今儿就告诉你们。朕被人砍了脑袋。朕不怕死。"

"万岁爷。"

小　昌 | 万岁爷的一个下午

"脑袋滚到地上，像个陀螺。他们在笑，笑朕的脑袋，笑脑袋在地上滚。你觉得好笑吗？小德子。朕的眼睛也在滚，你猜朕还看到了什么？看到了朕后背上的胎记。要不是被人砍了脑袋，朕怎么能看见那块胎记呢。先皇驾崩后，再也没人跟朕说过那块胎记了。他们说过，那是龙足，样子像个龙的脚印，在朕看来，它倒像片叶子。你们过来看看。"

宫女为万岁爷整理衣衫。万岁爷又让他们看。

后背上赫然一块胎记。小德子想不起来到底像什么，也许什么也不像。一滴浓墨掉到了白纸上，慢慢洇开而已。

"你们说像什么？"

"龙足，奴婢也觉得像龙足。"宫女说。

"小德子，你呢？"

"也有点像叶子，一片枫叶。"小太监说。

那柄剑又入了鞘。发出"嚓"的一声，金属碰撞金属的声音。随着剑入鞘的声音，小太监也舒了一口气，放下心来。他从万岁爷手里接过那柄沉甸甸的剑，复又挂在寝殿的墙壁上。距离那个龙飞凤舞的"龙"字一步之遥。小太监看了一眼那个"龙"字。

3

"来，你们俩坐下来，坐在朕旁边。挨着朕。"

"如意，你坐在这边，你是叫如意吧，朕记得你叫如意。"

他们俩僵僵地坐在万岁爷旁边。屁股挨着坐榻的沿儿，一不小心就会掉下去。万岁爷半躺着，让他们好好坐着。他们俩的屁股又向里探了探。

"你们还是朕的奴才吗？"万岁爷和颜悦色，左脸颊上的梨窝又显现了。

"万岁爷。"小太监又喊了一声。

"朕让你们好好坐着，别这么僵。让你们陪朕说说话，像朋友似的。恕你们无罪，今儿下午想怎样就怎样，想说什么就说什么。"

"真的吗，万岁爷。"宫女说。

万岁爷冲她点头。

宫女站起来，绕到万岁爷的后面，开始揉他的肩膀。小太监也不甘示弱，折转身子，为万岁爷捶腿。他们互相看了一眼，脸上纷纷都有了笑意。万岁爷心情好，窗外的阳光也明亮起来。

"过了一天又一天，朕什么时候做什么事，你们都知道。"

"他们也知道。跑到天边，只要一看日头，他们就知道朕正在干什么。"

"你们有什么好办法吗？"

小太监摇了摇头，万岁爷又回头看宫女。她也在摇头，不过嘴角上仍荡漾着笑意。也许没听懂万岁爷的话，或者是这样的万岁爷真是少见。甚至有一丝嘲笑的意味。

"小德子，你在想什么？"

"回万岁爷，其实奴才不叫小德子，小德子死了，奴才叫小顺子。"

"小德子死了？"

"回万岁爷，是的，下大雪那天死的。"

万岁爷想了想，接着说："那你叫如意吗？不要告诉朕，如意也死了。"万岁爷回头看了看宫女。

"回万岁爷，奴婢是如意。"她说完，撇了撇嘴，样子像在撒谎。

"你到底是不是如意？"万岁爷有些紧张，支起身子来，定睛看着她。

小　昌 | 万岁爷的一个下午

　　宫女慌忙跪在万岁爷面前，嗫嚅着说："万岁爷，奴婢真的是如意，不敢有半句谎话。"

　　万岁爷又恢复成半躺的姿势，让她起来。拿眼睛不住地瞟她。

　　宫女在万岁爷身后，继续梳头。万岁爷向上瞧那柄梳子，多么像一把匕首，一瞬间就变得寒光闪闪，在他咽喉处像流星一样划过。

　　万岁爷闭上了眼，似乎在等待。整个寝殿又静下来。小太监和宫女屏着气息似的，连呼吸也很谨慎。他们俩又对望了一眼。小太监眉毛动了一下，似乎在暗示什么。

　　"还不动手！"万岁爷长舒一口气。

　　"那么多人想杀朕，不如称了他们的心。"

　　他们俩急匆匆扑倒在万岁爷脚下，哭着喊万岁爷。

　　"朕记得她是个圆脸，看你下巴尖尖，一看就不是如意。小德子，她是如意吗？你说。"

　　"回万岁爷，她是如意，她真的是如意。"小太监把脑门放在地板上。

　　"搜她的身。把她衣服全脱下来。"小太监慌忙起身，上下其手，很快剥光了宫女。她裸着身子站在万岁爷面前。一只手捂着私处，另一只手捂着胸。

　　"有凶器吗？"

　　"回万岁爷，没有凶器。"

　　"让朕好好瞧瞧。"

　　宫女把胳膊展开了，索性双臂伸展，像只鸟想要飞翔似的，两只脚不住地向上踮。万岁爷很少在白天看这样的裸女，看了许久，有些出神。

　　如意像只小天鹅似的，手臂下垂，手指上翘，两只眼睛忽闪着。

　　"穿上衣服吧。"万岁爷说。

4

宫女把衣服又穿上了。很快恢复了常态，站在万岁爷身后，为他继续梳头。

"他们以为朕该去颐和园喝茶了。你们也会跟着，淑妃会陪朕下上一盘棋，要不就是和妃。她们总是让着朕。朕今儿偏偏不去颐和园，就在这里待着，哪儿也不去。"

"小德子，朕很想去雁门关看看，他们说雁门关是天下第一雄关，果真是一夫当关万夫莫开吗？"

小太监不知道说什么。他也许真的从没去过雁门关。寝殿里一片静寂。正等待着有人说话。

"万岁爷，奴婢去过雁门关。"站在万岁爷身后的宫女说话了。

万岁爷来了兴趣，伸手摸了下宫女的小脸蛋，让她坐过来。她轻移莲步，转过卧榻，坐在万岁爷旁边。坐下来一抬头，就跟万岁爷面对面了。她忽闪着大眼睛，睫毛长长，像两只颐和园的蝴蝶。颐和园里很多花都开了，该有蝴蝶了，大大小小，各种颜色，在枝叶间翻跹。

万岁爷抓着她的小手，等她说雁门关。两个人簇拥在一起，愈发亲近了。

"回万岁爷，雁门关很高，奴婢也不知道究竟有多高，门前有一对石狮子，石狮子也很高，反正比这间房子高。奴婢记得它的眼珠子足有这么大。"宫女两只手比画着，像抱着个大西瓜。感觉石狮子的眼珠也比万岁爷的脑袋大。

万岁爷笑着，手上把玩着宫女的头发。

"两侧都是悬崖峭壁，扔一块石头下去，也听不到响声。"宫女语速很快，左右脸颊浮上淡淡一层玫瑰红晕。

小　昌 | 万岁爷的一个下午

"大热天，雁门关也会下雪。奴婢去的那次就遇上了雪。家乡有一句谚语：雁门关外有人家，早穿皮袄午穿纱，围着火炉吃西瓜。"

"在雁门关，有没有看见大兵呀？"万岁爷问。

小太监咳嗽了一声。也许是想提醒宫女一下，她的话有点多了。

"回万岁爷，看见大兵了，他们像凶煞神似的，在关口上站着。那天不知怎的，突然下起了雪。雪花漫天，大兵的铠甲上都落满了雪，可他们仍一动不动地在雪里站着。"

万岁爷的一只手抓住了宫女的腰，用力捏了一下。她的身子摇了摇。万岁爷又捏了一下。宫女笑了起来。她笑得很放肆，没人敢在万岁爷面前这样笑，口气都吹到万岁爷脸上了。

万岁爷仍没有停手。宫女只好扑进了万岁爷的怀里。一只手已经伸进了她的衣服里。小太监也不咳嗽了，一直低着头，垂首站着，像雁门关的石狮子，或者风雪里站岗的大兵。

宫女已成了万岁爷的身下之物。身躯在身躯之上耸动。万岁爷死死盯着小太监低垂着的脑袋，脑袋上顶着高高的太监帽子，正对着万岁爷的方向。帽子上的红珠子像个眼睛似的，瞪得很大。

万岁爷突然一动不动了，将宫女的身子推开，翻身坐在卧榻上，整个人像被霜打了似的。小太监不知道发生了什么，心里充满好奇，但仍没有抬头看一眼。宫女也在整理衣衫，小脸梨花带雨。她咬了咬半边嘴唇。

"小德子，你来。"

小太监扑通跪了下去，说："谢万岁爷赐名，奴才就叫小德子了。"

"小顺子，你来。"

"奴才到底叫小德子，还是叫小顺子？"他跪着回话。说完，额头上渗出一层细汗，后悔说了这句。

"你是万岁爷，朕是小德子。"万岁爷从卧榻上站起来，大步流星走过来。

小德子额头上的汗珠，像豆子那么大了。

5

"把你的帽子摘下来。"

宫女早就整好了衣衫，在一旁站着，好像什么也没发生过。她和小太监对视了一眼，眉毛向上挑，看来有很多话要说，大眼睛也紧跟着忽闪了几下。

小太监把那顶帽子解下来，拿在手上端详了一阵，又俯首奉上。宫女正打算帮忙接过来，为万岁爷正冠，她的手臂被万岁爷轻轻打掉了。他亲自为自己正冠。太监帽子戴在万岁爷的头上，也很像个样子，猛一看，真有点像敬事房的李总管。万岁爷要手舞足蹈起来了，对着铜镜照了又照。

小太监和宫女又对视了一眼，埋头偷笑。

万岁爷回身又抢了小太监手上的拂尘，像个太监似的摇起来。

"快把衣服脱了。"万岁爷用拂尘指着小太监。

小太监只好又把身上的蓝袍脱掉了。他光着膀子站在万岁爷身前，身躯瘦小极了，一条条肋骨森然可怖。万岁爷又用拂尘指了指卧榻上的龙袍，示意宫女为小太监穿上。小太监和宫女慌忙俯首，马趴下来，屁股高高耸着，头埋得很低，脑门贴着地。

万岁爷急了，用拂尘抽打他们。他们俩嘴上不住地喊万岁爷。

"你们不想活了。"万岁爷喊道。

他们一一站起来。宫女开始为小太监穿龙袍。龙袍上身，他突然变了个人似的，

小　昌　｜　万岁爷的一个下午

因身躯瘦小，龙袍有些松松垮垮，样子虽说有些寡，人已有了帝王的气象。再看万岁爷，一身蓝袍紧紧箍住了他肥胖的身躯。他双臂抱起来，拂尘贴着胳膊倒垂着。

"从现在开始，你就是朕，朕就是你，要是有什么差池，小心脖子上的脑袋。"万岁爷说完，小太监又要俯首跪地。龙袍在身，想要弯下腰去，不是那么容易。万岁爷几步赶过来，搀扶起小太监，扶他坐在卧榻上。小太监额头上又渗了一层细汗。

"奴才给万岁爷请安了。"

"小顺子。"小太监声音有些小。

"回万岁爷，奴才是小德子。万岁爷还是喊奴才小德子。"

"小德子还是小顺子，该谁说了算。"小太监咬牙切齿，脖子上的青筋也蹦出来了。

万岁爷抬头瞪了他一眼，说："小德子还是小顺子，当然是万岁爷说了算。"

"那好吧，那就叫小顺子。"万岁爷抖了下拂尘，又示意小太监继续往下演。

"小顺子，过来为我捶腿。"小太监说。

"说朕。为朕捶腿。小心脑袋。"万岁爷指了指自己的脑袋。

小太监更加紧张了，不过还是喊出了一声为朕捶腿。万岁爷弯着腰过来了，俯下身子，一下下为小太监捶腿。

宫女站在另一侧，为小太监揉肩膀。她用力捏了一下，像在提醒他什么似的，也许想告诉他，不如好好装下去，兴许还有一线生机。

"小顺子，朕想去放纸鸢。去年就想去放纸鸢，可一直没放成。朕有个蜈蚣样的纸鸢。"

"回万岁爷，出宫放纸鸢要请太后的旨意。"万岁爷低着头说。

"大胆奴才！朕放个纸鸢，也要请示太后吗？"小太监没想到自己会这么说，说出来就觉得自己太胆大妄为。他的脸早已涨成紫茄色。身边的万岁爷更加毕恭毕敬了。

"万岁爷，咱们皇宫里没有风，纸鸢放不起来。"身后的宫女试着说。两只手落在小太监的肩膀上，正暗暗用力。

"朕不放纸鸢了，没想到放个纸鸢也这么难。如意，你还是讲讲雁门关的故事吧。"

万岁爷有点累了，停了下来。

"小顺子，谁让你停下来的。"不知小太监哪里来的勇气。

万岁爷和小太监对视了一眼。万岁爷的眼珠昏黄，冷冷地看他。他只好很快躲闪开了，脑袋歪下来。

"朕只是想放只纸鸢。把去年那只蜈蚣放上天。"小太监的眼泪啪嗒掉下来，落在龙袍上。龙袍的黄很快淹没掉那颗泪珠。

"万岁爷，还是让如意给您讲讲雁门关吧。"万岁爷说。

6

窗外的太阳早已西斜。穿过窗棂子的光被撕成了一个长条。颜色也灰下来了。

"一到月黑风高的晚上，雁门关就有呜咽之声，像很多人在哭。他们说不是鬼在哭，而是飞沙走石。"如意说。这么一说，小太监就有些张皇。

"你听到过吗？"小太监问。

"回万岁爷，奴婢听得真切，不觉得那是飞沙走石。风吹树梢也不是那种声音。"如意看了一眼万岁爷。

小太监一下子想起曾做过的那个梦。梦里小德子躲在墙脚下哭，脑袋埋在膝盖间，肩膀无规则地耸动。呜咽声从宫墙外传来似的。他不由得走过去，拍拍他

小　昌 | 万岁爷的一个下午

的肩膀。小德子一动不动，他又拍了拍。嘴上安慰说："别哭了，小德子。"小德子终于缓慢抬起头来。那张脸倒过来了，嘴巴高高在上，眉毛在最下面上下抖着。他并没感到害怕，甚至想问问他，到底怎么了。就在这时，他一抬头，发现一切都倒转过来了，赭红色的宫墙从虚空里生长出来。后来他就吓醒了。

小太监想起了这个梦，整个人陷入了沉思。

如意继续说着："要是在十五的夜晚，月亮升到天空最中央的时候，躲在杨宗祠的墙后，就能听到他们的对话。这是他们跟我说的，可我从来没敢去过。"

万岁爷歪歪站着。

"将那柄剑予朕拿来！"小太监喊道。

万岁爷仍歪歪站着。

"将那柄剑予朕拿来！"小太监又一次喊道。

万岁爷一摇拂尘，大步走过去，把那柄剑摘下来。折转身子，俯身奉上。

小太监双手执剑。剑很长，他更显得瘦小。他还是"仓啷啷"拔出了剑，寒光闪了又闪。将剑指向万岁爷。

万岁爷倒是大义凛然，没有丝毫害怕。甚至有了笑意，鼓励小太监这么继续下去。

万岁爷跪了下去。膝盖砸在地板上，发出一声闷响。万岁爷只跪天地和祖宗，没想到在一柄剑面前跪了下去。剑顺势落在他的肩膀上。

"万岁爷饶命呀！"万岁爷喊道，身子也俯下去，屁股高高耸着，头埋得很低，脑门贴着地。剑悬空了，剑锋指着万岁爷的脖子。站在一旁的宫女都有些咬牙切齿了。

头顶上的皇冠歪下来。皇冠比太监帽子沉重得多，整个脑袋似乎正向胸腔里掉落。宫女走过来，帮小太监正冠。

万岁爷仍旧马趴着。肩膀无规则地耸动，似乎也在呜咽。后来万岁爷昂起了头，头顶上的太监帽子也偏了。万岁爷笑开了花，眼泪都笑出来了。后来就捂着肚子笑小太监手里的剑垂下来，剑尖儿挨了地。宫女的小脸也笑开了。

他们俩双双跪下来，喊万岁爷。

万岁爷终于不笑了，脸部肌肉因剧烈抽动，有些变形。

"当朕跪下来的时候，朕就想笑。起初朕还想忍一忍，将这个游戏进行下去，后来实在忍不住了，只好笑出来了。"万岁爷蹲在地上说。

"万岁爷，朕，不，瞧奴才的嘴。罪该万死罪该万死……"小太监轻轻掌嘴。

门外有响动，似乎有一只眼睛正盯着门缝。

"朕要和你们打个赌，要是外面有人，你们俩就别要脑袋了。瞧那把剑，有一阵子没有饮血了。要是不饮血，它就会黯淡无光。它是天生要嗜血的。"万岁爷抬起头望向那扇紧闭的门。

从窗口射进寝殿的阳光倏忽不见了。刚才仍是狭长的一条，倏地暗下去，很快消失了，像一条下潜的鱼。

两人伏在地上，准备听天由命。

万岁爷"霍"地站起来，整个身躯有些摇晃，头顶上的太监帽也跟着颤动。他大步流星地走向那扇门。

宫女和小太监的手紧紧握在一起。他们究竟是死是活，就在此一举。门一开，整个屋子亮了亮，宫殿的廊檐上仍有明晃晃的光。万岁爷只身站在门槛上，脑袋微仰，仍旧遥望天空。两只脚错落开来，形成一个"八"字。

"嗖"的一声，不知是从屋内还是屋外，一支箭飞向了万岁爷。他来不及回头说上一句话，就应声倒地。整个人摔了下去，那只太监帽在地上滚了又滚。

（选自《小说界》2016年第4期）

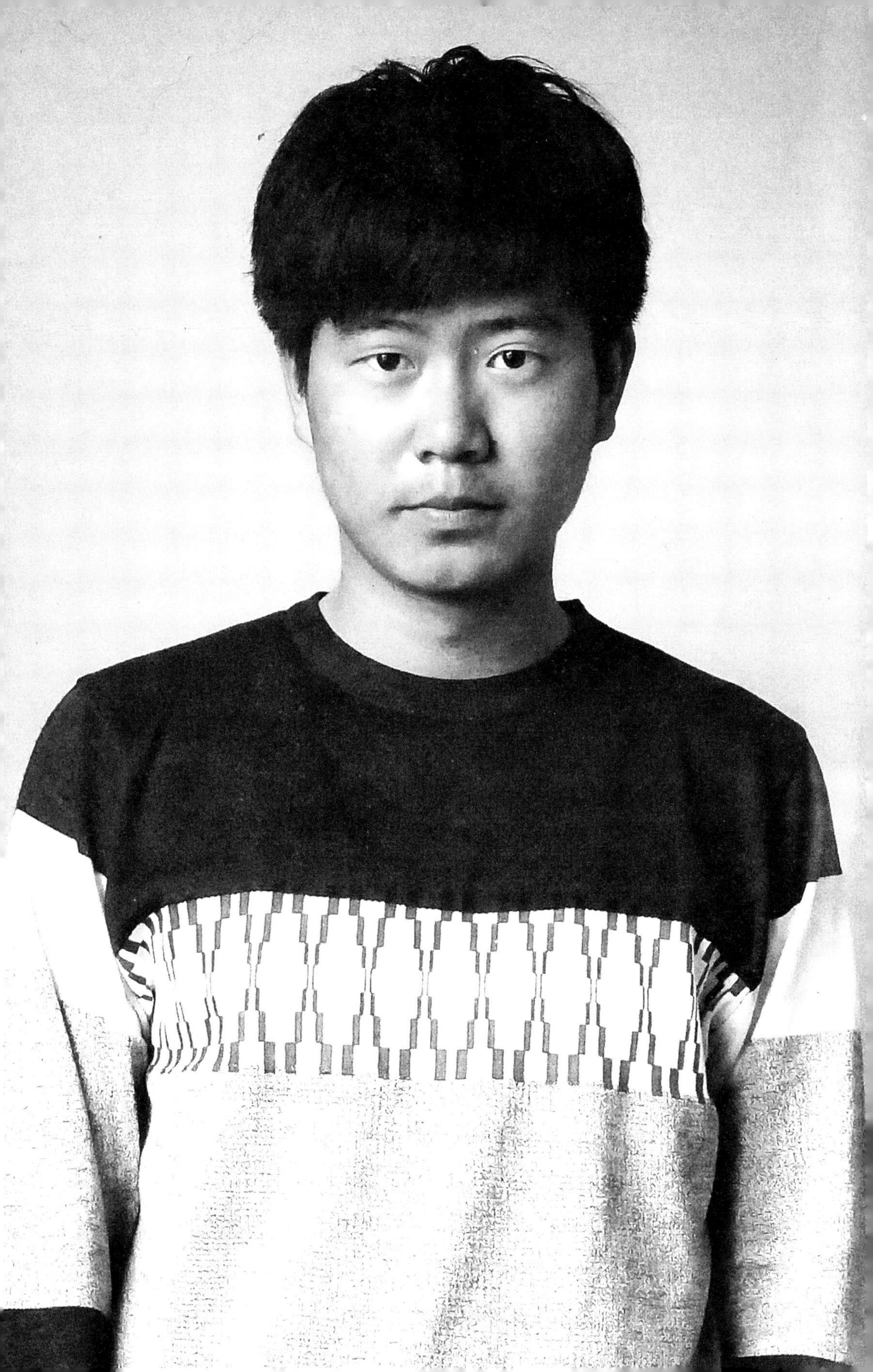

王　棘

王棘，山西省灵丘县人，1993年生。道路测量员，写小说，有小说作品发表于《山东文学》《作品》《西部》《西湖》《山西文学》等刊物。

驾　鹤

韩老三，你再这样喝酒，迟早要出事儿。

这是我们经常对韩老三说的一句话。这也是我们作为认识的人对他发自内心的忠告。可韩老三从来没把我们的这些"逆耳忠言"当回事过。除了喝酒，他什么都不当回事。

听到他真的出事了，我们竟没一个人感到意外和惊讶，仿佛这是理所当然的，是我们早就料到了的。

在我们这个工地上，韩老三是出了名的酒鬼。实际上，工地是不允许喝酒的，可韩老三是个例外。他一天至少要喝两顿酒，有时候没有下酒菜，他就着一把葵花子或是一个西红柿也能喝二两。因为喝酒，他被领导骂的次数已经数不清了。我们现在还都记得，去年冬天，有天夜里加班，他喝了酒上工地，恰好被一个以脾气火爆著称的领导闻出来了，那家伙，当场就是一顿操娘扒祖的臭骂，几乎把所有你能想到的难以入耳的话用上了，我们旁观的人都听得脸上挂不住了。经此一着，我们以为从此以后他会长点记性，可他只断了两顿，就又如往常那般喝上了。

公司之所以没有开除他，一是因为他是公司的老员工，公司刚成立他就来开挖掘机了，而且他还有不到半年就要退休；还有就是，他的姐夫是董事长的朋友。所以对于他的行为，公司的人大都睁一只眼闭一只眼。

他是在下班后出的事。那天晚上我们加完班时已是凌晨十二点多，人人都拖着疲惫的身子往宿舍走，他却没有同我们一起回去。他跟我们说，他要坐劳务队拉水泥的三轮车出去买酒。我们都知道他嗜酒如命，再加上我们也累了，就都没理他。可谁能料到恰巧就出事儿了呢。

据劳务队开三轮车的小张说，那天晚上，他是在到达超市门口，下了车叫韩老三一起进超市时，才发现韩老三不见了。他绕着三轮车叫韩老三的名字，根本就没人答应。他当下就慌了，忐忑地小跑着沿着来时的路往回返，嘴里不停地叫着，韩老三，韩老三。小张打电话给劳务队的代班，让他带着人从工地往出走，沿路寻找。劳务队的人听到这消息，立马就通知了工地的工长，工长又动员了我们这些开机械的司机以及其他技术人员……那一晚，几乎所有留下来加班的人，都主动或被动地参与了寻找韩老三这一突发事件。

从我们工地到208国道旁边的那家超市，中间隔着五里店村。听到消息后，我们一群人拿着手电筒急哄哄地出了工地，边走边高声叫喊着韩老三。我们从五里店村南走到村北，最后终于在上国道前的那个拐弯处找到了他。那天晚上，五里店的村民，不止一户人家被"韩老三"这个名字从睡梦中惊醒，拉着了灯，从窗户上探出头来，露出一对惺忪睡眼，脸上满是疑惑。村里的狗更是一呼百应，全都吠个不止。只是所有这些声音韩老三都没有听到，我们找到他时，他已经昏迷不醒了。他面朝天躺在路边地上，一条腿向内弯曲着，脸上竟看不出一丝痛苦的表情，反而还带着耐人寻味的笑意。从他的身上，我们闻到一股呛人的酒味。

工长赶紧吩咐司机去开车，车开过来后，我们七手八脚地把他抬了上去，工长、技术负责人还有一个测量员跟着车送他去了医院。当晚，项目经理以及公司的其他几个领导连夜赶去了医院，这些韩老三也全都没有看到。他一共昏迷了三天，期间就只有他姐姐来看过他一次，只在他床边坐了不到十分钟，便匆匆地走了。

我们也联系过韩老三的儿子，他在电话里听我们说了韩老三的情况后，表示他工作很忙，他不可能请假来照顾韩老三。他说他要是这样做了的话，就会丢了

王棘 | 驾鹤

工作；他若是丢了工作，那他媳妇肯定会跟他离婚。他说他不想跟他媳妇离婚，所以他不能过来照顾他爸……我们跟他说他说的那些我们也都能理解，我们只是希望他有时间的话抽空来看看韩老三，说不定韩老三听到他的声音会忽然醒过来呢。他支吾着说好吧，他说他尽可能抽出一点时间过来一趟……

医生说，韩老三因为从三轮车上掉下来，头部先着地，造成了轻微脑震荡。按理说这不算什么大病，可韩老三因为常年过度饮酒，身体素质远不如常人，医生表示他这种情况可能会失忆，也有可能会半身不遂。当然，这些都是推断，他也许福大命大，以上两种情况都不会发生，他将健健康康地走出医院。医生说，现在最重要的是看他什么时候能醒过来了，他越早醒来的话，情况就越乐观。

我们又打电话给韩老三的儿子，把医生的话转告给他，希望他尽快来医院一趟，毕竟他是韩老三在这世上最亲的人了。在电话里，我们的工长刚说完那些话，一个尖利的女人的声音便从电话听筒里排山倒海般的涌出来，这个声音愤慨地表示，他们马上就会来医院，不只是为了看韩老三，更是为了求个公道。"他是在你们工地出的事，你们必须负责到底。"她的声音回荡在病房之中，使得房间里的人全都绷紧了神经，竟没人注意到病床上的韩老三已经睁开了眼睛，他微微张着嘴，却说不出一个字句。

韩老三结过一次婚，维持了不到十年就离了。离婚后儿子一直是跟着他娘的，所以他们父子之间的关系说不上好。这么多年了，我们很少见他儿子给他打电话问候他，更别说来看他了。往常工地停工，公司放假，人人都回家了，就只剩下韩老三一个人留下来看机器。他说他回家也是一个人，还不如留在工地，不用干活就能每个月挣两千块钱，若是回家的话，就只有花出去的钱，没有进来的。韩老三除了买酒花些钱（他喝的都是最便宜的酒）外，很少花其他的钱。之前劳务队一个认识他的人说要带他出去，找个娘们儿浪浪，他死活都不去，任别人再怎么劝说引诱，他都不为所动。后来他喝多了，我们就问他他一个光棍为啥从来不去找娘们儿玩，都旱了那么些年了。难道你从来就不想？还是你已经不行了？哈哈……我们是在故意激他。

是个男人就肯定要想的。他迷瞪着眼，口齿不清地说道。手颤抖着，在空中比画着。只是，有那些钱，能喝多少顿酒啊。再说，我还得攒钱，贴补小家伙他们一家……

韩老三口中经常提到的"小家伙"来医院看他来了。"小家伙"体型也很小，一副弱不禁风的模样。跟他一起来的女人则跟他形成很大的反差，不用说我们都能猜到，这就是那天在电话里吼的那个女人了。肯定是个厉害角色。

那个女人一进来就嚷嚷着要见我们领导，工长过来了，她嫌级别不够，说是要跟我们经理谈。护士让她声音低点，不要吵到病人，她理都不理，仍旧我行我素。我们跟她说经理一时半会过不来，让她有什么事先跟工长说，她一听这话声音又抬高了八度，引得楼道里来往的人，都朝我们这边看过来。

那个女人从进病房门到离开，一眼都没看躺在病床上可怜巴巴的韩老三。"小家伙"一开始先是站在她老婆身旁帮腔，后来才想起自己来这儿的目的。他来到病床前，韩老三对着他挤出一个笑容，他们似乎都不知道该怎么同对方交流。沉默了差不多五分多钟后，还是"小家伙"先开口问韩老三，你是不是又喝酒了？韩老三点了点头。"小家伙"说，都跟你说了多少遍了，让你少喝点，就是不听，现在好了吧。韩老三低下头盯着床单看，像是个做错事的小孩。之后他们便又陷入了沉默。"小家伙"又将视线转到了"大嗓门"身上，韩老三则盯着身上的被子发呆，偶尔往"小家伙"身上瞟一眼，像是做贼般，只看一眼就又赶紧把视线转到了别处。

王　棘｜驾　鹤

"小家伙"走的时候，他似乎很不舍，但他什么也没有表示。"小家伙"他们走后他就陷入了一种怅然若失的状态之中。令我们意外的是，没过多大一会，他的情绪就转变了，他不再落落不快，他脸上不时现出神秘的微笑，我们想他一定是有什么高兴的事藏在心中。

"小家伙"第二次来，他就藏不住啦，他拉住"小家伙"的胳膊，使得他把注意力从"大嗓门"身上转过来，他很激动地跟"小家伙"描述他自己在出事那天经历的奇遇。他说，那天，我看到仙鹤啦。你肯定猜不到，仙鹤就站在我脚边，它的羽毛又白又柔软，它用脖子蹭我的腿，示意我骑到他身上去。于是我，也就不客气了，我骑了上去，那感觉可真好啊，它张开翅膀飞上了天……

韩老三完全沉浸在自己的讲述中了，他没注意到"小家伙"的不耐烦。如果注意到的话，他或许就会自己停下来。"小家伙"使劲从他的双手中抽出自己的胳膊，神色古怪地端详着韩老三，说，你说的都是些什么乱七八糟的啊，你不会真的脑子摔坏了吧，还是这些年喝酒烧坏了？那天晚上你从三轮车上掉了下去，现在还不能下床呢，哪有什么，你说的那什么鹤，还仙鹤……"小家伙"不说话了，他抬起手臂指着"大嗓门"，问韩老三，你认识她是谁吗？韩老三顺着他的手指望过去，他略带抱怨地说，你怎么就不信我呢。我没傻！那是你媳妇，我儿媳妇儿！

我真的看到了，韩老三又一脸认真地述说道。他的眼睛里充满了天真的茫然。然而"小家伙"已经离开了病床。他悄没声地走到"大嗓门"的身后，双手互相握着，眼睛在病房内四处打量一阵，之后又盯着"大嗓门"的后脑勺上不动了。

我有幸见识了"大嗓门"的难缠，我庆幸自己不是此刻正跟她周旋的工长。我能看得出来，他已经被"大嗓门"的狂轰滥炸折磨得头疼不已了。到最后他只得不断地重复说：对于你的要求，我会跟我们领导说的。有什么问题，等我们领导过来了，让他亲自和你沟通吧。我说了也不算。

他们临走时，我们工长问韩老三儿子，他可不可以留下来多陪陪韩老三。工长解释道，因为之前医生说了，韩老三现在的病情还不稳定，精神状态也不是很好，还说胡话，所以最好是让家人能多陪陪他……工长的话还没有说完，"不行"这两个字已经从"大嗓门"口中喷出来了，像是出膛的子弹。"人是在你们工地受的伤，"她激愤地说道，"当然是你们找人陪护，别以为我不知道，你们不就是想让我们过来，然后你们撒手不管了吗？你们想得倒美！可惜，我们又不是傻子。再说，他难道不用工作了吗……"王工长说不过她，只好说，我也只是转达一下医生的意思，你们没时间就算了。至于看护的人，你们放心，我们会派人轮流过来的。

韩老三眼巴巴地盯着儿子看，"小家伙"却只顾扶着"大嗓门"的胳膊。听了王工长的话，她用鼻子冷哼一声，拖着"小家伙"出了病房，回家去了。

"大嗓门"还是如愿见到了我们项目经理。她一张口就要十万元钱。"你们也都看到了，他（她伸手指了指病床上的韩老三）现在这个样子，见个人就说胡话，明显是把脑袋摔坏了。"她顿了顿，咽了口唾沫，又继续装出一副讲道理的模样，说，"人是在你们工地受的伤，你们得负全责。你别说别的，就说我跟你们公司要十万，还真不多！你想想，他接下来的日子都得我们照顾啊，出院以后会不会留下什么后遗症，到时候吃药啊住院啊，还不知得花多少钱呢。再说，他现在这个样子，家里总得留个人专门照顾他吧，这就是说我们夫妻两人有一个就不能出去工作了。十万块钱真是一点也不多，再说这钱又不是让你个人出，你们那么大的公司，这点钱还不是个小数儿，对于你们来说，根本就不值一提……"

经过一番讨价还价，他们达成一致协议：公司赔偿他们八万块钱。剩下的半年时间，韩老三也不用再去公司上班了。看得出来，"大嗓门"对这个结果还算满意。"你们放心吧，我们会照顾好他老人家的，毕竟再怎么说，他也是我们家孩子的

王　棘｜驾　鹤

爷爷啊。"她一脸诚挚地说着，正着手为韩老三收拾东西，准备要出院了。

之后发生的事我们也都有所耳闻。韩老三从医院一出来，就被接到了儿子家中。最初的一段时间，"大嗓门"对他关怀备至，甚至还专门为他开小灶，说是他刚出院特意做给他补充营养的，就连他小孙子都不让吃。按韩老三的话说，这么些年来，这是他头一次"享受"这样高规格的待遇。

好景不长。等他的退休金一下来，她就问他要走了他的工资卡。她说，您天天揣在兜里，说不定哪天丢了可怎么办呢，还是我为您保管吧，您什么时候想花什么钱，只管问我要就是了。韩老三说，自己一辈子吃苦受累还不都是为了他们一家子吗，再说自己现在就住在儿子家，也没个放处，难道真如她说的那样每天揣在兜里？他之前也没少听说有这样的人，他们把所有的钱都紧紧地攥在自己手心里，就算是儿女再怎么问，他们都不承认自己的那点钱的存在，生怕一旦被儿女们捋去了，就没人孝顺他了。他也听说过，有的人直到快不行了才肯把自己的存折交给孩子们，有的甚至还没来得及交代就咽气了。他说他可不是那样的人，那类人是他最鄙夷不屑的。那像什么样子！他每听人说起这样的例子，总会摇着头否定道，儿女孝不孝敬是他们的事，可是做父母的，怎么能那样做事！不能啊。

现在他知道了。"大嗓门"之前对他的那些好，都是有目的的。她做的那一切，都是为了他的那张每个月会按时到账两千多块钱的工资卡。不过他并不后悔自己当初的决定，哪怕是在她将他扫地出门的现在，他也不觉得自己做的有什么不妥的。

她拿着那些钱，还不都是为他们那个家花啊，最后还不是都花在我儿子、我孙子身上了。他超然地说，似乎还有点得意。就好像"大嗓门"机关算尽自以为占了便宜，然而他自己心里清楚，一切都还在他的掌握之中。

有人问他，是"大嗓门"撵他出来的还是"小家伙"对他说的？

都不是。他说，一开始我还闹不清楚他们那两天是怎么了，她总是没来由地找茬跟"小家伙"吵架，"小家伙"脾气好，每次都忍着被骂。她每天都摔摔打打的，脸色冷得呀，整个家都快被冻住了。后来我是问我小孙子俊俊，他妈妈这几天怎么了？这才听他说，原来是因为我的缘故。她想让我回村里的老房子住，"小家伙"不同意。既然知道了原因了，我就不能装糊涂，我看出来了，我在那儿一天，"小家伙"就多受一天的气，这还不算，我孙子还要跟着受连累！索性我自己收拾了东西出来了。

那他们有没有给你拿些买米面的钱？有人问他。

"小家伙"给我拿了两百块钱。

两百块！两百块能撑得了多长时间啊。难不成你这么大年纪了还得再出去打工吗？他们也真狠心。说话的是个嗓门有点尖的女人。

那倒不至于。我想"小家伙"应该也是知道我前几年存了些钱吧。他们把工资卡拿走了，那这些我就先不给他们了。

有人给他出主意，让他没钱花了就去找"大嗓门"去要，要是她真的不给的话，就去银行，说他的那张工资卡丢了，重新补办一张。那他们拿的那张卡就作废了，你就可以自己去领你的退休金了。出主意的人不无得意地说，估计到时候你儿媳妇又要来讨好你了。

好主意。有人附和道。

那不就撕破脸皮了吗？韩老三从裤兜里掏出手机，看了看时间。他提起脚边的蛇皮口袋。我想我做不出这样的事来。他说。

太阳要落山了，又是一天。他感慨，人活着，这样一天天，不觉大半辈子就过来了。他叹了口气，唾了口唾沫，挤出人群，手中的蛇皮口袋里发出丁零当啷的响声，这是他在工地时吃饭用的饭缸和筷子，撞击发出的声音。

王　棘｜驾　鹤

　　回家吧，回家吃饭，吃完了饭睡觉。有老婆的搂老婆，没老婆的抱着自己的胳膊睡睡。醒来后就又是新的一天。明天我得将我那房子和院子收拾收拾。他边走边嘟囔，夕阳给他的背影镶上了一道金边，他看上去还不错，并不显得很落寞。

　　第二天，我们推开那扇锈成了褚红色的街门，进到他家院子里，又穿过人一般高的杂草森林，来到他的房前。房子早就已经破败下来了，房顶瓦缝中长满了杂草，估计稍微下点雨，屋子里就要漏水了，墙皮已经斑驳脱落，露出里面的红土，窗框被虫子啃噬得满是针冠大小的窟窿眼儿，玻璃也破了好几块……

　　又过了几日，我路过他家门前，就又踱了进去，想看看他安顿得怎么样。他一个人回来过得还习惯吗？有没有什么缺的东西？毕竟我们认识这么多年了。况且退休后，我也整天无所事事。我还听说他自从那次事故之后，竟戒了酒。我不怎么相信。

　　院子里的杂草不见了，取而代之的是平整松软的黑土地。他见我进来，放下手中的锄头，从西边墙根前站了起来。他两只手互相搓了搓。我问他在做什么，他说他准备在院子里开垦一溜儿地，种点蔬菜什么的。

　　我问他一个人晚上憋不憋闷，寂不寂寞。他笑笑说这么些年了，早就已经习惯了。我又问他真的不喝酒了？他说真的不喝了。

　　我也不知道怎么回事，从医院出来，就一直没想过喝酒这回事。后来见别人喝酒，竟一点也不馋了。我也试着喝过一回，一点也喝不出香来了，就只是觉得辣……我听他娓娓道来，感觉很不真实。我心想他自从那次出了事后，似乎变了个人似的。我一时半会有点不适应他现在这个样子。

　　他的话变得比以前多了。我不知道怎么聊着聊着，就又说到他看见仙鹤这事上了。他问我相不相信他说的那些。我尴尬地笑笑，说，你一定是在梦中看到的。

　　他说那不是梦。他说他那天虽然喝了酒，有点飘，但他还是能分得清梦和现实的。他又讲了一遍他看见仙鹤的经过，我听得无聊（我已经听过很多遍了），想要赶紧逃离他这个院子。

他不止对我一个人讲了他看见仙鹤的事。他在街上讲过，在麻将馆讲过，在打麦场上也讲过。他不厌其烦，而且每次述说时，都像是第一次向别人透露他的这个秘密。他的生活中似乎就只剩这么一件值得一说的事了，别人与他聊天，往往不出三句半，他就又会说起那只要载他而去的仙鹤。他自己不觉得有什么，而我们听的人却一致得出一个结论：他精神上出问题了。

人们开始用异样的眼光看他了。当他走进人群，用不了一袋烟的工夫，人们就会无声地散开——各自回家，或是去别的地方——只剩下他一个人站在原地。他憋在口中的话还没有说呢，听众就已经全都离开了。他走在街上，人们在他背后指指点点、窃窃私语。渐渐地，他不再往人群中凑了，在街上也很少看见他的身影。

有人注意到，韩老三打算着手修缮他的房子。他从城里买回了水泥、地砖、红瓦，还有瓷砖和玻璃。他一个人和水泥、铺地砖、贴瓷砖，给房顶换新瓦，给窗子换窗框、安玻璃……他没有请人帮忙，所有这些营生都是他一个人在做。他足不出户，不紧不慢地干着，似乎做这些只是为了打发时间，而不是它们的实际功效。

这在我们看来是一件很疯狂的事。人们你推我挤地涌进他家院子，只为看看他一个人是怎么做这些的。我们看到他在梯子上爬上爬下，一筐筐地往房顶吊泥和瓦。他身轻如燕，哪里像个快六十岁的老汉。我们许多人都不禁感叹、纳闷、不解，谁都不知道他葫芦里究竟卖的什么药。

"小家伙"也听闻了他的所作所为。他从城里赶来，想要阻止韩老三的这一疯狂之举。"小家伙"以为父亲会如往常一般听他的劝，显然这次他失算了。韩

王棘 | 驾鹤

老三对他的话充耳不闻,最后他不耐烦了,竟对"小家伙"发起飙来。他指着"小家伙"的鼻子吼道:老子做什么还轮不到你来指手画脚。

总共用了差不多三个来月的时间,房子的修葺工作终于告一段落了。这时人们已经将玉米棒子掰下来,一对一对地都剥开外皮,挂在了院里专门搭起的架子上,葵花子摊开在那条从村口一直伸进来的水泥路面上晾晒,谷子垛码在打麦场旁边的土塄上,山药也全都用驴车从地里拉回来入了窖子。

他又在街上转来转去了,不过他不像往常那般热衷于往人群里钻,也不再打断别人的话头,神秘兮兮地讲述那只仙鹤怎样用翅膀蹭他的腿。他偶尔在人群边缘驻足,也只是面无表情地听别人讲话。有人问他房子修好了?他僵硬地点点头,说,嗯——好了。问的人觉得无趣,话题又转到其他人身上。

到冬天时,家里有小孩儿的人们不时地发现自家孩子嘴里含着糖块儿。问从哪里来的?说是别人给的。再问谁给的?竟是韩老三。小孩们说韩老三不但给他们糖块儿吃,还给他们讲故事。问讲的什么故事,原来还是仙鹤的故事!

我们这才注意到,他远离人群,却成了村里的孩子王。现在,他那个院子里总少不了孩子们的欢声笑语,还有略带稚气的提问。村里的孩子们都喜欢他,不像大人们,他们喜欢听他说的仙鹤的故事。他们相信他讲的那些,还问他"后来呢?"问他后来仙鹤有没有再来找过他?仙鹤会说话吗?仙鹤的羽毛软和吗?

我想这些孩子们对他的崇拜无异于以前酒对他的作用。我不知道后来他是不是真的也对自己说的那些话深信不疑,相信它们的确曾在他的生活中发生过,还是只是为了圆他最初跟我们说的那个故事,是为了不让孩子们对他厌倦和失望。

他一一回答他们提出的问题,还故作神秘地悄悄告诉他们说,仙鹤每天晚上都来找他,不过是在所有人都睡着了之后。他让他们不要告诉别人,他说,每天晚上仙鹤都载着他在月亮下面飞翔,有时还把它放在云上面,让他在那里睡觉,等人们快醒来时，又把它送回到他家的炕上。他说他在云上睡的次数比在炕上睡的次数还多得多呢，他说他喜欢在云上睡觉。他还特意强调，仙鹤迟早要带他离开这儿的。

有孩子问他仙鹤长什么样？他就跟他们说，仙鹤的羽毛是纯白色的。比雪还白，比最白的云都白。仙鹤的腿又细又长，走起来很优雅。孩子们不懂得什么叫优雅，他就用他所能知道的所有美好字眼来形容，用孩子们在生活中或是电视里见过的，与优雅沾边的一切来比喻……

家里有小孩的人们注意到，孩子变得乖了许多。他们不再嚷嚷着让父母买这样那样的玩具，而是从角落里重拾起早就玩过了新鲜劲儿的水彩笔，在本子上练习画些什么。有的孩子还问他的父母，水彩笔里为什么没有白色的？使得他们一时竟没反应过来，不知该如何回答。也有的小孩用橡皮泥捏出一个四不像的东西来，让他们的爸妈猜是什么，爸妈猜不出来，孩子就告诉他们一个自己编的名字或是动画片里的人物名字，甚至还会编出一段以这个东西和他自己为主角的匪夷所思的故事来。

那年大年的前一天，村里所有的小孩都从韩老三那儿收到一份特别的礼物——一只杨木雕刻而成的鹤。这个鹤只有婴儿拳头大小，却栩栩如生。韩老三说这就是他照着那只载他飞翔的仙鹤刻的，只是那只鹤要比他送孩子们的这只大十倍、百倍不止，而且它有洁白而又柔软的羽毛。不仅如此，它还能载着人把人送到云朵上面去睡觉。

孩子们对这份礼物视若珍宝，他们甚至连睡觉都把它放在枕头边上，幻想着它变成一只韩老三口中所说的那样的仙鹤，载着他们在天空中翱翔，在白云上打盹。

春节过后，等孩子们把过年时爸妈给他们买的糖果和玩具吃光玩厌后，这才

王 棘 | 驾 鹤

又纷纷想起了韩老三。他们开始怀念韩老三口袋里的糖果,还有他的仙鹤。他们从各自的家里跑出来,并且相互召唤,结伴来到韩老三家的街门前。

然而韩老三已经不再像往常那般欢迎他们了。他隔着那扇褚红色的大铁门,告诉这些在过年期间一度将他遗忘的、曾经的忠实听众们,他不会再给他们分糖果吃了,也没空再给他们讲关于仙鹤的故事。他说因为他有更重要的事情要做了。

孩子们问他,什么更重要的事?他脸上露出笑容,说,到时候你们会知道的。现在你们都回去吧,以后也不要再到我这儿来了。说完,他便毅然决然地关上了街门,丝毫不念曾经的旧情。孩子们顾不上失望,他们你一言我一语地说着,猜测韩老三要做什么重要的事。

那天我看到我孙子阳阳先是一脸兴奋地跑出家去,回来时却一副失望的样子。我把他搂到身边,问他怎么了。他沮丧地告诉我说,韩老三不理他们了,他说韩老三以后再也不会给他们糖吃了,也不会再给他们讲故事了。我不以为然,心想韩老三不理他们这群小屁孩儿再正常不过了啊。我安慰阳阳说,没关系,只要你听话,爷爷给你买糖吃,你想听什么故事爷爷就给你讲什么故事。

阳阳听了,若有所思地抬起头来问我,那爷爷你见过仙鹤吗?我一时摸不着头脑,摸了摸他的脸蛋儿,说,爷爷没见过仙鹤,但爷爷见过其他许许多多的鸟儿,像老鹰啊……可是韩老三就见过。他打断我的话道。他挣开我的胳膊,进家里拿了韩老三送给他的"鹤",又出门去了。

第二天早晨,太阳才刚刚升起没多大一会儿,那辆拉着满满一车松木的卡车便开进了村子。人们搞不清楚是干什么的,纷纷从家里出来一探究竟,却见那车最后竟在韩老三的门口停了下来。从车上下来几个男人,韩老三也从家里出来了,他上前与其中一个说了两句话,之后便带领着他们,开始从车上往院子里卸那些松木了。我们都搞不明白韩老三这是要干啥,吃饭时还在说这事。这时我孙子阳阳突然插嘴说，韩老三要开始干那件"更重要"的事了。

韩老三要干的"更重要"的事还是雕刻。除了松木，后来他还买回了切割机、电锯、电钻、刨子、尺子、凿子、雕刻刀、打磨机等一系列令人眼花缭乱的木工工具。之后他便开始动工了。

一开始，出于好奇我们许多人专门跑去他家院子，想要看他如何操作、雕刻。我们看到他现在只是用锯子把大段的木头锯开，没有丝毫的技术性和艺术性可言，我们也就失了兴致，全都摇着头退了出来。孩子们也觉无聊，不再围观他。韩老三的院子里除了他自己外，就剩下那些木头和那单调、刺耳的电锯声。

那个春天，我们耳边不时地响起一阵阵嗞啦嗞啦的电锯声，到后来我们许多人甚至产生了幻听，觉得那声音无处不在，就连在梦中也能听到。甚至有年轻后生说，他们晚上熄灯后，在炕上同女人做那件事时，在最后飞起的那一瞬，脑子里这嗞啦声突然爆发，轰轰然如万蝗齐鸣。

万物生长的季节，人们刚把种子种下地里，几场雨过后，气都没顾上好好地喘一口，就又开始忙着锄草了。孩子们也都被送进了幼儿园、小学。中午，太阳照在村里那条细而弯曲的水泥路上，热气在往上升腾。从地里回家的人，这一刻才突然发觉村子里安静得出奇。那嗞啦声是什么时候停止的，谁也说不上来。

这时人们第一想到的大都是：韩老三可能早就已经放弃了做他所说的"更重要的事"——雕刻一只更大的鹤，一只比之前他送孩子们的那些鹤大十倍、百倍的。他肯定早就不雕了，有人笃定地说，那对他来说太难了，他又没有学过木匠。不过也有人表示韩老三之前雕刻的那些小玩意精巧得很，说他说不定已经完工了。甚至还有人为此打起了赌。

打赌的人和看热闹的人哄闹着向韩老三家院子走去。到后来这支队伍越来越庞大了，正在干活的人放下了手中的营生，做饭的女人丢下和了一半的面，也跑

王　棘｜驾　鹤

了出来，跟上了大队伍。她们有的还不知这是要去干啥，一边跟着走，一边扯着嗓子问其他人。那些在街角背风处晒太阳的老头老太太们，以为出了什么大事，全都拄着拐杖站了起来，对着从他们眼前经过的人群，一张一合着早已掉光了牙齿的嘴巴，一些含糊喑哑的字词从喉咙中蹦出来，却根本连不成句子。

韩老三家的街门紧紧闭着。有人想要推开它，却发现街门从里面用锁挂着。人们大叫韩老三的名字，却没人答应。于是人们扒在墙头上，想要看看家里有没有人，却看见韩老三就在院子里坐着，他面对着那个高高耸立的庞然大物，那上面罩一张足够大的条纹布，人们根本看不到它的真面目。

韩老三转过头来，瞪着那些趴在他家墙头上的村民，看得那些人不寒而栗。有人故作轻松地打趣道，韩老三，你就这样招呼客人的？

韩老三不理他。有人想要爬上墙，跳到院子里去。韩老三猛地站了起来，他怒目圆睁，冲着趴在墙头上和试图跳进院子的人们大吼道："下去，全都滚下去。"

谁都没想到平素一向和善的韩老三也有这么火爆的时候。人们悻悻地回去了，他们低声议论着韩老三的反常，说他精神上肯定出问题了。不过，他们谈论得最多的还是那张条纹布下面的东西。有人说韩老三肯定是雕刻出一件非同寻常的东西，所以他才用布盖着，他是怕别人看见了起非分之想。也有人表示不赞同此说法，他说他不相信韩老三有那样的本事，他倒觉得那块布下面也许什么都不是，而只是几块摞起来的木头，韩老三根本就什么都没雕刻……

有人半夜去爬韩老三家的墙头，说看见韩老三仍如白天那般端坐在院子里，神情肃然地面对着那块条纹布笼罩下的庞然大物，他一动不动，如一尊雕塑，一块石头。

白天人们从门缝里偷偷往里瞧，看见他仍然那般端坐着，谁也说不准他晚上睡没睡觉，早晨有没有吃饭。他朝里挂着门，谁都不让进去。他现在仿佛与所有的人都翻了脸，别人好言关心他，问他有没有吃饭，让他开门，他理都不理。若是他看到有人试图爬上他家的墙头，他立马站立起来，对着墙外面大声咒骂，直到外面安静了，所有人都走远了，他才停下来，再度端坐在那个凳子上。

韩老三准是疯了。人们都这样说。每隔几天，就有人在街上定期做报告般向其他人宣布：他还那样守着那件东西呐。他还那样坐着！

偶尔也有人看到他在街门外面来回踱步，他看上去心事重重，似乎有什么事想要去做，却又犹豫不决。

也许他早已蓄谋已久。那天早上，从门缝里往里瞄的人没有看到端坐的韩老三，也没有看到那个罩着条纹布的庞然大物。只有一堆灰烬。

没用了一袋烟的工夫，这个消息就传遍整个村庄。人们如潮水般从各个角落里涌进这个院子里，仿佛是对韩老三之前的死守的一种报复。

人群的中心就是那堆灰烬。人们都在纳闷，昨天夜里竟没一个人发现这场大火。那可有不少木头啊，有人回忆道。当初韩老三带人卸木头的那一情景，在场许多人都还历历在目。

有人找了根棍子，在那堆灰烬里扒拉了几下，说，没有骨头。人们都明白他话里的意思。

那么韩老三呢？韩老三哪去了？

仙鹤把他接走了。这时一个小孩跳出来说道。他还说，韩老三早就跟他们说了，他就要驾鹤云游去了，他还把他之前剩下的糖果全都给他们分了呢。小孩说着从口袋里掏出几颗糖，说这就是韩老三前几天给他的。

又有其他几个孩子站了出来，从口袋里掏出了同样的糖果给大人们看。他们兴奋得如小鸟般叽叽喳喳，七嘴八舌地说道，韩老三说的那些真的实现啦，木鹤变成仙鹤飞走了，把韩老三也带走啦。

王棘 | 驾鹤

人们问：什么木鹤？

孩子们小手在灰烬上方的空气中比画着，说，就是之前立在这儿的那只木鹤啊，之前用布盖着的那个。

（选自《作品》2016年第2期）

「青春文学」